Jan Mehlum

Kalte Wahrheit

Kriminalroman

Aus dem Norwegischen von
Gabriele Haefs und Andreas Brunstermann

grafit

1

Ich weiß nicht, wieso ich die Schritte im Flur so deutlich hörte. Die Bürotür war geschlossen und die Schritte waren nicht schwer. Ich hatte mich darauf konzentriert, an gar nichts zu denken – eine schwierige Übung, die ein gewisses Training erfordert. Trotzdem hörte ich langsame Schritte im Flur, die schließlich vor meiner Tür verstummten.

Meine Hündin Hulda hingegen merkte anscheinend gar nichts, während sie auf dem Sofa lag und vor sich hindöste.

Dann wurde es still. Ich warf einen Blick auf die Wanduhr. Sie würde gleich fünf schlagen, sofern sie überhaupt funktionierte, was derzeit das einzige Spannungsmoment im Büro ausmachte. Es war Freitag, wir schrieben das Jahr 2013, und seit dem letzten Frühjahr war ich nicht jünger geworden. Klüger auch nicht.

Nichts geschah.

Ich überdachte verschiedene Möglichkeiten. Alice könnte den infolge der Trennung von ihrem Mann erzwungenen Zölibat aufgegeben und sich entschlossen haben, mich unbedingt treffen zu müssen, ungeachtet der Konsequenzen. Allerdings erschien mir das nicht sehr wahrscheinlich, da der Drecksack den kompletten juristischen Apparat angeworfen hatte, um sich das alleinige Sorgerecht für die Kinder zu erkämpfen, die er kaum sah. – Wilhelm Mørk könnte sich zu einem Übergang von handgenähten italienischen Schuhen mit Ledersohle zu leichten Joggingschuhen entschlossen haben. – Meine Tochter war plötzlich aus Berlin zurück nach Hause gekommen. – Oder wahrscheinlicher: Meine Steuerberaterin hatte die Situation als derart ernst eingeschätzt, dass sie mir die düsteren Aussichten höchstpersönlich schildern wollte. Doch ich verwarf auch diese Möglichkeit. Es hätte sich um Überstunden gehandelt. Auch wenn sie ein Herz aus Stein besaß, würde sie es doch nicht wagen, mich mit zusätzlichen Ausgaben zu belasten.

Vielleicht waren die Schritte ja nur ein Traum, der unterdrückte Wunsch nach einem aufmunternden Schreiben von der norwegischen Lottogesellschaft oder einer Benachrichtigung über das gewonnene Preisausschreiben beim Verein der Jaguarfahrer oder nach dem Brief einer unbekannten Verehrerin, die darauf brannte, mir ihre Liebe zu erklären. Ich hatte ein ganzes Semester Psychologievorlesungen besucht, ehe ich die Versuche mit Ratten endgültig leid war. Soweit ich mich erinnerte, hätte der letzte Wunsch die Vorstellungen dieses Fachbereichs über unser inneres Leben bekräftigt.

Das Klopfen an der Tür war leicht, nahezu unmerklich. Federleicht, dachte ich.

»Herein«, sagte ich und schwang die Beine vom Schreibtisch. »Es ist offen«, fuhr ich fort, als nichts passierte. Langsam wurde ich neugierig.

Vorsichtig wurde die Tür geöffnet. Nie zuvor war mir aufgefallen, dass sie knarrte. Was daran liegen konnte, dass meine Besucher in der Regel schlechte Manieren hatten und die Tür aufrissen, ohne eine Aufforderung zum Hereinkommen abzuwarten. Ich beschloss, die Angeln zu ölen.

Das Mädchen, das sich in der Türöffnung zeigte, war groß und dünn. Sie mochte vielleicht vierzehn oder fünfzehn sein, noch immer ein Kind, aber auf dem besten Weg, zu einer jungen Frau heranzureifen. Dass ihr Gesicht von Sommersprossen übersät war und sie rote Haare hatte, ließ vermuten, dass ihre Kindheit keine leichte gewesen war.

Ich persönlich fand ihr Aussehen charmant. Ihre zarte Gestalt war in einen langen militärgrünen Anorak gehüllt, auf dem Kopf trug sie eine farbenfrohe Strickmütze und an den Füßen schwere schwarze Stiefel. Wenn die Klamotten nicht gewesen wären, hätte sie als eines dieser Kindermodels durchgehen können, die so aussahen wie Frauen. Sie strahlte etwas beunruhigend Sinnliches aus.

»Komm doch rein«, wiederholte ich, »und mach bitte die Tür hinter dir zu.«

Zögernd trat sie näher.

»Ich beiße nicht«, sagte ich. »Für sie da«, fügte ich hinzu und deutete auf das Tier, das jetzt die Augen geöffnet hatte und den Neuankömmling anstarrte, »kann ich allerdings keine Garantie übernehmen.«

Das Mädchen nahm Hulda in Augenschein. »Ist der gefährlich?« Sie hatte eine feine, deutliche Aussprache.

»Nur wenn du dich nicht ordentlich benimmst.« Ich lächelte, um den Schaden etwas abzumildern. Kinder zu erschrecken, war eine meiner Lieblingsbeschäftigungen. In der Regel mochten sie es.

»Das ist doch Blödsinn«, sagte sie streng. »Sind Sie Rechtsanwalt Svend Foyn?«

»Hast du nicht das Schild an der Tür gesehen?«

»Glauben Sie vielleicht, ich könnte nicht lesen?« Ihre Stimme hatte einen Hauch von Aggressivität.

»Aber ja doch.« Ich winkte ab. »Und wo ist Herr Nilsson?«

Es brachte sie einen Augenblick aus dem Gleichgewicht, doch sie reagierte elegant. »Den gibt es nur in den Büchern. Sie lesen wohl gern Kinderbücher?«

Die Kleine war auf Draht. »Du hast recht«, sagte ich. »Ich bin wohl ein bisschen kindisch. Womit kann ich dir helfen?«

Sie hatte sich auf dem Besucherstuhl niedergelassen. Jetzt blickte sie zu mir auf. Ihre Augen waren knallgrün. »Was für eine Art Anwalt sind Sie? Einer, der Leuten hilft?«

Die Frage überraschte mich. »Kommt darauf an«, gab ich zurück. »Wie heißt du?«

»Elvira.«

»Also nicht Pippi.«

»Elvira Widerberg.« Sie blickte mich gereizt an. »Es gehört sich nicht, jemanden aufzuziehen.«

»Pippi Langstrumpf war eine meiner Heldinnen«, sagte ich. »Aber du hast recht, es gehört sich nicht, jemanden aufzuziehen.«

Ich selbst hatte Eltern, die mich Svend getauft hatten, obwohl sie gewusst haben mussten, dass dieser Name für ein in Vestfold aufwachsendes Kind gewisse Qualen bedeuten würde. Der alte Walfänger Svend Foyn war in der Erinnerung der

Tønsberger noch immer sehr präsent. Ich dachte nach, während ich das Mädchen mit neuem Interesse betrachtete. *Elvira Widerberg?* Der Name klang wie schiere Poesie. 1967 hatte Bo Widerberg den Film über Elvira Madigan gedreht, basierend auf dem Drama über die unmögliche Liebe zwischen der jungen Seiltänzerin Elvira Madigan und dem älteren, verheirateten Leutnant Sixten Sparre. Die Geschichte musste natürlich böse ausgehen.

»Bist du Schwedin?«, fragte ich. »Kommen deine Eltern vielleicht aus Schweden?«

»Ich bin genauso norwegisch wie Sie. Aber mein Großvater stammte aus Schweden.«

»Nun, denn.« Ich richtete mich in meinem Chefsessel auf und starrte auf sie herunter. »Wenn du aufstehst und den Stuhl ein paarmal herumdrehst, kommen wir auf dieselbe Höhe.« Mein letzter Mandant hatte eine Vorstellung von seinem Ego, die so gar nicht mit der Realität übereinstimmte, dass ich mir den Spaß erlaubt hatte, den Stuhl abzusenken, ehe er zu mir gekommen war.

Sie tat wie geheißen und sah mich währenddessen mit einem seltsamen Blick an. In diesem Moment glaubte ich, sie vorher schon einmal gesehen zu haben. Aber ich wusste weder wo noch wann.

»Also«, fuhr ich fort, »du weißt, dass ich Anwalt bin, und du bist keine Schwedin. Gibt es etwas, wobei ich dir helfen kann?«

»Ich hab über Sie gelesen«, erwiderte sie prompt. »In der Zeitung. Ich hab Bilder von Ihnen gesehen.«

»Redest du von *Tønsbergs Blad?«* Das lokale Orakel wusste meine ungewöhnlichen Methoden im Rechtswesen nicht eben zu schätzen, allerdings war ich auch schon in überregionalen Blättern aufgetaucht.

»In *Aftenposten.* Als Sie dem Richter ein Glas Wasser ins Gesicht geschüttet haben.«

»Er war kein Richter«, sagte ich. »Er war Staatsanwalt. Das ist was völlig anderes. Außerdem ist das lange her. Und etwas solltest du dabei wissen.«

»Das wäre?«

»Es war kein ganzes Glas, nur ein kleiner Schluck. Noch dazu war es ein Unfall.« Es stimmte schon, dass der arrogante Drecksack ein bisschen Wasser auf den Schlips bekommen hatte, ein unglaublich geschmackloser Schlips, nebenbei bemerkt. Aber es war nicht mit Absicht geschehen. Ich hatte lediglich das Glas ein wenig zu schnell angehoben. Ich hatte einen Jungen vertreten, in einem Sorgerechtsstreit, den wir verloren hatten. *Recht zu haben ist nicht dasselbe wie Recht zu bekommen.* In dieser Sache waren allerdings weder vom Richter noch vom Staatsanwalt irgendwelche weisen Worte zu hören gewesen.

»Ich möchte, dass Sie Johanna helfen.« Jetzt klang sie sehr ernst.

»Und wer ist das?«

Die Kleine wirkte mit einem Mal seltsam erwachsen. »Meine große Schwester.«

»Aha«, sagte ich und musterte sie nachdenklich. Ich konnte nicht sagen, was es ganz konkret war, aber es gab irgendetwas an dem Mädchen, was mich bekümmerte.

»Sie ist siebzehn, fast achtzehn.«

»Warum kommt deine Schwester nicht selbst?«

»Weil sie wohl nicht will.« Die Kleine sah mich resigniert an. Mit dem Blick einer erwachsenen Frau.

»Und wieso will sie nicht?«

»Sie weiß nicht, dass ich hier bin«, beeilte sie sich zu sagen. »Sie wäre stinksauer auf mich.«

»Und was ist mit deinen Eltern?«

Sie senkte den Blick und verdrehte die Hände. Ihre Nägel waren abgekaut. »Ich kann Ihnen nichts davon erzählen, verstehen Sie das nicht?«

Als der Ärmel ihres Pullovers ein wenig hochrutschte, sah ich die Narben. Kreuz und quer. Rote, leuchtende Narben. Schnell zog sie den Ärmel wieder herunter.

Die Stille im Büro wurde nur von Huldas Keuchen unterbrochen. Zeit zum Gassigehen.

»Und warum kannst du das nicht?«, fragte ich schließlich.

Eine saublöde Frage, die zu stellen wohl nur Erwachsenen einfiel. Ich begriff es zu spät.

Sie sah auf ihre Hände. »Die reden nicht über so was.«

Ich konnte nicht anders, als ihre Hände zu betrachten. Sie zitterten leicht. »Was ist *so was*?«

Sie sagte nichts, starrte mich bloß an.

»Hör zu«, fuhr ich fort, so rücksichtsvoll wie möglich, »was immer deine Schwester für Probleme hat: Wenn sie noch so jung ist, müssen deine Eltern informiert werden.«

»Sie ist doch schon fast erwachsen.«

Sie hatte natürlich recht. Viele in ihrem Alter benahmen sich, als wären sie erwachsen. Viel zu erwachsen, wenn Sie mich fragen.

»Wo liegt das Problem?«

Elvira öffnete ihre Schultertasche und zog ein Handy hervor. Sie fummelte daran herum, legte es dann auf den Schreibtisch und schob es zu mir herüber. »Hier, sehen Sie.«

Wenn die Sommersprossen nicht gewesen wären, hätte ich geglaubt, dass sie rot wurde. Es war schwer zu erkennen.

Ich griff nach dem Handy, ein Smartphone mit großem Display. Das Bild darauf war nicht schön. Ich hatte schon immer Probleme damit, Leute zu verstehen, die ihre Geschlechtsorgane fotografierten und diese Herrlichkeiten dann an andere schickten. Der glänzend rote Pullermann, der den Bildschirm ausfüllte, war erschreckend groß. Ein Foto kann natürlich lügen, was die Dimensionen angeht, aber er wirkte enorm. Der reinste Leuchtturm.

»Herrgott«, sagte ich. »Was in aller W… W… Welt ist das denn?«

»Nun ja, ein Ständer«, sagte sie mit einer Selbstverständlichkeit, die mich erstaunte. »Sehen Sie das nicht?«

Ich mochte die Art nicht, wie sie mich ansah. Plötzlich kam ich mir uralt vor. In meiner Kindheit trugen kleine Mädchen solche Bilder jedenfalls nicht mit sich herum.

»Wer stottert, der lügt.«

»Wo hast du das denn her?«

»Kalle sagt das. Aber er ist ein Idiot.«

»Ganz meine Meinung«, sagte ich. »Wenn jemand stottert, dann, weil das, was er sagen will, wichtig ist.«

»Das glaube ich nicht«, erwiderte sie. »Sie haben doch nichts Wichtiges gesagt.«

Die Kleine war gut verdrahtet, daran bestand kein Zweifel. »Woher hast du das Foto?«

»Ich hab's von ihrem Handy. Jemand hat es ihr geschickt.«

»Vom Handy deiner Schwester?«

»Ja, sie weiß nichts davon, und wenn, dann würde sie mich totschlagen.«

»Du hast also im Handy deiner Schwester rumgeschnüffelt?«

»Ich hab's in ihrer Jacke gefunden und das Bild dann an mein Handy weitergeleitet.« Ihre Worte klangen alltäglich, doch die Stimme erzählte etwas anderes.

Ich legte das Telefon weg und schaute aus dem Fenster. Draußen wurde es langsam dunkel. Ich mochte den Frühling. Doch das Wetter war unvorhersehbar. Als ich mich wieder zu der Kleinen drehte, sah ich etwas in ihren Augen blitzen. Vermutlich waren es Tränen, weswegen ich ihr behutsam die Schachtel Papiertaschentücher zuschob.

»Hier«, meinte ich bloß. Ich wusste nicht, was ich sagen sollte, um sie zu trösten. »Möchtest du etwas? Vielleicht 'ne Limo?« Zu spät fiel mir ein, dass ich nur etwas schwerere Rauschmittel auf Lager hatte.

Hulda war zum Leben erwacht. Aufmerksam betrachtete sie meinen Gast. Hunde haben einen Radar, mit dem wir Menschen nicht ausgestattet sind; sie spüren, wenn eine Situation knifflig wird.

»Nein, danke«, erwiderte Elvira erstaunlich ruhig. »Können Sie mir helfen?«

»Das würde ich gern tun«, sagte ich. »Aber hier müssen dir wohl deine Eltern helfen.« Ich musterte sie erneut. So jung, so schlau, so verletzlich. Das schlechte Gefühl in mir verstärkte sich. »Hat sie einen Freund, deine Schwester? Könnte ja gut sein, dass er ihr das Bild geschickt hat?«

»Sie hat keinen Freund.«

»Nein? Na gut. Hast du ein Bild von ihr?«

Widerwillig nahm sie das Handy und klickte sich zu einem Bild ihrer Schwester durch.

Ich beugte mich vor.

Dass die beiden verwandt waren, war kaum zu übersehen. Rötliches Haar und vereinzelte Sommersprossen, ein prägnantes, leicht verhärtetes Gesicht. Sie sah viel älter aus als ihre jüngere Schwester. Keine von beiden brauchte Fotos von der Sorte, wie ich es eben gesehen hatte.

»Ihr ähnelt euch«, sagte ich. »Ist sie genauso jähzornig wie du?«

»Ich bin nicht jähzornig!«

»Natürlich nicht. Hast du mit deiner Schwester über das Bild gesprochen?«

»Nein, verdammt. Ich will mir doch keine Prügel einhandeln.«

»Aber du machst dir Sorgen«, konstatierte ich.

»Sie ist schon länger so.« Elvira drehte das Handy zwischen den Fingern.

»Wie ist sie denn?«

»Zickig, irgendwie. Schwänzt die Schule, haut ab, schließt sich ein und behauptet, sie wäre krank. Aber ich weiß, dass sie lügt, sie ist nicht krank.«

»Und was sagen deine Eltern?«

»Die kapieren gar nichts!«, platzte sie heraus. »Die reden bloß über 'nen Psychologen und Pillen und so was, die wissen nichts über uns.«

»Über *uns*?«, sagte ich. »Hast du denn auch solche Bilder bekommen?«

»Hab ich nicht!« Ich erahnte kleine rote Flecken zwischen den Sommersprossen. »Ich meine, die reden nicht über so was.«

»So was wie das hier?« Ich nahm das Handy und sah mir noch einmal das Foto an. Es wurde nicht schöner. »Weißt du, wer das ist?«

»Sind Sie blöd, oder?«

»Oder?«, erwiderte ich. Sie hatte meine Frage nicht beantwortet.

»Die glauben, wir sind bloß dumme Blagen.«

Ich ließ es unkommentiert. »Kann sie das Bild vielleicht selbst aufgenommen haben?«

»Nein! Ich hab doch gesagt, es kam als MMS.«

»Von wem?«

»Das weiß ich nicht.«

Ich hob abwehrend die Hände. »Okay. Weißt du, wann?«

»Irgendwann im Sommer. Sie hat's inzwischen bestimmt gelöscht.«

»Soso«, sagte ich nachdenklich. »Hat sie noch andere Bilder dieser Art bekommen?«

»Weiß ich doch nicht.«

Ich bekam plötzlich Lust auf ein Zigarillo, schaffte es aber, mich zu beherrschen. »Was soll ich deiner Meinung nach tun, Elvira?«

Sie sah mich lange an, ohne etwas zu sagen. »Können Sie ihn finden?«, fragte sie schließlich.

»Den Mann auf dem Foto?«

»Wenn Sie ihn finden, können Sie ihn doch wohl aufhalten, nicht? Ihm vielleicht Angst einjagen oder so?«

»Das ist Aufgabe der Polizei und der Gerichte«, erwiderte ich. »Das weißt du doch wohl.«

»Aber Sie können doch dafür sorgen, dass er so was nie wieder macht?«

»Vielleicht«, sagte ich. »Solche Bilder zu verbreiten, verstößt möglicherweise gegen das Gesetz.«

»Gegen das Gesetz?« Ihr Blick war ganz direkt. »Und wieso gibt's dann überall solche Bilder?«

»Da ist was dran«, gab ich zurück. »Aber das Verbot betrifft Minderjährige. Und zu dieser Gruppe gehörst du auf jeden Fall. Deine Schwester ist dem Gesetz nach nicht minderjährig, die Strafmündigkeit beginnt mit fünfzehn. Und für sexuelle Beziehungen liegt die Grenze bei sechzehn Jahren.«

»Aber alle sehen sich doch solche Bilder an.«

»Nicht alle, will ich hoffen.« Allerdings hatte sie recht. Ein durchschnittlicher Teenager hatte mit fünfzehn wohl schon mehr pornografische Bilder und Filme gesehen, als ich es in einem langen Leben geschafft hatte. »Wohnt ihr hier in Tønsberg?«

»Knarberg«, sagte sie schnell, als wollte sie nicht, dass ich das wüsste. »Papa ist Pastor und Mama Lehrerin.« Sie griff nach ihrer Tasche. »Ich habe Geld.« Sie zog ein rosa Portemonnaie hervor. Immerhin passend für ein Kind. »Ich hab 'ne Bankkarte.« Triumphierend sah sie mich an.

»Es kostet nichts. Du hast ja nichts bekommen, und somit musst du auch nichts bezahlen.«

»Wollen Sie uns denn nicht helfen?«

»Uns?«

»Mir, meine ich.«

»Es ist ja nicht so, dass ich nicht wollte«, sagte ich und kam mir dabei nicht sonderlich heldenhaft vor. »Es ist eher so, dass ich nicht viel tun kann, um euch zu helfen.«

»Und wieso?«

»Du bist ein Kind«, erwiderte ich.

»Ich werde bald fünfzehn.« Ihre grünen Augen verrieten irgendetwas, das ich nicht verstand. »Ich bin kein dummes Kind.«

»Das habe ich schon verstanden«, sagte ich. »Aber da du vor dem Gesetz noch ein Kind bist, kannst du mich nicht als deinen Anwalt anheuern. So was müssen deine Eltern machen, verstehst du das?«

»Das ist idiotisch.«

»Mag sein, aber so ist es eben.«

»Das hätte ich wirklich nicht von Ihnen gedacht.« Sie wirkte traurig. »Sie dürfen aber niemandem sagen, dass ich mit Ihnen geredet habe.« Sie fixierte mich mit ihrem direkten Blick. »Versprochen?«

»Hoch und heilig«, gab ich zurück. »Aber du solltest das mit deiner Schwester klären.« Ich zeigte wieder auf das Handy. Die Fotografie war glücklicherweise schon wieder ausgeblendet.

»Sie will nicht mit mir sprechen.«

»Dann solltest du deinen Eltern davon erzählen.«

»Wenn ich das mache, wird Johanna nie wieder ein Wort mit mir reden.«

»Normalerweise geht so was vorbei«, sagte ich. »Wenn sie Hilfe bekommt. Außerdem ist es bestimmt nicht so schlimm, wie du glaubst. Und wenn ihr dann später immer noch Unterstützung braucht, könnt ihr zu mir kommen.«

Sie blieb wortlos sitzen und sah sich um. Als ihr Blick auf das Foto meiner Tochter fiel, stand sie auf, trat ein paar Schritte auf das Bild zu und betrachtete es lange. Dann drehte sie sich wieder zu mir. »Ist das Mari? Ihre Tochter?«

»Ja«, erwiderte ich, ohne näher darüber nachzudenken, woher sie den Namen kennen könnte. »Als das Bild aufgenommen wurde, war sie ungefähr in deinem Alter.«

»Sie ist hübsch.«

»Findest du?«

»Eigentlich meine ich eher, dass sie witzig aussieht.«

»Da sagst du was«, entgegnete ich. »Sie ähnelt dir ein bisschen.«

»Wo ist sie jetzt?«

»Sie wohnt in Berlin«, sagte ich. »Studiert da.«

»Vermissen Sie sie?«

»Ja«, sagte ich. Die Kleine hatte die erstaunliche Fähigkeit, wesentliche Fragen zu stellen. »Aber nicht die ganze Zeit.«

Sie setzte sich wieder. »Arbeiten Sie dauernd?«

»Seh ich so aus?«

»Ja.«

»Dann stimmt es wohl«, sagte ich. Nicht nur ihr Mundwerk funktionierte. Sie hatte auch eine scharfe Beobachtungsgabe. Teenager wurden unterschätzt.

Sie schwieg. Wir saßen still da, doch die Stille wirkte nicht bedrückend. Es war so, als kannten wir uns schon lange. Plötzlich vermisste ich meine Tochter.

Zögernd erhob sie sich. Als hätte sie keine große Lust zu gehen.

Ich war auch aufgestanden. »Vielleicht möchtest du ja einen Spaziergang mit uns machen«, versuchte ich es.

Das Wort ›Spaziergang‹ ließ das Tier fit werden.

»Darf ich?«

»Ja«, sagte ich. »Wir machen nur eine kleine Tour hinüber zum Slottsfjell, das ist nicht weit.« Der Schnee war noch nicht ganz geschmolzen, immer noch lagen vereinzelt kleine Flecken herum.

Als wir an meiner Wohnung vorbeikamen, zeigte sie auf den Jaguar, der draußen stand. »So ein Auto hätte ich auch gern«, sagte sie und schenkte mir ein fast unmerkliches Lächeln.

Ich hätte es kapieren müssen, doch ihr Lächeln hatte mich entwaffnet.

Schweigend ging sie neben mir den steilen Weg hinauf. Ich hatte ihr angeboten, ihre Tasche zu tragen, wurde aber abgewiesen. »Sie sind doch hier der Ältere.«

Oben auf dem Hügel blieben wir stehen und sahen Hulda zu, die mit der Nase auf dem Boden ihre rituelle Jagd nach irgendetwas vollzog.

»Was macht er denn jetzt?«, fragte Elvira.

»Nicht er. Sie«, sagte ich.

»Ja gut, dann eben sie.«

»Jagt Katzen nach, die es nicht gibt«, sagte ich. »Sie glaubt nur, dass es welche gibt.«

»Was für'n Glück.«

»Was meinst du damit?«, fragte ich.

»Nichts.« Sie hatte die Hände tief in die Taschen ihres Anoraks geschoben.

»Sag mir mal eins«, fuhr ich fort. »Gibt's da noch irgendwas, das du mir erzählen möchtest?«

»Was denn?« Wieder dieser ferne Blick.

»Sag du's mir«, gab ich zurück. »Übrigens, musst du nicht bald nach Hause?«

»Da ist niemand«, sagte sie.

»Was ist mit deiner Schwester?«

»Weiß nicht.« Sie sah mich an. »Herr Foyn?«, sagte sie.

»Ja?«, sagte ich.

»Wenn ich Ihnen das Foto schicke, können Sie dann nicht doch was machen?«

»Ich dachte, wir hätten die Diskussion schon beendet«, sagte ich, änderte aber sofort meine Meinung. »In Ordnung, ich kann mich ein bisschen umsehen. Aber erwarte dir nicht zu viel.« Ich zog eine Visitenkarte aus der Brieftasche und reichte sie ihr. »Hier ist meine Nummer. Du kannst es dahin schicken.«

»Danke«, sagte sie leise. »Wollen wir zurückgehen?«

Der Abend war kalt. Doch die Kälte, die ich verspürte, kam aus dem Innern. Ich rief Hulda, die widerwillig ihre Jagd einstellte. »Soll ich dich nach Hause fahren?«

Sie schüttelte den Kopf. »Ich nehme den Bus.«

Gemeinsam liefen wir den Hügel hinunter. Wenn uns jemand gesehen hätte, wären wir ihm wie Vater und Tochter vorgekommen, beim Gassigehen mit dem Familienhund.

Ich begleitete sie zum Busbahnhof. Als sie hineinging und sich zu mir umdrehte, sah ich Tränenspuren in ihrem Gesicht. »Sicher, dass du mir sonst nichts zu erzählen hast?«, fragte ich.

»Nein«, sagte sie so leise, dass ich es fast nicht gehört hätte. Dann drehte sie sich um und lief schnell auf den Bus zu. Ich blieb stehen und betrachtete ihren schmalen Rücken, als sie die Busstufen hinaufkletterte. Während sie nach hinten lief, drehte sie sich halbwegs zu mir um und hob eine Hand. Ich winkte zurück. Dann war sie verschwunden.

Auf dem Weg nach Hause hörte ich mein Handy piepsen. Sie hatte Wort gehalten.

2

Das Wochenende wurde genauso ruhig und friedlich, wie ich befürchtet hatte. Nichts passierte. Als ich darüber nachdachte, erschien mir das nicht weiter erstaunlich. *Das Leben besteht aus ewigen Wiederholungen.* Ich weiß nicht, wo ich diese weisen Worte herhatte, ging aber davon aus, dass sie einer qualifizierten Quelle entstammten. Das Einzige, was mir missfiel, war der Begriff *ewig*. Ich war skeptisch, was die Idee der Ewigkeit betraf. Ich fand es schon schwierig genug, hier und jetzt an das Leben auf der Erde zu glauben.

Das Foto, das Elvira mir geschickt hatte, war immer noch auf meinem Handy gespeichert. Unbesehen. Es widerstrebte mir, es eingehender zu studieren. Allerdings hatte ich einen meiner inoffiziellen Assistenten angerufen. Arthur war ein junger Mann mit umfassenden Kenntnissen über die digitale Welt und nicht minder deutlichen Ansichten über geltendes Recht und Gesetz. Sein Urteil war klar. *Ich kann vielleicht, und ich betone vielleicht, herausfinden, von welchem Handy dieses Foto stammt. Aber du kannst darauf wetten, dass es eine anonyme und nicht registrierte Nummer ist. Sogar Idioten wie du benutzen ja jetzt diese Micky-Maus-Telefone. Besorg dir so ein gebrauchtes Ding, geh spät am Abend zu irgendeinem* 7-Eleven-*Kiosk, gib irgendeinen dämlichen Fantasienamen an und du bekommst eine Prepaidkarte. Selbst die klügsten IT-Spezialisten können dann allenfalls die Basisstationen lokalisieren, in deren Umgebung du dich bewegt hast.*

Er hatte natürlich recht. Es gab nichts, was ich tun konnte. Und dennoch nagte die Begegnung mit Elvira an meinem Unterbewusstsein.

Ich verdrängte die Sache und konzentrierte mich stattdessen darauf, dem Rat meiner Steuerberaterin zu folgen.

Die Tage für einen privat praktizierenden Anwalt in der Kleinstadt Tønsberg unterschieden sich gar nicht mal so sehr vom Dasein eines Staranwalts in den Romanen John Grishams. Hier wie dort wurden dramatische Kämpfe im Gerichtssaal ausgefochten, mit dem Ergebnis, dass die Bad Guys auf dem Schlachtfeld zurückblieben, während die Guten mit ihrem auserwählten Schatz in den farbenfrohen Sonnenuntergang ritten.

Dieser Donnerstag war keine Ausnahme. Am Frühstückstisch bereitete ich mich mental auf die bevorstehende Verhandlung vor. Der Streit um einen wenige Meter langen Wegabschnitt hatte ganze zwei Sippschaften, unzählige Rechtsanwälte und den kompletten Justizapparat involviert. Marx hatte Weitblick bewiesen. Das Eigentumsrecht war die Wurzel allen Übels.

Als ich nach dreiminütiger Lektüre zu den in *Tønsbergs Blad* abgedruckten öffentlichen Bekanntmachungen kam, warf ich einen Blick auf die Todesanzeigen.

Später habe ich mir des Öfteren vorzustellen versucht, was geschehen wäre, wenn ich mich an diesem Tag nicht in die Zeitung vertieft hätte. Ich hätte es eilig haben oder verschlafen können, wäre vielleicht nach einem Abend in einer der wenigen übrig gebliebenen Eckkneipen mit dröhnenden Kopfschmerzen erwacht oder zusammen mit Alice, ohne das geringste Interesse für die Lokalzeitung – was auch immer hätte mich von der Lektüre der Zeitungsspalten abhalten können. Vielleicht hätte ich dann niemals erfahren, was ich jetzt schwarz auf weiß sah.

Aber so war es nicht. Und vermutlich hätte es auch nicht geholfen. Ich wäre so oder so in die Sache hineingezogen worden.

Die Tasse glitt mir aus der Hand, färbte die Zeitungsseiten kaffeebraun und fiel krachend zu Boden. Die Buchstaben tanzten vor meinen Augen. *Unsere innig geliebte Tochter Elvira Widerberg hat uns heute plötzlich und unerwartet verlassen. Sonntag, 28. April 2013.* Ich konnte nicht weiterlesen.

Verfluchte Dreckscheiße.

Als mich der Schlag der Wirklichkeit traf, riss das beinahe unmerkliche Zerren an meinem Unterbewusstsein zu einer offenen Wunde auf, voll mit Salz und Niedertracht.

Ich zwang mich weiterzulesen. Eltern, Schwester, Großeltern, Onkel, Tanten, Vetter und Kusinen, alle verspürten Ohnmacht, Trauer und Verwirrung. Auch Jesus wurde erwähnt, als trüge der friedliebende Zimmermann die Verantwortung für das Unfassbare.

Ich ließ die Zeitung sinken und versuchte nachzudenken. Ein junges Mädchen wie Elvira starb nicht ohne Weiteres. Krankheiten waren ausgeschlossen, Anzeichen dafür wären mir aufgefallen. Ein Unfall war nicht wahrscheinlich, sonst hätten die Medien darüber berichtet. Und definitiv kein Mord, aus demselben Grund. Vielleicht eine Überdosis. Oder Selbstmord. Das waren die einzigen realistischen Möglichkeiten.

Sie war nicht einmal fünfzehn geworden. Aber ich wusste, dass so etwas passierte. Nicht oft, nur ein paar Selbstmorde pro Jahr. Keiner davon hätte geschehen dürfen, sie alle waren das Resultat von Unterlassungssünden, auf allen möglichen Ebenen. Ich hatte einige dieser Tragödien erlebt und konnte keine weiteren ertragen.

Mit einem Mal erschien mir der Tag schwarz und düster. Der Gedanke an das bevorstehende Verfahren widerstrebte mir derart, dass ich mich körperlich krank fühlte. Doch nach eingehender Überlegung resignierte ich. Vielleicht war es am besten, mich in die Arbeit zu stürzen und das Schuldgefühl auf diese Weise zu verscheuchen.

Ich schaffte es, die Übung des Tages zu absolvieren, ohne dass meine distanzierte Haltung gegenüber den Interessen meiner Mandanten irgendeine messbare Reaktion hervorrief. Anscheinend erwarteten sie nicht mehr.

Erst am Nachmittag, als die Verhandlung vorbei war, musste ich der Realität ins Auge blicken. Die Kleine war zu mir gekommen, weil sie Hilfe brauchte. Obwohl ich begriffen hatte, dass irgendetwas faul war, hatte ich ihr nicht mehr als einen Spaziergang am Slottsfjell anbieten können. Jetzt war sie tot.

Ich *musste* mit Alice reden. Der starke Verdacht ihres Mannes, oder besser gesagt Exmannes, dass sie ein Verhältnis mit mir unterhielt, hatte zu einem Bruch zwischen uns geführt. Ich verließ mich darauf, dass dieser Bruch vorübergehender Natur war, eben so lange, bis das Gericht den Sorgerechtsstreit entschieden hatte. Es war unfassbar, dass ein einzelner Mann so viel Angst innerhalb einer Familie bewirken konnte, zu deren Zerstörung er selbst beigetragen hatte. Alices Mann war Rechtsanwalt, ein richtig gewiefter Kerl mit sehr viel Erfahrung. Ich glaube nicht, dass er an Eifersucht litt, auch wenn er es gern so darstellte. Jemand anderes hatte sich an seinem Eigentum vergriffen, sein maskulines Selbstbild untergraben und seine Domäne bedroht. Allein die Tatsache, dass er seine Frau verdächtigte, ein Verhältnis mit einem Kleinstadtanwalt zweifelhaften Rufs zu haben, machte ihn gefährlich. Zu allem Überfluss stimmte es ja. Falls es ihm gelingen sollte zu beweisen, dass dieses Verhältnis fortbestand, solange der Kampf um das Sorgerecht für die beiden Töchter noch nicht beendet war, würde es ihm gute Chancen einräumen, vor Gericht zu gewinnen. Ich hatte solche Fälle schon früher erlebt. Alice hatte das vor mir erkannt und entsprechende Maßnahmen getroffen. *Er hat ein Detektivbüro engagiert, Svend. Die überwachen mich. Ich bin sicher, dass sie auch mein Telefon angezapft haben.* Sogar eine Ermittlerin bei der Kripo konnte kaltgestellt werden, wenn der Druck stark genug wurde. Das Sorgerecht für ihre Kinder zu verlieren, war ihr größter Albtraum.

Wir mussten eine Pause einlegen, selbst ich hatte das begriffen.

Ich rief sie im Büro an. Es war kurz nach vier.

»Hier Anderson.« Ihre professionelle Stimme klang kurz angebunden und präzise. Aufgrund ihres amerikanischen Backgrounds hatte sie eine gute Schule durchlaufen, auch wenn die kleine, norwegisch geprägte Stadt Fargo, unsterblich geworden durch den Film der Gebrüder Cohen, keine sehr großen Herausforderungen geboten hatte. Aber sie hatte gelernt, eine Waffe zu benutzen.

»Ich bin's«, sagte ich.

Erst blieb es still. Wir hatten seit zwei Wochen nicht miteinander gesprochen.

»Ja«, antwortete sie dann leicht unterkühlt. »Wie geht's dir?«

»Nicht gut«, gab ich zurück. »Überhaupt nicht gut.«

»Was ist passiert?«

»Ich hab mir Probleme eingehandelt.«

»Ich dachte, du würdest was Neues erzählen«, sagte sie ironisch, besann sich aber. »Was ist los?«

»Ein Selbstmord«, sagte ich. »Zumindest nehme ich das an.« Ich gab ihr die Kurzversion. »Theoretisch könnte es sich auch um Krankheit oder einen Unfall handeln, aber ich habe kein gutes Gefühl. Sie ist nicht mal fünfzehn geworden und ich fühle mich verantwortlich.«

»Warum ist sie denn zu dir gekommen?«

»Ich weiß nicht genau«, sagte ich. »Aber sie hat mir das Bild eines Penis gezeigt, das sie auf dem Handy ihrer Schwester gefunden hatte. Sie wollte, dass ich herausfinde, wer dahintersteckt.«

»Ein Penisbild?«

»Ja«, sagte ich. »Von einem erwachsenen Mann, zumindest sah es so aus.«

»Du glaubst also, es hat irgendwas mit einem sexuellen Übergriff zu tun?«

»Ist es nicht naheliegend, so was zu vermuten?«

»Dafür, dass du nicht mehr weißt, ziehst du voreilige Schlüsse.«

»Mag sein«, sagte ich. »Aber es gab da irgendetwas an ihr, das mich beunruhigt hat.«

»Verstehe. Kannte sie die Missbrauchsfälle, an denen du gearbeitet hast?«

»Nicht dass ich wüsste.« Ich erzählte Alice von den Narben auf Elviras Arm. »Es ging ihr nicht gut. Ich hatte das Gefühl, dass es da etwas gab, womit sie nicht so recht rausrücken wollte.«

»Missbrauch und Selbstverletzung. Was glaubst du, was kommt zuerst?«

»Gute Frage. Weißt du, ich mochte das Mädchen wirklich, eine kleine Persönlichkeit. Sie kam zu mir, weil sie Hilfe wollte, und ich habe nicht einen Finger gerührt. Das ist die ganze beschissene Wahrheit.«

»Kann ich irgendwas tun?«

»Ich weiß nicht«, sagte ich. »Du könntest ein bisschen rumschnüffeln, dich mal umhören, was die Ermittler in Tønsberg im Zusammenhang mit dieser Geschichte so treiben, ob sie da überhaupt irgendwas machen.«

»Was ist mit Mørk?«, fragte sie. »Kannst du dich nicht an ihn wenden?«

»Davon gehe ich aus. Aber da ist noch was, worum ich dich bitten möchte.«

»Ich ahnte es schon.«

»Guck doch mal nach, ob du ähnliche Fälle findest. Junges Mädchen, fast noch ein Kind, von einem Erwachsenen missbraucht. Ihr hattet in letzter Zeit doch mehrere solcher Fälle, oder?«

»Es gab ein paar«, erwiderte Alice knapp. »Willst du etwa andeuten, wir hätten da so eine Sache wie damals in Vågå, als der Bürgermeister dieses Mädchen missbraucht hat?«

»Keine Ahnung. Aber vielleicht gibt es einen Modus Operandi, irgendwas, nach dem ich suchen sollte.«

»Du willst den Fall also weiterverfolgen?«

»Ich glaube schon«, sagte ich. »Würdest du das nicht auch tun? Und überprüf doch bitte auch ihre Familie, ja?«

»Ich sehe mal, was ich tun kann. Ach, und Svend?«

»Ja?«

»Der Termin für die Verhandlung wird bald festgesetzt.«

»Das ist gut«, sagte ich. »Du wirst gewinnen. Soll ich als Zeuge aussagen?«

Schon bei unserer allerersten Begegnung hatte mir ihr Lachen gefallen.

Nachdem ich in einem der hochgejubelten Tønsberger Hafenrestaurants eine Mahlzeit verschlungen hatte, traf ich meine Entscheidung.

Elvira Widerbergs sommersprossiges Gesicht wollte nicht verschwinden. Es wurde ständig deutlicher.

Als ich Wilhelm Mørk anrief, ging er ungewöhnlich schnell ans Telefon. »Ich bin's«, sagte ich.

»Das höre ich«, erwiderte er. »Ich habe schon darauf gewartet, dass du dich meldest.«

»Wieso? Haben wir eine Verabredung?«

»Wenn du nicht angerufen hättest, wären wir wohl gezwungen gewesen, dich herzubringen.«

»Ach ja?«, sagte ich beunruhigt. »Worum geht es denn?«

»Du solltest hierherkommen. Sofort.«

Sein Ton gefiel mir nicht. »Möglicherweise«, sagte ich.

»Um deiner selbst willen«, fuhr Mørk unbeirrt fort.

»Ich werde mal sehen, ob ich noch einen Termin dazwischenquetschen kann.«

Abendliche Stille hatte sich im Präsidium ausgebreitet, als ich das Gebäude betrat. Auf dem Weg nach oben zu Mørk begegnete ich einer der neuen, jungen Polizeijuristinnen. Dass sie schon eine qualifizierte Anwältin war, erschien mir wie ein Wunder. Ich hätte einen Monatslohn darauf verwettet, dass sie gerade mal die Vorprüfungen an der Uni absolviert hatte. Mich beschlich das unangenehme Gefühl, taxiert zu werden, als wir einander auf der Treppe entgegenkamen.

Die Tür zu Mørks Büro war geschlossen, ungeachtet dessen klopfte ich nicht an.

Er telefonierte, als ich die Tür öffnete. Ich befreite den Besucherstuhl von einem Papierstapel und machte es mir bequem, während ich Mørk von der Seite anblickte. Im Gegensatz zu uns anderen war er dem normalen Alterungsprozess anscheinend nicht ausgesetzt. Elegant bis in die Fingerspitzen saß er da und hielt eine schlanke französische Zigarette in der Hand. Er führte ein Gespräch mit einer Person, bei der es sich vermutlich um die neue Rechtsmedizinerin des Krankenhauses handelte, eine junge Frau, zu der Mørk eine Beziehung unterhielt, wie ich fürchtete. Um ihretwillen.

Lächelnd beendete er das Gespräch und drehte sich dann zu mir. »Was hattest du mit dem jungen Mädchen zu schaffen?«

Mir fiel beinahe das Handy aus der Hand. »Wovon redest du?«

»Elvira Widerberg. Ziemlich besonderer Name, nicht wahr?«

»Voller Poesie«, entgegnete ich. »Woher weißt du das?«

»Was denn?«

Die Wortklauberei begann mich zu langweilen. »Vielleicht könntest du mir mal verraten, was los ist?«

»Du wirst in ihrem Tagebuch erwähnt. Als Letzter«, fügte er lakonisch hinzu.

»Im Tagebuch?«, fragte ich tonlos. »Was ist mit ihr passiert?«

»Am Sonntagmorgen wurde sie tot im Badezimmer ihres Elternhauses gefunden.«

»Aber wie ist sie gestorben?«

»Wir haben nur ein vorläufiges Untersuchungsergebnis. Sie wurde mit mehreren Schnitten im Arm in der gefüllten Badewanne gefunden, aber es sieht aus, als sei sie ertrunken.«

»Wie bitte?«

»Auf dem Fußboden haben wir ein leeres Pillenröhrchen gefunden. *Tolvon.* Das Schlafmittel der Mutter. Wir glauben, dass sie im Laufe des Abends, während ihre Eltern nicht da waren, die Badewanne füllte, eine nicht unbeträchtliche Menge Pillen schluckte und sich mit einem Rasiermesser den Arm aufschlitzte, während sie in der Wanne lag.«

»Ich glaube, sie hat das gemacht«, sagte ich. »Sich zu ritzen, meine ich.«

»Woher weißt du das?« Seine Stimme klang scharf.

»Ich hab die Narben gesehen.«

Mørk gab keinen Kommentar. »Nun, also«, fuhr er schließlich fort, »der Blutverlust war erheblich, aber anscheinend nicht groß genug, um den Tod herbeizuführen. Die Schlafmitteldosis allein war wahrscheinlich auch nicht ausreichend, aber da streiten die Gelehrten.«

»Du meinst, sie ist eingeschlafen?«

»Ja, die Pillen und der Blutverlust haben sie möglicherweise so geschwächt, dass sie eingeschlafen sein kann. Es sieht so aus, als sei sie einfach ertrunken.«

»In ihrer eigenen Badewanne? Das kann doch nicht dein Ernst sein.«

»Sie wurde erst am Sonntagmorgen gefunden. Aufgrund des warmen Wassers ist es schwierig, den genauen Todeszeitpunkt zu bestimmen. Wir reden hier von einer Zeitspanne von mehreren Stunden.«

Ich brauchte ein wenig Zeit, um diese Informationen zu verdauen. »Also, was glaubt ihr jetzt? War es ein Unfall?«

»Was glaubst *du*?«

Die Frage überraschte mich. »Keine Ahnung. Ich kannte sie nicht.«

»Ach so.«

Unmut vermischte sich mit Schuldgefühlen. Eine elende Kombination. »Wieso wurde sie erst am nächsten Tag gefunden?«, fragte ich. »Waren ihre Eltern nicht zu Hause?«

»Elvira und ihre Schwester hatten ein eigenes Badezimmer im Untergeschoss. Als die Eltern gegen Mitternacht nach Hause kamen, haben sie nicht nachgesehen. Sie sind gleich zu Bett gegangen.« Mørk machte eine vielsagende Pause. »Das behaupten sie jedenfalls. Und ehe du fragst: Die Schwester war in der Nacht nicht zu Hause.«

»Nicht zu Hause? Sie ist doch erst siebzehn.«

»Wie ich sehe, bist du gut informiert.«

Ich ignorierte den ironischen Tonfall. »Wo war sie denn?«

»Angeblich bei einer Freundin.«

»Angeblich?«

»Wir untersuchen das noch«, erwiderte Mørk knapp. »Der Großvater war da, aber der ist am frühen Abend wieder nach Hause gefahren. Er wohnt in Oslo. Was weißt du eigentlich über Elvira Widerberg?«

»Nicht viel«, sagte ich. »Bearbeitest du den Fall?«

»Es gibt keinen Fall. Vorläufig nicht«, fügte er betont hinzu. »Es gibt noch eine andere Erklärung, die wir nicht ganz ausschließen können.«

»Wovon redest du?« Mein Bauchgefühl sagte mir, dass irgendetwas nicht stimmte. Nichts stimmte. Kleine Mädchen durften nicht auf diese Weise sterben. Sie sollten groß werden und ein langes Leben führen. Ich hätte irgendetwas unternehmen müssen und es nicht einfach so beiseiteschieben dürfen. Diese Erkenntnis traf mich wie ein Schlag ins Gesicht.

»Es ist ungeklärt, ob die Wohnungstür verschlossen war. Die Schwestern haben einen separaten Eingang.«

»Und wieso ist das unklar?«

»Der Notruf ging um 09.13 Uhr ein. Polizei und Rettungswagen waren um 09.27 Uhr vor Ort. Der Vater hat am Treppenaufgang auf sie gewartet, dann sind sie gleich hinein. Zu diesem Zeitpunkt war die Eingangstür zum Untergeschoss unverschlossen, wobei der Vater aber behauptet, dass er die Tür aufgeschlossen hätte.« Mørk legte eine Pause ein. »Angesichts der Umstände kann man eben nicht ganz sicher sein, ob seine Erinnerung korrekt ist, wenngleich er erstaunlich gefasst schien.«

»Er ist Pastor«, sagte ich.

»Das wusstest du also?« Mørk sah mich nachdenklich an. »Die Mutter hat einen Schock erlitten. Sie erinnert sich an gar nichts.«

»Habt ihr irgendwas gefunden, was darauf hindeutet, dass die Kleine an dem Abend Besuch hatte?«

»Keine interessanten Spuren, nein.«

»Was meinst du mit *interessant?*«, fragte ich.

»Es waren natürlich noch andere Personen in der Wohnung. Wir sind gerade dabei, die Spuren zu sortieren. Außerdem«, Mørk legte eine seiner typischen Pausen ein, »gab es einen Extraschlüssel für die Wohnungstür, versteckt an der Mauer hinter der Garage.«

»War der Schlüssel vorhanden?«

»Ja, sicher.«

»Hinter der Garage?« Ich sah ihn skeptisch an. »Könnte ihn vielleicht irgendwer gefunden haben?«

»Das lässt sich nicht ausschließen.« Mit keiner Miene verriet Mørk, was er eigentlich dachte.

»Hatte sie irgendwelche Verletzungen?«, fragte ich weiter. »Habt ihr was Verdächtiges gefunden?«

»Nein.« Mørk blies einen perfekten Rauchring in die Luft. Der schwebte durch den Raum und blieb über meinem Kopf hängen. »Allerdings hinterlässt es nicht unbedingt Spuren, wenn man ein wehrloses Mädchen ein paar Minuten unter Wasser drückt.«

»Glaubst du, dass es sich so abgespielt hat?«

»Ich glaube gar nichts.« Er drückte die Zigarette im Aschenbecher aus. Eigentlich hätte Mørks Angewohnheit in einem öffentlichen Büro nicht erlaubt sein dürfen, aber der Regelverstoß schien ihn nicht zu quälen. »Es sah auffällig aufgeräumt aus«, sagte er plötzlich.

»Im Badezimmer?«

»Ja.«

»Inwiefern?«

»Tja, ihre Sachen waren ordentlich aufgehängt, die Handtücher zusammengefaltet, die Schuhe exakt nebeneinander, alles war in schönster Ordnung.« Wilhelm Mørks Blick verriet nicht, was er dachte. »War sie ein Ordnungsmensch?«

»Woher soll ich das wissen? Ich kannte sie nicht.«

»Ich hab so was schon erlebt.« Er sah mich nachdenklich an. »Bei Selbstmördern. Sie räumen erst auf, ehe sie den letzten Schritt gehen.«

»Sie war doch noch ein Kind«, sagte ich. »Es muss ein Unfall gewesen sein.«
»Vielleicht«, erwiderte er knapp.
»Was hat sie in ihr Tagebuch geschrieben?«
Mørk antworte nicht sofort. »Das zu hören, würde dir nicht gefallen«, sagte er dann.
»Lass mich das entscheiden.«
»Ich habe das Tagebuch nicht hier, aber ich konnte es lesen.«
Genau in diesem Moment öffnete sich die Tür. Der Mann, der den Kopf ins Zimmer streckte, hatte offenbar nicht den Anstand, um anzuklopfen.
»Ich hörte, dass Sie im Haus gesehen wurden, Rechtsanwalt Foyn«, begann er nicht gerade besonders höflich. Kriminalchef Åsen war ein geplagter Mann. »Wir müssen uns unterhalten.« Er blickte Mørk streng an, der ihn völlig ignorierte, woraufhin Åsen mich barsch anstarrte. »In meinem Büro.« Hustend zog er sich wieder zurück.
Ich stand auf. »Jetzt spuck's schon aus«, sagte ich.
»Sie hat über dich geschrieben. Allerdings ein wenig speziell für eine Vierzehnjährige, würde ich sagen.«
Ich sank zurück auf den Stuhl. »Was sagst du da?«
»Anscheinend hat sie von dir fantasiert. Es waren doch wohl Fantasien?«
Ich sah ihn angewidert an. »Sie hat mich letzten Freitag in meiner Kanzlei aufgesucht. Das war das einzige Mal, dass ich sie gesehen habe.« Ich war unsicher, ob das die ganze Wahrheit war.
Mørk hob die Hände. »Bleib mal ganz ruhig.« Er wirkte jetzt ernst. »Aber du musst dich darauf einstellen, dass nicht alle das so leichthin akzeptieren. Du hast hier nicht nur Freunde, wie du weißt. Und außerdem«, jetzt schien er wirklich bekümmert, »da gibt es noch mehr.«
»Und das wäre?« Ich war noch immer verwirrt, gar nicht sonderlich ängstlich.
»Laut Obduktionsbericht war sie keine Jungfrau. Oder um genauer zu sein, es gibt Anzeichen, die darauf hindeuten, dass

sie sexuelle Erfahrung hatte. Aber so was kann man nicht mit hundertprozentiger Sicherheit feststellen. Und dieses Bild, das sie dir geschickt hat, was, in aller Welt, sollte das bedeuten? Wir haben ihren Mobilfunkverkehr überprüft«, fügte er erklärend hinzu. »Standardverfahren.«

»Ach ja? Sie hat mir gesagt, dass sie das Foto vom Handy ihrer Schwester hatte. Elvira wollte ihr helfen und hat es an mich weitergeleitet. Sie bat mich, den Mann zu finden.«

»Und darauf hast du dich eingelassen?« Mørk schüttelte den Kopf.

»In einem schwachen Moment«, gab ich zu. »Sie tat mir einfach leid.«

»Dieses Foto kommt nicht von Johanna Widerbergs Handy, das kann ich dir jedenfalls sagen.«

»Ach ja?«, sagte ich. »Und wer hat es dann geschickt?«

»Auf dem Handy der Schwester gab es keine Fotos dieser Art.«

Es war also so, wie ich geahnt hatte. Elvira hatte von sich selbst gesprochen.

»Lass ihn nicht warten.« Mørk zeigte auf die Tür. »Åsen kennt Elviras Vater, und soweit ich weiß, kannte er auch sie. Sie sind Mitglieder in derselben Loge.« Es war kein Geheimnis, dass der Kriminalchef Freimaurer war. Ein natürliches Sammelbecken für Geistliche und Juristen. Bis jetzt hatte ich noch kein Angebot zur Aufnahme in die Loge erhalten.

Kriminalchef Åsen blickte kurz auf, als ich die Tür öffnete. »Setzen Sie sich, wir werden hier ein ganz informelles Gespräch führen.« Mit ausdrucksloser Miene sah er mich an. »Elvira Widerberg. Was hatten Sie mit ihr zu schaffen, Foyn?«

»Sie hat mich in meiner Kanzlei aufgesucht«, sagte ich. »Das ist alles.«

»Letzten Freitag, wenn ich das richtig verstehe?«

»Ja.«

»Und dann starb sie.«

»Ist das eine Frage?«, erwiderte ich.

Er sagte nichts, starrte mich bloß an.

»Das ist eine traurige Geschichte«, sagte ich. Das schlechte Gewissen hatte mich nicht verlassen, war aber jetzt mit Neugier und wachsendem Unmut vermischt. Was bildete er sich eigentlich ein? Und wieso hatte die Kleine mich in die Sache mit hineingezogen?

»Sie haben recht, Foyn.« Eine Sekunde lang sah ich den Menschen hinter der Maske aufblitzen, dann nahm er wieder seine Angriffsposition ein. »Wie erklären Sie sich das Tagebuch?« Er hielt mir ein rosa Buch unter die Nase. »Es muss doch wohl einen Grund dafür geben, dass ausgerechnet Sie hier eine Rolle spielen?«

»Ich habe nicht die leiseste Ahnung.«

»Es sieht fast so aus, als kannten Sie einander. Was haben Sie dazu zu sagen?«

»Nicht viel«, entgegnete ich. »Sie können gern die ganze Geschichte hören, sie ist nicht lang.« Ich erzählte ihm, was ich wusste. Ich hatte nichts zu verbergen.

»Hm«, sagte er nachdenklich, nachdem ich fertig war. »Anhand ihrer Internetchronik konnten wir sehen, dass sie Sie ein paarmal gegoogelt hat, auch bevor sie zu Ihnen in die Kanzlei kam. Ist es denkbar, dass sie so eine Art *Stalker* war?« Dass mich irgendwer als Objekt ausgesucht haben könnte, schien mir unbegreiflich. »War sie möglicherweise von Ihnen besessen, ohne dass Sie etwas davon wussten?«

Ich war geradezu beeindruckt von Åsens Fähigkeiten. Auch mir war der Gedanke gekommen. »Das ist natürlich möglich«, sagte ich erstaunt. »Tønsberg ist eine kleine Stadt. Aber weshalb?«

»Eine gute Frage, Foyn.« Åsens Gesicht war unergründlich. »Was glauben Sie?«

Ich wich der Frage aus. »Was wissen Sie über die Probleme der Kleinen?«

»Das können wir Ihnen nicht verraten.« Jetzt war er wieder der Alte.

»Gab es da irgendwelche Kontakte zum Jugendamt?«

»Die gab es nicht, auch wenn sie ein paar Probleme hatte. Die Eltern verstehen überhaupt nichts, aber die sind natürlich in einem Schockzustand.«

»Sie hat von ihrer Schwester gesprochen«, sagte ich. »Aber das war vielleicht eine Art Projektion?«

Erstaunlicherweise schien er mit dem Begriff vertraut zu sein. »Das ist nicht undenkbar, Foyn.«

»Haben Sie vollständig ausgeschlossen, dass es sich um Mord handeln könnte?«

»Keine Anzeichen weisen darauf hin.«

»Was ist mit der Schwester? Haben Sie rausgefunden, wo sie gewesen ist?«

Åsen setzte ein düsteres Lächeln auf. »Die übliche Geschichte. Sie ging aus dem Haus und sagte, dass sie im Laufe des Abends wiederkäme. Doch tatsächlich ist sie mit ein paar älteren Freunden und Freundinnen in ein Wochenendhaus gefahren. Auf Tjøme«, fügte er hinzu. »Sie haben nichts damit zu tun.«

»Sieht nicht so aus, als hätten die Eltern sonderlich viel Kontrolle über ihre Töchter«, sagte ich.

Åsen blickte mich resigniert an. »Haben Sie nicht auch eine Tochter, Foyn?«

»Doch, ja«, erwiderte ich. »Aber sie steht schon längst nicht mehr unter meiner Kontrolle.« Ich unterließ zu erwähnen, dass das sowieso kaum je der Fall gewesen war. Ich wusste, dass Åsen drei Töchter im Teenageralter hatte. »War nicht der Großvater da?«

»Mütterlicherseits, ja«, fügte Åsen kurz hinzu. »Axel Schøtt verließ das Haus gleich nach den Hauptnachrichten im Fernsehen. Laut Aussage der Eltern sollte er eigentlich über Nacht bleiben, aber da Johanna angeblich am Abend wieder zurück sein wollte, hielt er das mit dem Babysitting für überflüssig.«

»Axel Schøtt? Der Richter?« Er war ein bekannter Jurist. Ich war ihm niemals persönlich begegnet, wusste aber genau, um wen es sich handelte. Ein äußerst profilierter Mann in meinem Fachbereich.

»Der Richter a. D.«

»Wie hat er es aufgenommen?«

»Das werden Sie sich ja wohl denken können, Foyn. Wenn er geahnt hätte, dass Johanna vorhatte, woanders zu übernachten, dann wäre er natürlich geblieben. Jetzt macht er sich Vorwürfe. Laut Eltern stand er beiden Mädchen sehr nahe.«

»Hat er überprüft, ob die Türen verschlossen waren, ehe er wieder fuhr?«

»Natürlich hat er das getan. Schøtt ist ein äußerst respektierter Mann.«

»Nun denn.« Ich hatte Probleme zu verstehen, dass das irgendwas mit dem Verschließen der Türen zu tun haben sollte. »Ich hörte, der Schlüssel zum Untergeschoss sei leicht zugänglich gewesen?«

Åsen sah mich entmutigt an. »Ersparen Sie mir bloß Ihre Konspirationstheorien, Foyn.« Er blickte in seine Unterlagen. »Dem Mobilfunkverkehr von Elvira konnten wir entnehmen, dass sie Ihnen ein Foto geschickt hat«, fuhr er mit strenger Stimme fort. »Ein äußerst unpassendes Bild. Warum hat sie das getan?«

»Sie hat es vom Handy ihrer Schwester kopiert und dann an mich weitergeleitet.« Aus irgendeinem Grund hatte ich das Bild nicht erwähnt. Was wohl nicht sehr schlau gewesen war.

»Tatsächlich? Wir haben mit der Schwester gesprochen, sie bestreitet, dieses famose Bildchen überhaupt je gesehen zu haben. Sie meint, Elvira müsse es selbst erhalten haben, vielleicht von einem Unbekannten. Es ist sicher nicht ganz unüblich, dass Teenagermädchen mit derartiger Aufmerksamkeit bedacht werden.«

»Das klingt nicht unwahrscheinlich, abgesehen davon, dass ich nicht verstehe, warum Elvira gelogen haben sollte.« Es stimmte nicht ganz. Mir war der Gedanke durchaus schon gekommen, dass sie den Wunsch gehabt hatte, mir etwas Wichtiges über sich selbst zu erzählen, und ihre Schwester dann benutzte, um die Sache zu vereinfachen.

»Teenager leben in ihrer eigenen Welt, Foyn.« Åsen seufzte. »Wer könnte so etwas verstehen?«

»Mich dürfen Sie nicht fragen«, sagte ich und beugte mich zu ihm vor. »Wäre es jetzt nicht an der Zeit, dass ich dieses Tagebuch zu lesen bekomme?«

Er sah mich skeptisch an. »Nun ja«, sagte er nach kurzer Bedenkzeit, »das sollte sich wohl einrichten lassen.« Er schob das Tagebuch zu mir herüber. Offenbar wollte er meine Reaktion beobachten.

Ich fing hinten an. Die letzten Einträge stammten von Samstag, dem 27. April.

Zuerst hatte sie unsere Begegnung beschrieben. Was ich sagte, wie ich angezogen war, mein Büro, Hulda, der Spaziergang am Slottsfjell, so weit war alles in Ordnung. Dann wurde es schlimmer. Sie sah etwas in meinen Augen, behauptete, mich gut zu kennen, zu wissen, was ich mochte, solche Dinge. An und für sich betrachtet nichts wirklich Ernstes, eher Andeutungen. Aber vor dem Hintergrund, dass sie minderjährig und außerdem kurz danach gestorben war, sah es überhaupt nicht gut aus.

Ich blätterte zu Einträgen, die mehrere Wochen zurücklagen. An einzelnen Stellen tauchte ich erstaunlicherweise auf.

Sie mochte meine Dachgeschosswohnung, ließ aber unerwähnt, ob sie tatsächlich da gewesen war. Möglicherweise hatte sie eine Reportage der Lokalzeitung verfolgt, die mich in meinen vier Wänden interviewt hatte.

Sie wusste genau über bekannte Fälle Bescheid, an denen ich gearbeitet hatte, wusste, wann ich im Gericht gewesen war, viele kleine Informationsfetzen, die für sich betrachtet nicht sonderlich problematisch erschienen, aber alles in allem doch ein erstaunliches Bild abgaben. Dass ich als Rechtsberater in einem Jugendfürsorgefall aufgetreten war, hatte sie ebenfalls registriert und sich genaue Aufzeichnungen gemacht. Der Fall, bei dem es sich um sexuellen Missbrauch und ausgebliebenes Einschreiten der Behörden gehandelt hatte, schien sie offenbar interessiert zu haben.

Åsen beobachtete mich, während ich las. »Und?«, sagte er, als ich aufblickte.

Ich schüttelte resigniert den Kopf. »Das ist seltsam. Sie hatte anscheinend das Bedürfnis, sich einem Erwachsenen anzuvertrauen, und hat aus irgendwelchen Gründen mich ausgewählt.«

Ich war nicht ganz sicher, ob Åsen mich vielleicht verdächtigte, ein unpassendes Verhältnis zu der Kleinen gehabt zu haben.

»Was Sie nicht sagen, Foyn.« Der Kriminalchef sah mich mit düsterem Blick an. »Sie hatte sehr wahrscheinlich schon sexuelle Erfahrung. Und da war sie bei Weitem nicht die einzige Vierzehnjährige, von der man das behaupten könnte.«

Ich verkniff mir die naheliegende Frage, ob er dabei seine eigenen Töchter im Sinn hatte. »Was passiert jetzt? Werden Sie den Fall verfolgen?«

»Welchen Fall?«

»Irgendjemand hat gegen das Gesetz verstoßen. Vierzehnjährige sollten keinen Sex haben und schon gar nicht mit erwachsenen Männern. Für mich sieht es so aus, als wäre der Absender des Fotos ein Erwachsener, und der sollte gestoppt werden.«

»Sie müssen uns nicht erzählen, wie wir unseren Job zu machen haben, Foyn.« Plötzlich war er wieder ganz formell. Vermutlich bereute er sein Entgegenkommen bereits. »Wir werden natürlich ihre Kontakte unter die Lupe nehmen. Sind Sie sicher, dass Sie nicht mehr zu erzählen haben?«

Die Frage gefiel mir nicht. »Absolut.« Einigermaßen verwirrt erhob ich mich. Ich hoffte, dass es damit vorbei war, aber irgendetwas sagte mir, dass es nicht so einfach sein würde. Außerdem quälte mich das schlechte Gewissen. Vielleicht hätte ich Elvira Widerbergs Tod verhindern können.

3

Es überraschte mich, dass die Beerdigung schon am Freitag stattfinden sollte, nur fünf Tage später. Was verdächtige Todesfälle anbetrifft, nahm sich das polizeiliche System in der Regel mehr Zeit. Ich nahm es als Anzeichen dafür, dass die Todesursache festgestellt worden war und man alle Theorien hinsichtlich eines Mordes verworfen hatte.

Ich schaffte es nicht, Elvira aus dem Kopf zu bekommen. Sie begleitete mich am Tage, suchte mich an langen Abenden heim und spukte durch meine Träume. Ein süßes, von Sommersprossen übersätes Gesicht, ein ungelenker, noch nicht ganz reifer Körper. *Pippi Langstrumpf.* Was war mit dir geschehen?

Begräbnisse waren eine schwere Last. Manchmal, wenn der Verstorbene alt war, des Lebens überdrüssig und bereit, das Jammertal zu verlassen, konnte es schon ganz in Ordnung sein, in einzelnen Fällen sogar beinahe gut.

Aber Kinder sollten nicht sterben. Sie sollten leben, aufwachsen und alt werden. Nicht zu Erde werden und verschwinden, bevor sie überhaupt gelebt hatten. Elvira Widerberg wäre zu einer tollen Frau geworden, einer mit Rückgrat. Sie wäre Journalistin oder Schriftstellerin geworden, hätte all die dummen Kerle einfach überholt und wäre wie viele andere am Ende doch mit einem Typen weit unter ihrem Niveau gestrandet. Ihre Kinder wären Miniaturausgaben von Pippi gewesen, sie hätte an wütenden Demonstrationen gegen Krieg und Ungerechtigkeit teilgenommen, und als Großmutter hätte sie ihren Enkeln davon erzählt, wie es einmal war, in diesem übersättigten Land namens Norwegen zu leben, am Rande der Welt. Aber daraus wurde nichts.

Ich hatte das Gefühl, an der Beerdigung teilnehmen zu müssen, wusste aber auch genau, dass ich nicht erwünscht war. Mørk hatte mich gewarnt. *Benutz wenigstens einmal deinen Verstand und halte dich fern.*

Ich hörte nicht auf ihn. Ich suchte mir einen Platz ganz hinten in der Kirche von Nøtterøy und wickelte mich fest in meinen Mantel ein, während ich versuchte, mein Gesicht hinter einem Schal zu verbergen.

Die Trauerfeier war viel schlimmer, als ich erwartet hatte, wenngleich sie mit äußerstem Fingerspitzengefühl abgehalten wurde. Die Worte waren passend, die Lieder schön und die Orgelmusik feierlich. Für mich klangen die Worte inhaltsleer.

Erwachsene Zuhörer schluchzten, die jüngeren weinten, die Familie war völlig aufgelöst.

Ein paar von Elviras Mitschülern waren gekommen, aber weniger, als ich vermutet hätte.

Elvira zu Ehren hatte ich den Jaguar poliert. Als ich schon wieder auf dem Weg zum Wagen war, tauchte der Kriminalchef wie aus dem Nichts vor mir auf. »Hatten Sie nicht mal den Anstand, sich fernzuhalten, Foyn? Sie sollten an die Familie denken.«

Ich blieb die Antwort schuldig und fuhr schnell davon.

Später konnte es niemand so richtig erklären. Dass bei der Polizei mitunter Informationen durchsickerten, war keine große Neuigkeit. In diesem Fall allerdings hätte ich erwartet, dass Åsen seine Autorität einsetzte, um es zu verhindern. Elviras Familie vor unangenehmem Gerede zu beschützen, hätte oberste Priorität haben müssen. Doch einige Medien sahen das anders. Und ein paar von ihnen hatten Zugang zu jedweder Ermittlung. Wenn dann noch die Anklagebehörde die Presse benutzte, um ihre zweifelhaften Ziele zu erreichen, machte es die Sache auch nicht besser. Jedenfalls war das Tagebuch jetzt bekannt.

Möglicherweise handelte es sich bei der Quelle auch um die Familie. Aus dem Gleichgewicht geraten, von Trauer, Verlust und Wut überwältigt, könnten sie etwas geäußert haben, kleine Bemerkungen, die weitergetragen wurden und sich der Kontrolle entzogen hatten. Sie hatten das Tagebuch gelesen und falsche Schlussfolgerungen gezogen. Ich hätte sie verstehen können.

Am Samstag, sechs Tage nach dem Todesfall, also am Tag nach dem Begräbnis, brachte VG die Geschichte als Aufmacher. Auf geschickte Weise hatte die Journalistin vermieden, Elvira beim Namen zu nennen, sondern hatte sie lediglich als mögliches Opfer in einer norwegischen Kleinstadt am Oslofjord bezeichnet. *Verdächtiger Todesfall* war der Ausdruck, dessen sie sich bediente. Der Artikel war voller Spekulationen, entbehrte tatsächlicher Fakten, identifizierte aber einen *bekannten lokalen Rechtsanwalt* als Figur in diesem Drama. Echtes Geschmiere.

Nur die Namen fehlten. Am Tag danach war *Dagbladet* an der Reihe, die lokalen Medien hielten sich zurück.

Damit war der Schneeball ins Rollen gekommen. Zwar wurde mein Name in den Zeitungen nicht genannt, doch in den sozialen Medien sind die Hemmschwellen niedriger und die Dreckschleusen stets geöffnet. Noch am selben Abend war ich in die Geschichte verwickelt. Auch der Inhalt des Tagebuchs war durchgesickert.

Nicht jede Reklame ist gute Reklame.

Bereits am darauffolgenden Montag, nachdem ich das Gefühl hatte, auf dem Weg ins Büro einen Spießrutenlauf absolvieren zu müssen, traf ich meine Entscheidung.

Mit einer polizeilichen Ermittlung konnte ich nicht rechnen. Nachdem sie festgestellt hatten, dass die Kleine Opfer eines tragischen Unglücksfalls war und sonst nichts, und die Familie in erster Linie ihre Ruhe haben wollte, war stark zu befürchten, dass einer Ermittlung keine höchste Priorität eingeräumt werden würde. Es war eben keine Sensation, dass eine frühreife Vierzehnjährige schon erste sexuelle Erfahrungen gemacht hatte. Solange keine besseren Anhaltspunkte für einen Missbrauch vorlagen als ein nicht identifizierbares Handyfoto, würde die Motivation für eine Verfolgung der Sache nicht sonderlich hoch sein.

Ich wusste, wie man in der Behörde dachte.

Ein Telefonat mit Mørk verstärkte meinen Eindruck. Sie hatten sich die Geschichte von allen Seiten angesehen und mit der Schwester und den Eltern gesprochen, ohne etwas Neues zu erfahren. Johanna wusste nichts von irgendeinem Foto und ihr Handy war jungfräulich rein.

»Die Eltern wussten gar nichts.« Wilhelm Mørk klang resigniert. »Zumindest nicht mehr, als dass die jüngste Tochter psychische Probleme hatte, so haben sie das jedenfalls genannt. Vor ein paar Monaten haben sie sie auf Glückspillen gesetzt. Und von einem möglichen Freund hatten sie nie auch nur das Geringste gehört.«

Auch die Schule hatte keine neuen Informationen beisteuern können. »Sie fehlte oft und hatte Konflikte mit Lehrern und Mitschülern.« Ich fühlte mich an meine eigene Schulzeit erinnert. »Wir haben nichts gefunden«, fuhr Mørk fort. »Schon bald ist alles vergessen, deine Rolle auch.« Es klang alles andere als beruhigend.

Äußerst widerwillig öffnete ich das Foto, das Elvira mir geschickt hatte. Ich glaubte nicht, dass der Leuchtturm zu einem Jugendlichen gehörte, aber meine Erfahrung mit Bildern dieser Sorte war begrenzt.

Irgendwo ganz hinten in meinem Gedächtnis tauchte ein Buchtitel auf. *Penisatlas.* Ich hatte mich amüsiert über die Idee, die Penisse von Männern zu fotografieren, um so zu beweisen, dass wir alle verschieden waren.

Genau das, was ich brauchte.

Meine Paranoia wurde nicht schwächer, als ich mich an den Bibliothekar wenden musste, nachdem ich das Buch allein nicht finden konnte.

Entweder hörte er schlecht oder er war einfach nur bösartig, als er sich zu mir herüberbeugte und die Frage wiederholte. »Penisatlas, sagten Sie?« Er sprach gerade so laut, dass die Warteschlange hinter mir alles genau mitbekam.

»Ja«, sagte ich. »Ein Buch mit Fotos von Penissen. Die interessieren mich.« Ich drehte mich um und wartete auf Applaus. Vergeblich.

Seltsamerweise war das Buch vorrätig. Andererseits vielleicht auch nicht so erstaunlich, weil es an einer versteckten Stelle stand. Espen Esther Pirelli Benestad war als Redakteur aufgeführt. Einhundert Männer hatten ihre Organe zur Verfügung gestellt.

Wieder im Büro, setzte ich mich hin und studierte die Bilder. Espen, oder vielleicht war es Esther, hatte recht. Die Variationen waren enorm. Alles war normal, das war die Hauptbotschaft. Nach eingehenden Vergleichen kam ich zu dem Schluss, dass die Handyausgabe beschnitten war, was laut Autor darauf hindeuten konnte, dass der Besitzer nicht mehr ganz jung war, da diese Operation bei ethnischen Norwegern immer seltener vorgenommen wurde. Für Juden und Muslime hingegen war dieses Ritual immer noch ein wichtiger Teil ihrer Kultur.

Das half mir nicht viel weiter. Ich musste mit der Schwester reden. Sich ihr aber jetzt zu nähern, so kurz nach der Tragödie, hätte nicht gut ausgesehen. Und zu den Eltern musste ich Abstand halten. Bis auf Weiteres.

Facebook war meine Rettung. Alle Teenager hatten dort eine Profilseite, Johanna war da keine Ausnahme.

Durch zweihundertsiebenundzwanzig Freunde, unzählige Bilder, drei Videos und massenhaft Gruppen und Likes bekam ich eine interessante Einführung in Johanna Widerbergs Dasein. Nicht viel deutete unter der polierten Teenageroberfläche auf dunklere Seiten hin, aber sie wirkte doch reifer, als das Alter vermuten ließ. Die Bilder von ihr waren nicht direkt schamlos, hatten aber einen sinnlichen Unterton, der nicht zu einer siebzehnjährigen Schülerin passte. Wobei das nichts bedeuten musste. In der digitalen Wirklichkeit kann jeder seine eigene Identität konstruieren.

Zu meiner Verwunderung konnte ich Elvira auf *Facebook* nicht finden. Mein erster Gedanke war, dass die Eltern ihr Profil bereits gelöscht hatten, aber das erschien mir unwahrscheinlich. Vielleicht hatte sie schlicht und einfach zu dieser Minderheit gehört, die ihr Leben nicht mit dem Rest der Welt teilen möchte.

Das Mädchen, das Johannas beste Freundin zu sein schien, war Schülerin am Greveskogen Schulzentrum in Tønsberg. Das Foto zeigte ein süßes blondes Mädchen, das älter als siebzehn aussah. Sara Johnsen. Ich wählte sie aus, nicht nur weil sie in der Nähe wohnte, sondern wegen ihres Interesses für Hunde. Der Boxer spielte eine zentrale Rolle in der Familie.

Saras Klasse und Stundenplan ausfindig zu machen, war einfach. Ein fingierter Anruf – und schon hatte ich alle Informationen, die ich brauchte.

Ich war schon deutlich vor zwei Uhr auf der Hauptstraße vor der Schule zusammen mit Hulda in Stellung gegangen. Das Tier hatte sich seltsamerweise ohne Murren damit abgefunden, an diesem Nachmittag eine völlig neue Strecke zu erkunden. Falls Sara gleich nach Hause wollte, ging ich davon aus, dass sie der Straße bis zu ihrem Haus im Trudvangvei folgen würde, wo sie zusammen mit ihrer Mutter lebte.

Ich ließ Hulda von der Leine, als die Mädchenschar auf mich zukam. Das Tier hatte einen unfehlbaren Instinkt, wenn es darum ging, die Reste von Schulbroten oder andere Leckereien zu ergattern, im schlimmsten Fall auch nur Streicheleinheiten und freundliche Worte. Ein ausgewachsener Bernhardiner erregte eine gewisse Aufmerksamkeit.

Ausgehend von den *Facebook*-Bildern glaubte ich, Sara Johnsen zu erkennen, wenngleich sie in dicke Wintersachen eingepackt war und sich eine Strickmütze tief in die Stirn gezogen hatte. Ganz sicher war ich dann, als das Mädchen stehen blieb und Hulda anstarrte.

»Sie ist nicht gefährlich«, erklärte ich und trat ein paar Schritte auf sie zu.

»Ich fürchte mich nicht vor Hunden«, erwiderte sie, ohne mich anzusehen.

»Dann hast du wohl selbst einen Hund?«

Jetzt blickte sie auf. »Ja«, sagte sie. »Einen Boxer. Er heißt Rex.«

»Das ist Hulda«, sagte ich. »Sie ist furchtbar verfressen.« Der Hund war schon damit beschäftigt, sich in der Tasche der Kleinen etwas Essbares zu erschnüffeln. »Abgesehen davon ist sie ziemlich faul, nicht so wie Boxer.« Die anderen Schülerinnen waren schon weitergegangen. »Bist du Sara Johnsen?«, fragte ich.

»Ja?« Die Kleine sah mich verwundert an, wirkte aber nicht ängstlich. Es war mitten am Tag, wir befanden uns auf einer verkehrsreichen Straße, überall waren Menschen. »Woher wissen Sie das?«

Ich wich der Frage aus. »Du bist doch eine Freundin von Johanna Widerberg, stimmt's?«

Jetzt blickte sie mich skeptisch an. »Wer sind Sie?«

»Ich bin Rechtsanwalt«, sagte ich. »Foyn der Name. Svend Foyn.« Ich reichte ihr meine Karte.

Sie nahm sie vorsichtig entgegen und steckte sie in die Tasche, ohne genauer daraufzugucken.

»Ich würde mich gern ein bisschen mit dir unterhalten«, sagte ich. »Falls du nach Hause willst, könnten wir ein Stück zusammen gehen.«

»Okay.« Jetzt sah sie mich neugierig an, aber immer noch ohne Anzeichen von Angst.

»Du kannst Hulda nehmen«, sagte ich, machte die Leine am Halsband fest und reichte sie ihr. »Dann läuft sie wenigstens gemeinsam mit uns. Sonst dauert das zu lange.«

Wir überquerten die Straße und liefen schweigend weiter. Ich wusste nicht, wo ich anfangen sollte.

Plötzlich blieb sie stehen und drehte sich zu mir. »Sind Sie das?«, sagte sie. »Der Mann, der Elvira kannte?«

»Ich kannte sie nicht. Ich bin ihr nur ein einziges Mal begegnet.«

»Ach ja?«, sagte sie.

Hulda war auch stehen geblieben. Abwartend starrte sie das Mädchen an, ohne an der Leine zu zerren. Die Kleine hatte ein Händchen für Hunde.

»Stimmt das?«, fragte sie. »Dass Elvira Selbstmord begangen hat?«

»Niemand weiß das so genau«, sagte ich. »Es kann sich auch um einen traurigen Unglücksfall handeln.«

»Die sagen, dass es Selbstmord war.«

»Die Leute quatschen viel«, sagte ich. »Du darfst nicht alles glauben, was du hörst.«

»Aber kannten Sie sie denn?«

»Nein, eigentlich nicht. Aber anscheinend glaubte sie, mich zu kennen.«

»Tat sie das nicht?«

»Nein«, sagte ich. »Leider hatten wir keine Gelegenheit, uns kennenzulernen. Was ist mit dir? Kanntest *du* sie?«

»Vielleicht ein bisschen.« Sie strich sich mit der Hand über die Wange. »Es ist traurig.«

»Ja«, sagte ich. »Es ist sinnlos. Sie hatte ein paar Probleme.« Ich blickte Sara direkt an. »Weißt du, ob Elvira einen Freund hatte?«, fragte ich geradeheraus.

Sie schüttelte den Kopf. »Keine Ahnung. Sie war viel jünger als ich.«

Ich schaffte es gerade noch, mir ein Lächeln zu verkneifen. Für ein Mädchen ihres Alters bedeuteten zwei Jahre eine ganze Ewigkeit. »Aber Johanna kennst du ganz gut, oder?«

»Wir sind doch Freundinnen. Oder *waren* es«, fügte sie hinzu.

»Ach so?«

»Wir sehen uns zurzeit nicht mehr so häufig.« Schnell wechselte sie das Thema. »Ich hab von diesem Bild gehört«, fuhr sie dann fort.

»Ja?« Es war in den Medien erwähnt worden. »Passiert das öfter, dass ihr solche Bilder bekommt?«

»Das weiß ich nicht«, sagte sie. »Ich hab jedenfalls keins bekommen.«

Ich beendete das Thema. »Und was ist mit Liebhabern?«, fragte ich. »Hat Johanna einen?«

Jetzt lächelte sie. »*Einen?* Was meinen Sie damit?«

Plötzlich kam ich mir uralt vor. »Hat sie vielleicht mehrere?«

»Wenn Sie damit Jungs meinen, ja.«

»Aber keinen festen Freund, oder?«, bohrte ich weiter.

»Vielleicht. Sie erzählt mir nicht alles.«

»Ich dachte, Mädchen vertrauen einander ihre Geheimnisse an«, sagte ich. »Macht ihr das nicht?«

»Johanna ist schon etwas außergewöhnlich, also natürlich nicht so wie Elvira. Deshalb mag ich sie auch«, fügte sie schnell hinzu. »Sie ist ein bisschen seltsam.«

»Wie seltsam?«, fragte ich interessiert.

»Ich weiß nicht genau.« Sie klang unsicher. »Zieht irgendwie ihre eigenen Sachen durch. Manchmal ist sie sehr fern, und dann sind wir mehrere Wochen nicht zusammen.«

»Aber dann werdet ihr wieder Freundinnen?«

Sie nickte. »Wir können manchmal nicht so viel miteinander anfangen, jetzt gerade ist das so.«

»Hast du mit ihr gesprochen, nachdem ihre Schwester gestorben ist?«

»Nur am Telefon. Ich glaube nicht, dass sie überhaupt in der Schule war.«

»Nimmt sie es schwer?«

»Was meinen Sie?«

»Ich meine, ist sie richtig fertig?«

Sie zögerte kurz, ehe sie mir antwortete. »Das ist vielleicht nicht nett, so was zu sagen, aber ich glaube nicht. Die beiden waren nicht gerade beste Freundinnen. Elvira war ein bisschen psycho, das wussten alle.«

»Ach ja?«, sagte ich. »Inwiefern denn?«

»Sie wollte nicht auf andere hören und machte andauernd komische Sachen. Aber andererseits war sie irgendwie auch ziemlich ordentlich.«

»Ordentlich? Was meinst du damit?«

»Ach, ich weiß auch nicht, ich hab das nur von Johanna gehört. Sie fand, Elvira sei bei allem Möglichen immer sehr genau, so eine Art Kontrollfreak, wenn Sie verstehen, was ich meine.«

»Ich verstehe sehr gut, was du meinst«, sagte ich. »Hat die Polizei mal mit dir geredet?«

Sie sah mich überrascht an. »Die Polizei? Warum sollte die das wollen?«

»Aus demselben Grund wie ich«, erwiderte ich. »Du hast also nicht mit denen gesprochen?«

»Nein.«

Genau wie ich es mir gedacht hatte. »Weißt du, ob Elvira irgendwelche engen Freunde hatte?«

»Das möchte ich bezweifeln. Sie war doch bloß ein dummes kleines Mädchen«, rief Sara, besann sich aber wieder. »Ich wollte nichts Böses über sie sagen. Sie war halt nur ziemlich eigenartig. Sie mochte ältere Jungs«, fügte sie plötzlich hinzu.

Ich starrte sie an. »Hast du da jemand Bestimmten im Sinn?«

»Ach Quatsch, nee.« Sie bereute ihre Worte anscheinend. »Das war sicher nur dummes Gerede.«

»Darüber wüsste ich gern mehr«, sagte ich.

»Da sind ein paar Jungs, die sich damit brüsten, mit ihr zusammen gewesen zu sein, aber das ist bestimmt gelogen, so was machen die doch die ganze Zeit. Reden Stuss.«

»Wer sind diese Jungs?«, fragte ich. »Es ist wichtig, Sara.«

»Ich hab doch gesagt, ich hab keine Ahnung.«

»Kannst du das herausfinden? Du hast meine Karte, du kannst mich jederzeit anrufen.«

»Ich weiß nicht.« Sie zögerte. »Ich muss jetzt rein.« Wir waren zu einem Reihenhaus gekommen.

»Was ist mit Alkohol?«, fragte ich. »Hat Johanna mal was getrunken?«

»Was glauben Sie? Das machen doch alle. Fast alle«, fügte sie hinzu.

»Auch Elvira?«

»Bestimmt. Aber nur Bier, soweit ich weiß.«

Sie waren vierzehn und siebzehn. Ich war ein alter Idiot.

»Und Drogen?«, sagte ich.

»Wovon reden Sie?«

»Hasch, Pillen, alles was illegal ist. Hat Johanna so was gemacht?«

Sie zögerte. »Davon weiß ich nichts.«

Ich blickte sie lange an. »Was du mir erzählst, bleibt unter uns.«

Sara blickte sich um, als hätte sie Angst davor, dass uns jemand hören könnte. »Ein paarmal vielleicht«, sagte sie leise. »Ich weiß nicht viel über so was, aber es gibt etliche, die das nehmen.«

»Und was nehmen die?«

»Pillen, glaub ich. Und Hasch natürlich. Aber die meisten trinken Bier.«

»Weißt du, ob Elvira Drogen genommen hat?«

»Keine Ahnung.« Sie senkte die Stimme. »Aber ich hab schon daran gedacht. Dass Johanna sich verändert hat, meine ich. Vielleicht passierte das ja, weil sie Drogen genommen hat.«

»Das ist nicht ausgeschlossen«, sagte ich.

»'nen schönen Hund haben Sie.« Sie tätschelte Hulda. »Ach und, äh …« Sie drehte sich wieder zu mir.

»Ja«, sagte ich abwartend.

»Ich glaube nicht an diesen Quatsch, der im Internet steht. Elvira war doch ein bisschen verrückt, oder nicht?«

»Du hast recht«, sagte ich. »Nicht alles, was im Internet steht, entspricht der Wahrheit. Und sie war sicher ein bisschen sonderbar, aber deswegen sollte doch niemand sterben.«

Sara sah mich ein wenig schräg an. »Natürlich nicht«, sagte sie leise. Sie hielt meine Karte in der Hand, als sie die Gartenpforte öffnete.

»Werden Sie rausfinden, weshalb Elvira starb?«

»Vielleicht«, sagte ich unruhig.

»Einmal hab ich Johanna in einem großen dunklen Wagen gesehen. Ich weiß nicht, wer am Steuer saß. Es war seltsam, denn als ich sie fragte, war sie total angepisst.«

Ehe ich noch weitere Fragen stellen konnte, war sie im Haus verschwunden.

4

Es war kurz vor halb drei. Was ich mir als Nächstes zu tun vorgenommen hatte, machte mir keinen Spaß. Aber früher oder später musste ich mit ihrer Familie reden. Ich hatte mir alle öffentlich zugänglichen Informationen über die Eltern beschafft und mich schließlich für die Mutter entschieden. Anna Widerberg war nicht einfach nur Lehrerin, wie Elvira angedeutet hatte, sondern stellvertretende Schulleiterin. Ungeachtet dessen war sie wahrscheinlich noch nicht nach Hause gegangen, falls sie überhaupt schon wieder in ihren Job zurückgekehrt war. Wie in allen anderen Verwaltungen wurde wohl auch in der Schulverwaltung viel und lange gearbeitet. Doch was die Bürokraten da eigentlich so trieben, war eine andere Frage. Mit dem Vater wollte ich noch warten. Ich hatte ein problematisches Verhältnis zu Geistlichen.

Eine Viertelstunde später parkte ich den Jaguar vor der Teigar-Gesamtschule. Noch immer standen ein paar Autos auf dem

Parkplatz, aber alles wirkte ruhig. Schüler waren weit und breit nicht zu sehen. Den Gedanken, Frau Widerberg vorab anzurufen und um ein Treffen zu bitten, hatte ich verworfen. Die Antwort hätte wohl Nein gelautet und es mir erschwert, es später erneut zu versuchen.

Auf meinem Handy hatte ich ein Foto von ihr gespeichert, das bei einer Schulveranstaltung aufgenommen worden war. Ein verkniffenes Gesicht mit klaren Zügen, ziemlich hübsch und erstaunlich jugendlich. Aber sie sah nicht glücklich aus. Das rote Haar und die blassen Sommersprossen kamen mir bekannt vor.

Da vor der Schule niemand zu sehen war, ging ich durch den Haupteingang in Richtung der Verwaltungsbüros. Ganz am Ende eines Flurs stand ihr Name an einer Tür. *Anna Widerberg – Stellvertretende Schulleiterin.*

Ich blieb vor der Tür stehen und horchte. Kein Mensch war zu sehen.

Ich fühlte mich unwohl. Erinnerungen an eine ferne Schulzeit tauchten auf. Als ich das letzte Mal wartend vor der Tür eines stellvertretenden Schulleiters gestanden hatte, durfte ich mir kurz danach in allen Einzelheiten anhören, welche Maßnahmen gegen mich ergriffen werden sollten, nachdem ich mich gegen einen bösartigen Lehrer zur Wehr gesetzt hatte.

Ich riss mich zusammen und klopfte an die Tür.

»Herein!« Die Stimme klang genauso streng, wie ich befürchtet hatte.

Sie saß mit dem Rücken zu mir vor einem Computer und drehte sich nicht eher um, bis ich mich räusperte. »Frau Widerberg?«, fragte ich.

Sie fuhr mit ihrem Stuhl herum und sah mich erstaunt an. Offenbar hatte sie einen Schüler erwartet. Sie setzte sich die Brille auf ihre kräftige Nase. »Ja?«, sagte sie und erhob sich.

Sie war gut angezogen. Mit ihrem braunen Kostüm, dem grünen Pullover und dem Schmuck, der bestimmt kostbar war, entsprach sie so gar nicht meinem Bild von einer Lehrerin. Meine Exfrau zog sich immer noch so wie ihre Schülerinnen an, doch das Exemplar vor mir sah eher nach einer leitenden Direktorin aus.

Ich streckte die Hand aus. »Mein Name ist Foyn«, sagte ich. »Rechtsanwalt Svend Foyn.«

Es war keine große Überraschung, dass Fremde nicht mit Freude reagierten, wenn sie mir vorgestellt wurden. Der Gesichtsausdruck von Frau Widerberg war allerdings mehr als deutlich. »Wie bitte?« Sie ließ sich auf ihren Stuhl zurückfallen. »Was wollen Sie?«

»Es tut mir wirklich leid, Sie belästigen zu müssen«, sagte ich, um Fassung bemüht. »Mein aufrichtiges Beileid zum Tod Ihrer Tochter. Aber ich glaube, wir müssen miteinander sprechen.«

Sie starrte mich bloß an. Ihr Blick hatte sich von Verwunderung in Gereiztheit verwandelt.

»Wie Ihnen bekannt sein dürfte, hat Elvira mich zwei Tage vor ihrem Tod aufgesucht«, sagte ich. »Ich glaube, Sie sollten erfahren, worüber wir geredet haben.«

Inzwischen hatte sie die Fassung wiedererlangt. »Ja«, sagte sie zögernd und stand auf, ohne mir die Hand zu reichen. »Möchten Sie sich setzen?« Sie wirkte nervös und deutete auf eine Sitzecke. Dann ließ sie sich vorn auf der Kante eines Stuhls nieder, als wollte sie sich die Möglichkeit offen halten, jederzeit aufzuspringen und zu verschwinden.

Ich setzte mich. Es war klar, dass ich meine Worte sehr sorgfältig wählen musste. »Vor diesem Tag hatte ich keine Ahnung, wer sie war«, begann ich vorsichtig, »ich hatte sie nie zuvor gesehen.« Aufmerksam betrachtete ich Frau Widerberg. Ihr Gesicht war leer, ohne Ausdruck. »Ihr Tagebuch spiegelt Fantasien wider, nicht die Wirklichkeit«, fuhr ich fort. »Aus unbegreiflichen Gründen ist darin von mir die Rede. Sollten Sie irgendetwas von diesem Geschmiere gelesen haben, das da im Internet kursiert, so kann ich nur sagen, dass es sich einzig und allein um Unsinn und Spekulationen handelt. Ich kannte Ihre Tochter überhaupt nicht. Vermutlich hat die Polizei Ihnen das auch schon gesagt?«

Sie nickte, immer noch stumm.

»Sie kam zu mir, weil sie Hilfe wollte«, fuhr ich fort. »Leider ist mir nicht klar geworden, wie ernsthaft ihre Probleme waren. Das tut mir außerordentlich leid, auch wenn ich nicht weiß, ob ich etwas Vernünftiges hätte bewirken können. Ich habe sie inständig darum gebeten, mit Ihnen und Ihrem Mann zu reden.«

Es wurde still. Erst nach einer ganzen Weile, als die Stille unangenehm zu werden drohte, sagte sie etwas. Ihre Stimme war tonlos, als wollte sie ihre Gefühle verbergen. »Worüber haben Sie gesprochen?«

Ich erzählte ihr alles und versuchte, so präzise wie möglich zu sein. »Sie war ein interessantes junges Mädchen«, schloss ich, »eine richtige kleine Persönlichkeit, würde ich sagen. Aber das ist natürlich kein Trost.«

Plötzlich kamen die Tränen. Frau Widerberg hatte ein wenig ihrer Kontrolle verloren und verbarg das Gesicht in den Händen.

Ich stand auf und griff nach der Schachtel Papiertaschentücher auf dem Tisch. »Hier«, sagte ich, ohne eine Ahnung zu haben, was ich sonst sagen könnte.

»Danke«, erwiderte sie beherrscht. »Es waren schreckliche Tage. Wegen Johanna versuchen wir, so normal wie möglich zu leben, deshalb bin ich auch wieder bei der Arbeit.«

Elviras Kritik an ihren Eltern – *Die kapieren gar nichts* – konnte ich nicht erwähnen. Zwar hatte ich Elvira auch versprochen, ihnen von allem anderen nichts zu erzählen, aber dennoch entschied ich mich, das Versprechen zu brechen. »Ich hatte den Eindruck, dass es da eine längere Geschichte mit Selbstverletzungen gab«, sagte ich.

»Wir dachten, sie würde darüber hinwegkommen. Wir hatten keine Ahnung.« Sie hielt inne und verdrehte die Hände. »Wir hätten sie niemals allein lassen dürfen.«

Der Gedanke war mir auch schon gekommen. »Solche Selbstverletzungen bei Teenagern sind gar nicht so ungewöhnlich, wie man glauben sollte«, sagte ich. »Haben Sie denn eine Ahnung, was sie gequält haben könnte?« Ich hätte sie gern gefragt, ob sie glaubten, dass Elvira sich das Leben nehmen wollte, wagte es aber nicht.

»Nein, nicht im Mindesten«, erwiderte sie sofort. »Das macht ja alles noch viel schlimmer.«

»Es gab da ein Foto auf ihrem Handy«, sagte ich, nachdem sie sich die Nase geschnäuzt und aufgerichtet hatte, »ich nehme an, davon wissen Sie?«

»Die Polizei hat uns erzählt, was Sie gesagt haben.« Sie blickte mich gekränkt an. »Wir wussten natürlich nichts.« Nach einer kurzen Pause fuhr sie fort. »Wir begreifen gar nicht, wie so etwas möglich ist. Das muss doch irgendein Fehler sein.«

»Tatsache ist, dass das Bild da war«, sagte ich. »Mir gegenüber hat sie behauptet, sie hätte es von Johannas Handy kopiert. Was denken Sie darüber?«

»Das kann nicht stimmen. Wurde es ihr nicht eher von einem Unbekannten zugesandt?« Sie ignorierte die Tatsache, dass Elvira in diesem Fall gelogen hätte. Eine ihrer Töchter hatte die Unwahrheit gesagt.

»Das ist natürlich möglich«, entgegnete ich. »Was sagt denn Johanna?«

»Sie streitet es ab.« Frau Widerberg Stimme klang entschieden. »Bei unserer Schülerschaft kursieren leider ein paar pornografische Bilder, von denen wir nicht wissen, wo sie herkommen.«

»Elvira hat mich gebeten, denjenigen zu finden, der es ursprünglich geschickt hat«, sagte ich. »Sie wollte ihn aufhalten beziehungsweise dafür sorgen, dass der Betreffende bestraft wird. Die Geschichte muss sie sehr beschäftigt haben.« Ich musterte Frau Widerberg aufmerksam. »Was glauben Sie?«

»Wir verstehen nichts.« Ihre Stimme klang dünn und verzagt.

»Wissen Sie, ob Elvira einen Liebhaber hatte?«

»Liebhaber? Sie war doch nicht mal fünfzehn.«

»Na, dann eben einen Freund.« Die Mutter musste das Obduktionsergebnis kennen. *Sie war nicht unschuldig.*

»Elvira hatte nicht viele Freunde.« Sie zupfte an dem Papiertaschentuch herum. »Im letzten Jahr hatte sie psychische Probleme.« Ihr Blick enthielt einen Schmerz, den ich nur erahnen konnte. Und noch etwas anderes. Angst, vielleicht.

»Wurde sie irgendwie behandelt?«

»Selbstverständlich.« Ihre Stimme wurde plötzlich scharf. »Wir haben alles getan, was möglich war.«

»Wo wurde sie behandelt?«

»Wir haben uns zuerst an das öffentliche Gesundheitswesen gewandt, aber das lief nicht so gut.« Sie seufzte. »Elvira verweigerte die Zusammenarbeit mit der behandelnden Therapeutin, also entschieden wir uns für einen privat praktizierenden Psychologen, da ging es dann besser.«

»Wer war das?«, fragte ich.

»Doktor Seeler. Ja, er ist Deutscher«, fügte sie wie um Entschuldigung bemüht hinzu, »aber äußerst fähig.«

Ich hatte noch nie von dem Typen gehört. Allerdings trieb ich mich auch nicht so viel mit Psychologen herum. »War sie zuletzt noch in Behandlung bei ihm?«

»Sie hat sich im Herbst selbst für eine Beendigung entschieden.«

Selbst entschieden? Sie war ein Kind. »Wissen Sie, ob jemals angedeutet wurde, dass ihre Probleme durch sexuelle Übergriffe hervorgerufen wurden?« Wenn dieses Gespräch einen Sinn ergeben sollte, musste ich diese Frage stellen. »Die Rechtsmedizinerin hat festgestellt, dass sie sexuelle Erfahrung hatte.«

Es blieb lange still, ehe sie antwortete. »Wir wussten nichts«, sagte sie leise. »Es kam als totaler Schock. Hat sie Ihnen etwas davon erzählt?« Der Gedanke musste ihr gerade gekommen sein.

»Nein«, erwiderte ich. »Sie kannte aber doch wohl ein paar Jungs?«

Die Andeutung eines Lächelns zeichnete sich auf ihrem Gesicht ab. »Elvira empfand Jungen in ihrem Alter als hoffnungslos. Sie war überhaupt nicht sonderlich an Jungen interessiert«, beeilte sie sich hinzuzufügen.

»Und was hat sie interessiert?«

»Elvira hat viel gelesen, mehr als die meisten Erwachsenen. Und dann ging sie häufig ins Kino, meist waren das natürlich Erwachsenenfilme. Aber da haben wir ein Auge zugedrückt.«

»Wie war das Verhältnis zwischen ihr und Johanna?«

Sie knüllte das Taschentuch nervös zusammen.

»Das war leider angespannt«, sagte sie leise. »Obwohl der Altersunterschied nur drei Jahre betrug, waren sie sehr verschieden. Im letzten Jahr wurde das zu einem großen Problem. Wenn sie überhaupt miteinander sprachen, dann waren es meist Streitereien.«

Und trotzdem hatte Elvira ihrer Schwester helfen wollen. »Gingen sie hier zur Schule?«

»Nein, für unser Wohnviertel ist die Borgheim-Schule zuständig. Ich glaube nicht, dass eine meiner Töchter lieber auf die Schule gegangen wäre, wo ich arbeite. Verständlicherweise«, fügte sie mit einem kleinen Lächeln hinzu. »Johanna geht jetzt zum Schulzentrum Greveskogen in Tønsberg.« Sie hatte sich wieder gefasst. Ihre Stimme klang beinahe auffällig kontrolliert.

»Es tut mir wirklich sehr leid«, sagte ich und wollte gerade aufstehen und gehen, als sie mich mit einer Handbewegung zurückhielt.

»Es gab da eine Sache«, sagte sie zögernd und so leise, dass ich Schwierigkeiten hatte, sie zu verstehen. »Im Winter.« Dann hielt sie inne, als hätte sie sich plötzlich anders besonnen.

»Ja«, sagte ich und versuchte, dabei nicht allzu interessiert zu klingen.

»Es war Ende Februar, nach den Winterferien.« Ich wartete ab, wollte sie nicht unter Druck setzen. »Wir fuhren am Wochenende zu unserer Hütte, um sie für den Rest des Winters wetterfest zu machen, also Stefan und ich. Die Mädchen wollten nicht mitkommen.« Sie blickte mich verständnissuchend an. »Wir ließen sie für gewöhnlich nicht allein, besonders nicht, wenn es Elvira nicht so gut ging, aber …« Erneut unterbrach sie sich. »Johanna ist ja schon fast erwachsen und möchte sowieso gern ein wenig für sich allein sein, das war also kein Problem. Aber Elvira …« Die Falte auf ihrer Stirn war mit einem Mal tiefer geworden. »Wir hätten nicht fahren dürfen, ich weiß das jetzt. Aber in diesem Moment hatten wir das Gefühl, dass sich die Dinge zum Guten wandelten. Sie fühlte sich besser und wirkte zufrieden.«

»Was ist passiert?«, fragte ich vorsichtig.

»Ich weiß es eigentlich nicht, aber ich fürchtete, dass sie etwas Dummes getan hatte.« Sie klang resigniert. »Wir haben nie erfahren, was es war, also das heißt, *ich* habe es niemals herausgefunden. Stefan habe ich nichts davon erzählt.«

»Aha.«

Sie betrachtete ihre Hände. Die Finger waren lang und gepflegt. Wenngleich ich meilenweit davon entfernt war, Fachwissen über Diamanten zu besitzen, so war ich mir doch ziemlich sicher, dass ihre Ringe wertvoll waren. Ich hatte gesehen, dass sie keinen traditionellen Ehering trug. Ich fragte mich, ob sie wie ihr Mann gläubig war.

»Jetzt, nachdem das Schreckliche geschehen ist, habe ich in den letzten Tagen oft an diese Sache denken müssen. Ich hätte das weiterverfolgen müssen.«

»Ja«, sagte ich, »es gibt immer etwas, was man hätte anders machen sollen. Glauben Sie mir, Sie reden mit einem Experten.«

»Ja«, erwiderte sie düster. Ich glaube nicht, dass sie mich gehört hatte.

Dann wurde es wieder still. Im ganzen Gebäude war nicht ein einziger Laut zu hören. Nichts ist so stumm wie eine leere Schule. Wir mussten die Einzigen im Haus gewesen sein.

»Im Nachhinein lässt sich immer leicht sagen, was richtig gewesen wäre«, sagte ich. »Was ist denn an diesem Wochenende geschehen?«

Sie schien plötzlich entschieden. »Es war abgemacht, dass beide Mädchen zu Hause bleiben sollten«, sagte sie bestimmt. »Ansonsten wären wir gar nicht gefahren.«

»Natürlich nicht.«

»Später kam dann raus, dass Johanna bei einer Freundin war. Das hat sie uns aber nicht erzählt. Ich hab es zufällig erfahren.«

»Elvira war also allein?«

Sie nickte.

»Ein ganzes Wochenende?«

»Von Freitagmorgen bis Sonntagabend.«

»Nun«, sagte ich. »Elvira kam mir wie ein selbstständiges Mädchen vor. Sie hatte doch keine Angst vor dem Alleinsein, oder?«

Schon längst hatte ich begriffen, dass Angst vor der Dunkelheit oder ähnliche Phobien hier nicht das Problem waren. Mein Eindruck von ihrer Psyche war beinahe genau gegenteilig.

Die Mutter lächelte. Aber ihr Lächeln war traurig. »So viel ist sicher.«

»Was ist passiert?«

»Sie sagte nichts. Nur, dass nichts Besonderes passiert wäre.«

»Aber es war etwas geschehen?«

»Ich weiß es immer noch nicht. Erst nachdem ich dieses Schild in ihrer Tasche gefunden hatte, wurde ich ängstlich.«

Sie hielt inne und sah an mir vorbei aus dem Fenster. »Ich ahnte, dass irgendwas nicht stimmte, auch wenn sie so tat, als wäre nichts gewesen.«

»Was für ein Schild war das?«

»So ein Hinweisschild. Ich wollte ihre Jeans waschen. So ein kleines Pappschild, das man an die Tür hängt, um das Reinigungspersonal zu informieren, dass man in Ruhe gelassen werden möchte.« Sie sprach jetzt schnell.

»In Hotels?« Mein Unterbewusstsein arbeitete auf Hochtouren.

»Ich nehme es an«, sagte sie hilflos.

»Haben Sie sie gefragt, ob sie in einem Hotel war?«

»Natürlich hab ich das.« Jetzt ließ sie ihre Frustration an mir aus. »Sie hat meine Frage gar nicht ernst genommen, hat nur gesagt, dass sie das Schild gefunden und sich gedacht hätte, sie könnte es für ihr Zimmer verwenden.«

»Haben Sie es aufbewahrt?«

»Ich weiß nicht genau«, sagte sie unsicher. »Ich habe es an mich genommen, muss es aber irgendwo hingelegt haben.« Etwas in ihrer Stimme erzählte mir, dass es sich hier um mehr als Vergesslichkeit handelte. »Ich weiß nicht, wo es abgeblieben ist.«

»Glauben Sie, dass Elvira es vielleicht genommen hat?«

»Keine Ahnung, sie wollte nicht darüber sprechen. Während unserer Abwesenheit sei sie nirgendwo gewesen, das ist alles, was ich zu hören bekam. Schließlich glaubte ich ihr. Ein Hotel, was um alles in der Welt sollte sie da?« Sie sah mich resigniert an und senkte die Stimme. »Erst jetzt habe ich wieder angefangen, mich zu fragen, was passiert sein kann.«

Ich, nicht *wir*.

»Ob sie wohl wirklich in einem Hotel war, meine ich.« Abermals sah sie mich an. »Ich kann nachsehen, ob ich das Schild wiederfinde, vielleicht liegt es irgendwo unter ihren Sachen.«

»Hatte Elvira eigenes Geld zur Verfügung?«, fragte ich.

»Sie hat natürlich Taschengeld bekommen. Und dann hatte sie eine Bankkarte, wir haben Geld auf das Konto überwiesen und darüber konnte sie selbst verfügen. Für Kleider und solche Dinge, aber sie hat gar nicht viel davon verbraucht.«

»Vielleicht sollten Sie mal ihr Konto überprüfen«, schlug ich vor. »Da könnten Sie ja dann sehen, ob sie für einen Hotelaufenthalt bezahlt hat.« Ich glaubte allerdings nicht, dass so etwas in ihren Kontobewegungen auftauchen würde. Wenn Elvira tatsächlich in einem Hotel gewohnt hatte, dann hätte sie den Aufenthalt wohl kaum selbst bezahlt.

»Ja, natürlich.« Frau Widerberg seufzte. »Die Wahrheit ist wohl, dass ich mich von ihrer Geschichte überzeugen ließ und nichts unternommen habe. Der einfachste Ausweg.«

»Und Ihrem Mann haben Sie nichts davon erzählt?«

»Nein«, sagte sie mürrisch. »Das hätte nichts geholfen.« Anscheinend hatte ich ein heikles Thema berührt. »Auch wenn Elvira und ich ein paar Probleme miteinander hatten, so konnten wir manchmal doch wenigstens reden.« Sie schüttelte den Kopf. »Mit Stefan wurde das immer schwieriger.«

»Ich habe auch eine Tochter«, sagte ich, ohne nachzudenken. Es rutschte mir einfach heraus. »Das ist nicht immer einfach.«

Frau Widerberg schien es nicht gehört zu haben. Eine ganze Weile saß sie bloß stumm da.

Ich brach schließlich das Schweigen. »Haben Sie andere Anzeichen dafür gefunden, dass sie vielleicht …«, ich konzentrierte mich auf die richtige Wortwahl, »… unpassende Verbindungen hatte?«

»Nein. Aber ich fürchte, dass ich gar keinen Überblick über diese ganzen Internetkontakte hatte. Sie wissen ja, viele Jugendliche leben ihr Leben im Internet. Handys, Computer, Tablets … Sie sind die ganze Zeit mit solchen Dingen beschäftigt. Ich habe nie mit ihr darüber geredet. Ich war feige.«

»Weiß die Polizei, was Sie mir jetzt erzählt haben?«

»Ja, ich hab das gegenüber den Ermittlern erwähnt. Sie haben ihren Computer mitgenommen, um nachzusehen, ob Elvira irgendwelche Kontakte hatte, die sie vielleicht näher untersuchen müssten. Ihr Handy auch. Aber ich glaube nicht, dass sie irgendwas Interessantes gefunden haben.«

»Dann wäre das ja geklärt«, sagte ich, war mir aber gar nicht sicher. Solange es keine konkreten Verdachtsmomente gab, würde sich die Polizei nicht sonderlich anstrengen. Der Todesfall würde als Unfall eingestuft werden. Solche Geschehnisse waren oft nur ein Hilferuf, der dann manchmal tragische Folgen hatte. Ich befürchtete, dass die Polizei ein Verbrechen ausschloss.

»Wenn Ihnen sonst noch irgendetwas einfällt, wäre es nett, wenn Sie mich anriefen«, sagte ich und gab ihr meine Karte. »Jederzeit.«

Frau Widerberg nahm die Karte etwas verwundert entgegen. »Warum sind Sie so sehr daran interessiert, Herr Foyn?«

»Ich hätte etwas tun müssen«, erwiderte ich. »Als sie zu mir kam. Sie muss ja schließlich einen Grund dafür gehabt haben. Möglicherweise müsste ich auch noch mit Johanna sprechen. Wie geht es ihr jetzt?« Ich unterließ es zu erwähnen, dass ich auch noch ein anderes Motiv hatte. In einer Kleinstadt haben böse Gerüchte tendenziell eine lange Lebensdauer. Und diese Spekulationen über mein angebliches Verhältnis zu einem jungen Mädchen wie Elvira könnten sich hartnäckig halten.

»Ich weiß nicht. Sie sagt nicht viel, ist aber anscheinend gefasst. Ich bezweifle, dass sie mit Ihnen reden wird, aber das müssen Sie selbst herausfinden. Es nützt gar nichts, wenn ich versuche, ihr etwas vorzuschreiben.« Sie sah mich erschöpft an. »Wir müssen ihr Zeit geben.«

»Sie waren wohl sehr verschieden? Ich bin ja nur Elvira begegnet.«

Sie starrte an mir vorbei, als versuchte sie, irgendwo da draußen eine Art Sinn in allem zu finden. Ich glaubte nicht, dass ihr das gelingen würde.

»Man konnte eigentlich kaum glauben, dass sie Schwestern waren«, erwiderte sie leise, bevor sie sich ruckartig zu mir umwandte. »Aber sie hatten ein gemeinsames Interesse.«

»Ja?«

»Lesen«, sagte sie nachdrücklich. »Schon von jüngster Kindheit an waren Johanna und Elvira ganz besessen von Büchern. Sie haben alles Mögliche gelesen, nicht nur Kinderbücher. Aber das hat sich in letzter Zeit ein wenig geändert«, fügte sie nachdenklich hinzu. »Johanna hat jetzt andere Interessen, aber so etwas passiert wohl mit den meisten Teenagern«, seufzte sie. »Ehe man überhaupt weiß, was los ist, haben sie sich verändert.«

»Denken Sie da an etwas Besonderes?«, bohrte ich nach.

»Sie ist nicht mehr so viel zu Hause. Also ich meine, sie ist ständig mit der Schule und allem Möglichen beschäftigt«, fügte sie schnell hinzu. »Zeitweilig war sie ein wenig wild. Das war für uns alle etwas schwierig.«

»Ist etwas Außergewöhnliches passiert?«

Frau Widerberg sah mich an. »Einmal ist sie abgehauen, einfach so.«

»War sie lange weg?«

»Es waren nur ein paar Tage. Aber es war schrecklich, obwohl sie uns eine SMS schickte und schrieb, dass es ihr gut ging. Wir sind zur Polizei gegangen, aber da Johanna sich bei uns gemeldet hatte, wollten sie nichts unternehmen.«

»Wissen Sie, wo sie war?«

»Sie erzählte, sie sei nach Kopenhagen getrampt und habe in einer Jugendherberge gewohnt.«

»Allein?«

Sie nickte.

»Wann war das?«, fragte ich.

»Im letzten Herbst. Danach hatten wir das Gefühl, dass es besser lief mit ihr. Bis das jetzt geschehen ist«, sie blickte auf ihre Hände. »Jetzt wissen wir es nicht mehr so genau.«

»Was ist mit Drogen?«, fragte ich vorsichtig.

»Was meinen Sie?«

»Hatte sie mit illegalen Substanzen zu tun? Und wie sah es da mit Elvira aus?«

Sie blickte mich müde an. »Nicht dass ich wüsste. Aber Eltern wissen eben auch nicht alles. Johanna ist bald erwachsen, ich vermute, dass sie trinkt, wenn sie auf eine Party geht. Aber Elvira war doch noch ein Kind.« Eine einzelne Träne lief an ihrer Wange herunter.

»Es tut mir leid«, sagte ich.

Dann riss sie sich wieder zusammen und fuhr fort. »Dieses Interesse am Lesen haben sie wohl von meinem Vater. Schon als sie noch ganz klein waren, hat er ihnen vorgelesen. Elvira ist besonders in Bücher vernarrt.« Plötzlich wurde ihr klar, dass sie die falsche Zeitform gewählt hatte. *»War«*, sagte sie leise. »Sie hat wirklich sehr gern gelesen. Ja, Johanna natürlich auch. Meine Mutter starb, ehe die Mädchen geboren wurden, also hat sich dann der Großvater um sie gekümmert. Er ist viel hier bei uns, obwohl er in Oslo lebt. Er hat Johanna ein Moped gekauft, und Elvira sollte ebenfalls eines bekommen, wenn sie sechzehn würde. Er war an dem Abend hier, ist aber zeitig wieder nach Oslo gefahren. Er dachte ja, dass Johanna zu Hause bleiben würde.«

»Er leidet bestimmt sehr darunter«, sagte ich tröstend. »Aber er konnte ja nicht ahnen, dass so etwas geschehen würde.« Ich ließ ihr Zeit, sich ein wenig zu beruhigen, bevor ich fortfuhr. »Was ist mit diesem Handybild? Ich habe es gesehen. Die Polizei konnte nicht herausfinden, wo es herkam. Was denken Sie darüber?«

»Ich hab doch schon gesagt, ich verstehe das nicht.«

»Mir ist bewusst, dass das schwierig ist, Frau Widerberg«, sagte ich, »aber könnte es nicht sein, dass Elvira tatsächlich die Wahrheit gesagt hat? Dass Johanna vielleicht eine Verbindung zu einem Mann hat, der ihr solch ein Bild geschickt haben kann? Nicht irgendein Wildfremder, sondern ein Mann, den sie kennt?«

»Ich habe natürlich auch schon daran gedacht«, antwortete sie und blickte dabei auf ihre Hände, »aber ich kann mir so etwas einfach nicht vorstellen. Können Eltern so etwas?«

»Nein«, sagte ich. Doch da draußen gab es eine Wirklichkeit, die kein Elternteil je zu betreten wünschte, allzu oft hatte ich so etwas schon erlebt. Die meisten Jugendlichen, mit denen ich als Anwalt zu tun hatte, waren bereits geschädigt. Durch die Eltern, aufgrund mangelnden Interesses der Behörden, wegen aller möglichen schlimmen Geschehnisse, die ihnen widerfahren waren, einschließlich eigener Entscheidungen. Die wirklichen Schwierigkeiten hatten diese Teenager also schon, lange bevor sie vor Gericht landeten. »Wissen Sie, ob Johanna einen Liebhaber hat?«, fuhr ich fort. »Einen, der älter ist als sie?«

»Nein. Zumindest hat sie uns nichts davon erzählt.« Ihr Ton war zögerlich.

»Aber es wäre denkbar?«

»Ich habe sie noch nie von einem Liebhaber sprechen hören.«

»Sie soll zusammen mit einem Mann in einem Auto gesehen worden sein«, sagte ich, »und der müsste dann mindestens achtzehn sein. Wissen Sie, ob Johanna erwachsene Freunde hat?«

»Das kann ich mir nicht vorstellen.« Ihre Stimme klang jetzt schärfer.

Ich begriff, dass ich nicht weiterkam, und stand auf. Frau Widerbergs Hand war kalt. »Danke, dass Sie sich die Zeit genommen haben«, sagte ich. »Bitte rufen Sie mich an, wenn Ihnen noch etwas einfällt. Was auch immer. Sie haben ja meine Karte.« An der Tür drehte ich mich noch einmal um und blickte sie an. »Eins wüsste ich gern noch.«

»Ja?«

»War die Tür an dem Abend verschlossen? Die Eingangstür der Mädchen, meine ich.«

»Ich weiß es nicht.«

Ich konnte ihren Blick hinter den Brillengläsern nicht einschätzen. »Wurde die denn für gewöhnlich verschlossen?«

Sie nickte stumm.

»Es soll einen Reserveschlüssel geben«, fuhr ich fort. »Wer wusste davon?«

»Warum fragen Sie danach?«

»Irgendjemand könnte da doch eingebrochen haben. Theoretisch«, ergänzte ich.

Frau Widerberg sah mich lange an. »Die Polizei hat das ausgeschlossen«, sagte sie streng.

Als ich mich in den Jaguar setzte, beobachtete sie mich durch die Gardinen. Ich fragte mich, ob sie wohl an die Existenz eines gerechten Gottes glaubte.

Ich wusste, dass ich die Sache jetzt abschließen musste. Ich hatte weder einen Mandanten noch einen konkreten Fall. Eine Familientragödie, mehr nicht. Polizei und Staatsanwaltschaft hatten die Verantwortung, nicht ein zufällig dahergekommener Rechtsanwalt. Und die windigen Gerüchte würden sich nach und nach verflüchtigen. In wenigen Wochen würde meine Beteiligung an der Geschichte vergessen sein. An Elvira Widerberg würde man sich für eine Zeit lang erinnern, ehe auch sie dem Vergessen anheimfiel. Nur die engsten Angehörigen wären für immer gezeichnet.

Wieder im Büro saß ich da und grübelte vor mich hin, während Hulda mich sorgenvoll anstarrte. Hunde eigneten sich schlecht als Gesprächspartner. Dass sie hingegen gute Zuhörer waren, stand auf einem anderen Blatt. Normalerweise hätte ich die Elvira-Sache mit Mørk diskutiert, aber im Augenblick wollte ich seinen ironischen Kommentaren lieber ausweichen. Das Schuldgefühl quälte mich. Da half es auch nicht, dass ich objektiv betrachtet ein blütenreines Gewissen gehabt haben müsste. Als Alternative zu weiteren Spekulationen fuhr ich los, um Lebensmittel einzukaufen. Da unsere Politiker in ihrer unerschöpflichen Weisheit Sorge dafür getragen hatten, dass alle Lebensmittelgeschäfte aus den Innenstädten verbannt wurden, musste ich eines der großen Einkaufszentren aufsuchen. Kurioserweise war der Supermarkt im unzugänglichsten Bereich des Konsumtempels angesiedelt.

Die Uhr hatte an diesem nasskalten Nachmittag noch nicht fünf geschlagen, als ich den Busbahnhof neben dem Eingang des Einkaufszentrums passierte. Dort hingen ein paar Jugendliche herum, die so wirkten, als hätten sie alle Zeit der Welt und keine größere Sorge, als den Zigarettenrauch so tief und wirkungsvoll wie möglich in die Lunge zu ziehen. Aus dem Augenwinkel sah ich sie, Johannas Freundin Sara. Das Mädchen mit dem Boxer. Sie stand da und unterhielt sich mit einem anderen Mädchen. Als ich winkte, drehte Sara sich um und warf einen verstohlenen Blick in meine Richtung.

5

Nachdem ich lange auf das Telefon gestarrt hatte, wählte ich schließlich ihre Nummer. Um die Eifersucht des Exmannes nicht zu reizen, hatten wir verabredet, dass ich nicht allzu häufig anrief. Ganz so unbegründet war sein Verdacht nicht. Aber ein schlechtes Gewissen hatte ich auch nicht. Vielleicht stimmte irgendetwas nicht mit mir.

Es dauerte lange, ehe sie abnahm. So lange, dass ich den Anruf schon fast bereute. »Bist du das?«, sagte sie leise, als stünde jemand neben ihr.

»Ja«, sagte ich. »Passt es?«

»Ist in Ordnung.«

Ich verstand den Wink. Sie war nicht allein. »Hast du dich mit der Geschichte befasst, über die wir gesprochen haben?«

»Ja, ich hab ein bisschen rumgeforscht.«

»Was gefunden?«

»Tja«, sagte sie zögernd, »die schlagzeilenträchtigen Fälle kennst du ja, aber hier ist so einiges ziemlich unübersichtlich. Ich habe nichts davon gehört, dass momentan in deinem Distrikt solche Fälle bearbeitet werden. Der Großvater der Mädchen ist übrigens ein bekannter Jurist.«

»Ja, das habe ich gehört«, sagte ich. »Die Mutter erscheint mir reichlich kühl, hat aber Probleme, die Kontrolle zu bewahren. Mit der Schwester hab ich noch nicht geredet, mit dem Vater auch nicht.« Ich gab Alice eine kurze Zusammenfassung meiner Gespräche. »Ich habe das Gefühl, die Familie verbirgt irgendetwas.«

»Wer tut das nicht?«

»Da sagst du was«, entgegnete ich. »Aber Elviras Fixierung auf mich, diese Idee, mich in die Sache zu involvieren, einen unbekannten erwachsenen Mann, ist das nicht doch etwas merkwürdig?«

»Ich hab mich deswegen ein bisschen bei unseren Fachleuten umgehört«, meinte Alice und senkte die Stimme. »Also, in Situationen mit langfristigen Übergriffen kommt so was wohl schon mal vor.«

»Du meinst, dass Kinder in ihrer Beziehung zu Erwachsenen schnell eine sexuelle Rolle einnehmen?«

»Zum Beispiel. Aber da gibt es keine bestimmten Muster. Kinder reagieren völlig unterschiedlich.«

»Hast du überprüft, ob es irgendwelche Sachen gibt, die die Eltern betreffen?«

Ich ging davon aus, dass Alice das gecheckt hatte, auch wenn es dafür Begrenzungen gab. Jede Überprüfung von Personen konnte aufgespürt werden und im internen Apparat musste man eine gute Begründung dafür haben. Erfahrene Ermittler hatten da allerdings ihre Methoden.

»Eigentlich nichts.«

»Eigentlich?«

»Es gibt da eine Sache.« Im Hintergrund sagte jemand etwas. »Ein Mitarbeiter des Vaters, also Stefan Widerberg, war mal Teil einer unangenehmen Geschichte, bei der es auch um junge Mädchen ging. Das geschah, während Widerberg als Pastor in der Osloer Ris-Gemeinde tätig war.«

»Ach ja?« Auf Bauchgefühle sollte man hören. »Und worum ging es da?«

»Da ist nie ein Fall draus geworden, es gab nicht mal eine richtige Ermittlung. Und es war rein zufällig, dass ich auf diese Geschichte gestoßen bin.«

»Aber es gibt eine Geschichte?« Ich spitzte die Ohren.

»In der Gemeinde gab es einen jungen Studenten namens Nils Lier, der sich unter anderem um die Konfirmanden gekümmert hat. Irgendwann hat dann einmal eines der Mädchen den Mann beschuldigt, sich ihr genähert zu haben. Die Eltern haben Anzeige erstattet, aber ehe die Ermittlung überhaupt losging, zogen sie die Anzeige zurück, da das Mädchen behauptete, alles nur erfunden zu haben. Sie war anscheinend in den Studenten verliebt und fühlte sich verletzt, als er sie zurückgewiesen hat. Es gab Gerüchte, dass auch andere Mädchen ähnlichen Vorkommnissen ausgesetzt waren, aber das ließ sich nicht verifizieren. Einer meiner Kollegen von der Kripo war zufällig in die Geschichte verwickelt.«

»Wann ist das passiert?«

»1994.«

»Okay«, sagte ich. »War Widerberg involviert?«

»Er war der Arbeitgeber des Katecheten. Und er hat Liers Version bestätigt.«

»Dann waren sie vielleicht befreundet?«, schlug ich vor.

»Widerberg soll sich sehr lobend über seinen Kollegen geäußert und behauptet haben, es käme ihm undenkbar vor, dass er in so eine Geschichte verwickelt sei, und dass das Ganze ein Missverständnis sein müsse. Ob sie Freunde waren, weiß ich nicht. Der Student war damals gerade mal zwanzig, Stefan Widerberg zehn Jahre älter.« Sie legte eine vielsagende Pause ein. »Sie haben immer noch Kontakt.«

»Was meinst du damit?«

»Nils Lier ist jetzt Religionslehrer in Tønsberg. Die Tätigkeitsbezeichnung lautet Katechet.«

»Und Widerberg ist immer noch sein Chef?«

»Nicht mehr. Widerberg hat vor einem halben Jahr sein Pfarramt niedergelegt.«

»Tatsächlich«, sagte ich überrascht. »Elvira hat ihn jedenfalls als Pastor bezeichnet.«

»Pastor zu sein, ist nicht nur ein Beruf, Svend. Sondern eine Berufung.«

»Tja nun«, sagte ich. »Gab es da einen speziellen Grund, weswegen er aufgehört hat?«

»Nicht dass ich wüsste.«

»Und was macht er jetzt?«, fragte ich. »Sogar Theologen müssen ja von irgendwas leben.«

»Er hat sich selbstständig gemacht.«

»Ich will's gar nicht hören«, sagte ich. »Doch wohl nicht als Coach, oder?«

»Doch ja, so was in der Art. Zusammen mit zwei anderen, die einen ähnlichen Background haben.«

»Ein Trainer also«, sagte ich. »Oder Pferdebändiger, wenn man den Begriff genau nimmt.«

»Du hast offenbar was gegen diesen Beruf.«

»Aber nein«, sagte ich. »Ist nur eine äußerst beliebte und kostspielige Quacksalberei. Der Pastor ist jedenfalls kein Amateur auf diesem Gebiet. Weißt du noch was über ihn?«

»Wir haben nichts über den Mann.«

»Und Lier?«

»Gar nichts, nicht mal einen Strafzettel.« Sie wurde still. »Weißt du schon genau, was du jetzt tun wirst?«

»Nicht mehr als zuvor«, sagte ich. »Aber ich weiß, dass da irgendwas faul ist. Das Mädchen ist tot.«

»Sie war nicht das erste Mädchen mit psychischen Problemen.«

»Nein«, sagte ich. »Aber das erste, das mich in die Schlagzeilen gebracht hat.«

Alice erwiderte nichts darauf. »Gibt es sonst noch etwas?« Schnüffler haben einen guten Spürsinn.

Ich zögerte. »Nichts von Bedeutung.«

»Aber etwas gibt es doch?«

»Vielleicht«, sagte ich abwehrend. »Ich will diese Geschichte nur nicht zu den Akten legen, ehe ich weiß, was passiert ist.«

»Rede mit dem Vater. Dann erfährst du vielleicht mehr.«

»Ja«, sagte ich. Sie hatte natürlich recht, doch aus irgendeinem Grund war mir nicht danach. Geistliche haben mir immer Angst gemacht. Dieses Gefühl, dass sie vielleicht Zugang zu ewigen Wahrheiten hatten, machte mich unsicher. Wenngleich

ich die eigentliche Idee hinter dem Christentum mit Skepsis betrachtete, konnte ich dennoch nicht völlig ausschließen, dass diejenigen, die sie nach außen hin vertraten, über Einblicke verfügten, die mir nicht zugänglich waren. »Wann können wir uns treffen?«

»Du hörst von mir.« Ich bildete mir ein, dass die Stimme im Hintergrund zu einem Mann gehörte.

Ich nahm ihren Rat ernst. Schon am nächsten Morgen suchte ich mir Stefan Widerbergs Telefonnummer heraus. Die Beraterfirma residierte in einem alten Bankgebäude im Zentrum von Tønsberg. *HR Consultants.* Leidlich nichtssagend. Ich fragte mich, was für Kunden sie wohl hatten.

Ich dachte eine Weile nach, ehe ich anrief. Stefan Widerberg hatte gerade die schlimmste Tragödie durchlebt, die einem Vater widerfahren kann. Und aus verständlichen Gründen war ich wohl kaum derjenige, mit dem er unbedingt reden wollte. Aber der Mann war Pastor und somit an Tod und Elend gewöhnt.

»Stefan Widerberg am Apparat.« Die Stimme war tief und vermittelte den Eindruck von Ernsthaftigkeit. Ein Mann, dem man vertrauen kann. Diesen Eindruck durch vier kleine Wörter entstehen zu lassen, war schon eine Leistung.

»Hier ist Rechtsanwalt Foyn«, sagte ich, um einiges weniger würdevoll. »Svend Foyn.«

Am anderen Ende der Leitung wurde es still. So lange, dass ich schon dachte, er hätte aufgelegt.

»Ja, bitte«, sagte er schließlich. »Worum geht es?«

»Um Ihre Tochter, Elvira. Mein aufrichtiges Beileid.« Ich machte eine kurze Pause. »Vermutlich wissen Sie, dass sie ein paar Tage vor den Geschehnissen Kontakt mit mir aufgenommen hat?«

»Die Polizei hat mich davon in Kenntnis gesetzt.«

»Sie hat mich um Hilfe gebeten«, fuhr ich fort, ohne Rücksicht auf seinen kaum verhohlenen Widerwillen. »Leider ist es mir nicht gelungen, ihr zu helfen. Wir sollten uns unterhalten.«

Er zögerte fast unmerklich. »Ich wüsste nicht, worüber wir sprechen sollten, Herr Rechtsanwalt.«

»Da irren Sie sich«, erwiderte ich. »Sie hatte vorher zu keiner Zeit Kontakt mit mir und tauchte dennoch plötzlich in meiner Kanzlei auf. Dafür muss es doch irgendeinen Grund gegeben haben.«

»Ich weiß nicht.« Es klang, als ob er nach weiteren Einwänden suchte.

»Ich bin hier ganz in der Nähe. Ich könnte sofort zu Ihnen kommen.«

»Nun, das lässt sich wohl einrichten.« Er wirkte resigniert.

Sein Büro war erstaunlich klein und enthielt keinerlei Statussymbole, die geeignet waren, potenzielle Kunden zu beeindrucken. Wie ich es verstand, war das ganze Gebäude so eine Art Gemeinschaftseinrichtung, wo Widerberg und seine Kollegen neben anderen Vertretern der weit gefächerten und diffusen Beraterbranche in ihren Büros saßen. Therapien für jeden Geschmack. Ich sehnte mich unmittelbar in mein eigenes Büro zurück, fern jedweder Form erzwungener Zusammenarbeit.

Er war ein hochgewachsener, muskulöser Mann, ganz anders, als ich es erwartet hätte. Nur die runde Goldbrille stimmte mit meiner Vorstellung von einem Geistlichen überein. Widerberg war ungefähr so groß wie ich. Er beugte sich über den Schreibtisch und schüttelte mir mit beunruhigender Kraft die Hand. »So«, sagte er mit tiefer Stimme. »Da waren Sie aber schnell!« Er deutete auf einen Stuhl, der aus den Fünfzigerjahren zu stammen schien. »Nehmen Sie doch Platz.«

Dann saßen wir einander gegenüber. Widerberg sagte nichts, betrachte mich nur mit kühler Miene, als sei er nicht im Mindesten daran interessiert, was ich zu sagen hatte. Er musste von meinem Besuch bei seiner Frau gehört haben, kannte mit Sicherheit die Gerüchte über Elviras angebliches Verhältnis zu mir und war vermutlich in tiefer Trauer. Und dennoch saß er da ohne erkennbare Gefühlsregung. Ich verspürte eine leichte Gereiztheit in mir aufsteigen.

»Was denken Sie über das Bild auf dem Handy?« Warum sich nicht gleich in den Kampf stürzen?

Er schien unberührt. »Das Foto war eine totale Überraschung für mich. Es muss durch einen Zufall auf Elviras Handy gelandet sein. Teenager leben einen Großteil ihres Lebens im Internet und da gibt es so einiges.« Er seufzte. »Bilder dieser Art kommen offenbar häufig vor, wie ich mir habe sagen lassen.«

»Elvira behauptete, sie hätte es von Johannas Handy kopiert.«

»Gut möglich.« Hinter seinen Brillengläsern ahnte ich einen gewissen Widerwillen. »Aber das spielt jetzt ohnehin keine Rolle mehr. Johanna bestreitet es und damit müssen wir uns abfinden. Die Polizei hat ihr Handy untersucht und kein derartiges Foto gefunden.«

»Sie wollte, dass ich denjenigen ausfindig mache, der das Foto an Johanna geschickt hat«, fuhr ich fort, ohne auf seine Einwände einzugehen. »Weshalb bat sie mich darum, falls sie die Unwahrheit gesagt hat?«

Es dauerte eine Weile, ehe er antwortete. »Ich weiß nicht«, sagte er schließlich. »Ich begreife nicht, was mit ihr passiert sein kann.« Er wich meinem Blick aus. »Wir brauchen jetzt Ruhe und Frieden.«

»Das verstehe ich«, erwiderte ich. »Aber finden Sie nicht, dass es da etwas Auffälliges gibt?«

»Was meinen Sie?«

»Elvira glaubte anscheinend, dass sie eine Art … Verbindung zu mir hätte.« Es fiel mir schwer, mich präzise auszudrücken. »Obwohl ich ihr nie zuvor begegnet bin.«

Widerberg sah mich ausdruckslos an. »Ich habe dafür keine Erklärung, Herr Rechtsanwalt.«

»Sie interessierte sich stark für Fälle, die die Jugendfürsorge betreffen«, fuhr ich unbeirrt weiter, »Fälle, in denen es um sexuellen Missbrauch geht. Was denken Sie darüber?«

»Die Polizei hat uns auch darüber informiert«, sagte er abweisend. »Hören Sie«, er schob die Brille auf die Nasenspitze, »wir hatten viele Gespräche mit Elvira, zusammen mit qualifizierten Fachleuten. Dennoch haben wir versagt. Doch was wir jetzt am wenigsten brauchen, sind Außenstehende, die sich einmischen und die Probleme verstärken.«

Ich verstand genau, was er sagte. Alles schien richtig. Und trotzdem gab es da irgendeinen Misston. »Haben Sie die Möglichkeit in Erwägung gezogen, dass Elvira sexuell missbraucht wurde?«

»Wir haben alles Mögliche in Erwägung gezogen, glauben Sie mir.« Für einen winzigen Augenblick wurde seine Tragödie sichtbar. Aber ich sah auch noch etwas anderes. Unsicherheit vielleicht.

»Was ist mit Johanna?«, fuhr ich fort. »Sie hatte wohl auch ein paar Probleme?«

»Was meinen Sie damit?«

Ich ließ nicht locker. »Sie ist von zu Hause abgehauen, oder etwa nicht?«

»Das ist nichts, was Sie bekümmern sollte, Herr Foyn.« Es gelang ihm nur teilweise, die Ruhe zu bewahren. »Sie hat eine schwierige Zeit hinter sich und jetzt müssen wir uns um sie kümmern.« Er stand auf, um das Ende der Unterhaltung anzudeuten.

Ich begriff, dass ich nicht weiterkommen würde. Als ich die Türklinke ergriff, drehte ich mich noch einmal zu ihm um. »Wie geht es eigentlich Ihrem alten Kollegen aus Oslo, Nils Lier, dem Katecheten? Haben Sie viel miteinander zu tun? Ich hörte, dass er sich ebenfalls hier niedergelassen hat.«

Widerbergs kräftiger Körper richtete sich auf. »Ja, und?«

»Lier war vor fünfzehn Jahren in einen Missbrauchsfall verwickelt. Das ist Ihnen doch sicher bekannt?«

»Da gab es keinen Fall«, sagte er unwirsch. »Nur dumme Gerüchte.«

6

Ich war gerade dabei, die Tür zu meiner Wohnung aufzuschließen, als das Handy klingelte. Unbekannte Nummer.

»Ja?« Ich zog die Tür mit dem Fuß auf. Mit stoischer Ruhe beobachtete ich den Inhalt meiner Einkaufstüten, der sich anschickte, die Treppe hinunterzukullern.

»Ist da Svend Foyn?« Die Stimme klang dünn, wie die eines Kindes.

»Ja«, sagte ich und betrachtete das Eigelb, das jetzt auf den Fußboden sickerte.

»Rechtsanwalt Foyn?« Zweifellos eine Mädchenstimme.

»Das ist richtig«, sagte ich, leicht gereizt. Hulda war schon dabei, das Treppenhaus sauberzumachen.

»Ich bin eine Freundin von Sara.«

»Ja?« Mein Gehirn arbeitete nicht länger mit Blitzgeschwindigkeit. Böse Zungen behaupteten, das wäre ohnehin nie der Fall gewesen.

»Wir haben Sie am Farmandstred gesehen.«

Das Licht, das mir plötzlich aufging, hätte auch schneller kommen können. »Ja, ich hab Sara dort gesehen«, sagte ich.

Eine ganze Weile blieb es still. »Ich kenne Johanna«, sagte sie schließlich.

»Seid ihr Freundinnen?« Mein Interesse wuchs sofort beträchtlich.

»Nein, nicht mehr.« Die Stimme klang entschieden. »Wir waren es früher, aber …« Abrupt hielt sie inne.

»Ach so«, sagte ich. »Gibt's denn da auch einen Grund, weswegen ihr keine Freundinnen mehr seid?« Hulda hatte inzwischen das Eigelb aufgeleckt und stürzte sich jetzt auf das Hackfleischpaket.

»Sie hat sich verändert.«

Ich wartete auf eine Fortsetzung, aber die kam nicht. »Und wie?«, fragte ich.

»Ich weiß nicht so genau«, erwiderte sie zögernd. »Sie hat jetzt andere Freunde, in der Klasse hängt sie nicht mehr mit uns zusammen, sie findet uns kindisch.«

»Wie heißt du?«, fragte ich.

»Ester.«

Meine Tante hatte so geheißen. Wenn sie noch am Leben gewesen wäre, hätte sie bereits die Hundert überschritten. »Weshalb rufst du mich an?«, fragte ich.

»Sara meinte, ich sollte mit Ihnen reden.«

»Das war sicher eine gute Idee«, sagte ich aufmunternd.

»Irgendwas stimmt nicht mit Johanna.«

Ich spitzte die Ohren. »Was meinst du damit?«

»Also, das mit ihrem Handy.«

»Okay«, sagte ich vorsichtig, wohl wissend, dass ich im Dunkeln tappte.

»Sie hat 'n *iPhone,* kommt ständig mit 'nem neuen Modell, obwohl die doch schweineteuer sind.«

»Ist das so ungewöhnlich?« Meiner Erfahrung nach wechselten Teenager ihre Handys mit verwirrend hohem Tempo.

»Nee, das jetzt nicht so.«

Die Geschichte ging offenbar tiefer. »Was war denn mit dem Telefon?«

»Sie ist völlig ausgeflippt.«

»Ach ja?«

»Sie hatte es im Rucksack. Der war offen. Ja, also wir standen da und haben gequatscht, und als ich versucht habe, es rauszunehmen, weil's geklingelt hat, da ist sie total wild geworden. Ich hätte fast eins auf die Nase gekriegt, dabei wollte ich doch nur helfen. Völlig durchgedreht, echt«, seufzte sie resigniert. »So was Beklopptes.«

»Aha«, sagte ich interessiert. »Und was glaubst du, warum hat sie so reagiert?«

»Weiß ich doch nicht. Aber vielleicht war da was auf dem Handy, was andere nicht sehen sollten, versteh'n Sie das nicht?«

»Du hast vielleicht recht«, sagte ich. »Hast du sie gefragt?«

»Sind Sie irre?«

»Na, wenn du wüsstest«, erwiderte ich. »Wann ist das denn passiert?«

»Is'n paar Wochen her.«

Ich ließ die Information sinken. »Ist dir sonst noch was aufgefallen?«

»Sie lügt die ganze Zeit. Ich hab aufgehört zu glauben, was sie sagt.«

»Und worüber lügt sie?«

»Weiß nicht, alles Mögliche.« Sie klang enttäuscht und ein wenig traurig. »Sara meinte, ich sollte Sie anrufen. Aber ich weiß ja auch nicht, was mit Johanna ist.«

Es gab so einiges, das ich gern gewusst hätte. Aber ich hatte Angst, dass sie einfach auflegen würde, wenn ich zu sehr nachbohrte. »Kanntest du Elvira?«, fragte ich deshalb vorsichtig.

»Na ja, was heißt schon kennen, aber ich wusste natürlich, wer sie war. Armes Mädchen, warum hat sie bloß so was gemacht?«

»Ich weiß nicht«, sagte ich. »Elvira hat mir ein Foto gezeigt, das sie auf dem Handy ihrer Schwester gefunden hat, ein pornografisches Bild. Weißt du was darüber?«

»Nee, aber solche Bilder gibt's doch überall im Internet.«

»Hat dir auch schon mal jemand solche Fotos geschickt?«

Sie zögerte. »Vielleicht, kann schon sein.«

»Leute, die du nicht kennst?«

»Natürlich nicht.« Plötzlich klang sie wütend.

»Es war doch nur eine Frage«, sagte ich.

»Das ist noch was anderes«, sagte sie unsicher.

»Ja?«

»Johanna, sie kann sich alles Mögliche leisten, mehr als ich jedenfalls. Ihre Eltern sind geizig, früher hatte sie immer viel weniger Taschengeld als ich. Und jetzt hat sie plötzlich dauernd Geld.«

»Wann war das? Also, ich meine, wann ist dir aufgefallen, dass sie sich mehr leisten konnte?«

»Vielleicht im letzten Jahr, ich weiß nicht so genau.«

»Hast du sie gefragt, woher sie das Geld hat?«

»Nee, nicht wirklich. Wir reden nicht viel über Geld, zumindest nicht Johanna. Und jetzt reden wir fast überhaupt nicht mehr miteinander.«

»Weißt du, ob Johanna einen Liebhaber hat?«

»Ich weiß nicht, da gab's wohl mal einen, sie war immer sehr begehrt, aber sie hat mir nichts erzählt. Und in letzter Zeit hab ich sie auch mit keinem mehr zusammen gesehen.«

»Meinst du im letzten Jahr?«, fragte ich.

»Ja, so in der Art.«

»Was ist mit älteren Jungs?«, hakte ich nach. »Oder erwachsenen Männern?«

»Das weiß ich doch nicht.«

Sie zögerte gerade so lange, dass ich misstrauisch wurde. »Hör mal«, sagte ich nachdrücklich, »du brauchst keine Angst davor zu haben, mir das zu erzählen, was du weißt. Ich versuche bloß, ihr zu helfen. Ich werd's niemandem verraten, dass ich mit dir geredet habe.«

Eine Weile blieb sie stumm. »Johanna ist ein paarmal von der Schule abgeholt worden«, sagte sie schließlich, »von einem Typen mit Auto, ich weiß nicht, wer der war. Als ich sie gefragt habe, ist sie wütend geworden. Es war jedenfalls nicht ihr Vater«, fügte sie betont hinzu, »der kümmert sich sowieso um gar nichts.«

»Hast du das Auto gesehen?«

»Nur so kurz, war auf jeden Fall dunkel, schwarz oder grün oder so was. So'n großer Lieferwagen, glaub ich. Ich muss jetzt los«, sagte sie plötzlich, »mehr weiß ich auch nicht.«

»Ein Lieferwagen? Bist du sicher?«

»Ich weiß nicht.«

»Lieferwagen haben grüne Kennzeichen.« Jugendliche benötigten mitunter Kenntnisse über die Wirklichkeit.

»Kann gut sein.«

»Kannst du dich erinnern, wie der Fahrer aussah?«

»Ich konnte ihn nicht sehen.«

»War er alt?«, fragte ich.

»Wie Sie, meinen Sie?«

»Zum Beispiel. Oder vielleicht jünger?«

»Ich hab doch gesagt, dass ich ihn nicht gesehen hab. Ich kann jetzt nicht länger reden.«

Ich versuchte, meine Gedanken zu ordnen. Sie wiesen alle in dieselbe Richtung. Doch laut Frau Widerberg hatte die Polizei Johannas Handy überprüft, ohne etwas Bedeutsames gefunden zu haben. Nach einer Reihe von Fällen, bei denen die Benutzung von Handys ein wichtiger Teil der Beweisführung war, hatten die Experten viel dazugelernt. Was immer auf dem Handy gewesen war, sie hätten es wohl gefunden. Auch wenn Johanna alles gelöscht haben sollte. »Weißt du, ob es noch andere Erwachsene gab, mit denen sie Kontakt hatte?«

»Erwachsene? Wie jetzt?« Sie dachte nach. »Ja, also da war dieser Pastor.«

»Pastor? Meinst du den Vater?«

»Nein, der mit dem Chor.«

»Der Katechet?«, fragte ich. »Nils Lier. Hat der was mit Chören zu tun?«

»Johanna war in dem Jugendchor, den er geleitet hat. Die kennen sich.«

Mehr bekam ich nicht aus ihr heraus.

7

Ich suchte mein Büro auf. Der Abend erschien mir unendlich lang. Und er wurde auch nicht kürzer, nachdem ich eine Weile nachgedacht und den Terminkalender überprüft hatte.

Vor zwei Monaten, am Freitag vor dem letzten Wochenende der Winterschulferien, hatte ich mich in Oslo aufgehalten. Mein Mandant, ein notorischer Gangster aus dem Motorradgangmilieu, angeklagt wegen Körperverletzung in Verbindung mit Schutzgelderpressung, musste vor Gericht erscheinen. Der Prozess war am Nachmittag abgeschlossen, aber ich blieb in der Stadt. Dass wir verloren hatten, war nicht überraschend, aber er hatte Glück gehabt und war einer weitaus ernsteren Anklage entkommen. Mein Job war es gewesen, dafür zu sorgen, dass sich das Strafmaß nicht nach seinem Aussehen richtete.

Ich hatte einen Plan geschmiedet, als ich eine Suite im *Hotel Opera* bestellte, in der obersten Etage, mit einem großartigen Ausblick auf den Fjord. Alice war nämlich zu dem Versuch bereit gewesen, sich der Überwachung durch ihren Exmann zu entziehen, während die Kinder einen Zwangsbesuch bei ihm absolvieren sollten. Ein ausgezeichneter Plan, wenn es nicht diesen kleinen Mord in Südnorwegen gegeben hätte, der Alice und ihre Kollegen in irgendein abgelegenes Tal dort unten rief. Eifersüchtiger Mann bringt Freundin um, danach sich selbst. Das Übliche.

Nichts ist so traurig wie ein einsames Hotelzimmer voll geplatzter Träume. Ich hielt es eine Nacht dort aus, ehe ich mich zur Rückfahrt entschloss und die saftige Rechnung eines neunzigjährigen Hotelkettenbesitzers bezahlte, der nicht genug bekommen konnte. Im Hotel hatte ich kaum mit jemandem geredet. Am Freitagabend war ich durch die Kneipen gezogen und konnte mich nur vage an Einzelheiten erinnern. Der Jaguar war in der Werkstatt. Am Samstagvormittag hatte ich den Zug zurück nach Hause genommen.

Nun saß ich da und starrte Löcher in die Luft – eine Tätigkeit, mit der ich gut vertraut war –, als das Telefon klingelte. Festnetz. Ich hatte sofort ein schlechtes Gefühl. Die wenigen, die ich mit etwas Wohlwollen als Freunde bezeichnen konnte, riefen mich auf dem Handy an. Andere Anrufe bedeuteten bloß, dass jemand etwas von mir wollte.

»Foyn?« Kriminalchef Åsens Stimme klang nicht sonderlich wohlwollend.

»Ja?«, sagte ich gottergeben, in der Hoffnung, dass die Unannehmlichkeiten von selbst verschwinden würden.

»Können Sie zu mir ins Büro kommen? Sofort?«

Obwohl die Formulierung streng genommen eine Frage beinhaltete, um nicht zu sagen zwei, entschied ich mich, sie nicht als solche zu deuten. »Jetzt gleich?« Es war bereits Abend. Der Zeiger der Uhr hatte neun schon überschritten.

»Genau.«

»Ich schau mal in meinen Terminkalender.« Ich versuchte nachzudenken, mochte das Ergebnis aber gar nicht.

»Das ist kein Wunsch, Føyn.« Jetzt war er mehr als sauer. »Sondern ein Befehl.«

»Und worum geht es?« Auch ich wurde langsam gereizt. »Sollte ich einen Anwalt mitbringen?«

»Sie kommen der Wahrheit näher als sonst, Foyn.« Seine Stimme klang drohend. »In einer halben Stunde, ansonsten lasse ich Sie holen.«

Die Stille im Polizeipräsidium wirkte nicht gerade beruhigend. Schon als der Wachhabende mich einließ, wurde ich mit unangenehmen Blicken bedacht. Für einen winzigen Moment wurde mir klar, wie sich die Aussätzigen gefühlt haben mussten. Im Präsidium gab es viele undichte Stellen. Sowie irgendetwas Interessantes passierte, wussten alle Bescheid. Das unbehagliche Gefühl, angeglotzt zu werden, trieb mich eiligst weiter.

Als ich draußen vor der Tür stand und kurz überlegte, den Besuch wieder abzublasen, kam es mir vor, als hätte mich der Schulzahnarzt zu sich beordert. Was da drinnen auf mich wartete, würde nicht angenehm werden. Aus purem Trotz klopfte ich nicht an, sondern ging einfach hinein.

Erstaunt blickte Åsen von seinem Aktenstapel auf. Das papierlose Zeitalter war noch nicht bis zu dieser Behörde vorgedrungen. »So«, sagte er in relativ neutralem Ton, bot mir allerdings keinen Platz an, was auch gar nicht nötig war, da ich mir bereits einen Stuhl geschnappt und mich darauf niedergelassen hatte.

»Wie sieht's denn mit dem Haushalt aus?«, fragte ich.

Seine formelle Haltung bekam einen kleinen Riss. »Wie bitte?«

»Die Überstunden«, erklärte ich und zeigte auf die Uhr. »Soweit ich weiß, wird in dieser Branche doch strenge Haushaltsdisziplin gefordert.«

Åsen musterte mich ausdruckslos. Nur eine rote pochende Ader an der Stirn verriet seine Gemütslage. »Beim Führungspersonal gibt's keine Überstunden.« Er räusperte sich. »Das ist keine formelle Vernehmung, Foyn. Ich möchte Ihnen zunächst die Möglichkeit geben, mit einer akzeptablen Erklärung aufzuwarten.« Er griff nach einem Asservatenbeutel und hielt ihn mir vor die Nase. »Wissen Sie, was das ist?«

In dem Moment, als ich den Inhalt sah, begriff ich es. Alles auf einmal. Ich nickte.

Unheilverkündende Stille machte sich in dem spartanisch eingerichteten Büro breit.

»Dann wissen Sie vielleicht auch, woher dieses Schild kommt?«

Ich hatte Probleme, die Fassung zu bewahren. »So wie Sie fragen, vermute ich, dass es aus dem Hotel *Opera* stammt«, entgegnete ich leise.

Åsen ließ den Plastikbeutel hin- und herschwingen. Er enthielt ein Schild, worauf die Worte *BITTE NICHT STÖREN* mit großen hübschen Goldbuchstaben gedruckt waren. Ganz unten in der Ecke stand, dass das Schild zu einer Suite mit dem Namen *Halle des Bergkönigs* gehörte. »Können Sie bestätigen, dass Sie sich in der Nacht zu Samstag, dem 23. Februar, in diesem Zimmer aufgehalten haben, Foyn?«

»Nicht ganz.«

Er sah mich resigniert an. »Was meinen Sie damit?«

Für einen kurzen Augenblick verspürte ich einen Hauch von Sympathie für Kriminalchef Åsen. Er hatte in der Tat eine undankbare Aufgabe.

»Ich war bis spät in der Nacht aus. Ich weiß nicht mehr genau, wann ich zurückgekommen bin.« Es war die reine Wahrheit. Und die ist oft schwer zu schlucken. »Ich glaube, ich habe das Zimmer gegen acht Uhr abends verlassen.«

»Sie hatten also eine Suite bestellt?« Er ließ es klingen, als handele es sich dabei um eine kriminelle Tat.

»Ich mag einen gewissen Komfort.«

Åsen schnaubte. »Da könnte es zu einer merkbaren Veränderung kommen, Foyn. Besonders dann, wenn Sie mir nicht erklären können, wieso dieses Ding in Elvira Widerbergs Besitz war.« Abermals wedelte er mit dem Beutel herum. »Die Mutter hat es in ihrer Jeans gefunden«, fügte er erklärend hinzu.

»Aha.« Ich sah keinen Grund zu verraten, dass ich das schon wusste. »Sie kann es doch irgendwann an sich genommen haben«, schlug ich vor, begriff aber gleich, dass die Erklärung nicht gut genug war.

»Wir wissen, dass sie sich an dem betreffenden Abend in diesem Hotel aufgehalten hat. Wir haben unanzweifelbare Zeugenaussagen, aus denen hervorgeht, dass sie nach Ihrem Zimmer gefragt hat. Dass sie dort war.«

»Tatsächlich.« Das unangenehme Gefühl im Bauch breitete sich langsam im ganzen Körper aus. »Wissen Sie, ob sie an diesem Freitag mit dem Zug nach Oslo gefahren ist?«

Er schüttelte den Kopf. »Sie hat ihre Karte nicht benutzt. Weder da noch im Bus.«

Jetzt musste ich einen kühlen Kopf bewahren. »Ich hab sie möglicherweise im Zug ganz kurz gesehen.«

»Sie haben den Zug genommen?« Er sah mich skeptisch an. »Haben Sie nicht so eine Art Auto?« Åsen beneidete mich um den Jaguar, wie er mir in einem schwachen Moment einmal gestanden hatte.

»Ich dachte an die Umwelt«, sagte ich.

Er seufzte. »Begreifen Sie nicht den Ernst Ihrer Lage?«

»Ich hatte die ganze Zeit das Gefühl, dass ich die Kleine schon einmal gesehen habe«, sagte ich.

»Davon haben Sie uns nichts gesagt.« Es klang wie eine Anklage. Er beugte sich über den Schreibtisch zu mir herüber. »Das sieht wirklich nicht gut aus, Foyn. Haben Sie sich im Hotel mit ihr getroffen?«

»Natürlich nicht.«

»Gibt es jemanden, der bestätigen kann, wo Sie an diesem Abend waren?«

»Das bezweifle ich.«

»Sie machen es sich nicht leicht, Foyn.«

»Ich bin in der Stadt herumgelaufen und ich war allein. Aber es ist möglich, dass ich sie in der Hotelhalle gesehen habe, am frühen Abend. Sie kann mir gefolgt sein, als ich am Freitagmorgen den Zug genommen habe.«

»Das wäre dann die freundliche Lesart, ja.« Der Kriminalchef war jetzt zu seiner Lieblingsbeschäftigung übergegangen: Kugelschreiber verbiegen. »Und wieso sollte sie Ihnen gefolgt sein?«

»Sie wollte mir etwas erzählen, begreifen Sie das nicht? Etwas, worüber sie mit anderen nicht reden wollte oder konnte.« Plötzlich sah ich sie wieder vor mir, die roten Haare, die Sommersprossen, die Tränen in den grünen Augen, während sie versuchte, eine Erwachsene zu spielen. »Sie war doch noch ein Kind!« Ich konnte meine unterdrückte Wut nur schwer zurückhalten. »Wir wissen doch beide, dass es sich hier um Missbrauch handeln kann. Sie brauchte Hilfe und glaubte, sie von mir bekommen zu können.«

Åsen sah mit einem Mal erschöpft aus. »Ich will nicht ausschließen, dass Sie recht haben«, sagte er nach einer langen Pause. »Theoretisch. Aber wir haben nichts. Keine technischen Spuren, keine Zeugenaussagen, nichts außer Ihren vagen Theorien. Die Experten von der Kripo haben Telefone und Computer untersucht, sowohl ihre als auch die der Schwester. Es gab nichts.«

»Was ist mit dem Bild auf dem Handy, das sie dann mir geschickt hat?«

»Es stammte nicht von Johannas *iPhone*, sondern von einem nicht identifizierbaren Handy.«

»Eben.«

»Wovon reden Sie?«

»Elvira hat mich vielleicht angelogen, aber das Bild war echt. Irgendjemand hat es ihr geschickt.«

»Im Internet wimmelt es doch von solchen Bildern. Alle Jugendlichen wissen das.« Jetzt wirkte er wirklich resigniert. »Wenn sich Ihre Erklärung bestätigt, gibt es keine Untersuchung«, fügte er hinzu, ohne die damit einhergehende Drohung verstecken zu wollen. »Merken Sie sich das.«

»Halten Sie es für völlig ausgeschlossen, dass sie vielleicht ermordet wurde?«

»Laut Obduktion erfolgte der Tod durch Ertrinken, nach allem zu urteilen, infolge der Einnahme einer nicht unbeträchtlichen Menge Schlafmittel. Sie ist in der Badewanne eingeschlafen. Der Blutverlust war minimal.«

»Irgendjemand könnte dort an jenem Abend eingedrungen sein«, wandte ich ein. »Der Schlüssel war doch leicht zugänglich, und ob die Tür verschlossen war, ist auch nicht ganz sicher.«

»Wir haben weder Zeugen noch physische Spuren, die Ihre Theorie untermauern, und ein Motiv auch nicht. Ihre Vermutungen sind reine Spekulationen. Aber so arbeiten wir hier nicht.«

»Haben Sie diesen Freund der Familie unter die Lupe genommen?«, fragte ich. »Den Katecheten?«

»Sie reden von Nils Lier?« Åsens Blick war hellwach.

Ich nickte.

»Und wieso glauben Sie, dass das nötig sein sollte?«

»Er war früher schon einmal in eine Sache verwickelt, die was mit Missbrauch zu tun haben kann.« Ich erzählte Åsen, was ich wusste, hörte aber selbst, wie dünn das klang.

»Und woher haben Sie diese Informationen?«

»Ich habe meine Quellen«, sagte ich. »Genau wie Sie.«

»Wir haben natürlich mit Lier gesprochen. Wie mit vielen anderen, die die Familie kennen«, fügte er hinzu. »Nichts deutet darauf hin, dass er irgendwas mit dieser Tragödie zu tun hat.«

»Und was machen Sie jetzt damit?« Ich deutete auf den Plastikbeutel.

»Das müssen sich jetzt unsere Juristen ansehen.« Sein Blick schien fast traurig. »Ich hatte gehofft, Sie hätten eine bessere Erklärung auf Lager, Foyn. Ich hoffe für Sie, dass nicht noch weitere Geheimnisse auftauchen. Sie müssen doch zugeben, dass das nicht gut aussieht.«

»Es ist die Wahrheit«, sagte ich und stand auf. »Aber vielleicht ist die ja nicht glaubwürdig?«

Der Kriminalchef wirkte nachdenklich, während er mich anstarrte. Ich konnte immer noch nicht glauben, dass er mich tatsächlich verdächtigte, eine Rolle in diesem Drama zu spielen. Ungeachtet dessen würde ich in ernste Schwierigkeiten geraten, wenn diese Informationen an die Presse durchsickerten. Elvira war da gewesen. Vielleicht hatte sie sogar angeklopft, während ich mich in der Suite entspannte. Ich erinnerte mich schwach, dass ich mich gefragt hatte, ob da jemand vor der Tür war. Ich hatte mit der Zeitung auf dem Sofa gelegen und mich nicht durchringen können aufzustehen. Und als sie mich im Büro aufgesucht hatte, war sie fast lautlos gewesen.

Kleine Zufälle konnten ein ganzes Leben verändern.

8

Am nächsten Vormittag, als ich im Büro saß und mich seelisch auf einen Termin mit einem Mandanten einzustimmen versuchte, der vielleicht eine neue Einkommensquelle verkörperte, traf ich meine Entscheidung. Vorläufig waren die Medien noch schweigsam, aber ich glaubte nicht, dass das lange andauern würde. Johanna war die Einzige, mit der ich noch nicht gesprochen hatte. Auf die Skepsis der Eltern konnte ich keine Rücksicht mehr nehmen.

Johannas Stundenplan in Erfahrung zu bringen, war einfach. Um 14.10 Uhr sollte sie an diesem Tag den Unterricht am Greveskogen-Schulzentrum beenden, doch von diesem Moment an würde es schwierig werden. Mit mir zu reden war wohl kaum etwas, worauf sie besonders erpicht war.

Nachdem ich versucht hatte, die Begrenzungen der Gesetzgebung hinsichtlich einer Einflussnahme auf den Musikgeschmack seines Nachbarn zu erläutern, verschwand der potenzielle Mandant mit beleidigter Miene und drohte mir damit, einen meiner hundertunddrei Konkurrenten in der Kleinstadt aufzusuchen. *Es gibt genügend andere Anwälte.* Er ahnte nicht, wie recht er hatte.

Ich wählte Mørks Nummer. Erstaunlicherweise ging er sofort ran, als hätte er auf meinen Anruf gewartet. »Wie ich verstanden habe, gibt es noch mehr Ärger.«

»Was hast du gehört?«

»Genug. Mehr als genug. Sie überlegen noch.«

»Sie haben nichts«, erwiderte ich. »Nichts als Spekulationen.«

»Sagst du, ja.« Es folgte eine vielsagende Pause. »Und was hast du jetzt vor?«

»Mir die Schwester vorzuknöpfen. Johanna. Sie kann ein Schlüssel in der ganzen Geschichte sein. Die Familie scheint allerdings an weiteren Nachforschungen nicht interessiert zu sein und ich bezweifle, dass das Mädchen mit mir reden will.«

»Herzlich willkommen.« Wie üblich verriet Mørk nicht, was er dachte.

»Ich brauche also deinen Beistand«, fuhr ich fort.

»Meine Hilfe, meinst du wohl.«

»Nenn es, wie du willst. Du könntest ja deine Autorität als Polizeibeamter einsetzen, zum Beispiel.«

Mørk zögerte nicht. Das tat er nie. »Ist sie heute in der Schule?«

Ich erzählte ihm, was ich wusste. »Sie hat ein Moped«, fügte ich hinzu.

»Benutzt sie das?«

»Hast du schon mal von einer Siebzehnjährigen gehört, die mit dem Fahrrad fährt, wenn es Alternativen gibt?«

»Du bist der Experte. Ich suche mir das Kennzeichen raus und schicke dir eine SMS. Sei um kurz vor zwei vor der Schule.«

»Und was hast du vor?«

»Benutz deine Fantasie.« Er legte auf.

Es war kurz vor eins.

Hulda hatte auf dem Beifahrersitz und einem offenen Fenster bestanden, als ich den Jaguar holte und in Richtung Greveskogen fuhr. Das Tier war mit einem unbekannten Sinn ausgestattet, der in der Fachliteratur noch keine Erwähnung gefunden hatte. Als wir an dem Parkplatz vorbeifuhren, betrachtete der Hund die Festmahlzeit der Möwen mit schlecht verhohlenem Neid. Gegen die weggeworfenen Essensreste von elfhundert Schülern erschienen selbst die fünf Brote und zwei kleinen Fische aus der Bibel wie eine Lappalie.

Ich stellte den Jaguar in einer Seitenstraße gegenüber der Schule ab und versuchte, mir einen Plan auszudenken. Sollte

Mørk beabsichtigen, das Moped anzuhalten, brauchte er einen guten Grund.

Als das Kennzeichen auf meinem Handy eintickerte, hatte ich die Lösung.

Mit einem Schraubenzieher in der Tasche schlenderte ich über den Parkplatz und überprüfte die Kennzeichen. Das erwies sich als gar nicht so einfach, denn Johannas Fahrzeug war nicht, wie die Mutter gesagt hatte, ein Moped, sondern ein Scooter, eine Vespa. Frauen hatten einfach zu wenig Verständnis für solch wesentliche Dinge des Lebens. Der Anblick des Rollers brachte mich zurück in meine eigene Jugend.

Es dauerte nur ein paar Sekunden, bis ich den Deckel vom Rücklicht abgeschraubt und die Glühbirne gelöst hatte. Ich schaffte es gerade noch, dieselbe Operation an den Blinkleuchten durchzuführen, bevor um mich herum die ersten Schüler auftauchten.

Es war das erste Mal, dass ich Wilhelm Mørk in einem der Streifenwagen sah, von denen er sich normalerweise weit entfernt hielt. Ich hatte mich an die Bushaltestelle gestellt, um auf ihn zu warten. Der Frühling war gekommen, hatte uns aber schnell wieder verlassen. Ein eiskalter Wind pfiff mir um die Ohren. Wie üblich hatte ich die Wetteraussichten viel zu optimistisch eingeschätzt.

Mørk bremste und öffnete die Beifahrertür. »Spring rein.« Schweigend fuhr er weiter in Richtung Eik, wendete an der Tankstelle und ließ den Wagen langsam auf die Schule zurollen. »Ich hab mir mal die Mühe gemacht, sie zu überprüfen«, sagte er unvermittelt. »Bist du interessiert?«

»Natürlich«, sagte ich. »Das weißt du doch.«

»Sie soll mit ein paar unpassenden Leuten beobachtet worden sein.«

»Drogen?«

»Mir wurde da so das ein oder andere ins Ohr geflüstert, ja. Nichts Ernstes, aber ein kleines Signal.«

»Ich habe Ähnliches gehört«, sagte ich.

»Gut. Was hast du für mich?«

»Die Leuchten«, sagte ich. »Sie sind defekt. Wenn wir ihr folgen, wirst du es sehen.«

Mørk nickte und lenkte den Streifenwagen an den Straßenrand. »Dann warten wir mal.« Er reichte mir ein Fernglas. »Hier wird's ziemlich chaotisch. Nimm das hier.«

Wie üblich hatte er recht. In dem Gewimmel aus Fahrrädern, Motorrädern, Scootern und Mopeds war es nicht einfach, Johanna ausfindig zu machen, und das, obwohl ich ihren Scooter jetzt kannte. Ich wollte schon fast aufgeben, als sie plötzlich auftauchte. In dicke Sachen eingepackt und mit einem Helm auf dem Kopf, war sie unmöglich wiederzuerkennen. Aber sie fuhr den richtigen Scooter.

Mørk lenkte den Streifenwagen hinter das Mädchen. Es war nicht einfach, ihr zu folgen. Routiniert manövrierte sie sich durch den dichten Nachmittagsverkehr.

Ich drehte mich zu Mørk. »Du kannst sie wegen ihrer Fahrweise anhalten. Sie fährt wie eine gesengte Sau.«

Am Kanal, gegenüber von Nøtterøy, schaltete er Blaulicht und Sirene ein, holte den Scooter ein und deutete auf die *Esso*-Tankstelle, gleich hinter der Brücke. Sie nickte und bog ab.

»Du bleibst hier.« Mørk hatte den Wagen schräg vor Johannas Gefährt gelenkt, dann stieg er aus und stellte sich neben sie, während ich das Geschehen interessiert verfolgte.

Als das Mädchen den Helm abnahm, bekam ich die Bestätigung. Sie war es.

Während der Trauerfeier in der Kirche hatte ich sie ganz kurz gesehen. Angesichts des langen schwarzen Mantels und der ins Gesicht gezogenen Mütze war es schwer gewesen, sich ein Bild von ihr zu machen. Jetzt war es anders. Rötliches Haar, das ihren Kopf wie eine Wolke umkränzte, ein hübsches, ausdrucksvolles Gesicht. Sie wirkte viel erwachsener, als ihre siebzehn Jahre vermuten ließen. Ein wenig übertrieben geschminkt, enge, halb zerfetzte Jeans, ein herausfordernder, trotziger Blick. Ich wusste nicht, was ich von ihr halten sollte. Als ich in dem Alter war, hatten Mädchen nicht so ausgesehen. Sie hätte mir Angst eingejagt.

Um besser hören zu können, kurbelte ich das Seitenfenster herunter.

»Du fährst unvorsichtig.« Mørk zeigte ihr seinen Dienstausweis. »Wir sind dir von der Schule aus gefolgt.« Er zeigte auf den Scooter. »Und deine Lichter sind nicht in Ordnung.«

Verdutzt blickte sie auf den Scooter hinunter, dann auf ihn. »Das verstehe ich nicht.«

»Hast du einen Führerschein?«

»Ja, natürlich.«

Mørk nickte. »Wir besprechen das im Wagen. Setz dich rein.« Er öffnete die hintere Tür.

Widerwillig setzte sie sich in den Wagen und suchte in ihrem Rucksack nach ihren Papieren. Auf mich warf sie nur einen kurzen Blick.

»Dann wollen wir mal sehen.« Mørk hatte sich wieder hinter das Lenkrad gesetzt und betrachtete ihren Führerschein. »Dein Name ist Johanna Widerberg?«

Sie nickte stumm, sah ihn aber wachsam an.

»Hier ist jemand, der mit dir reden möchte.« Mørk zeigte auf mich. Ich drehte mich zu ihr um. »Rechtsanwalt Foyn. Du hast den Namen vielleicht schon mal gehört?«

Sie zuckte merkbar zusammen. »Was?« Jetzt starrte sie mich an. »Foyn?«, sagte sie. Ihr Gesichtsausdruck wirkte abweisend. Sie war nicht schön, aber auf eine herausfordernde Weise attraktiv.

»Alles in Ordnung«, sagte ich und versuchte, sie zu beruhigen. »Ich bin nicht gefährlich. Aber da wir nun schon einmal zusammensitzen, würde ich dir gern ein paar Fragen stellen. Du weißt doch sicher, dass Elvira bei mir war und um Hilfe gebeten hat?«

Sie nickte fast unmerklich und hielt ihren wachsamen Blick auf mich gerichtet.

»Das Foto, das sie mir gezeigt hat, hatte sie das von deinem Handy?«

Sie antwortete nicht, blickte sich nur um und versuchte, die Tür zu öffnen, die Mørk aber vorsorglich verriegelt hatte.

»Es ist in deinem eigenen Interesse, mit Rechtsanwalt Foyn zusammenzuarbeiten«, sagte er mit strenger Stimme. »Dann könnten wir vielleicht von deinen Verkehrsvergehen absehen.« Er strömte totale Autorität aus, groß und schlank, in einem eleganten maßgeschneiderten Anzug, nicht ein graues Haar in seiner dichten dunklen Mähne. »Du möchtest doch sicher auch wissen, was mit deiner Schwester passiert ist?«, fuhr er fort.

»Ich habe nichts zu sagen«, sagte sie verbissen. »Ich habe der Polizei alles gesagt, was ich weiß, und das ist nicht viel. Elvira war verrückt, sie wusste verdammt noch mal überhaupt nicht, was sie tat.« Johanna sprach nicht so erwachsen und kultiviert wie ihre Schwester. »Sie konnte nichts dafür«, fügte sie ein wenig versöhnlicher hinzu.

»Du hattest das Foto also nicht auf deinem Handy?«, warf ich ein.

»Hatte ich bestimmt nicht!« Sie rutschte auf dem Sitz umher und rüttelte am Türgriff.

»Nun gut«, sagte ich skeptisch. »Aber ich habe es selbst gesehen. Woher hatte Elvira das Bild?«

»Wahrscheinlich kannte sie jemanden.«

»Der ihr diese Art von Fotos schickte? Wer könnte das gewesen sein?«

»Bestimmt irgendwelche Jungs.«

»Jemand, den du kennst?«

»Weiß ich doch nicht.«

Ich war alles andere als überzeugt. »Kannst du mir einen Namen nennen?«

»Vielleicht jemand aus der zwölften Klasse. Ich hab doch gesagt, dass ich nicht weiß, wer die sind«, sagte sie ausweichend. »Ich weiß nicht, mit wem sie zusammen war.«

»Jungs aus der zwölften Klasse. War sie für die nicht ein bisschen zu jung?«

»Sie mochte eben ältere Jungs.«

»Und du kennst also einen von denen?«

»Vielleicht einen, der 'nen Sportwagen fährt.«

»Aha«, sagte ich. »Ist Elvira mit dem zusammen gewesen?«

»Sie hat viele komische Sachen gemacht.«

»Und was ist mit anderen erwachsenen Männern? Nils Lier, der Katechet, zum Beispiel? Ist er nicht ein alter Freund der Familie?«

Sie starrte mich abweisend an. »Na und?«

»Was für eine Beziehung hatte Elvira zu ihm?«

»Der ist wohl ganz okay«, sagte sie nach kurzem Zögern. »Ich glaube, Elvira mochte ihn, jedenfalls mehr als ich. Er ist mir 'n bisschen zu heilig, irgendwie immer ganz perfekt. Ich trau solchen wie ihm nicht über den Weg.«

Da hatten Johanna und ich etwas Gemeinsames. »War er öfter bei euch?«

Sie zuckte mit den Schultern. »Ab und zu.«

»Hast du selbst auch einen Freund?«

»Wüsste nicht, was Sie das angeht.« Ihr Blick war alles andere als freundlich.

»Weißt du, warum Elvira mich aufgesucht hat? Ich kannte sie doch gar nicht.«

»Vielleicht hat sie von Ihnen gehört? Standen Sie nicht mal in der Zeitung?«

»Sie ist mir gefolgt«, sagte ich. »Und hat in ihrem Tagebuch über mich geschrieben. Wusstest du das?«

»Ich hab das nur im Internet gelesen.«

Sie waren Schwestern, fast im selben Alter. Johanna musste einfach mehr über sie wissen. »Was glaubst du, warum hat sie das getan?«

»Was getan?«

Das Gespräch verlief zäh. »Schlafmittel geschluckt, die Handgelenke aufgeschnitten und sich in die heiße Badewanne gelegt«, sagte ich brutal. »So was kommt doch nicht jeden Tag vor.«

»Ich hab doch schon gesagt, ich weiß es nicht. Ich war nicht dabei.«

»Nein, du warst an einem ganz anderen Ort«, sagte ich bissig. »Solltest du an jenem Abend nicht zu Hause sein?«

»Sie wollte mich nicht dahaben. Ich dachte, dass sie vielleicht jemanden treffen wollte.«

»Ach ja?« Die Zündschnur brannte. »Und wer sollte das sein?«

»Keine Ahnung. Jedenfalls wollte sie keinen Babysitter.«

Verwundert musterte ich sie. So wenig Mitleid. Ihre Schwester war gerade gestorben, doch es kümmerte sie nicht. »Du warst auf einer Party«, sagte ich. »Mit wem warst du da zusammen?«

Sie antwortete nicht, sah mich nur trotzig an.

»Vielleicht dieselben, mit denen Elvira rumgehangen hat?«

»Sie kapieren echt überhaupt nichts«, erwiderte sie höhnisch.

Sie wusste gar nicht, wie recht sie hatte. »Wann fingen Elviras Probleme an?«, fragte ich, leicht resigniert.

»Ach, sie ist doch immer schon so gewesen.« Als ich nicht antwortete, fuhr sie fort. »Hat irgendwelche Sachen erfunden. Sie war krank, müssen Sie wissen. Hat sich mit Rasierklingen geritzt.«

»Das muss doch einen Grund gehabt haben«, sagte ich. »Was hat sie gequält?«

»Fragen Sie den Psychologen, der sie behandelt hat.« Ihr Lächeln wirkte falsch.

Ich betrachtete sie. Starr saß sie auf dem Rücksitz, als ginge sie die ganze Unterhaltung nichts an. »Kann es sein, dass Elvira sexuell missbraucht wurde?«, fragte ich sie direkt.

»Weiß ich doch nicht!« Sie warf sich gegen die Tür. Vergeblich. »Sie hat mir nie was erzählt. Und anderen auch nicht.« Immerhin reagierte sie jetzt. »Lassen Sie mich raus!«, brüllte sie Mørk beinahe an. »Ich habe nichts Schlimmes getan. Sie können mich hier nicht festhalten.«

Das stimmte. Wir mussten sie gehen lassen, aber es gab noch viel, was ich wissen wollte. »Wie ist das mit dem Schlüssel? Der an der Wand hinter der Garage hängt. Wer weiß davon?«

»Nicht viele, glaub ich.«

»Wer denn?«

Sie zögerte. »Warum fragen Sie?«

»Vielleicht ist jemand reingekommen an dem Abend, als deine Schwester starb.«

Zum ersten Mal im Laufe der Unterhaltung wirkte sie ängstlich. »Was meinen Sie damit?«

»Vielleicht war es ja kein Unfall«, sagte ich, »oder kein Selbstmord.« Mørk hörte unserem Gespräch genau zu.

»Ist Elvira von jemandem umgebracht worden?«, flüsterte sie.

»Ich weiß nicht«, sagte ich. »Aber man kann das nicht ausschließen.«

»Die Polizei hat nichts Derartiges gesagt.«

»Sie überprüfen alle Möglichkeiten«, sagte ich, wohl wissend, welche Schlüsse dort gerade gezogen wurden. Sie hätten mehrere Theorien verfolgen müssen. »Der Fall ist noch nicht abgeschlossen.« Lügen dieser Art sind meine Spezialität.

Es wurde still. »Mit Sicherheit gibt es einen, der von dem Schlüssel weiß«, sagte sie plötzlich. »Kalle.«

»Kalle? Wer ist das?«

»Der wohnt in der Gegend.«

»Ein Mann?«

»Ach, der ist doch bloß ein kleiner Junge. Ist bestimmt schon fünfundzwanzig, ja, benimmt sich aber, als wär er zehn.«

»Hat er den Schlüssel schon mal benutzt?«

»Weiß ich nicht so genau. Aber er schleicht öfter bei uns durch den Garten. Er hat den Schlüssel ganz bestimmt gesehen. Der spioniert überall rum.«

Ich musterte sie mit neuem Interesse. »Und was treibt er in eurem Garten?«

»Vater bezahlt ihn dafür, dass er den Rasen mäht. Aber er glotzt uns ständig nach.«

»Uns?«, sagte ich. »Deiner Schwester und dir, meinst du?«

»Er glotzt alle an, steht bloß da und starrt, sagt fast nie was.«

»Hast du das der Polizei erzählt?«

»Quatsch, nein. Kalle ist ein harmloser Idiot, Autist oder so was, er glotzt bloß die Leute an, besonders Mädchen. Und dann schraubt er ständig an irgendwas rum, an alten Autos und Motorrädern, hat 'nen ganzen Haufen davon. Einmal hat er mein Moped repariert.«

»Scooter«, sagte ich. »Nicht Moped.«

Sie sah mich verständnislos an.

Mørk kam ihr zu Hilfe. »Sie hat recht. Das ist eine *50cc,* gilt als Moped.«

Ich war anderer Meinung, ließ es ihm aber durchgehen. »Hat dieser Kalle auch 'nen Nachnamen?«

»Haben das nicht alle?« Plötzlich war sie ironisch. »Krogh oder so ähnlich«, fuhr sie fort. »Ich glaube, Kalle heißt eigentlich Carl Christian. Die wohnen in Nummer fünfzehn, in dem großen Haus ganz unten in der Straße. Er hat auch noch eine Schwester, aber die ist schon erwachsen.«

Mørk stieß einen leisen Pfiff aus. »Einer deiner Kollegen«, sagte er und sah mich vielsagend an.

Richard von Krogh. Einer der führenden Rechtsanwälte der Stadt, Gründer und Gesellschafter einer überaus lukrativen Anwaltskanzlei. Er gehörte nicht zu meinem sozialen Umfeld.

Johanna rüttelte erneut am Türgriff. »Kann ich jetzt gehen? Ich hab doch gesagt, ich weiß nichts.«

Mørk nickte. »Du warst eine große Hilfe«, sagte er erstaunlich freundlich. »Deine Fahrweise vergessen wir. Aber sieh zu, dass die Rücklichter repariert werden.« Er stieg aus und öffnete die hintere Tür. Schnell schlüpfte Johanna hinaus, startete den Scooter und verschwand über den Kirkevei.

Ich drehte mich zu Mørk. »Habt ihr überprüft, was dieser Kalle getrieben hat?«

Er zuckte mit den Schultern. »Die sind alle in derselben Loge. Åsen, Widerberg und von Krogh. Die haben sich unterhalten und den Jungen abgehakt. Und was sollen wir jetzt von Johanna halten?«

»Sie ist nicht leicht zu durchschauen«, sagte ich.

»Du bist ja auch nicht gerade ein Experte, was Frauen angeht.«

»Sie ist noch ein Mädchen.«

»Glaubst du, ja.« Er startete den Streifenwagen und fuhr zurück auf die Hauptstraße. »Hast du ihre Augen gesehen?«

»Die waren grün, genau wie die der Schwester.«

»Da gab's aber noch mehr.«

Ich glaubte zu wissen, worauf Mørk hinauswollte. Der Ausdruck ihrer Augen hatte mich beunruhigt. Eine Art störrischer

Zynismus. Aggression. Unsicherheit und Verletzlichkeit. Etwas Ähnliches war mir auch bei ihrer Schwester aufgefallen. »Du hast recht«, sagte ich, »und das gefällt mir nicht.«

Als Mørk mich in der Seitenstraße absetzte, wo ich geparkt hatte, leuchtete mir der gelbe Zettel an der Frontscheibe des Jaguars schon aus der Ferne entgegen. Meine Laune wurde nicht eben besser. Der Hund hatte mich verraten und es unterlassen, den örtlichen Parkscheinkontrolleur zu verschrecken. Es war kein guter Tag.

»Du könntest mir einen Gefallen tun«, sagte ich, während ich aus dem Streifenwagen stieg. »Guck doch mal nach, ob ihr was über Carl Christian von Krogh in den Akten habt. Aber bei dem Namen ist er wahrscheinlich überall durchgeschlüpft.«

Seit mehr als einer Woche hatte ich die Geschichte nicht weiterverfolgen können. Ein Mordprozess in Kristiansand erforderte meine durchgängige Anwesenheit bis einen Tag vor dem Nationalfeiertag. Als Verteidiger lebte man bei solchen Fällen wie in einer Blase, der Rest der Welt wurde ausgesperrt. Und das besonders, weil ich mich entschied, als Vorgeschmack auf die Ferien ein Wochenende in Südnorwegen zu verbringen anstatt nach Hause zu fahren.

Erst am Donnerstagnachmittag, dem 16. Mai, konnte ich mein Büro wieder aufsuchen, zusammen mit einem glücklichen Hund, der an einem einsamen Dasein im Hotel ebenfalls keine Freude gehabt hatte.

Der folgende Tag war der 17. Mai. Noch vor Sonnenaufgang würde ich von lärmenden Abiturienten geweckt werden, die meine Wohnung mit der benachbarten Bleibe des Lehrers verwechselten, Hulda würde das rituelle Kanonengedonner am Slottsfjell heulend kommentieren, festlich gekleidete Kinder würden unfassbare Mengen an Eis und Würstchen in sich hineinstopfen, die Straßen würden sich mit Volkstrachten füllen, wir würden Freiheit, Gleichheit und Demokratie feiern und dabei wissen, dass wir im besten Land der Erde lebten. Ich wusste nicht, ob ich mich darauf freuen sollte.

Später am Tag, als der Kinderfestzug an mir vorbeimarschierte und Schulklassen die Straßen füllten, erstarrte ich plötzlich mitten auf dem überfüllten Gehsteig. Das ganze Geschehen holte mich schlagartig wieder ein, als ein langbeiniges, nachlässig gekleidetes Mädchen mit rotem Haar, Sommersprossen und einem funkelnden grünen Blick den Kopf drehte und mich und Hulda, die sich eng an mich gedrückt hatte, unverwandt anstarrte.

Pippi Langstrumpf.

Ehe ich reagieren konnte, war der Zug weitermarschiert und das Mädchen in der Menschenmenge verschwunden. Mit einem Mal fühlte ich mich in mein Büro zurückversetzt, an jenen Nachmittag im April. Die Sonne war schlagartig nicht mehr warm und angenehm, die Flaggen waren unpassend, die Gesichter nicht fröhlich, die Geräusche bedrohlich. Einen Augenblick dachte ich, ich hätte einen Geist gesehen. Doch als das Mädchen sich abermals umdrehte, war sie es nicht. Elvira war tot.

Zu Hause in meiner Dachgeschosswohnung rief ich meine Tochter in Berlin an, bekam aber nur einen Mann ans Telefon, der Deutsch sprach. Alice war wie üblich unerreichbar, Wilhelm Mørk hatte sein Handy ausgeschaltet und auf der Telefonliste gab es niemanden, den ich ohne Einbuße meines Selbstrespekts hätte anrufen können.

Auch als Coltranes *Giant Steps* mich in eine Wolke blauer Töne einhüllte, der Rauch kubanischer Zigarren sich über den guten Sessel gesenkt hatte und *Bache-Gabrielsens* exklusiver Cognac im Hals brannte, konnte ich die letzte Erinnerung an das Mädchen nicht verdrängen. Ihr schmaler Rücken, als sie sich auf dem Weg zum Bus befand. Ich begriff, dass das krank war, dass es nicht meine Verantwortung war, die Probleme anderer Menschen zu lösen, dass die Wirklichkeit wehtun konnte, dass wir in einem Meer aus Zufällen herumtrieben. Und dennoch gelang es mir nicht, den Gedanken an eine Art von Gerechtigkeit aufzugeben, und ich verstand, dass ich es nicht schaffen würde, diesen Fall im Nebel verschwinden zu lassen, bevor ich eine Antwort hatte.

Noch vor nicht allzu langer Zeit war meine Tochter in Elviras Alter gewesen. Auch sie hatte sich in diesem seltsamen Dualismus befunden, klug und reflektiert, aber dennoch so verletzlich in diesem Grenzland zwischen Kindheit und Erwachsensein. Ein gefährlicher Zustand. Meine Tochter hatte das Gewinnerlos gezogen.

9

Das Gefühl, den Halt verloren zu haben, hielt mich von meinem Büro fern. Viele meiner Mandanten erlebten das Durchsehen der täglichen Post als eine Art russisches Roulette. Sie verspürten eine Abneigung gegen Fensterumschläge, die keine freundlichen Nachrichten enthielten, sondern lediglich üble Worte und Drohungen wegen nicht eingehaltener Fristen.

Der 18. Mai war ein warmer, luftiger Frühlingstag und ich konnte der Versuchung nicht widerstehen, einen kleinen Abstecher zum Hafen zu machen. Bootsbesitzer finden dafür eigentlich stets eine gute Ausrede. Während die Nachwirkungen des Cognacs langsam verschwanden, suchte ich mir eine Bank aus, auf der ich mich niederließ und die Aktivitäten um mich herum beobachtete. Mit dem Frühjahrsputz beschäftigte Männer in Overalls, ein paar Boote auf dem Wasser, Menschen mit ausreichend Zeit.

Ein Anruf von Mørk riss mich zurück in die Wirklichkeit. »Wie geht's eigentlich deinem Oldtimer?«, fragte er, ohne irgendeine Art von Einleitung.

»Wovon redest du?« Wie üblich schaffte er es, mich zu verwirren.

»Der hat doch sicher ein paar Mängel?«

»Sicher«, sagte ich und versuchte nachzudenken.

»Da wäre dann vielleicht eine technische Überprüfung durch einen interessierten jungen Mann angebracht?«

Erst jetzt begriff ich, worauf er hinauswollte. »Du hast also was über Kalle herausgefunden?«

»Die Diagnose des Jungen. Carl Christian von Krogh leidet an akuter Allergie gegen Vertreter der Beamtenschaft. Soll ausgiebige Konspirationstheorien entwickelt haben.«

»Klingt nach einem intelligenten jungen Mann«, sagte ich.

»Du kannst es dir gleich abschminken, ihn in irgendeiner Form zu vernehmen. Er hat die Diagnose Asperger mit selektivem Mutismus. Du gehörst zu der Gruppe von Menschen, mit denen er nicht reden will.«

»Du glaubst also, der Jaguar könnte ihn auf andere Gedanken bringen?«

»Nicht auszuschließen. Die Gesundheitsbehörde ist jedenfalls der Ansicht.«

»Ist er auch mal bei euch Kunde gewesen?«

»Es gab da ein paar Klagen, ja, aber die wurden alle zu den Akten gelegt.«

»Ernste Sachen?«

»Sieht nicht so aus. Aber offenbar hat er die Angewohnheit, Frauen anzustarren.«

»Da gibt's ja so einige, die dieser Kategorie zuzurechnen sind«, sagte ich. »Du, zum Beispiel.«

»Aber ich verfolge sie nicht, auch wenn ich da manchmal eine Ausnahme mache. Was ist mit dir?«

»Vergiss es«, sagte ich. »Irgendwas mit Gewaltanwendung?«

»Ist hier nicht bekannt.«

An seiner Stimme hörte ich, dass das nur die halbe Geschichte war. »Aber?«

»Unser Freund mag keine Katzen.« Es war unmöglich zu deuten, ob Mørk es ernst meinte.

»Ja, und?«, sagte ich. »Hulda hat auch nichts für die übrig.«

»Dein Tier ist bloß ein dummer Köter. Doch die Sache ist, dass der Katzenbestand im Wohnviertel der von Kroghs innerhalb des letzten Jahres kräftig reduziert wurde. Ein paar Katzenhalter behaupten, Kalle stünde dahinter, weil er einmal eine grundsätzliche Abneigung gegen diese Tiere geäußert haben soll.«

»Und weswegen?« Die Unterhaltung erschien mir zunehmend seltsam.

»Er ist wohl allergisch.«

»Ach ja«, sagte ich nachdenklich, »und deshalb erwürgt er Katzen?« Kinder und Jugendliche mit solchen Tendenzen befinden sich auf gefährlichen Wegen. »Das hört sich nicht gut an.«

»Niemand hat was Konkretes gesehen. Die Katzen sind verschwunden, aber es gibt keine Beweise. Das Ganze ist pure Spekulation. Und wie du weißt, kann er sich problemlos einen teuren Anwalt leisten.« Mørk legte eine Pause ein. »Irgendwas scheint aber mit dem jungen Krogh zu sein, ganz abgesehen von seinem gesundheitlichen Zustand. Dein Wrack könnte dir vielleicht Zugang zu dem Jungen verschaffen, denn angeblich ist er völlig besessen von alten Fahrzeugen. Auf dem Grundstück seines Vaters hat er eine gut ausgestattete Werkstatt.«

»Wie nehme ich Kontakt mit ihm auf?«

»Gar nicht. Er verabscheut Anrufe, Briefe und E-Mails. Du kannst deine Kiste da reinfahren, sie von ihm bewundern lassen und auf das Beste hoffen. Er findet bestimmt irgendeinen Fehler.«

»Ich kann Hulda mitnehmen«, sagte ich. »Die beiden verstehen sich bestimmt prächtig.«

»Ja, vielleicht. Ach und noch was, halte dich auf alle Fälle fern von Krogh senior. Als das letzte Mal einer von uns mit dem Sohn Kontakt aufnehmen wollte, hat er einen Höllenzirkus veranstaltet.«

»Du vergisst, dass du mit einem Rechtsanwalt redest«, sagte ich. »Wir sind Kollegen.«

»Du hast ja auch ein Boot, aber deswegen bist du noch lange kein Großreeder.«

Er spielte auf mein offenes Holzboot an, das in den entbehrungsreichen Dreißigerjahren gebaut worden war. Ich bezweifelte, dass irgendein Großreeder solch ein Kleinod besaß. Im Stillen entschied ich mich für den baldigen Frühjahrsputz. Realistischer betrachtet würde ich wohl meinen guten Hilfsgeist anrufen, der stets dafür Sorge trug, dass das Boot zeitig zu Wasser gelassen wurde.

Mein Büro erwies sich als schweigsam. Ich hatte völlig vergessen, dass Samstag war, der Tag nach dem Nationalfeiertag, und dass es keine Post gab. Die Erkenntnis versetzte mich in gute Stimmung, ich war bereit für einen neuen Einsatz im Arbeitsleben. Als das Telefon klingelte, war ich vollends mit meinen Ertragsmöglichkeiten beschäftigt.

»Hier ist Fredrikke Strøm von VG.«

Instinktiv richtete ich mich auf und nahm die Füße vom Schreibtisch.

»Wir arbeiten an einer Story über diesen Todesfall in Tønsberg. Elvira Widerberg. Wir haben schon einmal darüber berichtet, aber jetzt haben wir in Erfahrung gebracht, dass es neue Informationen gibt.« Zu Beginn waren die Medien erstaunlich zurückhaltend gewesen. Jetzt sollten die Samthandschuhe anscheinend abgestreift werden.

»Ja?«, sagte ich abwartend. Sogar Hulda hatte den Kopf angehoben.

»Können Sie bestätigen, dass Sie sich in der Nacht von Freitag, dem 22. Februar, auf Samstag, den 23. Februar dieses Jahres, im *Hotel Opera* in Oslo aufgehalten haben?« Ihre Stimme war neutral. Aber darauf fiel ich nicht rein.

»Das ist kein großes Geheimnis«, erwiderte ich, wohl wissend, was darauf folgen würde. »Ich war Verteidiger bei einem Prozess vor dem Amtsgericht.«

»Und der Fall wurde am Freitag abgeschlossen?«

»Das stimmt. Möchten Sie wissen, wie er ausgegangen ist?«

Offenbar fehlte ihr jedweder Sinn für Humor, denn sie machte unbeirrt weiter. »Und Sie übernachteten in einer Hotelsuite, die Sie vorab reserviert hatten?«

»Was Sie bei VG nicht alles wissen«, sagte ich. »Es war die Suite *Halle des Bergkönigs,* falls Sie das interessiert. Ich kann das Zimmer sehr empfehlen. Aber Sie müssen rechtzeitig buchen, es ist sehr gefragt.«

Sie ließ sich nicht aus der Fassung bringen. »Ist es richtig, dass sich das verstorbene Mädchen an diesem Abend ebenfalls im Hotel aufgehalten hat?«

»Das dürfen Sie mich nicht fragen«, sagte ich, betont ruhig. »Ich habe sie nicht gesehen. Und wenn ich sie gesehen hätte, dann hätte ich nicht besonders reagiert, denn ich kannte sie nicht.«

»Ist Ihnen die Tatsache bekannt, dass sie sich an der Rezeption nach Ihrem Zimmer erkundigt hat?«

Sie sprach wie eine Bürokratin oder vielleicht wie eine Richterin. Ich wusste nicht, was schlimmer war. »Nein, diese Tatsache war mir nicht bekannt«, äffte ich sie nach. Lüge Nummer eins.

»Aber das tat sie.«

»Wenn Sie es sagen, muss es wohl so sein.«

»Hatten Sie an diesem Abend irgendeinen Kontakt mit Elvira Widerberg?«

»Genauso wenig wie mit Ihnen«, erwiderte ich.

»Darf ich das als ein Nein auffassen?«

Sie hatte die bewunderungswürdige Fähigkeit, all meine Versuche, sie auflaufen zu lassen, einfach zu ignorieren. »Ich habe mit ihr gesprochen, als sie am Freitagnachmittag, dem 26. April, unaufgefordert in meinem Büro auftauchte«, sagte ich. »Das war das erste und einzige Mal, dass ich ihr begegnet bin.«

»Warum hat sie Sie aufgesucht?«

»Normalerweise würde ich solch eine Frage nicht beantworten«, sagte ich spitz. »Aber da sie nicht meine Mandantin war und außerdem bedauernswerterweise tot ist, kann ich Ihnen verraten, dass sie mich aufsuchte, weil sie wollte, dass ich ihrer Schwester bei der Lösung eines Problems behilflich bin.«

»Und was für ein Problem war das?«, bohrte sie weiter.

Ich hatte den Namen der Journalistin schon einmal gehört. Sie war nicht ungefährlich.

»Ging es dabei um sexuelle Belästigung?«

»Da Sie ja über eine direkte Verbindung zur Polizei verfügen, würde ich vorschlagen, dass Sie sich besser dorthin wenden«, sagte ich. »Offenbar wissen Sie mehr als ich.«

Alles, was ich der Polizei erzählt hatte, war weitergetragen worden. Und, wie ich mir gut vorstellen konnte, auch Informationen, die mir selbst unbekannt waren. Ich fragte mich, ob der Polizeichef auf der Gehaltsliste der Medien stand. Seine Frauen zu Hause verursachten wohl einige Unkosten.

»Ehe Sie sich jetzt aber in weiteren Konspirationstheorien ergehen, sollten Sie an die Situation der Familie denken. Die ist schon hart genug getroffen.«

Meine Ermahnung blieb ohne Folgen. »Was ist Ihre Theorie?«, fragte die Journalistin unvermittelt.

»Worüber?«

»Über das angebliche Verhältnis des Mädchens zu Ihnen. Und darüber, was mit ihr geschehen ist.«

Ich war geneigt, aufrichtig zu sein. Doch frühere Erfahrungen mit der Boulevardpresse hielten mich zurück. »Ich weiß nicht«, sagte ich. »Was glauben Sie?«

»In unserem Job glauben wir nicht. Wir berichten das, was wir wissen.«

Ich ahnte schon, wie es enden würde. *Ehe sie plötzlich starb, hielt die Verstorbene sich im selben Hotel wie der Tønsberger Rechtsanwalt auf, den sie in ihrem Tagebuch ausführlich beschrieben hat.* So was in der Art. »Ich dachte eigentlich, Sie wären an der Wahrheit interessiert«, sagte ich. »Aber manchmal unterläuft wohl auch mir ein Fehler.«

»Wieso glaube ich nur, dass das hier nicht unsere letzte Unterhaltung sein wird, Herr Rechtsanwalt Foyn?«, fuhr sie mit erschreckender Ruhe fort.

»Sie sind die Journalistin«, sagte ich. »Finden Sie es selbst heraus.«

»Ganz genau.«

Nachher saß ich eine Weile da und grübelte nach. Durch den sich entwickelnden Mediendruck konnte sich die Staatsanwaltschaft womöglich bemüßigt fühlen, Anklage gegen mich zu erheben, auch wenn die Faktenlage nur dünn war. Weitere Indizien der Art, die jetzt bekannt geworden waren, brauchte ich wahrlich nicht. Im Kielwasser der Sache in Vågå konnte sich schnell eine kollektive Psychose entwickeln. Missbrauchsfälle dieser Art erweckten die allgemeine Abscheu. *Wo Rauch ist, ist auch Feuer.* Das Problem war, dass sie nicht wussten, weswegen sie mich anklagen sollten. Aber bestimmt arbeiteten sie daran.

Es war am späten Samstagnachmittag, als ich den Jaguar hinunter zum Blåskjellvei lenkte, der sich in einem der exklusiven Villenviertel auf Nøtterøy befand, nahe am Meer. Überbezahlte Anwälte folgten bei der Berechnung ihrer Arbeitszeit keiner normalen Routine. Für die Sicherung exzellenter Honorare reichten großzügig aufgerundete Rechnungen mit vielen Extraposten nicht aus. Es mussten auch sehr lange Arbeitstage sein.

Die Residenz der Familie von Krogh entsprach meinen Vorstellungen vom Lebensstil der örtlichen Oberklasse. Ein riesiges Grundstück mit einem modernen Haus im Bauhausstil am Ende einer langen Auffahrt, ein großes rotes Nebengebäude mit mindestens drei Garagen. Alles bestens gepflegt. Von der Dachterrasse konnten sie bestimmt den Schiffsverkehr auf dem Oslofjord überwachen, falls es sie danach gelüstete. Keine Statuen oder Fischteiche. Die Dame des Hauses hatte Kunstgeschichte studiert, die Tochter machte ihre Ausbildung bei einer der schwergewichtigen Osloer Anwaltskanzleien. Ich hatte meine Hausaufgaben gemacht. Der Ort stank förmlich nach frischem Kapital, auch kulturell gesehen. Keine Autos weit und breit.

Ich hatte zunächst eine Runde gedreht, um mich in der Gegend zu orientieren, und dabei registriert, dass Familie Widerberg am äußersten Ende der Straße wohnte, in einem hübschen, doch überaus gewöhnlichen Haus, ohne Meerblick oder andere besondere Eigenschaften, abgesehen von einem ausgebauten Souterrain. Ich fragte mich, ob der Schlüssel dafür wohl immer noch an der Garagenmauer hing.

Draußen vor dem Palast war es still. Als ich vor dem Garagenkomplex vorfuhr und vor einem der drei Tore anhielt, dachte ich, wie gut der Jaguar zu dem Besitz passte. Allerdings war ›Garagenkomplex‹ ein unzutreffendes Wort. Das Gebäude war so groß und üppig wie ein ausgewachsenes Einfamilienhaus.

Als wir ausstiegen, warf die freundliche Nachmittagssonne ein warmes Licht auf Hulda und mich. Nirgendwo war ein Laut zu hören, auch nicht von den Nachbargrundstücken. Während ich die Umgebung betrachtete, überkam mich das seltsame Gefühl, völlig allein auf der Welt zu sein. Dass dieses Idyll so völlig ungenutzt dalag, erschien mir wie pure Verschwendung. Ein Rasenmäherroboter ging lautlos seiner Arbeit nach.

In einem Fenster hoch oben in der Garagenmauer glaubte ich, eine sich bewegende Gardine zu sehen.

Hulda verfolgte irgendeine Spur auf dem Rasen. Es war bestimmt keine Katze.

Ich lief eine Runde um das Gebäude und suchte nach Lebenszeichen. Dass der Roboter mir folgte, machte mich etwas nervös. Mich beschlich das unangenehme Gefühl, beobachtet zu werden. Vermutlich lag das an den Kameras, die überall auf dem Grundstück montiert waren, auch an den Garagen.

Auf der Rückseite fand ich eine anonym wirkende Eingangstür mit einem Klingelknopf, jedoch kein Schild.

Ich presste den Finger lange auf die Klingel und sah mich währenddessen weiter um. Irgendetwas an der Stimmung hier gefiel mir nicht. Dem Anschein nach ein Idyll. Und dennoch quälte mich das Gefühl, dass hier nicht alles ganz so war, wie es sein sollte.

Plötzlich wurde es mir klar. Es gab keine Vögel. Weder in den Bäumen noch am Himmel. Das Gezwitscher der sonst in dieser Gegend reichen Vogelwelt fehlte. Als Kind war ich häufig in diesem Viertel gewesen. Mein Vater hatte hier draußen einen Freund gehabt, einen alten Seemann, der ein erbitterter Feind der Möwen war. *Sie sind Krankheitsüberträger, weißt du, tragen alle möglichen Keime mit sich herum. Und die kleinen Vögel sind auch nicht viel besser.* Mit seiner alten Salonbüchse hatte er den Tieren systematisch nachgejagt.

Als sich plötzlich die Tür öffnete und der Junge vor mir stand, war ich total gelähmt. Ein großer, ungelenker junger Mann starrte mich unverwandt an. Seine Haare standen bar jeden Systems in alle Richtungen ab. Er war fast zwei Meter groß und trug einen weißen Overall, der weder Ölreste noch sonstige Spuren mechanischer Tätigkeit aufwies. An den Füßen hatte er glänzende weiße Gummischuhe. Sie sahen völlig neu aus. Sein Kindergesicht war schmal und wohlgeformt. Die Augen allerdings waren bemerkenswert. Groß, dunkel und abgrundtief. Er starrte mich an, als wäre ich ein Gegenstand. Sein Blick war seltsam kühl.

Die Sekunden vergingen. Nichts geschah. Er rührte sich nicht. Hinter mir hörte ich Hulda keuchen. Aber auch das machte keinen Eindruck auf den Jungen.

Selektive Mutisten *können* sprechen. Allerdings reden sie nur dann, wenn es ihnen passt.

»Scotland Yard hatte auch MK II«, sagte er plötzlich. »Die fuhren eine Spezialausgabe. V8.« Es klang völlig normal, als hätte er einen Kommentar über das Wetter abgegeben. »Ziemlich schnell.«

»Stimmt«, erwiderte ich. »Die sind aber sehr selten. Mir reicht die 3,8-Liter-Ausgabe.«

»Strapazierfähig.«

Ganz einverstanden war ich nicht. Meine Werkstatt und ich waren da derselben Ansicht. Aber ich wollte nicht das Risiko eingehen und deswegen einen Streit anfangen. »Elvira«, sagte ich stattdessen, »die kanntest du doch, oder?«

Er ließ sich nicht beirren. »Die Vergaser«, sagte er. »Die sind das Problem.«

»Es gibt zwei davon«, sagte ich, »also, ich meine Vergaser. Wie die Widerberg-Schwestern. Wo warst du an dem Abend, als Elvira starb?«

»Elvira war nicht nett.« Er zeigte kein Anzeichen von Gefühlsbewegung.

»Was meinst du damit?«, fuhr ich fort.

»Ihre Augen.«

»Ich fand sie hübsch«, sagte ich. »Sie waren grün. Mochtest du die Farbe nicht?«

»Sie waren nicht nett.«

»Sie ist tot«, sagte ich. »Was denkst du darüber?«

Er antwortete nicht, starrte mich nur weiter ausdruckslos an.

»Kanntest du sie gut?«, fragte ich.

Erneutes Schweigen.
»Wusstest du von dem Schlüssel?«
»Der hängt an der Wand«, sagte er prompt.
»Du wusstest also davon?«
Fast unmerklich nickte er.
»Wo warst du an dem Abend, als Elvira gestorben ist?«
Er schien zu überlegen, sagte aber nichts. »Johanna ist die Nettere«, sagte er schließlich. »Sie lächelt. Wenn ich nicht schlafen kann, träume ich von ihr.«
»Das kann aber nicht stimmen«, sagte ich. »Wenn du nicht schläfst, kannst du nicht träumen.«
»Korrekt.« Er akzeptierte meinen Einwand. »Sie hat mich ausgelacht.«
»Wer hat dich ausgelacht? Elvira?«
Wieder eine kaum wahrnehmbare Kopfbewegung. Ich verstand sie als ein Ja.
»Bist du sicher? Vielleicht hat sie dich angelacht. Das ist ein wichtiger Unterschied.« Irgendjemand musste ja die Ehre der Kleinen verteidigen. »Kanntest du sie gut?«
»Sie war gefährlich. Hat Vater gesagt.«
»Aha«, sagte ich. »Inwiefern war sie denn gefährlich?«
»Hat Sachen gemacht.«
»Mit dir?«
Wieder schüttelte er stumm den Kopf, doch diesmal etwas deutlicher.
»Was für Sachen hat sie denn gemacht?«, bohrte ich weiter.
»Sachen.«
»Fandest du das verrückt, was sie gemacht hat?«
»Ich hab's gesehen.« Seine Stimme klang entschieden.
»Was hast du gesehen?«
»Geben Sie mir den Schlüssel.« Er bewegte die Füße auf und ab, als wollte er losmarschieren.
»Der steckt«, sagte ich. »Was hast du gesehen?«
»Scheißauto. Kein Stil.«
»Mein Wagen?« Ich blickte ihn skeptisch an. »Ich hab gehört, du magst ordentliche Autos?«

»Nicht den.«

Ich konnte ihm nicht ganz folgen. »Weißt du, wer ich bin?«

»Sie fahren Jaguar.«

»Du bist ja ’n helles Köpfchen«, sagte ich. Hulda hatte sich von hinten herangeschlichen. Jetzt preschte sie vor, zwischen uns hindurch. »Was weißt du noch?«

»Das ist keine Katze.« Er starrte das Tier an.

Ich zwang mich zu einem Lächeln. »Du musst es buchstabieren«, sagte ich.

Endlich schien seine starre Rüstung aufzubrechen. »Warum sagen Sie das?«

»K-A-T-Z-E. Hunde können nicht buchstabieren.« Die Bewegung in seinen Mundwinkeln konnte als Andeutung eines Lächelns durchgehen. »Hier gibt es keine K-A-T-Z-E-N«, sagte er. »Früher schon. Viele. Die sind wild. Die machen, was sie wollen.«

»Hast du dafür gesorgt, dass sie verschwinden?«

»Ich fahre Ihren Wagen rein.«

Ich ahnte ein Muster. Wenn er mit etwas Unangenehmem konfrontiert wurde, wechselte er das Thema. Wir anderen taten es lediglich etwas unauffälliger. »In Ordnung«, sagte ich. »Bin gespannt, wie du ihn findest.«

Er kam gleich zur Sache und schob mich zur Seite, während er aus einer der unzähligen Taschen seines Overalls eine Fernbedienung hervorzog. Als sich das Garagentor öffnete, lief er gemessenen Schrittes über den Rasen und blieb vor dem Jaguar stehen, ohne etwas zu sagen. Mich ignorierte er völlig. Hulda hatte sich neben ihm postiert. Offenbar hatte sie einen Seelenverwandten gefunden.

Ich blickte in die Werkstatt. Sie war ein Traum. Bestens ausgestattet, genau durchorganisiert, glänzend rein. Meine Hauswerkstatt operierte in einer anderen Division. Mein Blick fiel auf die Waffen über der Arbeitsbank. Ein Luftgewehr und eine Salonbüchse, beide mit Zielfernrohr. Ziemlich avancierte Geräte. Die Pistole war auch nicht eben gewöhnlich. Ich hoffte, dass es sich nur um eine Luftpistole handelte.

Ein grüner VW-Bus älteren Baujahrs stand dicht an der Wand, auf Hochglanz poliert und anscheinend originalgetreu restauriert.

Während ich die Werkstatt bewunderte, manövrierte der Junge den Jaguar mit Millimetergenauigkeit über die Grube und ließ den Motor aufheulen, während unsichtbare Ventilatoren frische Luft hineinpumpten. Irgendjemand hatte für diesen Standard eine Menge Geld hingelegt.

Der Motor lief weiter, als er die Tür öffnete und ausstieg. »Die Ventile«, sagte er.

»Was ist damit?«

»Falsch eingestellt.« Er starrte an mir vorbei in den Garten hinaus, als befände sich dort etwas äußerst Interessantes. »Sie können ihn morgen früh um 09.15 Uhr abholen. Der 3,8-Liter hat ein Problem.«

»Das ist zu früh«, sagte ich. »Außerdem ist morgen Sonntag.«

»Sie müssen sich an die Zeit halten.«

»Hör mal«, sagte ich. Sogar meine Mandanten benahmen sich in der Regel vernünftiger als der junge von Krogh. »Ich stehe nicht gern so früh auf. Außerdem hab ich ja gar keinen Service bestellt. Und wie soll ich jetzt zurück in die Stadt kommen?«

»Taxi.«

Ich sah ihn resigniert an. »Was ist mit Elvira passiert? Weißt du etwas, Kalle?«

»Hab ich doch gesagt. Das Auto.« Er öffnete die Motorhaube und rümpfte die Nase, während sein Blick über das Innere schweifte. »Ich mag's nicht, wenn Sie den Namen sagen. Haben die gemacht.«

»Dann versuch ich's mit Carl Christian. Haben Elvira und Johanna den Namen benutzt?«

»Der ist nicht schön.« Seine Stimme zitterte jetzt.

»Na gut«, sagte ich. »Von welchem Auto redest du?«

»Pünktlich 09.15 Uhr.«

Ich gab auf und deutete auf seine Waffensammlung. »Und du bist Hobbyschütze?«

»Ich treffe eine Zündkerze auf fünfzig Meter Entfernung.«

»Eine Zündkerze? Wieso das?«

»Hab viele davon.«

Einleuchtender Punkt. »Aber du zielst doch auch auf andere Sachen?«

Er antwortete nicht. Sein Blick war verstörend direkt.

»Was ist mit Katzen?«, fuhr ich fort. »Oder vielleicht Vögel?«

»Ich war da.« Seine Stimme klang vollkommen flach, ohne irgendein Gefühl.

»Bei Elvira?«

»Sie müssen jetzt gehen. Ich will arbeiten.« Er drehte mir den Rücken zu und beugte sich über den Wagen.

Ich gab auf und rief mir ein Taxi. Der Jaguar konnte eine Inspektion bestimmt gut gebrauchen.

Ich hatte keine Lust, noch weiteren Mitgliedern der Krogh-Familie zu begegnen. Während ich also auf das Taxi wartete, lief ich in Richtung der Widerbergs. Es waren weniger als fünfhundert Meter Entfernung.

Hulda wäre am liebsten bei ihrem neuen Freund geblieben, doch ich schob das Tier in das Wageninnere des Taxis.

Das Stadtleben war mir lieber.

Wilhelm Mørk war erstaunlich umgänglich, als ich ihn anrief. Ich hatte den Abend im Büro verbracht, unfähig, mir ein genaues Bild über den jungen Krogh zu machen, geschweige denn darüber, wozu er wohl imstande war. Falls die Polizei überhaupt etwas anderes als Selbstmord oder Unfall in Erwägung zog, mussten sich die Ermittler zwangsläufig für den Jungen interessieren. Da jedoch der Kriminalchef eine ganz allgemeine Aversion dagegen hegte, mich über irgendetwas zu informieren, und meine Verwicklung in die Geschichte für gegeben ansah, ließ er sich natürlich nicht in die Karten gucken.

»Carl Christian von Krogh«, sagte ich. »Ich hatte jetzt das Vergnügen, ihn kennenzulernen.«

»Ihr habt euch gut verstanden, vermute ich?«

»Was soll das heißen?«

»Menschen mit seltsamen Interessen tun das oft.«

»So seltsam bin ich nun auch wieder nicht«, sagte ich, fest entschlossen, mich nicht provozieren zu lassen. »Aber du hattest recht. Wie gefährlich ist der Junge eigentlich? Er hat da ein paar Waffen herumliegen.«

»Ja, genau wie du.« Ich wusste nur zu genau, dass er auf meine unregistrierte Pistole in der Schreibtischschublade anspielte.

»Er kannte sie«, sagte ich. »Die beiden Widerberg-Mädchen.«

»Und?«

»Ich weiß nicht genau«, sagte ich. »Ich dachte, du könntest mir vielleicht weiterhelfen.«

»Der Junge wird nicht verdächtigt. Sagte ich das nicht bereits?«

»Du hast es erwähnt, ja. Aber das war, bevor ich wusste, dass er sowohl Katzen als auch Vögel mit Präzisionswaffen erlegt, dass er ein schwieriges Verhältnis zu Elvira hatte und dass er in ihre Schwester verliebt ist. Weißt du übrigens, ob er einen Führerschein hat?«

»Aber ja doch. Für alles, was rollt.«

»Er könnte da gewesen sein«, sagte ich. »Bei Elvira, an besagtem Abend.«

»Du vergisst wohl, dass es keinen Verdacht hinsichtlich eines Mordes gibt.«

»Vielleicht nicht bei Åsen. Was denkst du denn selbst darüber?«

»Nichts. Aber ich neige zu der Theorie, dass Elvira die Situation falsch einschätzte. Katzen zu erschießen ist etwas anderes, als Menschen zu ertränken. Und außerdem: Seine Eltern haben ihm ein Alibi gegeben.«

»Alibi?«, fragte ich verdutzt. »Wie geht das denn? Was den Todeszeitpunkt angeht, reden wir doch von mehreren Stunden Zeitspanne. Er wusste, wo der Schlüssel hing, und kann sich in zwei Minuten da rübergeschlichen haben. Haben sie vielleicht die ganze Nacht seine Hand gehalten? Und wohnt er nicht über der Garage?«

Mørk ließ mich ausreden. »Du liest zu viele Kriminalromane, mein Freund«, sagte er schließlich. »Die Kleine wurde Opfer eines tragischen Unfalls. Du solltest dich endlich damit abfinden.«

»Ich lese keine Krimis«, sagte ich. »Das ist auch völlig unnötig, solange ich dir zuhören darf.«

»Du hast wohl einen schlechten Tag, ja?«

»Nicht heute«, gab ich zurück. »Aber gestern. Allerdings hat das nichts mit der Sache zu tun. Wo warst du übrigens? Ich habe versucht, dich zu erreichen.«

»Ich habe das getan, was normale Menschen am Nationalfeiertag eben tun.«

»Und das wäre?«

»Ich war auf einer Gesellschaft. Mit gebildeten Menschen. Solltest du auch mal versuchen.«

»Gewiss«, sagte ich.

»Du hast dich vermutlich auf eigene Faust durchgeschlagen?«

»Ist da was Falsches dran?«, erwiderte ich resigniert.

»Absolut. Und du solltest dir diese Dame von der Kripo aus dem Kopf schlagen, sonst wirst du wirklich noch wunderlich.«

Ich sagte nichts. Wie üblich hatte Mørk ins Schwarze getroffen. Allerdings hatte ich keine Ahnung, dass er so genau Bescheid wusste.

»Ich gebe dir mal 'nen guten Rat«, fuhr er fort. »Vergiss das Mädchen. Es ist leider eine traurige Geschichte. Aber es gibt nichts, was du tun kannst. Es war nicht deine Schuld, dass alles danebenging.«

Er hatte recht. Natürlich.

Als ich am nächsten Morgen um exakt 09.15 Uhr im Blåskjellvei auftauchte, stand der Jaguar vor dem Garagentor. Auf Hochglanz poliert. Sogar innen war der Wagen gereinigt worden, der herrliche Ledergeruch war wieder da. Als ich die Motorhaube öffnete, traf mich fast der Schlag. Bis auf die winzigste Kleinigkeit war alles sauber und glänzend. Ich bezweifelte, dass der Wagen in seinem bisherigen Leben jemals so ausgesehen hatte.

Der junge von Krogh war nirgends zu sehen. Die Schlüssel steckten im Zündschloss.

Als sich der Wagen katzenweich in Bewegung setzte, wusste ich, dass der Jaguar einen neuen Mechaniker bekommen hatte.

Die Gewissheit verstärkte sich, als ich lautlos über Nøtterøy glitt. Es war nur schwer vorstellbar, dass ein Mann mit solchen Fähigkeiten Böses im Schilde führte.

10

Tatsächlich versuchte ich, Mørks Rat zu befolgen, zumindest im Hinblick auf Elvira. Was Alice anbetraf, so war das etwas anderes. Der Verhandlungstermin für den Sorgerechtsstreit war abermals auf unbestimmte Zeit verschoben worden. Das gefiel mir ganz und gar nicht.

Nachdem zwei Tage der neuen Woche vergangen waren, befand ich mich auf dem besten Weg, die Probleme der Familie Widerberg hinter mir zu lassen. Ich hatte keine Angst mehr davor, VG durchzublättern. Es sah so aus, als sollte die ganze Geschichte eine Weile ausgesetzt werden. Hoffentlich so lange, bis man mich vergessen hatte. Ganz sicher fühlte ich mich allerdings nicht. VG ist in Norwegen die Zeitung mit den größten Ressourcen. Wenn ihre Journalisten erst einmal beschließen, eine Sache zu verfolgen, lassen sie nicht eher locker, bis sie etwas gefunden haben. Laut Information von Wilhelm Mørk war die Staatsanwaltschaft von der Idee abgekommen, mich anzuklagen. *Vorläufig,* wie er sich mit seinem üblichen Sinn für Understatement ausgedrückt hatte, *bis es wieder neue Erkenntnisse gibt.*

Da mich der Verteidiger eines beklagten Rechtsanwalts unverständlicherweise auf die Zeugenliste hatte setzen lassen und der Verwaltungsapparat am Osloer Amtsgericht nicht dazu fähig war, mich wieder davon zu streichen, war ich gezwungen, in einem laufenden Schadensersatzverfahren aufzutreten. Zur Abwechslung befand ich mich in einer ungewohnten Situation und musste lange Wartezeiten im Gerichtsgebäude ertragen, wo ich in der Kantine die Zeit mit dem wie üblich abgestandenen Kaffee und trockenen Brötchen verbrachte.

Während ich also dort herumsaß, entdeckte ich ihn, allein an einem Tisch und in eine Zeitung vertieft. Für sein Alter wirkte er rüstig. Sein Haar war weiß und kurz geschnitten. Er sah aus wie ein Offizier aus alten Zeiten. Ein Aristokrat der Frischluftbewegung. Die Falten in seinem sonnengebräunten Gesicht zeugten von ausgedehnten Waldspaziergängen, Gebirgstouren mit jagderprobten Settern an seiner Seite, vorderen Plätzen bei der *Færder'n*-Segelregatta sowie Mitgliedschaften in den richtigen Clubs. Ich wusste es einfach. Sein Anzug war leger, doch von bester Qualität und saß perfekt. Das diskrete Halstuch war tadellos gebunden. Mir war das so nie gelungen.

Noch immer hatte ich fast eine Stunde Zeit. Ich schaffte es einfach nicht, ihn dort in Ruhe sitzen zu lassen, nur wenige Meter entfernt.

Ich stand auf und trat an seinen Tisch. Dort stellte ich mich vor ihn hin, ohne etwas zu sagen. Er musste mich gesehen haben, ließ sich aber nicht irritieren. Erst nach ein paar langen Sekunden wandte er sich in meine Richtung und musterte mich, während er sorgfältig die Zeitung zusammenfaltete. Sein Blick war ausdruckslos. In gewisser Weise fühlte ich mich an die Begegnung mit Carl Christian von Krogh erinnert. Was allerdings kein Vergleich war.

»Ja?«, sagte er neutral und nicht unfreundlich.

»Axel Schøtt?«

Elviras Großvater nickte abwartend.

»Mein Name ist Foyn«, sagte ich. »Svend Foyn. Haben Sie einen Augenblick Zeit?«

Jetzt betrachtete er mich interessiert. »Setzen Sie sich.« Er deutete auf einen Stuhl. »Der Rechtsanwalt, ja? Das ist ja eine Überraschung.« Er blickte sich in der Kantine um. »Arbeiten Sie hier?«

»Als Zeuge in einem unbedeutenden Fall«, erwiderte ich und war bemüht, meine Worte sorgsam zu wählen. Nicht eben meine Stärke. »Ich hatte bereits erwogen, Sie zu kontaktieren«, sagte ich vorsichtig, nachdem ich ihm gegenüber Platz genommen hatte. »Sie können sich bestimmt denken, weswegen.«

Abermals nickte er. »Und jetzt wollten Sie die Gelegenheit beim Schopf ergreifen?« Er ließ mich nicht antworten, sondern fuhr fort. »Wie Sie vielleicht wissen, bin ich pensioniert, aber ab und an schaue ich hier mal vorbei. Alte Zirkuspferde, wissen Sie.« Sein Lächeln entblößte eine perfekte Zahnreihe. »Der Duft des Sägemehls ist immer noch verlockend.« Seine sympathische Wesensart weckte Vertrauen. Ich ahnte die Stärke hinter seiner wohlwollenden Fassade. »Worüber möchten Sie mit mir reden?«

Ich mochte seine direkte Ausdrucksweise. Ein Mann, der wusste, was er wollte.

»Zuerst einmal möchte ich meine Anteilnahme an Ihrem Verlust ausdrücken«, sagte ich.

»Danke.« Für einen winzigen Moment sah ich den Mann hinter der Maske. »Sie sind ihr begegnet, wie ich verstanden habe?«

Ich wusste seine diplomatische Formulierung sehr zu schätzen. »Wie Sie wissen, hat sie mich nur wenige Tage vor der Tragödie aufgesucht. Ich konnte mir ein interessantes Bild von ihr machen. Ein reizendes junges Mädchen. Sie machte einen sehr wachen Eindruck auf mich. Umso unverständlicher ist das, was dann geschah. Ich glaube aber, verstanden zu haben, dass sie gewisse Probleme hatte?« Ich blickte ihn fragend an.

»Ich bin froh, dass Sie das sagen, Herr Foyn.« Schøtt runzelte die Stirn. »Selbstverständlich habe ich verfolgt, was sich später herausgestellt hat, auch was Ihre angebliche Rolle betrifft. Aber ich kann Sie beruhigen«, sagte er mit einem kleinen Lächeln, »ich habe mir die Sache angesehen und glaube nicht im Geringsten an diese Behauptungen. Sie sind das Ergebnis der Arbeitsmethoden der Boulevardpresse. Elvira hatte es nicht leicht, ihr psychischer Zustand war seit Langem eine große Herausforderung für die ganze Familie.«

»Sie brauchte Hilfe«, sagte ich, »deshalb hat sie mich aufgesucht.« Ich schüttelte den Kopf. »Leider konnte ich ihr nicht helfen. Ihre Tagebuchaufzeichnungen verdeutlichen den Wunsch, sich einem verantwortungsbewussten Erwachsenen anzuvertrauen. Dass sie mich dafür ausgewählt hat, war wahrscheinlich wohl purer Zufall.«

»Sagen Sie das nicht, Herr Foyn. Sie sind ein bekannter und profilierter Anwalt, der die Interessen von Kindern vertritt, und Elvira war für ihr Alter sehr belesen. Sie hat anscheinend Ihre Arbeit und wohl auch die einiger Ihrer Kollegen auf diesem Gebiet verfolgt. Und deshalb hat sie Sie ausgesucht. Das sollten Sie nicht ignorieren.«

»Vielleicht haben Sie recht«, sagte ich und zögerte einen Augenblick, ehe ich weitersprach. »Ich habe ein paar Untersuchungen in dieser Sache angestellt, meiner Ansicht nach gibt es da immer noch ein paar lose Fäden.«

»Ach ja?« Er hob fragend die Augenbrauen. »Worauf wollen Sie hinaus?«

»Das Foto auf ihrem Handy ist ein Mysterium. Ich habe es ja mit eigenen Augen gesehen. Eine der beiden Schwestern hat die Unwahrheit gesagt. Die Frage ist nur, weshalb.«

Er nickte. »Fahren Sie fort, Herr Rechtsanwalt.«

»Ich bilde mir ein, dass irgendetwas dahintersteckt«, sagte ich vorsichtig. Jetzt musste ich aufpassen. »Eine verborgene Geschichte, die das Tageslicht scheut.«

»Sie meinen sexuellen Missbrauch?« Bevor ich antworten konnte, redete er weiter. »Nicht nur Sie hatten diesen Gedanken, Herr Foyn.«

»Das ist für mich lediglich eine Theorie«, sagte ich und blickte in seine eisblauen Augen. »Die aber verfolgt werden sollte. Elvira hatte sexuelle Erfahrungen, das wissen Sie?«

»Das wurde mir gesagt, ja. Allerdings kann man sich dabei nicht völlig sicher sein.«

»Ja, das stimmt«, sagte ich. »Theoretisch ist es aber möglich. Und wichtig genug, um dort anzuknüpfen.«

Er schien nicht uneins mit mir zu sein.

»Außerdem gibt es noch die Frage, wie sie eigentlich starb«, fuhr ich fort.

»Ach ja?«

»Ich glaube ehrlich gesagt nicht, dass da schon alles genau untersucht wurde«, sagte ich. »Auch wenn die Polizei ihre Schlüsse gezogen hat.«

»Was Sie da andeuten, ist ziemlich ernst, Foyn. Wissen Sie etwas Konkretes?«

»Ich stelle lediglich Fragen.«

Er saß da und betrachtete mich eine ganze Weile. Dann ergriff er wieder das Wort. »Diese zufällige Begegnung ist interessanter, als Ihnen vielleicht klar ist, Herr Rechtsanwalt Foyn«, sagte er mit ernster Stimme. »Ich habe ein ähnliches Problem.« Die Falten in seinem Gesicht waren deutlicher geworden und verrieten, dass er trotz seines jugendlichen Aussehens ein alter Mann war.

»Wovon reden Sie?«

»Sie haben recht. Elviras Tod wurde nicht gründlich genug untersucht. Meine Erfahrung in der Justiz hat mich gelehrt, dass nicht alles so ist, wie es im ersten Augenblick erscheint. Und dass polizeiliche Ermittlungen oft die Tendenz haben, nur in eine Richtung zu blicken. Wie ich es verstanden habe, würden Sie diesen Auffassungen nicht unbedingt widersprechen?« Er drückte sich wirklich sehr gewählt aus.

»Da liegen Sie nicht falsch«, erwiderte ich gar nicht sonderlich überrascht.

Lange sah er mich an. »Was haben Sie rausgefunden?«

»Nicht viel. Aber es gibt da ein paar Spuren, die zu verfolgen ich mir gut vorstellen könnte.«

»Aha. Können Sie etwas konkreter werden?«

»Irgendwelche Gerüchte zu verbreiten, ist nun wirklich nicht mein Stil.«

Er ließ meinen Einwand gelten. »Ich habe ein paar Untersuchungen über Sie angestellt, Foyn.«

»Ach ja?« Ich hatte das komische Gefühl, dass er auf etwas Bestimmtes hinauswollte.

»Sie operieren im Prinzip lieber als Ermittler denn als Rechtsanwalt. Habe ich recht?«

»Möglicherweise.«

Fast unmerklich verzog er das Gesicht. »Meine Tochter und mein Schwiegersohn sind in eine äußerst schwierige Situation geraten. Sie schaffen es kaum noch und müssen sich jetzt primär um Johanna kümmern. Mir ist Ihr Interesse an diesem Fall bekannt und aus diesem Grund hatte ich schon erwogen, Sie aufzusuchen.« Seine kräftige Hand vollführte eine abwehrende Geste. »Fragen Sie mich nicht, woher ich das weiß. Ich verfüge noch immer über ein Netzwerk und das System ist ziemlich durchlässig.«

»Darüber wären wir uns dann zumindest einig«, sagte ich und bedachte den Kriminalchef mit einem nicht eben freundlichen Gedanken.

»Ihr Problem ist, dass Sie keinen Auftraggeber haben«, konstatierte Schøtt.

»Ihre Analyse ist nicht ganz von der Hand zu weisen, aber es geht nicht nur um Finanzen.«

»Das verstehe ich.« Er musterte mich, als sei er kurz davor, einen wichtigen Entschluss zu fassen. »Ich möchte Sie engagieren, Foyn.« Noch bevor ich dazu kam, sie zu äußern, wischte er meine Einwände beiseite. »Ich bin mir natürlich über die Tatsache im Klaren, dass Sie nicht über die Ressourcen der Polizei verfügen und außerdem persönlich in die Geschichte verwickelt sind.« Er räusperte sich und fuhr dann fort. »Ich habe einen ganz einfachen Wunsch. Ich möchte völlige Klarheit darüber, was mit meiner Enkelin passierte und wieso es dazu gekommen ist. Egal welche Konsequenzen das auch haben mag. Sie können Ihre üblichen Vertragsbedingungen zugrunde legen, meine Finanzen sind solide.« Er sah mich herausfordernd an. »Ich möchte, dass Sie so lange an der Sache dranbleiben, bis Sie sicher sind, die Wahrheit gefunden zu haben. Und Sie arbeiten mit mir zusammen, die ganze Zeit. Was sagen Sie?«

Ich sah eine Menge Einwände vor mir, ignorierte sie aber alle. »Wir sind uns einig.«

»Dann schicken Sie mir einen Vertrag.« Er legte seine Visitenkarte auf den Tisch. »Ich möchte ständig auf dem Laufenden gehalten werden. Sie können mich jederzeit anrufen. Und noch etwas: Dieser Auftrag muss unter uns bleiben. Das verstehen Sie wohl?«

Ich nickte. »Selbstverständlich.«

»Gut.« Er schaute auf die Uhr und stand auf. »Ich habe eine Verabredung«, sagte er und zwinkerte mir zu. »Sie dürfen nicht alles glauben, was über Ruheständler gesagt wird.«

Ein wenig verwirrt blieb ich sitzen und starrte auf seine Karte.

11

Auf dem Heimweg hatte ich genügend Zeit zum Nachdenken. Die Herausforderungen waren nicht weniger geworden. *Was war mit Elvira Widerberg geschehen?* Der erfahrene Jurist Axel Schøtt hatte genauso gedacht wie ich, und nachdem er jetzt mein zahlungswilliger Mandant war, beabsichtigte ich, die Sache weiterzuverfolgen.

Mit neu erwachten Pferdestärken unter der Motorhaube schnurrte der Jaguar wie das heißblütige Kätzchen, das er einst gewesen war. Ich war dem jungen von Krogh in Dankbarkeit verbunden. Gleichwohl hatte ich große Probleme, den Jungen einzuordnen.

Das Auto.

In unserer wirren Unterhaltung hatte er es auf seine besondere Art zur Sprache gebracht. *Scheißauto. Kein Stil.*

Es war nicht der Jaguar, den er damit gemeint hatte.

Bevor ich wieder in Tønsberg war, wusste ich, was ich zu tun hatte. Johanna hatte einen Sportwagen erwähnt, der von einem Jungen aus der zwölften Klasse gefahren wurde. Sie hatte durchblicken lassen, dass ihre Schwester vielleicht mit ihm zusammen gewesen war. Nur wenige Sportwagen haben Stil.

Am Abend rief ich Alice bei der Arbeit an. Zu meiner Überraschung war sie da.

»Svend?« Ihre Stimme klang weich, weder abweisend noch gestresst. »Wie geht's dir?«

»Kommt drauf an, was du damit meinst«, sagte ich. »Die Welt dreht sich nicht gerade vorwärts.«

»Ich dachte jetzt mehr an dich.«

»Wie schön«, sagte ich.

»Bei dieser Sache, in die du verwickelt bist«, entgegnete sie ernst. »Gibt es da was Neues?«

»Vielleicht«, gab ich zurück.

»Willst du darüber reden?«

»Hast du Zeit?«

»Ich sitze hier und warte auf einen Anruf«, sagte sie. »Wenn der kommt, muss ich auflegen. Ich stecke gerade mitten in einem Fall.«

»Natürlich.« Ich ließ nichts aus. Alice war eine gute Zuhörerin und eine noch bessere Ermittlerin.

Erst als ich die Begegnung mit dem pensionierten Richter erwähnte, reagierte sie. »*Der* Axel Schøtt?«

»Höchstpersönlich, ja. Er scheint mir ein äußerst entschiedener Mann zu sein.«

»Da hast du dir aber einen anspruchsvollen Mandanten ausgesucht.«

»Das ist in Ordnung«, sagte ich. »Und er hatte ebenfalls einen Verdacht. Aber was sollen wir jetzt von Carl Christian von Krogh halten, dem Asperger? Bist du solchen Leuten schon mal begegnet?«

»Es ist politisch unkorrekt, diesen Ausdruck zu benutzen, Svend. Es wird allerdings behauptet, dass Personen mit Asperger-Syndrom nur begrenzte Fähigkeit zur Empathie aufweisen.«

»So wie meine Mandanten?«

»Meine Erfahrungen sind eher gegenteilig, Svend.«

»Du siehst ihn demnach nicht als passenden Kandidaten?«

»Wofür?«

»Mord, zum Beispiel?«

»Ausschließen kann man gar nichts. Wurde sie ermordet?«

»Mein Bauchgefühl sagt das.«

»Weil du es glauben willst?«

»Es passt einfach nicht zusammen«, sagte ich. »Dass sie sich das Leben genommen hat.«

»Dann hättest du in dieser Institution wohl kaum lange überlebt. Wir sehen hier nämlich dauernd Dinge, die nicht zusammenpassen.«

»Genau deshalb ziehe ich es vor, dort zu sein, wo ich bin«, sagte ich. »Wann sehen wir uns?«

Ein Klicken verriet mir, dass sie einen eingehenden Anruf bekam. Auffällig passend.

Als ich am nächsten Tag rechtzeitig vor Schulschluss auf dem Parkplatz des Greveskogen-Schulzentrums stand, dachte ich immer noch an sie. Ich hatte versucht, sie zurückzurufen, aber niemand ging ran, weder an den Dienstapparat noch ans Handy. Der Gedanke, dass sie mir vielleicht auszuweichen versuchte, gefiel mir nicht. Dieser verfluchte Exmann. Es war seine Schuld.

Die Definition eines ›Sportwagens‹ war nicht sonderlich präzise. Im Volksmund umfasste das alles von Golf Cabrio und ähnlichen Missgeburten bis hin zu den klassischen Engländern. Die erste Kategorie war hier zahlreich vertreten, echte Sportwagen glänzten durch Abwesenheit.

Als ich allerdings den Mercedes entdeckte, wusste ich, dass ich ins Schwarze getroffen hatte. Ein Cabrio aus den Siebzigern. 450 SL mit V8-Motor und Automatikgetriebe, rot und glänzend.

Nach meinem Verständnis zwar kein vollblütiger Sportwagen, aber mit Sicherheit der passende Untersatz für einen jungen Mann, der sich hervorzuheben wünschte.

Ich hatte an der Einfahrt zum Parkplatz angehalten. Überall standen bunt geschmückte Autos der Abiturienten herum, aber ich hatte freie Sicht auf die Schüler, die aus der Tür strömten, als die Klingel ertönte. Sie konnten gar nicht schnell genug von der Schule wegkommen. Das kam mir irgendwie bekannt vor.

Der Junge, der die Tür des Mercedes öffnete und sich in den Wagen setzte, war groß und dünn und hatte ein kindliches Gesicht. Sein Kumpel, der sich auf dem Beifahrersitz niederließ, war ein dunkler kleiner Typ, bleich und verpickelt. Keiner von beiden erschien mir wie ein Gottesgeschenk an die Menschheit. Für die zwölfte Klasse wirkten sie recht unreif. Aus irgendeinem Grund wurden die Abiturienten immer jünger.

Der Wagen fuhr in wenigen Metern Abstand an mir vorbei. Die Musik, die aus den Lautsprechern dröhnte, war nicht meine. Gangster-Rap.

Beide hatten sich eine Zigarette in den Mundwinkel geschoben und würdigten mich keines Blickes, als sie an mir vorbeiglitten.

Im dichten Verkehr in Richtung Innenstadt blieb ich drei Wagenlängen hinter ihnen zurück.

Das Auto der Jungen zuckelte durch die Stadt, fuhr über die Nedre Langgate und bog dann in Richtung Nøtterøy ab. Erst als er den Kanal überquert hatte, wurde der Mercedes schneller.

Ich verfolgte sie dichtauf und rief Mørk an. »Du musst mal einen Wagen für mich überprüfen.« Ich gab ihm das Kennzeichen durch. »Der Fahrer ist ein blutjunger Bursche. Es ist ein Oldtimer.«

Bevor wir die Abbiegung nach Fjærholmen ereichten, rief er zurück. »Der Mercedes ist auf einen Wilhelm Wilhelmsen zugelassen, wohnhaft auf Husøy. Bloksberg, wenn du weißt, wo das ist.«

Ich hielt den Wagen vor mir genau im Auge. »Versammeln sich da nicht die Hexen?«

»Genau.«

»Wann wurde er geboren?«

»1994.«

»Und dann schon 'nen eigenen Sportwagen?«, fragte ich verwundert.

»Willkommen im richtigen Leben, mein Freund.«

»Der Junge hat einen bekannten Namen«, sagte ich. »Sprechen wir hier von der Reederei?«

»Nicht dass ich wüsste. Was hat er gemacht?«

»Ich weiß nicht. Aber ich dachte, dass du das vielleicht herausfinden könntest.« Ich legte auf.

Als der Wagen den Havnevei hinaufrollte, in Richtung der Anhöhe, die unter dem Namen Bloksberg bekannt war, hielt ich an. Fuhr ich weiter, würden sie mich entdecken. Obwohl ich keinen konkreten Plan hatte, wusste ich, dass das hier nicht unproblematisch werden könnte. Beide saßen noch immer im Auto.

Ich wartete ein paar Minuten ab und glitt dann langsam den Hügel hinauf. Ganz oben, in der Auffahrt eines der letzten Grundstücke, stand der rote Mercedes. Draußen war niemand zu sehen. Das Haus war groß, lag abseits der Straße und bot Aussicht auf den Fjord.

Ich fuhr weiter und parkte zweihundert Meter entfernt. Es war eher unwahrscheinlich, dass ich als Fußgänger Aufmerksamkeit erregen würde. Ich folgte einem Pfad hinunter zum Fjord, wo die Kommune, wie ich wusste, die Anlegung eines Uferwegs erzwungen hatte.

Wilhelmsens Haus wirkte verlassen. Das Wetter lud zur Benutzung der großen Terrasse an der Vorderseite ein, aber alles war menschenleer. Die beiden Schulbuben machten vielleicht gerade Hausaufgaben, es war durchaus möglich, dass sie in eine philosophische Diskussion über die zentralen Fragen des Lebens vertieft waren, einander laut aus dem *Ulysses* vorlasen oder wichtige Seiten der *Ilias* erörterten. Doch das glaubte ich nicht. Internetporno war wohl wahrscheinlicher.

Das Rätsel löste sich, als ein Fenster geöffnet wurde. Diese Typen standen auf Rap. Jetzt war es Eminem.

Yeah, put a dick in their mouth, so I guess it's fuck what they say. I'm high as a bitch, up, up and away, man, I come down in a couple of days. Ok, you want me up in the cage then I'll come out in beast-mode. I got this world stuck in the safe, combination is the G-code …

Ich war nie ein besonderer Fan des Sängers gewesen, blieb jetzt aber stehen und hörte zu.

Nach ein paar Minuten kamen die beiden Typen auf die Terrasse. Die Selbstgedrehte, die der junge Wilhelmsen paffte, enthielt wohl kaum *Asbjørnsens Eventyr*-Tabakmischung. Die Musik dröhnte vor sich hin.

Es sah nicht so aus, als hätten sie vorgehabt, sich in die Sonne zu legen. Es war kurz vor halb drei an einem ganz normalen Wochentag. Zu meiner Zeit waren wir nicht so profan gewesen.

Wir tranken Tee in einem coolen Café und versuchten, intellektuell auszusehen. Es gab nur ein Café dieser Sorte, die Auswahl war demnach einfach.

Obwohl ich darauf brannte, mich auf die Terrasse hinaufzuschwingen und die Wahrheit aus ihnen herauszuprügeln, unternahm ich nichts dergleichen. Außer einem vagen Verdacht hatte ich nichts gegen sie in der Hand.

Mørks Anruf löste mein Dilemma. »Wilhelmsen senior ist pensioniert und laut Finanzamt nicht sonderlich vermögend, abgesehen von einer wertvollen Immobilie. Er hat zwei erwachsene Söhne aus erster Ehe. Wilhelm aus der zweiten Runde besucht die letzte Klasse des Gymnasiums.«

»Man sagt nicht mehr Gymnasium«, warf ich ein.

»Er ist nicht ganz stubenrein.«

»Das habe ich schon bemerkt«, sagte ich und schlich hinter ein Bootshaus, um mich zu verstecken.

»Miese Freunde. Ungewöhnlich mies. Letztes Jahr wurde er wegen Besitz einer bescheidenen Menge Hasch festgenommen. Es endete mit einem Bußgeld und einer Verwarnung. Die Drogenfahndung hat ihn auf dem Radarschirm.«

»Sonst noch was?«

»Was sollte das sein?«

»Verkehr mit minderjährigen Mädchen, zum Beispiel.«

»Hier ist nichts dergleichen bekannt. Hast du den Fall nicht aufgegeben?«

»Das ist kein Fall«, sagte ich. »Noch nicht. Aber Elviras Großvater hat mich engagiert.«

»Der Richter?« Die Skepsis in Mørks Stimme war nicht zu überhören.

»Kennst du ihn?«, fragte ich.

»Kennt einer von uns Leute wie ihn?«

Plötzlich geschah irgendetwas oben am Haus, sodass ich das Gespräch einfach wegdrückte.

Die beiden Typen stritten sich. Wilhelms Kumpel schien offenbar verärgert, denn er drehte sich auf dem Absatz um, stürmte wütend die Treppe herunter und verschwand um die Hausecke in Richtung Straße. Wilhelm blieb sitzen, paffte seinen Joint und drehte die Lautstärke auf.

Ich lief zurück zu meinem Jaguar. Mit etwas Glück könnte ich den Flüchtenden vielleicht auflesen.

Unten an der Bushaltestelle holte ich ihn ein. Als ich anhielt, das Fenster herunterkurbelte und ihn fragte, ob er in die Stadt wolle, sah er mich an, als sei ich ein Wesen aus dem Weltraum, ehe er schließlich verdutzt etwas murmelte, das ich als *Teie Torg* auffasste.

»Spring rein«, sagte ich und öffnete die Tür. »Ich muss in dieselbe Richtung.«

»Coole Schüssel.« Er machte es sich auf den roten Ledersitzen bequem und sah mich verwundert an. »Haben Sie den Wagen aus dem Technischen Museum geklaut?«

Die Jugend hat keinen Sinn mehr für Qualität und Stil, das hatte ich schon längst begriffen. »Das ist ein Jaguar«, sagte ich. »Ein Auto, kein Fortbewegungsmittel.«

»Sure. Dann fährt der also auch, ja?«

Ich trat aufs Gaspedal.

»Wow.« Das Brummen des Sechs-Zylinder-Reihenmotors hatte ihn offenbar ein wenig beeindruckt. »Ordentlich Pferdestärken.«

»Altmodische Pferdestärken«, sagte ich. »Die sind echt. Interessiert du dich für Autos?«

»Geht so.« Er zuckte mit den Schultern. »Kann mir gerade kein Auto leisten.«

»Ich dachte, ich hätte dich in einem Cabriolet gesehen«, sagte ich. »Ein Mercedes?«

»Der gehört meinem Kumpel.«

»Die Mädchen stehen wohl auf den Wagen, was?«, bohrte ich weiter.

»Was glauben Sie?« Er schien nicht daran interessiert, das Thema zu vertiefen.

»Wieso habt ihr nicht eine von diesen bunten Kisten, die die Abiturienten fahren?«

»Wir teilen uns mit jemandem 'nen Bus.«

Seine sprachlichen Fähigkeiten waren offenbar begrenzt. Ich beschloss, die Samthandschuhe abzustreifen. Wir näherten uns Teie Torg. »Weißt du, wer ich bin?«, fragte ich und drehte mich zu ihm.

»Woher soll ich'n das wissen? Sie könn' da vorne anhalten.« Er deutete auf die nächste Bushaltestelle.

»Hast du Elvira Widerberg gekannt?«, fuhr ich fort. »Die gestorben ist?«

Jetzt packte er den Türgriff. »Anhalten, verdammte Scheiße!«

Ich hielt nicht, verlangsamte bloß ein wenig das Tempo. »Habt ihr sie vielleicht mal im Auto mitgenommen?«

»Sind Sie irre, oder was?«

»Beantworte meine Frage«, sagte ich mit Nachdruck.

»Ich hab davon gehört«, sagte er eingeschüchtert. »Dass sie Selbstmord begangen hat, alle reden darüber.«

»Aber kanntest du sie?«

»Hab ich nicht, ich wusste bloß, wer sie war!« Er drehte sich zu mir. »Scheiße, das ist doch echt ein Drecksloch hier, oder etwa nicht? Jeder kennt jeden.«

»Sie war nicht mal fünfzehn«, gab ich zurück, »und du musst doch mindestens achtzehn sein. Verbringst du deine Zeit mit kleinen Mädchen?«

»Woher sollen wir so genau wissen, wie alt die immer sind?«

»Wir?«, sagte ich. »Heißt das, du und dein Kumpel Wilhelm?«

»Wir sind 'ne ganze Truppe«, er fummelte wieder am Türöffner herum, »ich hab aber kein Auto, ich fahr nur mit. Ich hatte nichts mit dem Mädchen zu tun. Lassen Sie mich raus.«

»Wenn du mir eine vernünftige Antwort gibst, dann ja.« Ich sah ihn mit ernstem Blick an. »Ich bin Rechtsanwalt und ich weiß sehr genau, was ihr da draußen auf Husøy so treibt. Du hast vermutlich etwas Hasch dabei?«

Erschrocken sah er mich an. »Ich hab nichts Verbotenes getan.«

»Das wird sich zeigen, wenn die Polizei dich filzt«, sagte ich. »War Elvira mit euch im Auto unterwegs?«

»n' paarmal, vielleicht. Mehr weiß ich nicht. Reden Sie mit Wilhelm, er kannte sie jedenfalls.«

»Erzähl mir ein bisschen über ihn«, sagte ich. »Ihr seid die besten Freunde?«

»Nein, verdammt!«

»Aha«, gab ich zurück. »Für mich sah es so aus.«

»Wir hängen manchmal zusammen rum.« Er sah mich an und schien zu überlegen, wie viel er mir wohl erzählen könnte. »Er hat das Haus für sich und dann hat er noch die Karre.«

»Wohnt er da allein?« Ich sah ihn skeptisch an. »Was ist mit den Eltern?«

»Die sind die meiste Zeit in Spanien.«

»Wie praktisch«, erwiderte ich. »Dann steigt da wohl die eine oder andere Party?«

»Vielleicht. Ich bin da nicht so oft.«

»Aber Elvira ist da gewesen?«

»Davon weiß ich nichts.« Seine Antwort war ein wenig zu schnell gekommen.

»Und was ist mit ihrer Schwester? Johanna? Kennst du sie?«

»Hab von ihr gehört.«

»Das hast du bestimmt«, sagte ich. Aber jetzt wusste ich erst einmal genug. Vorläufig. »Du kannst jetzt aussteigen.« Ich fuhr an den Straßenrand. »Diese Unterhaltung bleibt unter uns. Wenn nicht, wird es dich teuer zu stehen kommen, dafür sorge ich.« Sein Kumpel war in der Tat viel interessanter. »Verzieh dich«, sagte ich und öffnete die Tür, während ich eine Visitenkarte in seine Jackentasche steckte. »Wenn dir irgendwas einfällt, das mit Elvira oder Johanna zusammenhängt, rufst du mich an und sonst niemanden. Hast du das verstanden?«

»Ja doch.« Wie eine verschreckte Katze schlich er auf den Gehsteig. Genau wie Hulda traute ich Katzen nicht. Der Junge war total verlogen.

Hulda hatte das Büro bewacht, aber da die Fähigkeit des Tieres, Anrufe anzunehmen, begrenzt war, konnte ich lediglich konstatieren, dass irgendjemand mehrmals versucht hatte, mit mir in Kontakt zu treten. Ehe ich es schaffte, die Nummer zu überprüfen, klingelte das Telefon ein weiteres Mal.

»Rechtsanwalt Foyn?« Eine Frauenstimme. Sie klang jung.

»Ja?«, sagte ich und versuchte mich zu erinnern, wo ich die Stimme schon einmal gehört hatte.

»Fredrikke Strøm am Apparat. Von VG«, fügte sie hinzu. »Sie erinnern sich vielleicht, dass wir schon einmal miteinander gesprochen haben?«

»Aber gewiss doch.« Es wäre sinnlos gewesen zu leugnen.

»Diese Sache, die wir erörtert haben ... da gibt es ein paar Dinge, die ich gern vertiefen würde.«

»Soweit ich mich erinnere, haben wir nichts Spezifisches diskutiert«, sagte ich vorsichtig, während ich fieberhaft überlegte, wie ich dem Gespräch ausweichen könnte, ohne sie allzu sehr zu provozieren.

»Würde es Ihnen heute passen?«

Ich warf einen Blick auf die Uhr. »Meine Bürozeit nähert sich dem Ende«, sagte ich kühl. Eine glatte Lüge. »Ich fürchte, das werden Sie nicht schaffen.«

»Da irren Sie sich. Schauen Sie mal aus dem Fenster.«

Ich stand auf und blickte auf den Marktplatz hinunter.

Die Frau, die mir zuwinkte, sah nicht wie eine Journalistin aus, doch andererseits hatte ich auch kein klares Bild vom Aussehen einer Vertreterin dieser Zunft.

Ich winkte nicht zurück.

»Kann ich raufkommen?« Journalisten gaben offenbar nie auf.

»Nun«, sagte ich und überlegte kurz, ob ich noch aufräumen sollte. »Dann kommen Sie mal.«

Fredrikke Strøm war nicht so jung, wie ich sie mir vorgestellt hatte. Irgendwo in den Vierzigern, nahm ich an. Sie war nicht leicht einzuschätzen.

Sie fragte nicht um Erlaubnis, kam bloß herein, schob Hulda zur Seite und ließ sich umstandslos auf dem Sofa nieder. Mit einem Notizblock in den Händen saß sie da und musterte mich nachdenklich. »Wie ich gehört habe, interessiert sich die Staatsanwaltschaft sehr für Sie, Herr Foyn.«

Ihr Aussehen hatte etwas Spanisches, braune Haut und dunkles, gelocktes Haar. Neben Hulda wirkte sie geradezu winzig. Sie konnte nicht viel größer als eins sechzig sein.

»Was sagen Sie dazu?«

»Nichts«, erwiderte ich. »Staatsanwälte haben viele seltsame Interessen.«

Sie blickte auf ihren Notizblock. »Weshalb war Ihnen Elvira Widerberg so auf den Fersen?«

»War sie das?«

»Sie machen es ganz schön kompliziert, Herr Foyn.« Auf ihrer Stirn hatte sich eine hübsche Falte gebildet. »Ich weiß, was passiert ist, und das wissen auch die Ermittler. Sie ist Ihnen gefolgt.«

»Wenn Sie das sagen, muss es wohl stimmen.«

»Die Frage ist: Wieso?«

»Was glauben Sie?«, erwiderte ich.

»Vielleicht war sie ein Missbrauchsopfer?« Ihr Blick war beunruhigend scharf.

»Das ist denkbar, ja.« Plötzlich verspürte ich das seltsame Bedürfnis, mich Fredrikke Strøm anzuvertrauen. Sie war eine gefährliche Person, die, wenn sie es wollte, mein Leben bestimmt zur Hölle machen konnte.

»Hat sie sich wirklich umgebracht?«

»So lautet die Schlussfolgerung der Polizei.«

»Aber nicht Ihre, Herr Foyn?«

»Sie war an dem Abend allein«, sagte ich. »Es wäre doch eine Kleinigkeit gewesen, in das Haus einzudringen und ihren Kopf ein paar Minuten unter Wasser zu drücken, zumal sie die Pillen ihrer Mutter eingeworfen hatte.«

»Aber es gab doch keinerlei Anzeichen für einen Einbruch.«

»An der Garagenmauer hing ein Reserveschlüssel.« Fredrikke Strøm war also nicht vollends informiert. »Viele wussten davon.«

Eine Weile blieb es still.

»Worauf sind Sie eigentlich aus?«, fragte ich schließlich. »Auf einen neuen Skandal, der die jetzt schon viel zu hohe Auflage noch steigern kann?«

»Ich habe schon gehört, dass Sie ein arrogantes Arschloch sein sollen, Foyn.« Ihr Lächeln wirkte nicht sehr herzlich. »Aber ich wusste nicht, dass es stimmt.«

»Auf den ersten Eindruck sollte man nichts geben«, sagte ich.

Sie seufzte. »Hören Sie zu, können Sie sich denn überhaupt nicht vorstellen, dass wir vielleicht gemeinsame Interessen haben?«

Ich musterte sie eingehend. »Theoretisch schon.«

»Ich fürchte, dass wir diesen Fall einfach nicht gut genug kennen, Herr Foyn.«

»Wie so viele andere Fälle.«

Ich bewunderte ihre Selbstbeherrschung. »Ich habe einen Tipp bekommen«, sagte sie.

»Worüber?« Jetzt wurde ich wach.

»Über einen Freund der Familie.«

»Ah ja«, sagte ich. »Ein gewisser Katechet vielleicht?«

»Diese Verbindung ist Ihnen also bekannt?«

»Das ist keine große Neuigkeit.«

»Nils Lier umgibt sich gern mit Jugendlichen.« Sie blickte mich vielsagend an.

Aus irgendeinem Grund missfiel mir diese Andeutung. »Was wissen Sie über Lier?«

»Nicht alle Mädchen in der Gemeinde sind so begeistert über seine Aufmerksamkeit.«

»Ach nein?« Ich sah sie fragend an. »Reden wir hier über aktuelle Vorkommnisse?«

Sie nickte. »Ich habe eine sichere Quelle. Wissen Sie auch etwas?«

»Es gibt da etwas«, räumte ich ein, »eine alte Geschichte, aus der aber kein Fall geworden ist.«

Mit völlig neuem Interesse sah sie mich an. »In derselben Kategorie?«

»Womöglich nur ein Gerücht.«

»Lier ist unverheiratet, lebt allein und hat keine Kinder. Was denken Sie darüber?«

»Ein unkompliziertes Leben«, gab ich zurück. »Vielleicht ist er ja bloß ziemlich clever.«

»Ein Junggeselle in den Vierzigern, der sich mit Teenagern umgibt?«

»Vielleicht ist Nils Lier ja einfach nur nett«, sagte ich, wohl wissend, dass ich damit meine eigenen Vorstellungen über Bord warf. Mir gefiel es nur nicht, dass Fredrikke Strøm sie jetzt präsentierte.

»Ich habe mit Leuten gesprochen, die den Mann kennen. Niemand konnte etwas über eine Beziehung berichten. Es wirkt so, als hätte er überhaupt kein Privatleben.«

»Dann ist er wohl schwul«, sagte ich.

»Wofür halten Sie mich, Foyn?« Sie starrte mich erschöpft an. »Weder männliche noch weibliche Liebhaber. Ein Mann ohne normales soziales Leben. Was sagen Sie jetzt?«

»Sie vergessen seine Arbeit. Vielleicht werden seine Bedürfnisse dadurch ja völlig befriedigt. Außerdem kann er Interessen haben, von denen Sie nichts wissen. Vielleicht spielt er Schach.« Plötzlich fand ich mich in einer merkwürdigen Position wieder. Ich verteidigte den Mann, der auf meiner Liste der möglichen Täter ganz oben stand.

»Ja, vielleicht.«

Nachdem sie wieder auf ihren Notizblock geschaut hatte, hob sie den Blick und starrte mich an, so als wüsste sie nicht genau, was sie eigentlich denken sollte. Ihre Augen waren beinahe schwarz. Ich hätte die Frau nicht gerade gern zur Feindin gehabt.

»Wie schätzen Sie ihren Vater ein?«, fragte sie unvermittelt. »Sie haben doch bestimmt Kontakt zu ihm aufgenommen?«

»Durchaus«, sagte ich.

»Und wie hat Widerberg reagiert, nachdem dieses Tagebuch aufgetaucht war? Und die Hotelgeschichte?«

»Eigentlich ganz gefasst.«

»Der Polizei gegenüber soll er sich anders verhalten haben.«

»Was Sie nicht alles wissen«, erwiderte ich. »Der Mann war jahrelang Pastor.«

»Na und?«

»Er wird wohl das meiste gesehen haben.«

»Er hat seinen Priesterberuf aufgegeben«, sagte sie. »Was halten Sie davon?«

»So weit hat er sich davon ja nicht wegbewegt«, sagte ich. »Er ist immer noch in der Beeinflussungsbranche.«

»So sehen Sie das also?«

»*Human Relations*. Hört sich beinahe menschlich an.«

»Sie sind demnach nicht sonderlich beeindruckt?«

»Sollte ich das?« Die Fragerei glich fast schon einem Einstellungsgespräch.

»Welche Rolle spielt Widerberg, was glauben Sie?«, fuhr sie fort.

»Ich glaube gar nichts«, erwiderte ich und musste dankbar an Mørk denken, während ich mir eine seiner Lieblingsformulierungen auslieh. »In meiner Branche sind wir abhängig von Wissen.« Ich schaffte es tatsächlich, einen direkten Vergleich mit der Presse zu vermeiden, konnte ihrem Gesicht die Verärgerung aber gleichwohl ablesen. Sie ließ sich also doch reizen. Das machte sie gleich viel anziehender.

»Es gibt etwas, was Sie nicht wissen«, sagte sie nachdrücklich.

»Das glauben Sie?« Meine Mutter hatte mich vor dem übertriebenen Gebrauch von Ironie stets gewarnt. Ohne Erfolg.

»Stefan Widerberg hat nicht ohne Grund aufgehört.«

»Es gibt immer Gründe, weswegen die Menschen ihren Beruf wechseln. Vielleicht hat er seinen Glauben verloren?«

»Er hatte ein unpassendes Verhältnis mit einem Gemeindemitglied. Äußerst unpassend«, fügte sie mit einem infamen Lächeln hinzu.

»Ich dachte eigentlich, so etwas gibt es heutzutage nicht mehr«, erwiderte ich. »Handelt es sich dabei um eine Minderjährige?«

»Die Frau ist fünfzehn Jahre jünger, mit einem Kollegen verheiratet und hat kleine Kinder.«

»Widerberg ist offenbar ein bezaubernder Mann«, sagte ich. »Ich hatte immer schon Probleme damit, das Auswahlverfahren der Frauen zu verstehen.«

»Ja, das kann ich mir denken.« Jetzt wurde sie plötzlich ironisch.

»Woher wissen Sie das? Ihnen sollte doch bekannt sein, dass diese Stadt voll von üblem Klatsch ist.«

»Ich bin Journalistin«, sagte sie mit scharfer Stimme. »Es ist mein Job, im Leben der Menschen herumzuwühlen.«

»Tja«, sagte ich und verspürte ein gewisses Unbehagen bei dem Gedanken, was sie alles über mich in Erfahrung bringen könnte. »Glauben Sie, dass diese Geschichte etwas mit Elvira zu tun haben kann?«

»Dafür gibt es keine Grundlage. Vorläufig«, fügte sie hinzu und sah mich prüfend an. »Sie haben doch Erfahrung mit der Jugendfürsorge, nicht wahr?«

»Die eine oder andere, ja.«

»Dann kennen Sie doch das klassische Bild.«

»Kein Fall entspricht dem klassischen Bild«, sagte ich. »Auch wenn es politisch korrekt ist, das so zu sehen.«

»Ich möchte nichts ausschließen. Er hatte die Gelegenheit.« Sie sah mich lange an. »Hören Sie, Herr Foyn, Sie kennen doch die Signale: Magersucht, Selbstverletzung, krankhafte Sexbesessenheit.«

»Wir sind da ganz einer Meinung, aber das sagt nichts darüber aus, wer die Verantwortung dafür trägt.«

»Vielleicht nicht. Aber irgendetwas ist faul an dieser Sache, ich weiß es einfach.« Ihr Blick hatte sich verdunkelt. »Elvira Widerberg verhielt sich nicht wie eine normale Vierzehnjährige, oder?«

»Nein«, sagte ich. »Das tat sie nicht. Und genau wie Sie glaube ich, dass es einen Grund für ihr Verhalten gab. Dass sie mich verfolgt hat und möglicherweise auch noch andere.«

»Dann sind wir uns ja einig, Foyn.«

»Sie suchte Kontakt«, sagte ich. »Zu einem erwachsenen Menschen, dem sie vertrauen konnte.«

»Genau.«

Plötzlich hatte ich eine Entscheidung getroffen. Bauchgefühle werden oft schwer unterschätzt. »Ich erzähle Ihnen, was ich weiß«, begann ich. »Es ist aber nicht allzu viel.« Meine Vereinbarung mit Axel Schøtt ließ ich aus.

Als ich fertig war, legte sie ihren Notizblock beiseite. »Genügend Kandidaten haben Sie ja, Foyn.«

»Ja, vielleicht.«

»Was ist mit diesem Nachbarsjungen? Dem Asperger?«

»Ein echtes Original«, sagte ich. »Aber er mag Jaguars.«

Sie sah mich verständnislos an. »Was hat das mit der Geschichte zu tun?«

»Viel«, erwiderte ich. »Und ganz unverdächtig ist er nicht.«

»Das werde ich mir merken. Was ist mit Elviras Schwester? Johanna?«

»Ich weiß nicht«, sagte ich. »Was glauben Sie?«

»Laut Aussage einer der Lehrerinnen führt sie sich schon ein wenig seltsam auf.«

»Ich dachte immer, Lehrer unterlägen der Schweigepflicht«, sagte ich.

»So wie Anwälte vielleicht?« Ihr Lächeln war nicht gerade süß. *»Hält alle auf Abstand, fühlt sich den anderen Mädchen überlegen, die Jungen halten sie für ein Flittchen.* Zitat Ende.«

»Was Sie nicht alles wissen«, sagte ich. »Haben Sie vielleicht auch mit Elviras Lehrern geredet?«

»Ich habe mich ein wenig umgehört.«

»Und?«

»Da kamen ähnliche Aussagen. Beide Schwestern wurden als ziemlich eigenwillig bezeichnet. Jede auf ihre Art«, fügte sie hinzu. »Elvira galt als ein bisschen verrückt.«

»Den Eindruck hat sie auf mich nicht gemacht. Elvira war ein außergewöhnliches Mädchen. Das ist etwas völlig anderes.«

»Sie sollten doch als Erster einräumen, dass sie sich merkwürdig verhalten hat, Foyn.«

»Alles hat eine Erklärung«, erwiderte ich. »Elvira war ein frühreifes junges Mädchen, ihre Schwester erscheint mir wie eine erwachsene Frau. Ich habe sie getroffen. Sie haben recht, Johanna wirkt etwas eigenartig.«

»Sie ist mehrmals von zu Hause abgehauen. Ich glaube, sie verbirgt etwas.«

»Kleine Flunkereien«, sagte ich. »Wie in jeder Familie.«

Fredrikke Strøm tätschelte Huldas Kopf. »Ich wusste gar nicht, dass Sie so philosophisch veranlagt sind, Herr Foyn.«

»*Svend«*, sagte ich. »So nennen mich meine Freunde.«

»Sie haben also Freunde?«

»Eigentlich nicht«, erwiderte ich. »Aber mir gefällt der Gedanke, dass sie es sein könnten.«

Sie ließ es unkommentiert. »Was machen Sie jetzt? *Svend*«, fügte sie mit einem kleinen Lächeln hinzu.

»Ich habe mich noch nicht entschieden. *Fredrikke*.« Jemanden anzulügen, war nicht schön, besonders wenn es sich um Freunde handelte. »Und Sie? Werden Sie jetzt über die Geschichte schreiben?«

Sie schüttelte den Kopf. »Ich muss ein paar Hinweise verfolgen und Hintergrundinformationen beschaffen. Aber ich arbeite an mehreren Fällen, dieser hier hat also keine Priorität. Halten Sie mich auf dem Laufenden?«

»In Ordnung.« Es war zwar keine präzise Antwort, aber auch keine direkte Lüge. Ich wollte gerade ein Zigarillo hervorkramen, besann mich aber anders. Rauchen wurde schon lange nicht mehr als sonderlich anziehend betrachtet. In Humphrey Bogarts Zeiten war alles viel einfacher gewesen. »Woher kommt eigentlich Ihr Interesse?«, fragte ich und blickte sie herausfordernd an. »Ihre Motivation ist persönlich, nicht wahr?«

Ein paar Sekunden vergingen, ehe sie antwortete. »Ja«, sagte sie knapp, strich Hulda übers Fell und stand auf. »Wir bleiben in Verbindung.« Ihr Rücken wirkte abweisend, als sie aus der Tür verschwand.

Ich wusste es. Frauen mit solchen Projekten waren gefährlich, besonders dann, wenn sie recht hatten.

12

An diesem Abend blieb ich lange in meinem Büro. Vertraute Umgebungen beruhigten die Nerven. Es war Mitternacht, als ich schließlich mit Hulda einen Spaziergang über das Slottsfjell machte. Axel Schøtt hatte ich zwar laufende Berichterstattung garantiert, aber nichts über den Umfang verlauten lassen. Er bekam einen ganz kurzen Bericht, in dem ich ihn gleichzeitig um einen angemessenen Vorschuss bat.

Als ich am nächsten Tag den Verwaltungstrakt des Doms betrat, fand ich Nils Lier allein in seinem Büro vor. Die Sekretärin hatte mir vorab verraten, dass die Pastoren außer Haus seien und sie selbst nach dem Mittagessen gehen müsse. *Der Katechet wird wohl noch ein Weilchen bleiben, freitags macht er das gern.*

Ich hätte mich darüber informieren sollen, was Katecheten eigentlich so taten.

Sein Schreibtisch war erschreckend aufgeräumt. »Ja?«, sagte er und sah von seinem *Mac* auf.

Neben dem Computer lag ein Buch. Angesichts der Dicke ging ich davon aus, dass es sich nicht um die Bibel handelte, es sei denn, sie war mittlerweile auch in einem verbraucherfreundlichen Format erschienen.

»Womit kann ich Ihnen helfen?« Ein höflicher junger Mann, wenn auch nicht besonders freundlich. »Die Pastoren sind nicht da.«

Ich trat zwei Schritte in den Raum hinein und sah mich um. Ein spartanisch eingerichtetes Büro, das erstaunlicherweise keine Bezüge zur biblischen Geschichte aufwies. Nicht einmal ein Jesusbild schmückte die Wand. Ein Kalender, eine Fotoaufnahme von Tønsberg, ein paar nichtssagende Postkarten.

»Mein Name ist Foyn«, sagte ich. »Svend Foyn.« Ich blieb vor dem Schreibtisch stehen.

Dem Anschein nach reagierte er nicht auf meinen Namen, sondern sah mich bloß ohne Anzeichen von Neugier an. Nils Lier war, wie mein Bruder ihn charakterisiert haben würde, ein Mann in den besten Jahren. Ich war mir immer unsicher, was das eigentlich zu bedeuten hatte. Auf seltsame Weise verschmolz er mit den grauen Wänden des Büros, wie irgendein Stück Inventar. Er war gut, aber langweilig gekleidet. Mit seinen schmalen Schultern und dem leicht birnenförmigen Körper konnte man ihn auch nicht gerade als Athleten bezeichnen.

Die Brille allerdings erstaunte mich. Ich hätte ein goldenes Gestell oder irgendetwas randloses Rundes erwartet, aber er trug eine große Hornbrille, als sei er Woody Allen.

Alles an ihm wirkte durchschnittlich, abgesehen von seiner Haut. Die war glatt, ohne eine einzige Falte, wenngleich er die vierzig schon längst überschritten haben musste.

Abwartend musterte er mich, dann klingelte das Telefon. Er nahm den Hörer und drehte sich zum Fenster. »Ja?«

Die Person am anderen Ende der Leitung hatte anscheinend eine Menge auf dem Herzen.

Lier drehte sich zu mir um und hielt die Hand über die Sprechmuschel. »Einen Augenblick bitte«, erklärte er, »ich muss dieses Gespräch zu Ende führen. Setzen Sie sich so lange.« Er stand auf, ging an mir vorbei und verschwand in einem anderen Büro. Offenbar hatten die Männer der Kirche viele Geheimnisse zu hüten.

Der Computer auf dem Schreibtisch war erstaunlich modern. Ein *Macbook Air.* Er hatte es zugeklappt, ehe er den Raum verlassen hatte. Aber solche Geräte schalten sich nicht automatisch aus, wenn man sie schließt. Man braucht bloß den Deckel wieder aufzuklappen und schon ist man wieder da, wo man aufgehört hat.

Ein paar lange Minuten vergingen. Nichts geschah. Ich hörte seine Stimme aus dem Nebenzimmer, konnte allerdings nicht verstehen, was gesagt wurde. Draußen vor dem Fenster lockte die Frühlingssonne. Die Luft in Liers Büro war warm und abgestanden, ganz anders als der blaue Himmel, den ich hinter den Bäumen erspähte.

Wie ein Fünfjähriger vor der Süßwarentheke stierte ich auf den *Mac.* Ich konnte den meisten Dingen widerstehen, abgesehen von Verlockungen.

Als ich den *Mac* schließlich öffnete, stellte ich fest, dass Lier sich zuletzt an der Lektüre von VG erfreut hatte. Nicht eben kriminell.

Mit einem Klick kam ich in seinen E-Mail-Account. Irgendjemand hatte ihm gerade eine Nachricht geschickt. Ich schaffte es gerade, die erste Zeile zu lesen, ehe ich seine Schritte im Flur hörte.

Als er die Tür öffnete, saß ich entspannt in meinem Sessel.

»Tut mir leid«, sagte er und ließ sich wieder hinter dem Schreibtisch nieder, »aber zurzeit bin ich hier allein.«

»Ich habe es nicht eilig«, sagte ich. »Es geht um Elvira Widerberg.«

»Das habe ich schon verstanden«, sagte er in völlig neutralem Tonfall. »Ihr Name wurde erwähnt.«

Wurde erwähnt? Einen Moment lang fragte ich mich, ob er versuchte, witzig zu sein, verwarf den Gedanken aber wieder, als er auf dieselbe formelle Art fortfuhr. »Die Familie hat mich informiert.«

»Soweit ich verstanden habe, kannten Sie sie gut?«, fragte ich.

»Das kann man wohl sagen.« Sein Gesichtsausdruck wirkte leicht gereizt. »Ich kannte die Familie schon, als die Mädchen noch ganz klein waren, und ich habe viele Jahre mit Stefan zusammengearbeitet.«

»Und nicht nur hier in Tønsberg, ist das richtig?«

»Das stimmt«, sagte er. Seine Stimme klang wachsam.

»Sie haben Elviras Entwicklung also verfolgt?«

»Ja, das würde ich sagen.« Jetzt klang er wieder neutral.

»Weswegen ist es so schlimm mit ihr gekommen?«, fragte ich und versuchte dabei, seinen ausweichenden Blick aufzufangen. Ohne Erfolg. »Was glauben Sie?«

Er wich der Frage aus und trommelte mit den Fingern auf dem Schreibtisch herum. »Sagen Sie, Herr Rechtsanwalt Foyn«, entgegnete er schließlich, »woher kommt Ihr Interesse an diesem Todesfall?«

»Sie kam zu mir und wollte Hilfe«, sagte ich. »Und die konnte ich ihr nicht geben. Ist das kein ausreichender Grund?«

»Selbstverständlich.« Noch immer war er höflich. Doch mich beschlich das Gefühl, dass ihm die Unterhaltung nicht zusagte. »Ich weiß, dass Sie unfreiwillig involviert wurden. Ich habe das Tagebuch durchgesehen.« Er schüttelte den Kopf. »Das ist alles eine einzige große Katastrophe.«

»Ich habe nur wenige Tage vor Elviras Tod mit ihr gesprochen«, sagte ich. »Sie kam mir nicht suizidal vor. Sie kannten sie, was glauben Sie also?«

Eine ganze Weile saß er schweigend da. »Wenn ich ganz ehrlich sein soll«, sagte er schließlich, »so hatte ich befürchtet, dass etwas Derartiges geschehen könnte.«

»Hatte sie damit gedroht?«

»Selbstverletzung ist ja ein Zeichen dafür, dass irgendetwas nicht in Ordnung ist. Außerdem litt sie unter Magersucht, die kam und ging. Zeitweilig ging es ihr sehr schlecht.«

Von Essstörungen hatte ich noch nichts gehört, aber es erstaunte mich nicht. »Es war wohl eher ein Hilferuf«, sagte ich. »So etwas steckt ja häufig dahinter.«

»Wahrscheinlich.« Er sah mich ausdruckslos an.

»Sie müssen sie gut gekannt haben«, sagte ich.

»Wann kennt man schon jemanden gut, Herr Foyn?« Seine Augen wirkten plötzlich wacher. »Man glaubt, dass man es tut, aber man kann sich auch irren.«

»Meinen Sie damit etwas Bestimmtes?«, fragte ich.

Er zögerte. »Andere zu verstehen ist immer schwierig.«

»Ich bin Rechtsanwalt«, erwiderte ich. »Das kann ich problemlos unterschreiben.«

Er wechselte das Thema. »Die Familie befindet sich in einer äußerst schwierigen Situation. Sollten wir nicht Rücksicht auf sie nehmen? Wir wissen doch, was geschehen ist.«

»Wissen wir das wirklich?«

»Die Polizei hat abschließend geurteilt.« Jetzt konnte er seine leichte Gereiztheit nicht mehr verbergen. »Damit müssen wir uns abfinden, ungeachtet dessen, wie traurig das alles ist.«

»Müssen wir das?« Ich wollte ihn unter Druck setzen.

»Aus Rücksicht auf die Angehörigen sollten wir das«, sagte er steif.

Ich ließ meinen Blick durch das traurige Büro wandern. »Was macht eigentlich ein Katechet?«, fragte ich.

Er starrte mich an, als könnte er nicht glauben, was er da gehört hatte.

»Also, ich meine, worin bestehen Ihre Arbeitsaufgaben?«, fuhr ich fort.

»Ach«, anscheinend wusste er nicht recht, wo er anfangen sollte, »die meiste Zeit sind wir mit Gemeindearbeit beschäftigt, Organisation, Planung, alles Mögliche. Mehr ein Lebensstil als eine Arbeit.«

»Und viel Arbeit mit Kindern, nicht wahr?«

»Das auch.« Jetzt war er wieder in Alarmbereitschaft.

»War Elvira in der Gemeinde aktiv?«

Er schüttelte den Kopf. »Nein, ich würde sogar sagen, im Gegenteil. Auch Johanna ist nicht aktiv.«

»Mit einem Pastor als Vater? Ist das nicht etwas auffällig?«

Er lächelte. »Die Kinder des Schlachters essen keine Würste.«

»Wenn Sie es sagen«, erwiderte ich. »Gibt es eine große Jugendgruppe in der Gemeinde?«

»Nicht wirklich groß. Wieso sind Sie so sehr an meiner Arbeit interessiert, Herr Foyn?«

Ich umschiffte die Frage. »Was denken Sie über das Foto auf Elviras Handy?«

»Das kann ein Fehler gewesen sein, irgendein Missverständnis«, sagte er ausweichend. »Zwischen Jugendlichen kursieren viele Bilder dieser Art.«

»Haben Sie selbst derartige Bilder gesehen?«

»Nein, nicht persönlich. Aber man hört ja jede Menge Geschichten.«

»Was für Geschichten?« Ich ließ ihn nicht vom Haken.

»Das müssen Sie andere fragen«, sagte er abweisend. »Ich bin kein Experte.«

»Sie war möglicherweise sexuellen Übergriffen ausgesetzt«, sagte ich. »Ihr Verhalten kann darauf hindeuten. Was denken Sie darüber?«

Er sah mich lange an, ehe er antwortete. »Es gibt vieles, was Sie nicht wissen, Herr Rechtsanwalt. Elvira hatte große psychische Probleme. Manchmal hat so etwas dann ein tragisches Ende.«

Als ich ihn das sagen hörte, begriff ich plötzlich, dass es stimmen konnte. Dass ich mich auf einer falschen Fährte befand. Trotzdem konnte ich es nicht dabei bewenden lassen. »Es gibt da einige Dinge, die seltsam sind«, sagte ich.

»Wovon reden Sie?«

»Einige Leute wussten von dem Reserveschlüssel. Irgendwer kann in das Haus eingedrungen sein.«

»Glauben Sie, dass da noch andere waren? Die Polizei hat diese Möglichkeit doch ausgeschlossen.«

»Die Polizei hat auch früher schon falsche Schlüsse gezogen.«

»Aber das ...«, er brach mitten im Satz ab.

»Der Schnitt in die Pulsader war nicht lebensbedrohlich«, sagte ich, »ebenso wenig die Dosis der Medikamente, die sie geschluckt hat.«

»Es kann ein Unfall gewesen sein«, sagte er leise und ausweichend. Dann sah er mir zum ersten Mal direkt in die Augen. »Aber das werden wir niemals erfahren.«

»Seien Sie sich dessen mal nicht zu sicher«, erwiderte ich.

»Was meinen Sie damit?«

Ich gab keine Antwort. »Wie war das Verhältnis zwischen Elvira und ihrem Vater?«

»Stefan hat sich um seine Töchter gekümmert.« Er zögerte gerade so lange, dass mein Misstrauen neue Nahrung erhielt. »Aber er hat viel gearbeitet. Wie die meisten Pastoren.«

»Aha«, sagte ich. »Können Sie mir etwas mehr über ihn erzählen?«

»Was sollte das denn sein?« Wieder der ausweichende Blick.

»Jeder hat seine Geheimnisse«, sagte ich. »Vielleicht auch Sie?«

»Ich glaube nicht, dass wir noch mehr zu besprechen haben, Herr Rechtsanwalt«, sagte er, um Fassung bemüht, und erhob sich, »diese Unterhaltung führt zu nichts Gutem.«

»Oslo 1994«, sagte ich. »Klingelt es da bei Ihnen?

»Nichts davon war wahr.« Seine Knöchel waren weiß geworden. Einen Moment lang dachte ich, er würde zuschlagen, aber dann setzte er sich wieder.

»Widerberg hat sich sehr für Sie eingesetzt, nicht wahr?«

»An den Gerüchten war nichts dran.«

»Was für einen Wagen fahren Sie?«

Er zuckte merklich zusammen. »Wie bitte?«

»Einen dunklen Lieferwagen, stimmt's?« Ich hatte meine Hausaufgaben gemacht. »Einen Toyota?« Er hatte die richtige Farbe und grüne Kennzeichen.

»Und?« Verständnislos starrte er mich an.

»Johanna ist in so einem Wagen gesehen worden.«

»Ich verstehe nicht, worauf Sie hinauswollen.«

»Haben Sie sie manchmal von der Schule abgeholt, Lier? Das ist eine einfache Frage.«

»Ich muss mich Ihnen gegenüber nicht rechtfertigen, Herr Rechtsanwalt Foyn. Aber da Sie fragen, will ich Ihnen gern eine Antwort geben. Soweit ich mich erinnern kann, sind weder Johanna noch Elvira je in meinem Wagen gewesen.«

»Soweit Sie sich erinnern können?«

»Wie schon gesagt, ich kenne die Familie seit Langem. Wir wohnen nicht weit voneinander entfernt. Es kann also gut möglich sein, dass sie irgendwann mal da dringesessen haben, ohne dass ich das jetzt noch in Erinnerung habe.«

»Hatten Sie privat viel mit ihnen zu tun?«

»Das ist meine Angelegenheit, Foyn.« Jetzt hatte er den Herrn Rechtsanwalt weggelassen. »Wenn Sie mich jetzt entschuldigen wollen.«

»Ich hätte nur noch eine Frage, dann werde ich Sie nicht länger stören.«

Er erwiderte nichts, starrte mich nur an.

»Was haben Sie an dem Abend getan, als Elvira starb?«

»Ich war zu Hause«, sagte er verbissen. »Und zu Ihrer Information: Ich war allein. Die Polizei hat mir diese Frage bereits gestellt und war mit der Antwort zufrieden. Wo waren Sie selbst, Foyn?«

»In meiner Kanzlei«, sagte ich. »Da sind wir also schon zwei ohne Alibi.«

Wieder zurück im Büro versuchte ich, das Gespräch zu verdauen. Ich hatte nicht beabsichtigt, ihn so direkt zu konfrontieren, aber es war eben passiert. Vielleicht war das auch gar nicht so schlimm.

Nils Lier hatte nun genügend, worüber er sich Gedanken machen konnte. Und ich hatte keinerlei schlechtes Gewissen.

Irgendetwas an seiner Art hatte meine Skepsis verstärkt. Die eingegangene E-Mail hatte ihn zudem nicht weniger interessant gemacht. *My dear loverboy.* Sogar die volksnahe Staatskirche war wohl nicht derart modern geworden. Ich beschloss, der Journalistin nichts über die verborgenen Seiten des Katecheten zu verraten, auch wenn sie begeistert gewesen wäre, davon zu erfahren.

Alice war nicht erreichbar, als ich sie anrief. Objektiv betrachtet rief die unterkühlte Ansage auf ihrem Anrufbeantworter ungefähr denselben sinnlichen Eindruck hervor, als hätte man das örtliche Arbeitsamt angerufen. *Hauptkommissarin Anderson ist derzeit nicht erreichbar. Bitte hinterlassen Sie Ihre Nachricht nach dem Signalton.*

Ich hatte meine Zweifel, was die Erreichbarkeit anging. Aber ich hinterließ keine Nachricht.

Es war ein Freitag im Mai, hell und warm. Ich beschloss, mich in Arbeit zu ertränken.

13

Als ich das Büro verließ, war es später Abend geworden, allerdings noch nicht so spät, dass die Straßen von lärmenden Jugendlichen überfüllt wurden. Die erschienen erst nach Mitternacht auf der Bildfläche.

Gerade nachdem ich mit Hulda eine Runde übers Slottsfjell gedreht hatte und mich auf das Fernsehprogramm freute, traf ich ihn an der Straßenecke vor dem Polizeipräsidium.

Er war älter geworden. In meinen Augen war er immer schon alt gewesen. Nicht einzuschätzen, mitunter erstaunlich klug, aber immer alt, ohne jedoch zum alten Eisen zu gehören. Jetzt allerdings wusste ich nicht mehr, was ich denken sollte. Advokat Christian Salvesen war geschrumpft. Ein ehemals exklusiver blauer Anzug hing wie ein Zelt an der mageren Gestalt. Das maßgeschneiderte Hemd, das einmal schneeweiß gewesen war, wirkte nun mindestens fünf Nummern zu groß. Lediglich der diskret getupfte Schlips war fleckenlos. Sein Vogelgesicht war allerdings immer noch höchst lebendig, der Blick alles durchdringend und seine Zähne erstaunlich perfekt. Wie immer waren die Schuhe auf Hochglanz poliert. Salvesen war der letzte Mann in Tønsberg, der Lackschuhe trug, unabhängig von Jahreszeit oder Anlass. *Unser Beruf bedarf eines gewissen Stils, Foyn.* Er war ohne Beruf gewesen, solange ich zurückdenken konnte.

»Sieh mal einer an«, sagte er mit den Lippen schmatzend, »mein guter Freund, der Rechtsanwalt. Vermutlich unterwegs, um eine kleine Erfrischung einzunehmen?« Mit einer fast unmerklichen Kopfbewegung gelang es ihm anzudeuten, wohin der Weg nun führen sollte. Er warf einen raschen Blick auf seine goldene Uhr, die zu behalten ihm aus unerklärlichen Gründen geglückt war. »Meine Zeit ist knapp, aber ein paar Minuten leiste ich Ihnen gern Gesellschaft. Alleine zu trinken ist eine Unsitte, Foyn.«

»Nicht immer«, erwiderte ich.

Dass seine Zeit knapp war, konnte wohl als korrekte Aussage gelten. Schon längst hatte der Mann jedwede Statistik über den Zusammenhang zwischen Alkoholkonsum und Lebenserwartung ad absurdum geführt. Nachdem er aus der traditionsreichen Kanzlei entfernt worden war, die die Familie Salvesen über Generationen hinweg regierte, hatte er seine Zeit damit verbracht, das Vermögen zu verbraten, soziale Bande zu durchschneiden und Kontakte zu ganz neuen Menschen aufzubauen. *Menschen, die sich im Tal der Schatten befinden, sind die wirklich interessanten, Foyn.* Ob er mich darin einschloss, war nicht ganz sicher. Ich hatte ihn seit Monaten nicht mehr gesehen. Ein paarmal hatte ich schon vermutet, er sei tot.

»Was haben Sie im Sinn?«, hakte ich nach, wohl wissend, dass die Frage überflüssig war.

Advokat Salvesen warf einen Blick auf Hulda, die ihn skeptisch beäugte. »Da Hunde in dieser unzivilisierten Stadt keinen

Zutritt zu Gaststätten haben, wäre wohl das *Black & White* angebracht.«

»Ich dachte, das sei auch eine Gaststätte«, entgegnete ich. Die Wahrheit war, dass dieser Ort der einzige in ganz Tønsberg war, der Advokat Salvesen noch nicht auf die schwarze Liste gesetzt hatte.

»Sie haben natürlich recht, Foyn. Aber der Besitzer dieses Etablissements benutzt für gewöhnlich seinen Kopf, wenn es um die Einhaltung von Regeln geht.« Schon bewegte er sich in die richtige Richtung. »Wir haben eine Menge zu bereden, mein Freund, eine ganze Menge.«

»Sie meinen es also tatsächlich ernst?«, sagte ich und folgte ihm willenlos. Zögernd schloss sich Hulda uns an.

Er nickte. »Das Qualitätsniveau einer Unterhaltung steigt im Laufe von einem oder zwei Gläsern, Foyn.«

»Sicher«, gab ich zurück. »Aber nur bis zu einer gewissen Grenze.«

Er überhörte meine Bemerkung und erhöhte das Lauftempo, währenddessen ich erfreut an Axel Schøtt denken musste. Der Rechnungsbetrag war schon auf meinem Konto eingegangen. Ich brauchte mehr Mandanten wie ihn.

An der Eingangstür wurden wir vom Inhaber begrüßt, der auf Hulda zeigte. »Hunde haben keinen Zugang, meine Herren«, sagte er mitfühlend. »Laut Vorschrift der Lebensmittelaufsicht, nicht meiner.«

»Guter Mann«, erwiderte Christian Salvesen in seinem alten, arroganten Anwaltston, »bei dem Tier handelt es sich um einen Führhund in der Ausbildung. Solche Hunde haben überall Zugang, der entsprechende Paragraf sollte jedem Konzessionsinhaber bekannt sein.«

»Ich sehe hier keine Blinden.«

»Was Sie nicht sagen. Das hier ist eine Trainingssituation.«

»Hab noch nie von Blindenhunden wie dem da gehört.« Der Inhaber zeigte auf Hulda.

Salvesen fasste seinen Arm. »Ich übernehme die volle Verantwortung für den Hund.«

Der Wirt gab auf und zeigte auf einen Tisch. »Setzen Sie sich und halten Sie den Köter unter Kontrolle.«

Niemand nahm Notiz von uns, als wir Platz nahmen. Ein Bernhardiner, ein ehemaliger Rechtsanwalt, der einen sozialen Abstieg hinter sich hatte, und ein privat praktizierender Kleinstadtanwalt, der versuchte, mit hundert Konkurrenten Schritt zu halten. Niemand hob auch nur eine Augenbraue. Genau das schätzte ich an dieser philanthropischen Spelunke.

»Nun, mein Freund«, setzte Salvesen an, nachdem er blitzschnell den ersten halben Liter geleert hatte. »Das Bier ist leider nicht erstklassig, fürchte ich.« Er kippte die letzten Tropfen in sich hinein. »So sieht dann das Ergebnis aus, wenn man den großen Monopolbetrieben die Macht überlässt. Allerdings verbessert sich der Geschmack, wenn er von einem guten Aquavit stimuliert wird.« Nahezu unmerklich hatte er dem Mann hinter dem Tresen seinen Wunsch übermittelt. Der hatte das Signal entsprechend gedeutet und war schon auf dem Weg zu uns.

»Sie haben recht«, sagte ich, nachdem die Gläser auf dem Tisch standen und wir den ersten Schluck probiert hatten. »Worüber wollten Sie eigentlich mit mir reden?« Wir waren keineswegs allein in dem Lokal, aber die Stimmung war entspannt. Hier unterhielt man sich in aller Ruhe. Keine lärmende Musik, nur gedämpfte Gespräche.

»Tja, Foyn«, er betrachtete mich mit seinem Fuchslächeln, »mir ist nicht entgangen, dass Sie in letzter Zeit das Objekt unangenehmer Spekulationen in den Medien waren.« Er saugte den Aquavit förmlich in sich auf. »So etwas ist nicht gut fürs Geschäft.«

»Es geht vorüber«, sagte ich. Abermals beschlich mich das unangenehme Gefühl, die Kontrolle zu verlieren.

Über den Rand seines Glases hinweg musterte er mich. Für eine Sekunde sah ich ihn in einem Gerichtssaal stehen, messerscharf und gnadenlos.

»Elvira Widerberg«, meinte er schließlich. »Was ist mit ihr geschehen?«

»Sie erinnern sich also an ihren Namen?«, erwiderte ich leicht beunruhigt.

»Wer könnte solch einen Namen wohl vergessen?«

»Jetzt sagen Sie bloß nicht, dass Sie die Familie kennen.« Noch immer verfügte Christian Salvesen über ein unfassbar großes Netzwerk, der geistliche Stand allerdings wollte nicht so recht dort hineinpassen.

»Von solchen Leuten halte ich mich fern, auch wenn ich sie für ungefährlich halte. Aber ich habe Augen und Ohren. Der Richter hingegen«, er schüttelte den Kopf, sodass der sorgfältig geknotete Schlips um neunzig Grad verrutschte, »vor dem sollten Sie sich in Acht nehmen. Ein harter Brocken, der gute Schøtt. Er ist der Schwiegervater des Pastors, das wissen Sie ja wohl?«

»Ja, natürlich«, sagte ich, fest entschlossen, kein Wort über meine Verbindung zu Schøtt zu verraten. »Ist er einer von Ihren Bekannten?«

»Nun, ich muss gestehen, dass unser Kontakt in letzter Zeit etwas begrenzt war.«

»Und das soll ich Ihnen glauben?«

»Wir begegnen uns aber einmal pro Jahr.«

Ich musste wie ein Fragezeichen ausgesehen haben.

»Wir waren beide Mitglieder eines exklusiven Vereins innerhalb des Rechtswesens.«

»Aha«, sagte ich. Salvesen musste wesentlich älter als Schøtt sein, doch was ihn anging, wunderte mich nichts. »Vielleicht eine geheime Bruderschaft?«

Elegant wich er der Frage aus. »Die Ehe seiner Tochter ist wohl nicht ganz so gelungen.«

»Reden Sie von Anna Widerberg? Nun, sie ist immer noch verheiratet.«

»Eben.«

»Sie meinen, das ist vielleicht das Problem«, sagte ich. »Dass sie noch immer verheiratet sind?«

»›Katastrophe‹ wäre wohl der zutreffende Ausdruck, Foyn, nicht ›Problem‹.« Wieder schüttelte er seinen Vogelkopf. Der

Schlips rutschte zurück an den richtigen Platz. »Der Ehemann ist ein verdammter Hurenbock und die Frau ist eine eiskalte Teufelin. Eine schlechte Kombination.«

»Sie sind ja heute ziemlich gnadenlos«, erwiderte ich. »Gibt es nähere Details?«

»Ich gebe nichts auf Gerüchte.« Eine blitzschnelle Nachricht an den Barmann, schon waren neue Gläser unterwegs.

Der Abend würde mich einiges kosten.

»Ich interessiere mich ausschließlich für Tatsachen. Eine Familie mit gestörter Kommunikation, nur an der Fassade orientiert. Die Töchter haben ihr eigenes Leben gelebt. Und waren frühzeitig aktiv, beide.«

»Klingt doch völlig normal.«

»Jetzt seien Sie nicht so zynisch, mein Freund.« Salvesen hob sein Glas. »Prost!«

»Prost«, sagte ich. »Und da Sie ja alles wissen, kennen Sie doch sicher auch den Freund der Familie? Den Katecheten, Widerbergs langjährigen Mitarbeiter?«

Der Wirt brachte eine neue Runde an unseren Tisch. Der ehemals vor dem Obersten Gericht vortragende Jurist leckte sich die Lippen. »Katecheten gehören ebenfalls nicht zu meinem Bekanntenkreis, Foyn. Allerdings haben mir gewisse Begebenheiten durchaus interessante Einblicke verschafft.«

»Und könnten Sie diese mit mir teilen, ohne dafür den ganzen Abend zu verwenden?«

»Das genau war meine Absicht, Foyn. Wenn Sie mich nicht ständig unterbrächen.«

»Ich bin ganz Ohr.« Der Alkohol verfehlte seine Wirkung nicht. Die Welt erschien mir jetzt einfacher.

»Wie Sie vielleicht wissen, mein Freund«, sagte er belehrend, »war ich zeitweilig mit gewissen Herausforderungen konfrontiert, was weibliche Bekanntschaften anbetrifft.« Geradezu wollüstig nahm er einen Schluck Aquavit. »Und das erforderte ein paar ungewöhnliche Maßnahmen.«

»Sie meinen, dass die Frauen einen großen Bogen um Sie machen?«

Seine letzte Bekanntschaft war eine Frau gewesen, die sich noch tiefer auf der sozialen Leiter als Salvesen selbst befunden hatte. Die Beziehung hatte jedoch jäh geendet, als sie in einer kalten Winternacht im Schnee einschlief und nicht wieder erwachte.

»So würde ich mich jetzt nicht ausdrücken, Foyn.«

»Nein, das würden Sie wohl kaum«, erwiderte ich. »Was taten Sie, um das Problem zu lösen?«

»Tja, ich werd's Ihnen verraten.« Er beugte sich unverhofft vor, sodass Hulda, die unter dem Tisch lag, plötzlich aufstand. Mit dem Ergebnis, dass der Inhalt unserer Gläser auf ihr Fell hinuntertropfte. Sehnsuchtsvoll betrachtete Salvesen das kostbare Nass.

Der Wirt war sofort zur Stelle und brachte neue Gläser. »Ich wusste doch, dass der Hund nur Probleme macht«, sagte er und sah mich streng an.

Advokat Salvesen scheuchte ihn weg. »Später. Wir führen hier eine wichtige Diskussion.« Dann wandte er sich wieder an mich. »Tja nun, wissen Sie, alter Freund, ich hab mich ein bisschen im Internetuniversum schlaugemacht.«

Ich musste ziemlich erstaunt ausgesehen haben, denn Salvesen grinste zufrieden.

»Ich habe mich zur Anschaffung eines eigenen Computers entschieden, und das nicht nur zum reinen Vergnügen, nein, mein Berufsleben erfordert es geradezu.«

»Ich wusste gar nicht, dass Sie ein Berufsleben haben«, sagte ich. »Wie sind Sie denn überhaupt an einen Computer herangekommen?« Für Diebesgut dieser Art gab es in Stadt einen großen und gut funktionierenden Gebrauchtwarenmarkt. »Hoffentlich ist es nicht der, der mir gestohlen wurde.«

Salvesen runzelte die Stirn. »Foyn, Ihr Problem ist, dass Sie grundsätzlich misstrauisch sind.«

»Aus gutem Grund«, entgegnete ich. »Aber fahren Sie fort.«

»Nun ja, also ich habe mir erlaubt, mein Profil bei einem dieser Kontaktforen einzustellen.«

Ich starrte ihn an. »Doch wohl nicht mit Bild.«

»Aber ja doch«, er zögerte leicht, »ein wenig retuschiert, selbstverständlich. Wie Sie vielleicht wissen, bin ich nie sonderlich fotogen gewesen.«

»Mit anderen Worten, Sie haben ein altes Foto benutzt? Oder das eines anderen?«

»Also, Foyn, wir müssen bei dieser Sache nicht allzu sehr ins Detail gehen.«

Ein Signal an den Wirt und weitere Gläser wurden gebracht. Ich hatte schon längst den Anschluss verpasst.

»Jetzt kommen Sie zur Sache«, sagte ich.

»Ich hatte das Vergnügen, ein paar neue und interessante Bekanntschaften aus dem modernen Russland zu machen. Sie wissen doch, Foyn, ich habe mich immer schon für russische Kultur interessiert.«

Letzteres entsprach der Wahrheit. Salvesen kannte die Klassiker, und in seinen Glanzzeiten, als er der kulturellen und finanziellen Elite der Kleinstadt angehört hatte, war er mehrmals zu Besuch beim Bolschoi-Ballett gewesen. Nach eigenen Aussagen beherrschte er sogar die Sprache. Das allerdings bezweifelte ich.

»Sie haben also irgendein Kontaktforum mit russischen Frauen besucht?«

Er nickte vergnügt. »Ein äußerst kultiviertes Land, mein Freund.«

»Gewiss«, sagte ich. »Aber Ihre Kontakte gehörten vielleicht nicht zu den kultiviertesten?«

»Mein lieber Freund, Ihre Unwissenheit enttäuscht mich. Diese Frauen sind gut ausgebildete Mitmenschen, die der fehlerhaften Annahme erliegen, dass mit Ökonomie auch Kultur einhergeht.«

»Wie ich sehe, haben Sie Ihren Bourdieu gelesen.«

»Ganz genau.« Es war unmöglich zu erkennen, ob er lachte.

»Haben Sie die Frauen persönlich getroffen?«, fragte ich, ohne mir vorstellen zu können, wie eine solche Begegnung ausgesehen haben mochte. »Denn zu allem Überfluss waren sie wohl auch noch sehr jung?«

Salvesen räusperte sich und blickte zu Boden. Wenn ich ihn nicht so gut gekannt hätte, hätte ich glauben können, dass er ein wenig verlegen war. »Ein paarmal, ja, durchaus.«

»Und wie ist es dann gelaufen?«

»Das tut nichts zur Sache, Foyn.« Noch immer schien der Alkoholkonsum keine Auswirkungen auf ihn zu haben. »Allerdings sind mir da ein paar Informationen zugegangen, die Sie interessieren könnten.«

»Und?«, fragte ich ungeduldig.

»Unter den Frauen, mit denen ich Erfahrungen austauschen konnte, gab es durch einen seltsamen Zufall eine, die gewisse Verbindungen zu dieser Stadt unterhalten hat.«

Jetzt wurde ich wach. »Sie meinen, sie hatte Kontakt mit einem Mann von hier?«

»Nicht die Frau selbst, aber eine enge Freundin.« Zufrieden sah er mich an.

»Und dieser Mann war vielleicht ein Bekannter von uns?«

»Bekannter wäre nicht die passende Bezeichnung, mein Freund. Aber im aktuellen Zusammenhang ein äußerst wichtiges Bindeglied, möchte ich behaupten.«

»Da gäbe es zwei Kandidaten«, sagte ich nachdenklich. »Ich tippe auf den Katecheten.«

»Korrekt.« Sein Fuchslächeln war wieder da. »Zunächst haben sie über das Internet Kontakt aufgenommen.«

»Zunächst?«, hakte ich nach. »Und dann haben sie sich persönlich getroffen?«

»Ja, sicher. Und laut meiner Quelle soll das ein epochales Erlebnis gewesen sein.«

»Und Ihre Quelle ist vertrauenswürdig?«

»Absolut. Sie trafen sich in einem Hotel in Oslo, nachdem er einen Beitrag zum Flugticket geleistet hatte. Die Frau musste aber selbst eine beträchtliche Summe investieren.« Advokat Salvesen sprach so, als stünde er wieder vor Gericht. »Unser Mann hat sich auf eine Art und Weise benommen, die uns Männer in keinem günstigen Licht erscheinen lässt. Möglicherweise auch im Widerspruch zu einigen Gesetzesparagrafen.«

»Sie stehen jetzt nicht in einem Gerichtssaal, Mann«, sagte ich. »Was genau ist passiert?«

»Er soll um spezielle Aktivitäten gebeten haben.« Salvesen schnitt eine Grimasse. »Als aufgeklärter Mann akzeptiere ich vieles, aber hier reden wir von Dingen abseits üblicher Gepflogenheiten.«

»Übliche Gepflogenheiten? Sind Sie plötzlich an so etwas interessiert?«

»Ich halte mich selbst für einen liberalen Menschen«, sagte er mit beleidigter Stimme.

»Besonders liberal waren Sie nie«, erwiderte ich.

Er wischte meinen Einwand beiseite. »Verhalte dich anderen gegenüber so, wie du willst, dass sie sich dir gegenüber verhalten.«

»Religiös sind Sie jedenfalls nie gewesen. Was hat er getan?«

»Ich war nicht vor Ort, Foyn. Aber die Frau ist eiligst wieder davongefahren.«

»Und die Polizei wurde nicht informiert?«

»So ernst war es nun auch wieder nicht. Aber was die Sache anbetrifft, Foyn, was sind Ihnen diese Informationen wert?«

»Sie dürfen gern noch eine Runde bestellen.«

»Mein Freund, ahne ich hier eine gewisse Kleinlichkeit?«

»Wozu hat man Freunde?«, sagte ich. »Wir nehmen eins nach dem anderen.«

»Wie Sie wollen.« Er winkte dem Barmann zu. »Und was wollen Sie mit den neuen Informationen jetzt anfangen?«

»Ich weiß nicht«, sagte ich. »Wie sich zeigt, hat jeder etwas zu verbergen. Ich hoffe aber, Sie konnten den Eindruck korrigieren, den diese Frauen von den norwegischen Männern bekommen haben.«

Salvesen lächelte. Doch dieses Mal war sein Lächeln traurig.

»Ich fürchte, wir sind uns nicht begegnet.«

»Das war vielleicht das Beste«, sagte ich.

»So etwas weiß man nie, Foyn.«

»Eine Frage habe ich noch«, sagte ich. Plötzlich war mir eine Idee gekommen. »Sie kennen doch hier in der Stadt alle aus unserem Berufsstand. Alle, die wichtig sind«, fügte ich hinzu.

»Worauf wollen Sie hinaus, Foyn? Meine Zeit ist kostbar.«

»Genau«, gab ich zurück. »Richard von Krogh. Was wissen Sie über ihn?«

»Was wollen Sie wissen?« Verschlagen sah er mich an.

»Krogh hat einen Sohn.«

»Carl Christian, ja.«

»Und die Kroghs sind Nachbarn der Widerbergs«, sagte ich.

Salvesen richtete sich auf. Plötzlich wirkte er nüchtern, was eigentlich unmöglich war. »Nicht gut.«

»Meinen Sie?«

»Sind Sie Carl Christian begegnet?«

»Gelegentlich«, sagte ich.

»Dann wissen Sie ja, dass er etwas, was sollen wir sagen … speziell ist?«

»Absolut. Außerdem kannte er Elvira und wusste, wo sich der Reserveschlüssel befand.«

»Was sagt die Polizei?« Advokat Salvesen blickte mich scharf an.

»Sie haben ihn als Verdächtigen gestrichen.«

»Die sind Mitglieder in derselben Loge.« Aufmunternd sah er mich an. »Krogh, der Kriminalchef und die Hälfte der Polizeijuristen. Aber das wissen Sie doch sicher?«

»Ja«, sagte ich und leerte mein Glas. »Es ist, wie es ist.«

»Der Junge hat einen problematischen Hintergrund«, sagte Salvesen plötzlich. »Eine geheime Geschichte.«

Obwohl sich der Alkohol immer deutlicher bemerkbar machte, begriff ich den Ernst seiner Worte. »Worum geht es denn da? Bei Polizei oder Staatsanwaltschaft gibt's keine offiziellen Einträge über ihn.«

»Es gab da eine Sache«, sagte Salvesen und starrte ausdruckslos in die Luft, als ob er versuchte, seine eigene Geschichte Revue passieren zu lassen, »mit einem Nachbarmädchen, ehe sie aus der Stadt weggezogen sind. Damals wohnten sie in Solvang.«

»Ja?«

»Fragen Sie mich nicht, woher ich das weiß, Foyn. Carl Christian war gerade mal zehn Jahre alt und das Mädchen noch jünger. Sie wurden in einer kleinen Hütte erwischt, die der Junge im Garten gebaut hatte. Unbekleidet. Das Mädchen behauptete, er hätte sie angegriffen, aber die Geschichte wurde unter den Teppich gekehrt. Danach sind die von Kroghs dann nach Nøtterøy gezogen.«

»Wurde die Sache angezeigt?«

»Zu Beginn war die Polizei eingeschaltet worden. Aber nachdem man die Eltern des Mädchens beruhigt hatte, wurde die Anzeige zurückgezogen. Ohnehin habe ich den Verdacht, dass die Geschichte etwas übertrieben war. Die Eltern gehörten anscheinend zu der hysterischen Sorte.«

Schweigend blieben wir sitzen. Um uns herum unterhielten sich die Menschen über ganz alltägliche Dinge, als wäre alles in schönster Ordnung, als gäbe es keine Geheimnisse, die sie bedrohen könnten.

»Haben Sie noch mehr auf Lager?«, fragte ich ihn schließlich. »Irgendwelche Informationen, die mich noch mehr verwirren könnten?«

Salvesen sah mich prüfend an. Sein Blick wirkte noch immer klar und scharf. »Wie geht es Ihnen eigentlich?«

»Nicht so gut«, erwiderte ich. Jetzt war ich an der Reihe, eine neue Runde zu bestellen.

»Sie sind viel zu sehr in diese Geschichte verwickelt, mein Freund.«

»Ich kann die Kleine nicht vergessen. Elvira. Aber das ist nicht mein einziges Problem.«

»Mal sehen«, sagte er. Zur Abwechslung leerte er das Glas nicht sofort, sondern ließ es zwischen den Fingern kreisen. »Ihre Probleme haben nicht zufällig mit einer gewissen Ermittlerin von der Kripo zu tun?«

»Was?« Fast wäre mir das Glas aus der Hand gerutscht. In letzter Sekunde rettete ich es. »Woher wissen Sie das?« Schnell dachte ich nach. »Haben Sie mit Mørk gesprochen?«

»Ich kann meine Quellen nicht preisgeben.«

»Es sollte ein Geheimnis bleiben«, sagte ich. »Aus Rücksicht auf sie, nicht auf mich.«

»Hauptkommissar Mørk und ich haben eine professionelle Beziehung, mein Freund. Sie brauchen sich nicht zu ängstigen. Wir üben uns stets in größter Diskretion.«

Resigniert sah ich den alten Rechtsverdreher an. Diskretion war ebenfalls nie seine Stärke gewesen. »Was für eine professionelle Beziehung haben Sie denn zueinander?«, fragte ich angesäuert.

»Ich kann die Beziehungen zu meinen Kunden nicht näher erörtern, Foyn.«

»Vergessen Sie's«, gab ich zurück. Christian Salvesen hatte seit dem Jahrtausendwechsel nicht einen einzigen Kontakt, der als Kundenbeziehung hätte durchgehen können. »Und was Sie da wissen, behalten Sie für sich.«

»Selbstverständlich.« Beleidigt sah er mich an. »Einen guten Rat möchte ich Ihnen aber doch geben.«

»Und der wäre?«

»Get it while you can.«

Jetzt fiel mir wirklich das Glas aus der Hand und landete krachend auf dem Tisch. »Was sagen Sie da?« Ich musste mich definitiv verhört haben. »Reden wir hier von Musiktexten?«

»Janis Joplin, mein Freund. *Don't turn your back on love.* Einer meiner absoluten Lieblingstitel aus den Siebzigern. Sie sollten ihrem Rat folgen, mehr wollte ich gar nicht sagen.«

»Waren Sie nicht schon fünfzig, als die Siebziger begannen?«

»Mathematik war noch nie Ihre Stärke, Foyn. Und nein, mein Verhältnis zu Janis war nicht persönlich. Leider. Aber ich liebte ihre Stimme. Und die Texte. Hat diese Ermittlerin Sie abgewiesen?«

»Ich weiß nicht«, sagte ich.

»So etwas weiß man doch, mein Freund. Wenn Sie tief genug in sich hineinhorchen.«

»Na, wenn Sie es sagen.«

»Hören Sie mal, Foyn, wie lange kennen wir uns jetzt?«

»Fühlt sich an wie ein ganzes Leben«, erwiderte ich.

»Eben«, konstatierte er. »Und in dieser ganzen Zeit waren Sie allein.«

»Sie irren sich«, sagte ich. »Es gab Frauen in meinem Leben.« Ich tätschelte Huldas Kopf.

»Aber wo sind die jetzt?«

»Fragen Sie mich nicht«, sagte ich. »Eine ist gestorben.«

»Genau. Ihre Tochter ist erwachsen und das Tier wird auch bald weiterziehen. Was bleibt Ihnen dann?«

»Können wir nicht das Thema wechseln?«

»Sie waren noch nie bereit, einen guten Rat anzunehmen, Foyn.«

»Von Ihnen kommen die auch eher selten«, sagte ich. »Aber die Nachricht ist angekommen. Das Problem ist, dass Alice nicht weiß, was sie will. Ich hingegen schon.«

Christian Salvesen sah mich lange an. »Frauen sind klüger als Männer«, meinte er dann.

»Soll mich das trösten?«

»Geben Sie mir doch mal kurz Ihr Telefon«, sagte er so bestimmt, dass ich seiner Bitte unversehens nachkam.

»Mal sehen.« Verblüffend fingerfertig manövrierte er sich durch das Nummernverzeichnis. Ehe ich protestieren konnte, hatte er auf den grünen Knopf gedrückt. »Hier«, sagte er wohlwollend und reichte mir das Handy, »jetzt können Sie Ihre Botschaft überbringen.«

Sie ging schnell dran. Späte Anrufe an einem Freitagabend bedeuteten nur selten gute Neuigkeiten. »Ja?«

»Ich bin's«, sagte ich und verfluchte den Aquavit, der wie ein Bleigewicht auf der Zunge lag.

»Das höre ich«, erwiderte sie. »Ist etwas passiert?«

»Nein«, gab ich zurück, »eigentlich nicht.«

»Ist alles in Ordnung?« Sie klang besorgt.

»Absolut.«

»Das ist gut«, sagte sie.

»Ich bin morgen in Oslo«, fuhr ich fort. »Passt es?«

»Es ist ein bisschen schwierig«, erwiderte sie. »Aber ich werd's versuchen.«

»Ich rufe dich an«, sagte ich.

»Mach das. Und ...«

»Ja?«, sagte ich.

»Ich wünsch dir noch einen schönen Abend. Bist du allein?«

»Ich sitze hier zusammen mit einem Kollegen.«

»Ein Kollege? Ich dachte, du hättest keine Kollegen.«

»Ein ehemaliger Kollege«, sagte ich. »Christian Salvesen, der einst die großen Fälle vors Oberste Gericht gebracht hat.« Das nicht zu vergessen, war ihm immer wichtig gewesen.

»Das erklärt ja einiges«, sagte sie, ohne näher darauf einzugehen.

»Anscheinend«, sagte ich. »Wir reden morgen weiter.«

»Schön.« Sie legte auf.

»War das alles, was Sie zustande bringen, Foyn?«

»Ich habe eine Verabredung«, sagte ich. »Das ist mehr, als Sie haben.«

»Eine etwas unsichere Verabredung, wenn ich darauf hinweisen darf.« Ich glaubte, die Andeutung einer Art Mitleid in Salvesens Blick zu erkennen. »*À votre santé*, mein Freund.«

»Jetzt werden Sie bloß nicht so förmlich«, sagte ich. »Prost.«

Der Inhaber bedachte uns vom Tresen aus mit einem strengen Blick.

Der restliche Abend ließ sich später nur schwer rekonstruieren. Den Kontobewegungen nach zu urteilen, muss er noch recht ereignisreich gewesen sein.

14

Ich stand zu meinem Wort. Es war Samstagnachmittag, als ich den Jaguar im Parkhaus in Vika abstellte. Trotz heftiger Proteste hatte sich Hulda mit einem Tag in der Wohnung abfinden müssen. Mein allein lebender Nachbar unter mir, der zeitweilig seine hundebesessene zehnjährige Tochter bei sich hatte, war bereit gewesen, das Tier im Laufe des Abends auszuführen, das Mädchen wollte sich um die Fütterung kümmern.

Ich rief Alice auf dem Handy an. Sie ging nicht ran und ich hinterließ keine Nachricht. Salvesen hatte recht, die Verabredung war unsicher. Da meine Nerven nach den Herausforderungen des Vorabends noch immer blank lagen, entschied ich mich, die Nachwirkungen mit Kaffee und Napoleonskuchen zu bekämpfen. Es half zwar nicht, machte das Leiden aber um einiges erträglicher.

Im Café des *Grand Hotels* versuchte ich vergeblich, mich von Ibsens Reflexionen inspirieren zu lassen. Einst hatte er hier gesessen und scharfe Beobachtung über das soziale Leben der Bourgeoisie angestellt, einer Bourgeoisie, der er im fortgeschrittenen Alter dann selbst angehörte.

Der Frühling hatte sich verzogen, es goss in Strömen. Mir ging es nicht besonders gut. Und ich rief Alice nicht noch einmal an.

Nachdem ich zwei gediegene Stücke des örtlichen Tributs an den kleinen Mann aus Korsika verzehrt, eine mindestens für vier Personen dimensionierte Kanne Kaffee ausgetrunken, alle Zeitungen durchgeblättert und erfolglos versucht hatte, den Privatdetektiv zu erreichen, den ich in schwierigen Fällen gern engagiere, zog ich in Erwägung, in meine Kleinstadt zurückzukehren.

Dann klingelte das Telefon. »Hallo«, sagte sie. »Ich bin's.«

»Das höre ich.«

»Ich konnte vorhin nicht drangehen, ich war nicht allein.«

»Dachte ich mir schon«, sagte ich.

»Wo bist du jetzt?«

»Im Café«, gab ich zurück.

»Doch hoffentlich nicht da, wo du gestern warst?«

»Weshalb hoffst du das?«, fragte ich. »Es war ein netter Abend.«

»Den Eindruck hatte ich auch, ja.«

»Hab ich was Falsches gesagt?«, fragte ich.

»Abgesehen von deinem Genuschel ist mir nichts Besonderes aufgefallen.«

»Genuschel?«, sagte ich. »Daran kann ich mich nicht erinnern.«

»Eben.«

»Ich bin in Oslo«, sagte ich. »Wie versprochen.«

»Ach ja?«, sagte sie. »Ich dachte, du hättest es vergessen.«

»Nie im Leben«, erwiderte ich. »Können wir uns treffen?«

»Wie schon gesagt, es ist heute etwas schwierig.« Sie zögerte einen Augenblick. »Wollen wir sagen, in einer Stunde? Irgendwo in der Stadt?«

»Wie wär's mit dem Literaturhaus?«, schlug ich vor. »Gegen fünf?«

»Literaturhaus? Wieso das?«

»Ich bin ein an Literatur interessierter Mensch«, sagte ich.

»Liegt das an deinen Erfahrungen von gestern, dass du nicht das *Justisen Pub* vorschlägst?«

»Ich muss noch fahren«, erwiderte ich. »Und ich habe nichts zu bereuen. Jedenfalls nicht, soweit ich mich erinnern kann.«

»Also, abgemacht.«

Ich war vor der verabredeten Zeit da, sicherte mir einen Tisch, drehte eine Runde durch die Buchhandlung und fand Gefallen an Howard Goldowskys Novellensammlung, in der die Mysterien des Schachspiels den Ausgangspunkt für literarische Texte bildeten: *Masters of Technique*. Eine kleine Perle. Schach und Literatur.

Ein Samstagnachmittag im Literaturhaus. Kulturträger auf dem Weg zu einer literarischen Veranstaltung, einer wichtigen Debatte, einer erhellenden Begegnung, etwas Bedeutungsvollem.

Ich hätte mir einen anderen Ort aussuchen sollen, einen Ort, an dem ich nicht das Gefühl bekam, eine Meinung haben zu müssen. Mark Taylors interessantes Vorwort über Schach in der Literatur wurde zu meinem Fluchtweg.

Alice Anderson war triefnass, als sie in der Tür erschien. Ihr helles langes Haar war in Unordnung geraten, dünne schwarze Streifen rannen ihr über die Wangen. Sie wirkte jung und verletzlich, beinahe unschuldig. Doch ich kannte sie besser. Alice war eine erfahrene Mordermittlerin und hatte viele schlimme Fälle im norwegisch geprägten Teil der USA bearbeitet, ehe ihr Schicksal von einem norwegischen Juristen an der Wisconsin State University besiegelt wurde. Sie hatte schon das meiste gesehen, bevor sie zur Kripo kam. Und bevor wir unfreiwillig in einem Fall zusammengeführt wurden, der beinahe in einer Katastrophe endete. Danach war fast nichts mehr wie zuvor. Für niemanden von uns. Genau in diesem Moment, während ich sie aus der Entfernung betrachtete, wurde mir das gänzlich klar.

Alice kam zögernd ein paar Schritte auf mich zu. »Hallo«, sagte sie.

»Hallo.« Ich war aufgestanden. »Schön, dass du kommen konntest«, sagte ich.

Sie schnitt eine Grimasse. »Zu Hause ist der Teufel los. Du hättest ein bisschen früher Bescheid sagen sollen.«

»Auf die Idee bin ich nicht gekommen«, antwortete ich.

»Nein, das hab ich schon verstanden.« Bereits bei unserer ersten Begegnung war mir ihr Lächeln aufgefallen. Doch damals war es ironisch gewesen. Niemand von uns war darauf vorbereitet gewesen, was später geschehen sollte.

Ich legte ihr meine Hand auf den Arm. »Ich habe uns einen diskreten Tisch gesichert.«

Mir vorausgehend trat sie auf den Ecktisch zu, drehte sich plötzlich aber um. »Wieso diskret?«

»Wir sind an einem öffentlichen Ort. Hast du schon was gegessen?«

»Ich möchte nur eine Tasse Tee.«

Wir setzten uns nebeneinander auf das Sofa. »Du bist ja völlig durchnässt«, sagte ich.

»Ich bin mit dem Rad gekommen, und als ich zu Hause losfuhr, regnete es noch nicht.«

»Ich könnte dich aufwärmen«, sagte ich. »Körperwärme ist äußerst effektiv.«

»Möchtest du festgenommen werden?«, fragte sie.

»Von dir, ja.«

»Ich arbeite nicht mehr bei der Sitte.« Sie wurde ernst. »Was ist denn los, Svend?«

»Willst du die kurze oder die lange Version hören?«

»Leider nur die kurze. Ich kann nicht so lange bleiben. Es ist diese Geschichte mit dem Mädchen, die dich nicht loslässt, oder? Elvira? Du kannst den Fall nicht ruhen lassen?«

»Der Fall, der keiner ist«, sagte ich. »Allerdings habe ich jetzt einen Mandanten.« Ich pfiff auf das Versprechen, das ich dem Richter gegeben hatte. Und Mørk wusste ohnehin schon von der Vereinbarung. »Axel Schøtt hat mir einen Auftrag gegeben. Er kann sich mit dem Ermittlungsergebnis der Polizei ebenfalls nicht abfinden.«

Alice sah mich nachdenklich an. »Es sieht dir überhaupt nicht ähnlich, dich von einer so peripheren Geschichte beeinflussen zu lassen. Du hattest doch nur ganz am Rande damit zu tun. Und das mit deiner Erfahrung?«

»Das hat mit Mari zu tun«, sagte ich.

»Inwiefern?«

»Die beiden sahen einander ähnlich«, platzte ich heraus. »Sie waren sich so verdammt ähnlich, sowohl was das Aussehen als auch die Wesensart betrifft. Wenn ich jetzt darüber nachdenke, dann war dieses Mädchen genau so, wie Mari in dem Alter gewesen ist. Witzig, provokant, naseweis, selbstständig, aber auch verletzlich, alles auf einmal. Ich wusste es schon, als ich sie zum ersten Mal sah, und ich habe dennoch einen Scheiß getan, ihr zu helfen.«

»Ich glaube nicht, dass du etwas hättest tun können. Die Tragödie wäre sowieso passiert, meinst du nicht?«

»Genau das ist ja mein Problem, Alice. Ich weiß es nicht und das quält mich.«

»Das passt doch gar nicht zusammen, Svend.« Alice legte ihre Hand auf meine. »Das Mädchen hatte jede Menge Probleme. Möglicherweise von anderen verursacht. Deine Mari war doch in einer ganz anderen Situation.«

»Du hast natürlich recht. Aber hör zu, ich habe neue Informationen.«

»Erzähl.« Von einer Sekunde zur anderen war sie wieder die Kripoermittlerin Anderson.

Ich gab ihr eine kurze Zusammenfassung. »Bis jetzt habe ich vier mögliche Kandidaten«, schloss ich, »sowohl was die Hintergrundgeschichte als den eigentlichen Todesfall angeht: den Vater, den Nachbarn, den Jungen mit dem Sportwagen und den

Freund der Familie. Bei allen gibt es irgendwas, das sich im Verborgenen abspielt. Was glaubst du?«

Alice runzelte die Stirn. »Ich glaube gar nichts.«

»Wie siehst du es?«, fragte ich.

»Der Tod des Mädchens ist wirklich gründlich untersucht worden, Svend.« Sie winkte ab, als ich protestieren wollte. »Da gibt es etwas, das du wissen solltest. Erst vor zwei Tagen habe ich mit einem Ermittler gesprochen, der mit dem Todesfall zu tun hatte. Ganz diskret und informell.« Alice fuhr sich mit einem Finger über die Lippen. Sie waren rot und verführerisch. »Bei der Obduktion wurden keinerlei Anzeichen von Gewaltanwendung festgestellt, die Todesursache war Ertrinken und das Wasser in ihrer Lunge stammte aus der Badewanne. Im Badezimmer wurde nicht die geringste Spur gefunden, die auch nur hätte andeuten können, dass irgendjemand zu Besuch gekommen war, der da nichts zu suchen hatte. Alles war völlig normal. Sie starb von eigener Hand, Svend, auch wenn sie es vielleicht nicht unbedingt so wollte.«

Es wurde still.

Vermutlich hatte sie recht. Gleichwohl sagte mein Bauchgefühl, dass es da noch eine andere Geschichte gab. »Also«, sagte ich nach einer Weile, »lass uns mal davon ausgehen, dass es stimmt. Trotzdem bleibt die Frage, was sie denn zu ihrem letzten Schritt getrieben hat. Was haben wir da?«

»Vieles von dem, was du erzählt hast, deutet auf Missbrauch hin. Aber wir wissen es nicht.«

»Ich habe keine Zweifel«, sagte ich. »Und vergiss nicht: Ich habe dieses Handybild mit eigenen Augen gesehen.«

Sie nickte. »Ich habe das nicht vergessen. Aber wir stehen hier vor einem anderen Problem.«

Ich wusste schon, was jetzt kommen würde. Und wieder hatte sie recht. »Nämlich?«

»Die Geschädigte ist tot. Normalerweise kommen solche Sachen ans Tageslicht, wenn jemand ein Geheimnis verrät. Wer übergriffig wird, befindet sich in der entgegengesetzten Position. Diese Menschen geben nicht eher etwas zu, bis sie mit der unangenehmen Wahrheit konfrontiert werden. Wer soll die Version des Mädchens jetzt erzählen?«

»In der Familie gibt es jede Menge Lügen und Geheimnisse«, sagte ich. »Es müsste jemand sein, der etwas weiß.«

»Vielleicht. Aber würde der oder die reden?«

»Wenn sie ordentlich unter Druck gesetzt würden, schon. Vergiss nicht, Alice: Missbrauchstäter sind keine mutigen Helden.« Ich spürte, dass ich dabei war, mich aufzuregen. »Sie sind feige und ängstlich.«

»Das wissen wir. Aber hast du irgendwelche Informationen, mit denen du jemanden unter Druck setzen könntest? Du brauchst harte Fakten, Svend. Beweise. War Elvira wegen ihrer psychischen Probleme eigentlich in Behandlung?«

»Mehrmals. Zuletzt bei einem deutschen Psychologen in Tønsberg.«

»Kannst du nicht mal mit dem reden?«

»Die berufen sich doch immer auf ihre Schweigepflicht«, erwiderte ich. »An die Klienten kommt man nur über deren Leiche heran.«

»Du solltest es trotzdem versuchen.«

»Ich kann's ja mal probieren. Mich interessiert derzeit allerdings mehr ihre Schwester. Johanna. Sie muss etwas wissen.«

»Anscheinend will sie aber nicht reden.«

»Noch nicht«, meinte ich, ohne auch nur den Hauch einer Ahnung zu haben, wie ich Johanna zu einer Änderung ihrer Meinung bringen könnte.

»Sieht eher so aus, als solltest du diesen Katecheten unter Druck setzen.«

»Ich habe schon daran gedacht. Hausfreund, keine eigene Familie, arbeitet mit Jugendlichen, und jetzt diese Geschichte mit den russischen Frauen. Ich habe das Gefühl, dass er leicht zu knacken ist.«

»Behandle ihn etwas unfreundlicher«, sagte Alice mit harter Stimme. »Benutz deine neuen Informationen. Ich werde mal sehen, ob wir irgendwas über ihn haben. Anzeigen, Verdächtigungen oder Indizien, aus denen dann kein Fall wurde.«

»Ich hab mir schon was für ihn ausgedacht«, sagte ich. »Ebenso für den Mercedes-Fahrer. Wenn's hart auf hart kommt, hat der bestimmt nicht mehr so ein großes Maul. Dass VG an der Geschichte interessiert war, weißt du, ja?«

»Ich hab's registriert. Sind die immer noch damit beschäftigt?«

»Momentan sind sie sehr daran interessiert, welche Rolle der Vater spielt.«

»Das erstaunt mich nicht.« Alice richtete sich auf. Sie war groß, aber ich war größer. »Wenn man die Mordtheorie abhakt, dann bleibt der Missbrauch. Und dabei sind Väter natürlich immer interessant.«

»Ich finde es etwas problematisch, dass die Journalistin dabei ihre eigene Agenda verfolgt«, sagte ich.

Alice runzelte die Stirn. »Wovon redest du?« Ich mochte sie auch, wenn sie sich skeptisch gab.

»Ich vertraue da meinem Bauchgefühl«, sagte ich.

»Bringst du da nicht ein paar Gefühle zu viel ein? In meinem Job können wir uns so was nicht leisten.«

»Ihr solltet es mal probieren«, sagte ich, »dann gäb's vielleicht auch weniger Justizirrtümer.« Ironie würde ich mir wohl niemals abgewöhnen können.

»Ach? Das glaubst du also?« In ihren Augen blitzte es gefährlich. »Und was ist mit der Wissenschaft?«

»Ich hab's doch gar nicht so buchstäblich gemeint«, sagte ich, bereit zum Rückzug. »Aber da war irgendwas mit dieser Journalistin, das mich reagieren ließ. Sie hat es geradeheraus gesagt.«

»Wie heißt sie?«

»Fredrikke Strøm«, sagte ich. »Klingelt da was?«

»Ah, verdammt!«, entfuhr es Alice.

»Kennst du sie?«

»Sie hat damals die Sache mit dem Kind verfolgt, das dann gestorben ist.«

»Verstehe«, sagte ich. »Scheiße.« Alice hatte in einem Entführungsfall ermittelt, bei dem am Ende ein Kind umgebracht wurde, nachdem die Polizei mehrere schwere Fehler begangen hatte. Die Geschichte hätte sie damals fast ihren Job gekostet, uns allerdings zusammengeführt. Noch immer hing der Ausgang des Falls wie ein dunkler Schatten über Alice.

»Fredrikke Strøm wittert Blut, genauso wie ihre Zeitung. Ich traue der Dame nicht.«

»Aber dieses Mal kann sie vielleicht recht haben, Svend. Wir wissen doch, dass solche Dinge gern innerhalb einer Familie geschehen. Und ausgehend von dem, was du erzählt hast, scheint Widerberg ja ein recht spezielles Verhaltensmuster an den Tag zu legen.«

»So speziell ist es wohl nicht«, wandte ich ein und übernahm wieder die Rolle des Advocatus Diaboli. »Vielleicht speziell für einen Pastor, aber was weiß ich? Außerdem ist er vom Glauben abgefallen.« Ich winkte den Kellner heran. »Bist du sicher, dass du nichts essen möchtest?«

Alice sah auf die Uhr. »Zu Hause gibt es bald Pizza. Ich muss los.«

»Nun gut«, sagte ich. »Du hast es angekündigt.« Ich drehte mich zu ihr. »Ich wollte noch was anderes.«

»Ich wusste es«, sagte sie und wich meinem Blick aus.

»Was machst du denn jetzt?«, fragte ich. »Mit der ganzen Situation?«

»Es kommt vielleicht zu keinem Verfahren«, entgegnete sie schnell. »Möglicherweise kommen wir überein.«

»Überein? Inwiefern?«

»Aus Rücksicht auf die Mädchen versuchen wir, einen zivilisierten Umgang beizubehalten.«

»Wir?«, hakte ich nach. »Kann man sich überhaupt noch mehr zurückhalten, als du es schon getan hast?«

Der Exmann hatte sich sämtlicher dreckiger Anwaltskniffe bedient, während Alice mit offenen Karten gespielt hatte. Fast. Von uns hatte sie nichts erzählt. Eine tickende Zeitbombe.

»Wir werden sehen«, sagte sie abweisend. »Wenn wir das Gericht vermeiden, wird alles leichter.«

»Na, denn«, sagte ich. Die Übelkeit in mir rührte nicht nur vom Abend zuvor.

Plötzlich lächelte sie. »Wir bleiben in Verbindung, nicht?«

»Ja, sicher.« Frauen zu begreifen, war eine anspruchsvolle Übung.

Ich brachte Alice zu ihrem Fahrrad. Der Regen hatte aufgehört und die Sonne war kurz davor, die Wolkendecke zu durchbrechen. Es würde ein schöner Abend werden, dachte ich. Als ihre Gestalt über die Sporveisgate verschwand, ging ich wieder zurück ins Literaturhaus, widerstand allen bedrohlichen Verlockungen und bestellte mehr Kaffee.

Genau in diesem Moment klingelte das Handy. »Foyn? Hier Stranda. Du hast angerufen.«

»Ich muss mit dir reden«, sagte ich.

»Wann?« Privatdetektiv Gunnar Stranda war ein Mann der knappen Worte. Dass er einen Goldfisch seinen engsten Freund nannte, war daher völlig normal.

»Jetzt«, sagte ich. »Am liebsten sofort.«

»Wo bist du?«

»Im Literaturhaus.«

»Zu viele Menschen, falsche Menschen. Café *Fiasko,* in einer Stunde.«

Er hatte natürlich recht.

Der Mann, der mit selbstsicherer Miene die Tür öffnete und auf mich zukam, war klein und rundlich, mit einem Kopf, der einer Billardkugel ähnelte. Er wirkte wie ein friedliebender Großvater. Erst als er sich an den Tisch setzte und mich ausdruckslos fixierte, spürte ich wieder die verborgenen Eigenschaften dieses Mannes.

Ein langes Leben bei der Sitte und der Abteilung für Gewaltverbrechen hatte ihn in engen Kontakt zu all den Dingen gebracht, von denen wir nichts wissen mochten, geschweige denn, dass wir sie erleben wollten. Ein Mann, der sich von so unwesentlichen Dingen wie gesetzlichen Vorschriften nicht aufhalten ließ. Von anderen Hindernissen im Übrigen auch nicht.

Wir hatten schon einige Male gut zusammengearbeitet. Ich bezahlte und er erledigte, was seiner Ansicht nach erforderlich war.

»Und?« Strandas Versuch zu lächeln, war ein Witz. Obgleich er infolge mangelnder Impulskontrolle eines seiner alten Freunde mit glänzenden neuen Zähnen ausgestattet worden war, vermied er es zu lächeln. *Die Wirklichkeit verleitet nicht zum Lächeln, Foyn.* »Worum geht's denn?«

»Was glaubst du?«, sagte ich, vergeblich darum bemüht, die Stimmung aufzuhellen.

»Du hast dich wieder in die Scheiße geritten«, konstatierte er.

»Dieses Mal trifft das nicht zu.« Ich war fest entschlossen, mich nicht reizen zu lassen.

»Ich kann lesen, Foyn.«

»Dann lies zwischen den Zeilen, Stranda.«

»Wir sind heute also witzig aufgelegt?«

»Ich möchte, dass du jemanden überprüfst«, sagte ich und schob ein paar vorab verfasste Zeilen über den Tisch. »Das da ist ein Resümee der ganzen Geschichte. Nils Lier hat erste Priorität. Ich will alles über ihn wissen, einschließlich Schuhgröße und Zahnputzgewohnheiten. Check die anderen auch einmal durch.«

Gunnar Stranda reagierte nicht, sondern griff bloß nach dem Dokument, ohne auch nur einen Blick darauf zu werfen. »Und der Kostenrahmen?«

»Tu, was du tun musst. Mein Mandant verfügt über eine solide Ökonomie.«

»Und es eilt«, stellte er fest.

»Wie konntest du das nur erraten?«

»Ich rate nicht, Foyn.« Mit einer jähen Bewegung schob er den Stuhl weg, stand auf und verschwand, genauso unbemerkt, wie er gekommen war. Von seinen Methoden wollte ich am liebsten gar nichts wissen.

Nachdem ich bei *Curries* in der Tøyengate ein glühend heißes indisches Gericht verzehrt hatte, wollte mir kein rechter Grund einfallen, um noch länger in der Stadt zu bleiben. Besonders gelungen war der Ausflug nicht gewesen.

Als ich Lierhøyden passierte und Drammen vor mir liegen sah, ging der Uhrzeiger an diesem Maisamstag auf neun zu. Der

Motor brummte zufrieden, das Wetter wurde immer besser, und der Sommer lag vor mir, mit seinen Verheißungen auf warme Tage am Meer, kaltem Bier und hübschen Sonnenuntergängen. Ich hätte mit meinem Leben zufrieden sein müssen.

Das Handy klingelte.

Für einen klassischen Jaguar kommt eine Freisprechanlage grundsätzlich nicht infrage. Ich fischte also das Telefon aus der Jackentasche, ohne nachzusehen, wer mich da anrief.

»Ich bin es«, sagte sie.

»Das höre ich«, erwiderte ich, fest entschlossen, nicht von der Straße abzukommen.

»Bist du noch in der Stadt?«

»Es kommt darauf an«, sagte ich.

»Was meinst du damit?«

»Drammen ist auch eine Stadt«, sagte ich. »Sieht von hier aus eigentlich ganz einladend aus.«

»Oh«, sagte sie. In ihrer Stimme hörte ich etwas, dass Enttäuschung nicht unähnlich war.

»Ist alles in Ordnung?«, fragte ich.

»Aber ja«, sie zögerte, »ich bin allein, die Mädchen schlafen unverhoffterweise bei Freundinnen, und da dachte ich …«, sie machte eine kleine Pause, »falls du noch hier wärst, könntest du vorbeikommen.«

»Das könnte ich«, sagte ich. »Aber jetzt bin ich hier.«

»Ja gut, dann ist das so«, erwiderte sie. »Aber beim nächsten Mal rufst du frühzeitig an, ja?«

»Aber sicher«, sagte ich. »Ich wünsch dir noch einen schönen Abend.«

»Ich dir auch, Svend.«

Irgendwo an meinem Rücken juckte es. Ich schloss nicht aus, dass es sich um Engelsflügel handelte.

15

Der Sonntag wurde ein schöner und friedlicher Tag. Die Nacht zuvor hatte ich lange geschlafen. Wieder und wieder hatte ich die Begegnung mit Alice abgespult, ohne mir darüber klar werden zu können, was sie mir eigentlich erzählen wollte. Ich fürchtete, es hatte etwas mit unserer Beziehung zu tun, und glaubte nicht, dass es sich dabei um etwas handelte, was ich gern hören würde.

Das Hämmern des *Sleipner*-Motors hatte sich zusammen mit dem Gestank versengten Öls und dem Duft des Meeres wie ein Teppich über das kleine Boot gelegt. Der Bug schnitt durchs Wasser. Nach einer langen Tagestour um den Færder Leuchtturm näherte ich mich auf dem Rückweg langsam, aber sicher dem Husøysund.

Es war mir unmöglich, den Anleger der Wilhelmsens ohne eine genauere Inspektion zu passieren. Ich lenkte das Boot dicht ans Ufer und betrachtete den Besitz durch mein Fernglas. Im Haus mussten sich Leute befinden, die Fenster standen offen, Gartenmöbel waren auf die Terrasse gestellt worden, in der Einfahrt standen Autos. Doch ich sah niemanden und hörte keinen Laut. Die leichte Maiwärme hatte sich über den Besitz gebreitet und lud zu einem Aufenthalt im Freien ein. Doch es gab keine Stimmen. Es herrschte völlige Stille. Ein widerliches Gefühl der Beklemmung breitete sich aus inmitten dieses Idylls.

Vorsichtig änderte ich den Kurs in Richtung Stadt. Die Luft war kühler geworden.

Vom Büro aus informierte ich den Richter mittels eines kurzen Berichts über den Stand der Dinge und überlegte mir meinen nächsten Schritt. Ich hatte noch immer nicht mit dem Besitzer des Mercedes gesprochen.

Er ging nicht ans Telefon, aber ich hatte nicht vor aufzugeben. Beim dritten Versuch klappte es.

Eine undeutliche Frauenstimme ertönte in der Leitung. »Ja?«, flüsterte sie. »Wer ist da?«

»Ich hätte gern mit Wilhelm gesprochen«, sagte ich. »Ich bin ein Freund.«

Es kam keine Antwort, nur schwerfälliges Atmen.

Ich versuchte es erneut. »Ist er in der Nähe?«

Plötzlich stöhnte sie. »Wer ist da?«

»Ein Freund«, wiederholte ich. »Ist irgendetwas nicht in Ordnung?«

Wieder eine lange Stille. Im Hintergrund hörte ich leise einen Mann reden.

»Er ist tot«, sagte sie mit gequälter Stimme, die gleich darauf von ihrem Weinen erstickt wurde. »Reden Sie mit meinem Mann.«

Mit einem Krachen wurde das Gespräch unterbrochen. Es hörte sich an, als wäre ihr der Hörer auf den Fußboden gefallen.

Tot? Ich war außerstande, klar zu denken, und rief die Nummer noch einmal an.

Jetzt erklang eine Männerstimme. »Wer ist da?«

»Hier ist Rechtsanwalt Foyn«, sagte ich. »Stimmt das, was ich gerade gehört habe?«

»Wir haben ihn gestern gefunden.« Falls ich hier mit dem Ehemann sprach, wirkte er erstaunlich nüchtern angesichts der Situation. »Wir sind früh morgens aus Spanien zurückgekommen.«

»Mein aufrichtiges Beileid«, sagte ich. »War es ein Unfall?«

»Die Polizei meint, er sei ins Meer gefallen, unter dem Anleger eingeklemmt gewesen und habe sich nicht mehr befreien können.« Er zögerte. »Rechtsanwalt, sagten Sie? Worum geht es denn?«

»Das ist nicht so wichtig«, sagte ich. »Was ich wissen wollte, kann auch warten.«

Ich saß da und starrte in die Luft. Wilhelm Wilhelmsen war tot. Ein junger Mann, nicht einmal zwanzig Jahre alt. Er wohnte nur ein paar Meter vom Meer entfernt. Konnte er nicht schwimmen?

Wilhelm Mørk ging schon nach dem ersten Klingeln ran. Manchmal hegte ich die Vermutung, dass er zu jeder Zeit genau wusste, was ich gerade tat. Ich ging davon aus, dass er sich ebenfalls im Büro aufhielt, auch wenn er vermutlich ein Zuhause hatte.

»Der Junge, der gestern tot auf Husøy gefunden wurde«, sagte ich ohne irgendeine Einleitung. »Der Mercedesfahrer. Was weißt du über den Todesfall?«

»Du bist also schon informiert?« Wie üblich vermied Mørk es, meine Frage direkt zu beantworten.

»Ich rief dort an und bekam seine Eltern an den Apparat.«

»Wann hast du angerufen?«

»Erst vor ein paar Minuten. Könntest du dir vorstellen, mir zu erzählen, was passiert ist?«

»Hattest du viel Kontakt mit ihm?«

»Überhaupt keinen«, sagte ich und spürte, wie sich meine Neugier mit einer gewissen Gereiztheit vermischte. »Nur indirekt.«

»Na gut.« Es klang nicht, als ob er mir glaubte. »Wilhelm Wilhelmsen wurde gestern Vormittag von seinem Vater gefunden. Er trieb unter dem Anleger im Wasser. Wir wurden um 11.45 Uhr alarmiert. Die Todesursache kennen wir nicht, er wird morgen obduziert. Möglicherweise ist er ertrunken.«

»Möglicherweise?«, sagte ich. »Wäre das nicht natürlich, wenn er im Wasser trieb?«

»Du könntest Karriere bei der Polizei machen. Der Junge hatte eine Verletzung am Kopf, die er sich vielleicht zugezogen hat, nachdem er vom Anleger auf die Steine am Uferrand gefallen ist. Es gab außerdem Anzeichen für einen Rauschzustand.«

»Hatte er Drogen genommen?«

»Er hatte einen ordentlichen Klumpen Hasch in der Tasche.«

Ich war nicht sonderlich überrascht über diese Tatsache. »Wann ist er gestorben?«

»Das lässt sich nicht so einfach feststellen, er war allein zu Hause und ist am Freitag nicht in der Schule erschienen. Wir glauben, dass er mindestens einen Tag im Wasser gelegen hat.«

»Mindestens einen Tag?«, sagte ich. »Also seit Donnerstag oder Freitag?«

»Wahrscheinlich. Möchtest du mir vielleicht etwas erzählen?«

»Ich hatte nie die Gelegenheit, mit ihm zu reden. Ich war zu spät.«

»Um deinetwillen hoffe ich, dass du nicht allzu viel verbirgst.«

»Ich habe ein reines Gewissen. Aber Ertrinken und eine Verletzung? Klingt das nicht bekannt?« Das leise Gefühl, dass hier irgendetwas ganz und gar nicht stimmte, machte mich zusehends unruhig.

»Spar dir deine Schlussfolgerungen, bis wir herausgefunden haben, was mit dem Knaben passiert ist. Und erinnere dich: Ich hatte dir doch erzählt, dass er schlechte Freunde hat, weißt du noch?«

»Das hast du gesagt. Willst du damit andeuten, dass einer von denen vielleicht dahintersteckt?«

»Die Ermittlung ist ergebnisoffen. Und du hältst dich da raus.«

Ich tat so, als hätte ich das Letzte nicht gehört. »Wer leitet die Ermittlung?«

»Die Antwort wird dir nicht gefallen.«

»Asbjørnsen und Moe?«, sagte ich. »Das kann doch nicht dein Ernst sein.«

In Anwaltskreisen war diese scherzhafte Bezeichnung für Kriminalkommissar Meland und Polizeiinspektor Reinertsen weit verbreitet. Die beiden waren ein gefürchtetes Paar, doch nicht aufgrund ihrer Scharfsinnigkeit. Reinertsen war schließlich doch noch zum Inspektor ernannt worden, doch wie böse Zungen behaupteten, war dies dem fehlerhaften Verständnis eines Bibelzitats geschuldet: *Wem Gott ein Amt gibt, dem gibt er auch Verstand.* Tatsächlich wäre jedoch der Konjunktiv angebracht gewesen: *Wem Gott ein Amt gibt, dem gebe er auch Verstand.* Ein frommer Wunsch. Meland hatte schon vor langer Zeit seine absolute Inkompetenz bewiesen, indem er eines Tages eine gigantische Aktion gegen drei Jungen in Gang gesetzt hatte, die, verkleidet als Gangster, auf dem Weg zu einer Geburtstagsfeier gewesen waren. Die Meisterdetektive vermuteten Terroristen hinter jeder Hausecke. Assoziationen mit den bekannten norwegischen Märchensammlern boten sich somit förmlich an. Dass jeder für sich Ärger bedeutete, war allgemein bekannt. Gemeinsam waren sie eine wandelnde Katastrophe. Ich war nicht darauf erpicht, ihnen zu begegnen.

»An deren Erinnerungsvermögen ist nichts auszusetzen.«

»Das ist selektiv«, sagte ich. Mørk hatte recht. Ich stand ganz oben auf ihrer Schurkenliste.

»Du wirst sicher bald von ihnen hören.«

»Vergiss es«, sagte ich gereizt. »Aber jetzt hör mal zu, dieser Junge kannte Elvira, und das wohl viel besser, als es ihr gutgetan hätte. Jetzt sind beide tot. Was sagst du dazu?«

»Dass du dich in Acht nehmen solltest. Es gibt genügend Leute, die diese Gelegenheit liebend gern dafür verwenden würden, dir das Leben schwer zu machen, wenn du sie lässt.«

»Noch bin ich nicht paranoid«, sagte ich. »Sollte ich es sein?«

»Zweifelsohne.«

»Elvira war nicht mal fünfzehn. Und hat mit dem Typen zusammengehangen.«

»Das weißt du also?«

Mich beschlich das unangenehme Gefühl, dass Mørk mehr wusste als ich. »Ja«, sagte ich.

Am Montagvormittag war ich am Gericht beschäftigt. Als ich nach dem Mittagessen mein Handy überprüfte, war noch keine Meldung vom Präsidium eingegangen. Die beiden unzertrennlichen Gefährten waren nicht eben für schnelles Handeln bekannt, dennoch erwartete ich jeden Moment, von ihnen zu hören.

Allerdings hatte ich ganz andere Pläne.

Die Lokalzeitung hatte von einem tragischen Todesfall durch Ertrinken berichtet.

Die Praxis des Psychologen befand sich weniger als fünf Minuten entfernt. Mir war der Name gleich aufgefallen. *Uwe Seeler.* Während der ganzen Sechzigerjahre ein Ass im Hamburger Sportverein und in der deutschen Nationalmannschaft. Ein geliebter und verehrter Mann mit einem goldenen Fuß. Mit seinen einhundertneununddreißig Treffern in der Bundesliga, zweiundsiebzig Länderspielen und einer langen Karriere als Kapitän des HSV war er eine deutsche Ikone. Nicht gerade groß gewachsen und im Laufe der Zeit immer kahlköpfiger, doch mit einem einzigartigen Blick für das Tor des Gegners. Da er 1936 geboren wurde, rechnete ich mir aus, dass der Psychologe ein Nachfahre sein musste, oder wahrscheinlicher, ein Mann mit einem an Fußball interessierten Vater, genau wie Uwe Seelers Vater, der sich seinerseits ebenfalls einen festen Platz in der dominierenden Fußballmannschaft der Hansestadt erobert hatte.

Ich hatte keinen Termin, als ich an die Tür des alten Turmgebäudes der Feuerwehr klopfte. Keinerlei Schild verriet, dass sich hier die Praxis eines Psychologen mit beeindruckendem Lebenslauf befand. Es gab nur eine kleine Visitenkarte, die provisorisch mit Klebeband an der Tür befestigt war. Anscheinend hatte es der Mann nicht nötig, Werbung für sich zu machen. Ein vielversprechendes Vorzeichen.

Als niemand antwortete, ging ich einfach hinein.

Schon lange hatte ich davon geträumt, einmal Sigmund Freud zu begegnen. Es gab so einige Dinge, die ich zu gern mit ihm diskutiert hätte. Der Mann hinter dem Schreibtisch hatte eine verblüffende Ähnlichkeit mit dem Psychologen, der von seiner Praxis in Wien aus die Welt verändern sollte. Mit Ziegenbart, runder Brille, hoher Stirn, Tweedjacke und Schlips war er eine jüngere Ausgabe des Genies. Das Haar war noch voll, der Bart noch nicht grau geworden. Ich war unsicher, was ich von einem Mann halten sollte, der so deutlich Wert darauf legte, dem Meister nachzueifern.

»Ja, bitte?« Er betrachtete mich mit einem prüfenden Psychologenblick. Falls er jetzt vorhatte, mich zu fragen, wie es mir ging, war ich bereit zur Umkehr. »Worum geht es?«, fuhr er in korrektem Norwegisch fort, wobei sein deutscher Akzent unüberhörbar war.

»Mein Name ist Foyn«, sagte ich und stellte mich vor ihn. »Rechtsanwalt Svend Foyn.« Ich legte meine Karte auf seinen Schreibtisch. Deutsche legen bekanntlich Wert auf Formen.

»Bitte nehmen Sie Platz.« Er deutete auf einen unbequemen Besucherstuhl.

Die Praxis wirkte noch nüchterner als das Büro des Katecheten, ohne jeglichen persönlichen Bezug, abgesehen von dem erforderlichen Diplom an der Wand. Daraus ging hervor, dass er seinen Doktor an der Freien Universität Berlin erworben hatte.

»Geht es um einen Termin?« Er schien nicht im Mindesten darüber erstaunt, einen Rechtsanwalt als Klienten zu bekommen. Das gefiel mir irgendwie.

»Nein«, sagte ich. »Es geht um eine Ihrer Klientinnen.«

»Ah, ja?« Er hob die Augenbrauen auf eine Art, die deutlich signalisierte, was er dachte. »Ich kann keine Auskünfte über meine Klienten erteilen, Herr Rechtsanwalt Foyn.«

»Ein junges Mädchen«, fuhr ich fort und tat so, als hätte ich seinen Kommentar nicht gehört. »Elvira Widerberg. Sie ist gestorben.«

»Ach ja?«

So viele Klienten konnte er wohl nicht haben. Er musste sich doch an sie erinnern. »Man glaubt, sie habe sich das Leben genommen«, erklärte ich. »Was glauben Sie?«

Als er die Brille absetzte, nahm sein Gesicht einen anderen Ausdruck an. Plötzlich sah er jung und unschuldig aus. »Was ich hinsichtlich dieser Sache glaube, spielt keine Rolle. Weshalb fragen Sie?«

»Lesen Sie keine Zeitungen?«, fragte ich.

»Nein.«

»Und wieso nicht?«

»Darin stößt man überwiegend auf Lügen. Oder auf Gleichgültigkeit«, fügte er hinzu.

»Eine interessante Analyse«, entgegnete ich. Mein Interesse für den Mann hinter dem Schreibtisch wurde größer. »Elvira war ein Opfer und ich bin schlichtweg nicht davon überzeugt, dass es sich um Selbstmord handelt. Aus unerklärlichen Gründen zeigte sie ein auffallendes Interesse an mir, doch ich bin ihr nur ein einziges Mal begegnet. Nur wenige Tage vor ihrem Tod, als sie mich aufgesucht hat.«

Der Psychologe sah mich an. Der einzige Wandschmuck bestand aus einer alten Uhr. Schwach, aber deutlich tickte sie vor sich hin. *Tick, tack, tick, tack.* Die Uhr hatte eine hypnotisierende Wirkung auf mich. *Tick, tack.* Doktor Seeler ging vermutlich davon aus, dass die Uhr einen therapeutischen Effekt auf seine Klienten hatte.

Schließlich brach er das Schweigen. »Als Anwalt sind Sie doch sicher mit den gesetzlichen Bestimmungen vertraut«, sagte er. »Auch Sie unterliegen, was Ihre Mandanten anbetrifft, der Schweigepflicht.«

»Gesetze sind Richtlinien«, sagte ich. »Nichts ist absolut.«

»Eine tief gehende philosophische Frage.« Offenbar hatte ich auf den richtigen Knopf gedrückt. »Wollen Sie vielleicht behaupten, dass die moralische Verantwortung einzelner Personen über dem Gesetz steht?«

Ich brauchte nicht lange nachzudenken. »In Einzelfällen, ja.«

»Somit bliebe es also dem Individuum überlassen zu entscheiden, was die richtige Handlungsweise ist?«

»Richtig«, sagte ich. »Was allerdings nicht heißen soll, dass ich die Bedeutung der Gesetze ignorieren will.«

»Nennen Sie mir ein Beispiel.«

»Die Nürnberger Prozesse. Die Schergen des Nazisystems wurden verurteilt, obwohl sie behaupteten, dass sie lediglich den Anordnungen eines legitimen Regimes gefolgt seien. Hitler kam durch eine Wahl an die Macht.«

Nachdenklich sah er mich an. »Da haben Sie recht, das muss ich zugeben.«

»Oder lassen Sie mich etwas konkreter werden«, sagte ich. »Nehmen wir Ihre Klientin Elvira Widerberg, ein lebhaftes und aufgewecktes Mädchen, das nicht einmal ihren fünfzehnten Geburtstag erleben durfte. Lassen Sie uns doch einmal annehmen, dass die Ursache ihrer psychischen Probleme darin lag, dass sie sexuellem Missbrauch ausgesetzt war.«

»Fahren Sie fort.«

»Lassen Sie uns weiter annehmen, dass Sie mit ziemlicher Sicherheit von diesen Übergriffen Kenntnis haben, aber nicht wissen, wer dafür die Verantwortung trägt.« Plötzlich bekam ich das Gefühl, vor Gericht zu stehen und meine Ansichten zu vertreten. »Nehmen wir weiter an, die Polizei teilt Ihre Auffassung nicht oder ist der Ansicht, dass ungesetzliche Handlungen nicht bewiesen werden können.«

»Vielleicht für uns beide eine nicht unbekannte Situation?« Der Mann war erstaunlich offen.

»Unbedingt«, erwiderte ich. »Was machen wir also jetzt?«

»Sie vereinfachen das Problem, Herr Rechtsanwalt.« Ich war völlig fasziniert von seinen Augenbrauen, die sich wie ein Aufzug auf und ab bewegten. »Was meinen Sie mit *ziemlicher Sicherheit*?«

»Das ist der Punkt, an dem Ihre eigenen moralischen Bewertungen ins Spiel kommen«, sagte ich. »Aber in diesem Fall kann ich Ihnen gern weiterhelfen.«

»Hm.«

»Also, was meinen Sie?«

»Sie fragen und ich entscheide, ob ich antworten will.«

Er machte einen intelligenten Eindruck auf mich. Gleichwohl fragte ich mich, was dieser Mann hier eigentlich tat, in diesem Provinzkaff, weit entfernt von der Metropole Berlin. »Basierend auf Ihren Kontakten mit Elvira, würden Sie es da für sehr wahrscheinlich halten, dass sie von einem oder mehreren Erwachsenen missbraucht wurde?«

»Wahrscheinlich«, sagte er kurz.

»Mehr als fünfzig Prozent?«

Er nickte. »Ja.«

»Hat sie Ihnen etwas davon erzählt?«

»Nicht direkt.«

»Aber sie hat vielleicht etwas Derartiges angedeutet?«

»Sie war ungewöhnlich stark auf sexuelle Handlungen fixiert, Herr Foyn.«

Das Gespräch ging in die richtige Richtung. Ich hatte sein Verteidigungsbollwerk durchbrochen. »Hatten Sie den Eindruck, dass diese Fixierung an Personen aus ihrem engen Umkreis gekoppelt war?«

»Das lässt sich nicht mit Sicherheit sagen.«

»Aber mit mehr als fünfzig Prozent Wahrscheinlichkeit?«

»Vermutlich.« Seine Antworten gefielen mir.

»Ihr Vater, zum Beispiel?«

»Ich fürchte, das wären reine Spekulationen. Aber nahe stehende Personen, ja.«

»Waren diese möglichen Übergriffe aktuell oder älteren Datums?«

»Älter.« Jetzt war er sehr deutlich.

»Ich glaube, dass sie Sex hatte, kurz bevor sie starb«, fuhr ich fort. »Unabhängig von früheren Übergriffen. Hat sie etwas darüber gesagt, mit wem sie zusammen war?«

»Sie hat keinen Namen genannt.«

Mein Interesse wuchs. »Aber etwas angedeutet?«

»Ein älterer Junge«, sagte er gerade heraus. »Oder um präzise zu sein, ältere Jungen.«

»Aber keine Erwachsenen?«

»Liegt die Volljährigkeit in diesem Land nicht bei achtzehn?«

»Das stimmt wohl«, sagte ich. »Aber hier wohnen Jugendliche noch zu Hause bei Mama, wenn sie schon auf die dreißig zugehen.«

»Das ist mir aufgefallen«, sagte er.

»Elvira zeigte mir ein Penisbild, das sie auf ihrem Handy hatte«, sagte ich. »Sie behauptete, dass es von Johannas Telefon stammte und dass sie ihrer Schwester helfen wollte. Was denken Sie darüber?«

»Sie hat die Wahrheit gesagt.« Die Antwort war ohne Umschweife gekommen. »Elvira hatte nicht die Angewohnheit zu lügen.«

»Das war auch mein Eindruck«, sagte ich. »Aber die Grundlage meiner Einschätzung ist eher dünn. Was ist mit der Schwester, Johanna? Haben Sie sich mal Gedanken über sie gemacht?«

»Die ganze Familie war Thema, aber natürlich nur so weit, wie Elvira zu gehen bereit war. Und das war nicht sehr weit, Herr Foyn. Über Johanna wollte sie überhaupt nicht reden.«

»Kann sie Selbstmord begangen haben?«, fragte ich ganz direkt.

»Was glauben *Sie*?«

Er sah mich unsicher an. »Das ist eine äußerst schwierige Frage, Herr Rechtsanwalt. Und eine sehr ernste dazu. Als Psychologe möchte ich mich lieber nicht dazu äußern.«

Ich ließ ihn nicht vom Haken. »Und als Privatperson?«

Er schüttelte den Kopf. »Elvira liebte das Leben, aber es ging ihr schlecht.«

»Die Antwort ist also nein?«

»Ja.«

»Danke«, sagte ich und wechselte das Thema. »Was halten Sie von den Eltern?«

»Ihre Frage ist unpräzise.«

»Welche Beziehung hatten sie zueinander?«

»Ich bin kein Paartherapeut, Herr Foyn. Gott sei Dank«, fügte er hinzu.

Der Mann, der mir gegenübersaß, gefiel mir immer besser. »Aber Sie sind ein erfahrener Psychologe. Verstanden sie sich, oder um präziser zu sein, wie Sie es ausdrücken, liebten sie sich?« Jetzt war ich wirklich auf bestem Weg, meine Anwaltsrolle abzustreifen.

»Das war nicht mein Eindruck.« Understatement verrät oft viel.

»Meiner ebenso wenig«, sagte ich. »Wenngleich ich sie nicht zusammen erlebt habe. Wie war das Verhältnis zwischen Elvira und ihren Eltern?«

Der Psychologe sah mich lange an, ehe er reagierte. »Ihre Frage ist nicht nur unpräzise, sondern so gut wie nicht zu beantworten. Wir sind nicht weit genug gekommen. Ich kann Ihnen keine abschließende Antwort geben.«

»Aber Sie hatten doch wohl einen Eindruck?«

»Zwei Dinge«, sagte er nüchtern. »Schuld und Aggression.«

Ich wartete auf mehr, aber es kam nichts. »Im Verhältnis zu Mutter und Vater?«

»Ja.« Kein Zögern.

»Und was kann das beinhalten?«

»Alles Mögliche, Herr Rechtsanwalt.«

»Auch sexuellen Missbrauch?«

»Das kann man unmöglich sagen.« Offenbar wurde er langsam etwas gereizt.

»Hat die Polizei Kontakt mit Ihnen aufgenommen?«, fuhr ich fort.

»Überhaupt nicht.«

»Das dachte ich mir«, sagte ich.

»Ach, übrigens«, sagte er, als ich schon auf dem Weg zur Tür war, »da gab es noch etwas.«

»Ja?«

Er wand sich auf seinem Stuhl. Anscheinend war ihm klar, dass er gerade dabei war, eine Grenze zu überschreiten. »Einmal erwähnte sie etwas, das ich nicht verstanden habe.«

»Das Mädchen ist tot, es gibt keinen Grund mehr für Heimlichtuerei. Was hat sie gesagt?«

»Sie wollen Fakten, ich aber muss mich mit Vermutungen begnügen.«

»Lassen Sie mich das entscheiden«, sagte ich.

»Vaset«, sagte er unvermittelt. »Zu diesem Wort hatte sie problematische Assoziationen. Ich vermute, es handelt sich um einen Ortsnamen. Als ich den Ausdruck hörte, wusste ich es nicht.«

»Könnte sich um eine Bergregion in Valdres handeln. Hat sie Einzelheiten genannt?«

»So funktioniert das nicht. Aber unserem Gespräch habe ich entnommen, dass Vaset mit einem Schmerz verbunden war, über den zu sprechen sie nicht bereit war.«

»Sollte Ihnen vielleicht noch irgendetwas einfallen, dann wissen Sie ja, wo Sie mich finden.« Ich musterte den Mann hinter dem Schreibtisch. »Es gibt übrigens noch etwas, was ich gern wüsste.«

»Ja?«

»Warum Tønsberg?«, fragte ich.

»Was glauben Sie?«

»Eine Frau?«

»Das ist nicht korrekt, Herr Rechtsanwalt«, sagte er mit seinem steifen deutsch-norwegischen Akzent.

»Ein Mann vielleicht?«, schlug ich vor.

»Das ist Privatsache.« Für einen Augenblick sah es aus, als würde er gleich aus der Rolle fallen, doch er besann sich schnell, stand auf und reichte mir förmlich die Hand. »Unser Gespräch hat nicht stattgefunden. Guten Tag, Herr Rechtsanwalt Foyn.«

16

Die Schritte waren schon auf dem Treppenabsatz zwischen Erdgeschoss und erster Etage zu hören. Ein schwerer, melancholischer Rhythmus, eine Ankündigung von Ärger, der im Kontrast zu dem strahlenden Frühsommerwetter stand.

Ich schaffte es nicht mehr rechtzeitig, meine Anwaltsposition einzunehmen, ehe die Tür aufging und er in den Raum trat. Es war Dienstagmorgen und noch viel zu früh für unangenehmen Besuch.

»Kommen Sie herein«, sagte ich und nahm die Füße vom Schreibtisch.

Polizeikommissar Agnar Meland starrte mich verständnislos an. Die Schweißperlen auf seiner Stirn machten mehr als deutlich, dass der Kommissar sein Training hätte intensivieren sollen. Der birnenförmige Körper war seit unserer letzten Begegnung arg auseinandergegangen. Ich beschloss, einen Kommentar zu unterlassen.

»Kommen Sie rein«, wiederholte ich. »Das sagt man, nachdem der Besuch angeklopft hat.«

Dass er hier persönlich auftauchte, gab durchaus Anlass zur Sorge. Allerdings war mein Gewissen verhältnismäßig rein. Ich hatte keine Zweifel, worum es ging, fragte mich aber, wie viel die Polizei eigentlich wusste.

»Wir müssen mit Ihnen sprechen, Rechtsanwalt Foyn.« Meland übte sich in formellem Tonfall. »Sie sind ja unmöglich zu erreichen.«

»Ach ja?«, sagte ich und deutete auf das Telefon. »Sie brauchen mich bloß anzurufen.«

»Es gibt keine Verbindung, Foyn. Vielleicht die Rechnung nicht bezahlt?« Herablassend sah er mich an und war offenbar sehr zufrieden mit seiner Bemerkung.

Ich warf einen Blick auf das Telefonkabel und musste feststellen, dass Hulda wieder einmal einen Sabotageakt ausgeführt hatte. Bei akuten Anfällen von Langeweile konnte es passieren, dass das Tier auf die Leitungen losging.

»Handys sind auch schon erfunden«, sagte ich, unterließ allerdings, ihm mitzuteilen, dass ich eine neue Nummer hatte. Es hätte jedoch auch keine große Herausforderung dargestellt, diese Nummer ausfindig zu machen. »Aber bei dem schönen Wetter hat Ihnen der kleine Spaziergang sicher gutgetan.«

»Haben Sie jetzt gleich Zeit? Es ist wichtig.«

»Ich seh mal nach«, sagte ich und griff nach dem Terminkalender. »Dauert es lange?«

»Solange wir brauchen.« Ungeduldig stampfte er mit dem Fuß auf. »Es ist in Ihrem eigenen Interesse.«

»Ich wusste gar nicht, dass Sie so ein Humanist sind«, sagte ich und stand auf. »Fahren Sie oder wollen wir gehen?« Das Polizeipräsidium lag ein paar Hundert Meter entfernt. Meland fühlte sich im Auto am wohlsten.

Er grunzte etwas Unverständliches, aber wir gingen tatsächlich zu Fuß.

Die Situation behagte mir nicht. Dass sie nicht einen einfachen Beamten geschickt hatten, war kein gutes Omen.

»Nun, Foyn?«

Polizeiinspektor Reinertsen saß mir im Vernehmungsraum gegenüber, Meland hatte neben dem Tisch Platz genommen. Anscheinend war wohl geplant, dass er mich mit unverhofften Fragen überraschen sollte, um mich aus dem Gleichgewicht zu bringen.

»Kennen Sie diesen Mann?« Er legte ein Foto auf den Tisch.

Es zeigte den höchst lebendigen Wilhelm Wilhelmsen, der sich an seinen Wagen lehnte. Das Foto musste erst neulich aufgenommen worden sein. Er war sommerlich gekleidet und lächelte den Fotografen überlegen an, unwissend darüber, was ihm widerfahren würde.

»Ein Junge«, sagte ich. »Er war bloß ein Junge.«

»Das spielt keine Rolle, Foyn. Beantworten Sie die Frage. Kennen Sie ihn?«

»Kannte«, erwiderte ich. »Das wäre der angemessene Sprachgebrauch.«

Winzige Zuckungen um den Mund des Polizeiinspektors verrieten unterdrückte Gereiztheit. »Sie wissen also, dass er tot ist?«

»Ja«, sagte ich.

»Wie kann das sein?«

»Todesfälle sind kein Geheimnis«, sagte ich. »Wir sind in Norwegen, nicht in Nordkorea.«

»Wann sind Sie ihm zuletzt begegnet?«, fragte Meland von der Seitenlinie.

»Ich bin ihm nie begegnet.«

»Und das sollen wir Ihnen glauben?«

»Ich bitte darum«, sagte ich. »Es ist die Wahrheit.«

»Wir wissen, dass Sie am Tatort waren.« Reinertsen biss die Zähne so fest zusammen, dass er kaum imstande war zu sprechen. »Zeugen haben Ihren Wagen zum möglichen Todeszeitpunkt in der Nähe des Hauses gesehen.«

»Ich war letzten Donnerstag dort. Aber ich habe ihn nicht getroffen.«

»Waren Sie im Haus?«

»Nein, ich war nicht einmal auf dem Grundstück.«

Reinertsen starrte mich resigniert an. »Weshalb waren Sie da?«

»Ich bin seinem Wagen von der Greveskogen-Schule aus gefolgt. Ich wollte wissen, wo er wohnt, und mir einen Eindruck von ihm verschaffen.«

»Das wollten Sie also?«

Die Unterhaltung ergab nicht viel Sinn. »Wissen Sie, wann er gestorben ist?«

»Es wurde eine Ermittlung wegen Mordes eingeleitet, Foyn.«

»Ich dachte, er sei ertrunken?«

»Sie wissen ’ne Menge, Foyn. Wie kommt das bloß?«

»Ich achte darauf, was so passiert«, sagte ich. »Was war denn die Todesursache?«

»Er wurde von einem Schlag auf den Kopf getroffen«, sagte Reinertsen mit düsterer Stimme. »Danach ist er ertrunken.«

»Haben Sie schon Verdächtige?«

»Sie sind der Einzige, der am Tatort beobachtet wurde, Foyn.« Meland spielte seine Trumpfkarte aus.

»Das stimmt nicht«, sagte ich.

»Ach nein?« Reinertsen legte sein Pferdegesicht in kummervolle Falten.

»Ich war *in der Nähe* des Tatorts, nicht *am* Tatort. Außerdem wissen Sie doch gar nicht, wann er gestorben ist.«

»Hm.« Reinertsen hatte begonnen, mit den Fingern auf dem Tisch herumzutrommeln. Ich kannte ihn gut genug, um zu wissen, dass das kein gutes Zeichen war. »Haben Sie dort irgendjemand anderes gesehen?«

»Er war da zusammen mit einem Schulfreund. Sie fuhren in Wilhelms Wagen.«

»Wissen Sie, wie er heißt?«

»Nein«, sagte ich. »Ein kleiner dunkelhaariger Typ. Ich hab ihn auf dem Weg zurück in die Stadt aufgelesen. Er wohnt in der Nähe vom Teie Torv.«

»Wann genau war das?«

»Am Donnerstagnachmittag, zwischen fünfzehn und sechzehn Uhr. Aber das wissen Sie doch längst. Ich bin am Strand entlanggelaufen und habe Wilhelm nur aus der Entfernung gesehen, zusammen mit seinem Kumpel.« Ich fand es unnötig, die beiden Unzertrennlichen über meinen sonntäglichen Bootsausflug zu informieren.

»Und was haben die da gemacht?«

»Sie haben geraucht. Ich glaube allerdings nicht, dass es normaler Tabak war. Am Sonntag rief ich an, um mich mit dem Jungen zu verabreden, bekam aber den Vater an den Apparat. Der erzählte dann, was passiert war.« Ich ließ den Blick zwischen den beiden Polizisten hin- und herwandern. »Sie wissen natürlich, dass der Junge in der Drogenszene verkehrte?«

»Wir wissen mehr, als Sie ahnen, Foyn.«

»Sie haben die Frage nicht beantwortet, Foyn.« Jetzt war wieder Meland an der Reihe. »Was wollten Sie dort?«

»Elvira Widerberg hatte Kontakt zu Wilhelm. Ich wollte wissen, wie genau der aussah.«

»Sie sind also immer noch mit dieser Sache beschäftigt?« Meland hätte sich den spöttischen Ton durchaus sparen können.

»Worauf Sie wetten können«, sagte ich. »Sind diese Todesfälle nicht ziemlich auffällig?« Es kam keine Antwort, deshalb fuhr ich einfach fort. »Elvira ist angeblich ertrunken, und dasselbe ist jetzt Wilhelm passiert. Und die beiden kannten einander. Klingelt's da irgendwo bei Ihnen?«

»Es gibt hier noch einen weiteren Zusammenhang, Foyn.« Reinertsen galt als der Intellektuelle der beiden. »Sie sind in beide Fälle verwickelt. Was sagen Sie dazu?«

»Eine geniale Schlussfolgerung.« Ich stand auf. »Wenn Sie sonst nichts auf Lager haben, muss ich Sie jetzt verlassen. Irgendjemand in diesem Land muss ja Dinge tun, die tatsächlich auch etwas bewirken.«

»Sie sollten den Bezirk nicht verlassen, Foyn«, rief Meland mir nach, als ich die Tür öffnete. »Wir sind noch nicht fertig mit Ihnen. Überhaupt noch nicht.«

Ich lief weiter durch den Flur und steuerte auf das Büro von Kriminalchef Åsen zu. Ich war mir ziemlich sicher, dass er das Gespräch über die im Vernehmungsraum installierte Videoanlage mitverfolgt hatte.

Im Gegensatz zu seinen Untergebenen klopfte ich an, wartete allerdings seine Reaktion nicht ab.

Der Bildschirm auf seinem Schreibtisch flimmerte noch. »Haben Sie es mitbekommen?«, fragte ich.

Åsen blickte zu mir auf. Anscheinend war er nicht überrascht. »Besonders viel hatten Sie ja nicht gerade zu berichten«, sagt er knapp. »Erzählen Sie mir doch besser, was Sie wirklich wissen.«

»Nun«, sagte ich und war etwas unsicher, wie ich die Sache jetzt angehen sollte. »Worauf wollen Sie hinaus?«

»Das dreht sich doch alles um Elvira Widerberg, stimmt's?«

»Stimmt genau.« Der Kriminalchef war ein sturer Bock, aber beileibe kein Idiot. Und ich vermutete, dass er genauso dachte wie ich. In dieser Geschichte war längst nicht alles geklärt.

»Da gibt es verschiedene Möglichkeiten«, sagte ich und erzählte ihm ein wenig von dem, was ich wusste. Nur *ein wenig*.

Als ich fertig war, saß Åsen schweigend da und starrte in die Luft. »Sie könnten recht haben, Foyn«, sagte er schließlich. »Ich schließe das nicht aus. Aber Sie müssen unsere Situation verstehen. Was Elviras Tod angeht, so haben wir schlichtweg keine Grundlage, um jetzt eine Mordermittlung in die Wege zu leiten. Und wie Sie selbst sagen, gibt es auch keine Missbrauchsgeschichte, die wir verfolgen könnten, zumindest nicht so lange, bis physische Beweise, Zeugen oder Erklärungen auftauchen, die solch eine Theorie stützen.«

Der Ernst in seiner Stimme machte mich unsicher. »Das haben Sie bereits erwähnt«, sagte ich. »Aber ich beabsichtige, jeden verdammten Stein umzudrehen.«

»Das will ich nicht gehört haben«, sagte er scharf. »Wir wissen sehr genau, was Wilhelm Wilhelmsen getrieben hat. Sein ganzes Umfeld wird gründlich durchforstet, davon können Sie ausgehen.« Er sprach mit solch einer Intensität, dass ich mich unwillkürlich aufrichtete.

»Was ist mit dem Katecheten? Nils Lier? Er steht ganz oben auf meiner Liste«, sagte ich abwartend.

»Tja, nun.« Åsen zögerte. »Über eines sollten Sie sich im Klaren sein, Foyn. Und ich sage das *off the record*, klar?«

»Ja?« Ich musterte das ausdruckslose Gesicht des Kriminalchefs, fand aber keine Antwort.

»Ihnen dürfte doch sehr wohl bekannt sein, dass mich etwas mit Stefan Widerberg verbindet?«

»Ja, dass Sie in derselben Loge sind.«

»Das beinhaltet, dass wir uns regelmäßig begegnen.«

»Fahren Sie fort«, sagte ich.

»Wie Sie sicher verstehen, haben wir unter anderem auch über den Tod seiner Tochter gesprochen.«

»Klingt natürlich.« Er führte also ein normales Leben.

»Ich kann da nicht ins Detail gehen, aber ich hatte den deutlichen Eindruck, dass das Verhältnis zwischen Stefan und seinem alten Freund Nils Lier inzwischen ein wenig angespannt ist. Er wirkte schon fast aggressiv, sowie auch nur der Name des Katecheten genannt wurde.« Der Kriminalchef hob die Hand, wie um mich auf Abstand zu halten. Anscheinend bereute er schon seine Offenheit. »Das alles ist natürlich nicht offiziell.«

»Selbstverständlich nicht«, sagte ich. »Ich hatte allerdings nicht diesen Eindruck, als ich mit Widerberg geredet habe. Aber wenn dem so ist, dann ist Lier natürlich umso interessanter.« Von den russischen Verbindungen des Katecheten hatte ich nichts erzählt, allerdings erwähnt, dass er im Internet aktiv war.

Kriminalchef Åsen sah mich nachdenklich an. »Sie könnten mir einen Gefallen tun, Foyn.«

»Und der wäre?« Diese neuen, ungewohnten Klänge machten mich misstrauisch.

»Machen Sie aus dieser Geschichte keinen persönlichen Rachefeldzug. Und geben Sie mir Bescheid, falls Sie neue Informationen bekommen, die wir für die Einleitung einer offiziellen Ermittlung verwenden können.«

Jetzt war ich also zum Informanten der Polizei geworden. »Wenn Sie mir Ihre Gorillas vom Hals halten.«

»Solange Sie sich in den Grenzen des Gesetzes bewegen.«

»Das sollte kein Problem sein«, log ich ihn an und dachte schnell nach. Die neue Offenheit des Kriminalchefs musste eine Erklärung haben. Es *konnte* sich um Rücksichtnahme auf seinen Freund Stefan handeln. Allerdings ähnelte es Åsen überhaupt nicht, eine Ermittlung von solchen Verbindungen beeinflussen zu lassen.

Unter der Tür zu Wilhelm Mørks Büro drang ein dünner Streifen Qualm hervor. Alle im Präsidium waren mit Mørks leichtsinniger Handhabung von Gesetzen, Regeln und Vorschriften wohl vertraut. Das allerdings hatte den Mann noch nie beeindruckt.

Er saß mit dem Rücken zu mir und stierte auf den Computerbildschirm, ohne sich umzudrehen.

»Wie ich sehe, durftest du auf den Grillspieß?« Sein beigefarbener Sommeranzug hatte knallscharfe Bügelfalten. Noch war es mir nicht gelungen herauszufinden, wo er seine Anzüge bestellte. Missgünstige Zungen behaupteten, er hätte einen persönlichen Schneider in Oslo; ein Mann, der sich mit Mørks Hilfe eine Aufenthaltsgenehmigung gesichert hatte, ohne dass sein Background besonders eingehend untersucht worden war.

»Ich wusste gar nicht, dass du ans Videosystem angeschlossen bist«, sagte ich.

»Die werden dich nicht in Ruhe lassen.« Erst jetzt drehte er sich zu mir um. »Du wurdest gewarnt.«

»Die tappen im Dunkeln.« Ich nahm einen Papierstapel vom Besucherstuhl. »Was weißt du?«

»Die Drogenfahndung hat zwei Kandidaten, aber die sind untergetaucht.«

»Und was ist deiner Meinung nach passiert?«

»Irgendjemand wollte ein Exempel statuieren.« Der Rauchring, der auf mich zudriftete, war perfekt. »Wilhelm soll's wohl mit der Zahlungsmoral nicht so genau genommen haben. Dahinter stehen ein paar schwere Jungs.«

»Soso«, sagte ich. Dass eine der Motorradgangs gerade ein Netzwerk in der Gegend etablierte, war ein offenes Geheimnis. »Und wie sieht's mit einer alternativen Erklärung aus?«

Mørk sah mich an. »Du hältst an deiner Idee fest?«

»Ja«, sagte ich. »Aber es gibt noch eine andere Sache, die mich verwundert.«

»Noch mehr Konspirationstheorien?«

»Der Kriminalchef. Was ist los mit ihm? Er benimmt sich ja geradezu menschlich.«

»Du lässt dich leicht an der Nase herumführen, mein Freund.« Mørk streckte seinen langen, elastischen Körper durch und schnipste die Zigarette in Richtung Papierkorb. Er verfehlte das Ziel, doch das schien ihn nicht weiter zu kümmern. »Trau niemals einem Mann in Uniform.« Seine eigene hing an der Wand.

»Trau überhaupt niemandem, meinst du wohl. Was ist mit Åsen passiert?«

»Seine Töchter«, sagte er lakonisch. »Die haben sich Ärger eingehandelt, alle drei.«

»Könntest du etwas konkreter werden?«

»Kronprinzessin Mette Marit.«

»Beim Partymachen etwas über die Stränge geschlagen?«

»Eine von ihnen hatte besonders großes Pech.«

»So was ist ja nicht verboten«, sagte ich. »Was ist ihr passiert?«

»Es ist nichts Kriminelles. Sie hat sich schlechte Freunde zugelegt und wurde ausgenutzt.«

»Jetzt erzähl mir nicht, dass unser Freund Wilhelm zu denen gehörte?«

»Wer weiß?«, erwiderte Mørk unbeirrt. »Tønsberg ist eine kleine Stadt.« Er sah mich durchdringend an. »Was hast du sonst noch rausgefunden?«

»Alle haben ihre Geheimnisse«, sagte ich. »Große und kleine.«

»Hast du was anderes erwartet?«

»Nein«, sagte ich. »Wenn ich darüber nachdenke, nicht.«

»Ahne ich hier ein wenig Zynismus?« Wie mir zugetragen worden war, fanden Frauen Mørks Lächeln unwiderstehlich. »Ich dachte, du seist Realist, mein Freund.«

»Sogar David Lynch könnte hier was lernen«, sagte ich. »Von der norwegischen *Twin Peaks*-Ausgabe.«

»Da gibt's noch mehr«, sagte Mørk unvermittelt.

»Was denn?«

»Nils Lier.«

»Ja?«

»Weißt du alles über ihn?«

»Mit Sicherheit nicht«, sagte ich. Mein Interesse wuchs. »Ich weiß auch nicht alles über dich.«

»Ich habe einen Tipp bekommen«, sagte Mørk langsam.

»Und?«

»Von einem meiner Informanten aus dem Gesundheitsbereich.«

»Da hast du also auch deine Spione?«, sagte ich.

»Dafür solltest du dankbar sein.«

»Gewiss.«

»Das Zentralkrankenhaus ist der größte Arbeitgeber der Provinz. Und eine äußerst demokratische Institution.«

»Den Eindruck habe ich nicht«, sagte ich. »Wohl eher eine autoritäre Hierarchie.«

»Du vergisst die Patienten, mein Freund.« Mørk zündete sich eine neue Zigarette an. »Alle möglichen Menschen landen dort im System, arme und reiche, alte und junge, ehren- und unehrenhafte.«

»Ich wusste gar nicht, dass du so philosophisch veranlagt bist«, sagte ich. »Komm zur Sache.«

»Unser Mann hat mir ein paar Informationen zukommen lassen, die dich vielleicht interessieren könnten.«

»Ja?«

»Dieser Lier hat sich einen etwas speziellen Ruf erworben.« Der schwere Zigarettenqualm breitete sich im Raum aus. »Im Rahmen seiner kirchlichen Arbeit ist er häufig im Zentralkrankenhaus. Darüber hinaus ist er ehrenamtlich als Patientenbetreuer tätig.«

»Er hat sich einen Ruf als Mensch mit humanitären Interessen erworben, ja.«

»Nun gut. Wie du weißt, gibt es im Krankenhaus eine eigene Abteilung, oder besser gesagt Räumlichkeiten, wo die Toten aufbewahrt werden, ehe man sie woanders hinbringt.« Mørk redete in einem Ton, als kommentierte er das Wetter. »Die Sache ist also folgende: Eines späten Abends wurde der Katechet dort unten von unserem Mann beobachtet, der meint, dass Lier keine glaubwürdige Erklärung darüber abgeben konnte, weshalb er sich da befand. Er soll etwas von einer verstorbenen Bekannten gemurmelt haben, von der er sich verabschieden wollte, außerhalb des üblichen Prozederes, sozusagen.«

Ich richtete mich in meinem Stuhl auf. »Hast du das überprüft?«

»Selbstverständlich. Ein junges Mädchen aus der Gemeinde war zwei Tage zuvor bei einem Autounfall ums Leben gekommen.«

»Ein junges Mädchen?« Der Gedanke behagte mir ganz und gar nicht.

»Genau.«

»Klingt doch nach einer seriösen Erklärung«, sagte ich.

»Vermutlich. Aber Liers Reaktion auf die Tatsache, dass er da unten entdeckt wurde, soll ziemlich auffällig gewesen sein.«

»Was sagt denn dein Informant?«

»Er behauptet, dass Lier womöglich nekrophil ist.« Mørk hob abwehrend die Hand. »Und bevor du jetzt allzu heftig reagierst: Vor ein paar Jahren ist so etwas schon mal vorgekommen, das Krankenhaus hat daraufhin strengere Sicherheitsmaßnahmen eingeführt.«

Ich brauchte einen Augenblick, um das sacken zu lassen. »Was für ein Typ ist denn dein Informant eigentlich?«

»Nicht sonderlich religiös, falls dich das interessiert. Und vielleicht auch nicht wirklich vorurteilsfrei. Er behauptet außerdem, es wäre nicht das erste Mal, dass Lier an Orten beobachtet wurde, wo er nichts zu suchen hatte. Allerdings hat er keine näheren Details genannt.«

»Im Prinzip kann es sich also um Gerüchte und dummen Klatsch handeln?«

»Im Prinzip, ja.«

»Hat er es der Krankenhausleitung gemeldet?«

Mørk schüttelte den Kopf. »Es ist ja nichts passiert. Aber er informiert uns, falls noch mehr solcher Begebenheiten ans Licht kommen. In dieser Institution haben die Wände Augen und Ohren, mein Freund.«

»Ich werd's mir merken«, sagte ich. »Und ihr gebt diese Informationen vermutlich direkt an die NSA weiter?«

»Genau.« Es war nicht möglich herauszuhören, ob er es ironisch meinte.

»Weiß sonst noch irgendwer davon?«

»Vorläufig nicht. Aber unser Mann hat viele Verbindungen, auch hier im System.«

»Das glaube ich dir gern.« Ich fragte mich, was der Kriminalchef jetzt wohl vorhatte.

17

Der kleine Ort in Vestfold verwandelte sich langsam in ein Sommeridyll. Was bei mir auf einen gewissen Widerstand stieß. Als ich auf dem Weg zurück ins Büro durch die Stadt schlenderte, versuchte ich noch einmal, alle Puzzleteilchen zusammenzusetzen. Doch egal welchen Ansatz ich auch wählte, Nils Lier kam schlecht dabei weg.

Ich wollte den Bericht des Privatdetektivs abwarten, ehe ich weitere Schritte unternahm. Gunnar Stranda brauchte die Zeit, die er eben brauchte.

Ich hatte gerade einen weiteren, noch kürzer gefassten Bericht an meinen finanzkräftigen Wohltäter abgeschickt, als Fredrikke Strøm anrief.

»Was gibt's Neues, Foyn?« Die Stimme der Journalistin klang scharf.

»Svend«, sagte ich. »Haben Sie das vergessen?«

»Haben Sie etwas für mich, *Svend*?«, fuhr sie unbeirrt fort.

»Tja«, sagte ich vorsichtig. »Nils Liers Position hat sich seit unserem letzten Gespräch nicht eben verbessert.«

»Das wissen wir, ja.«

Ich hegte ein grundsätzliches Misstrauen gegenüber Menschen, die von sich selbst im Plural sprachen.

»Was wissen Sie?«, fragte sie energisch.

»Der Mann hat schlimme Angewohnheiten«, sagte ich. »Sogar schlimmer, als ich mir vorstellen konnte. Haben Sie was Neues über Stefan Widerberg?«

»Lassen Sie uns erst mal über Lier reden. Kennen Sie die Geschichte aus der Kapelle?«

»Ich wusste nicht, dass es sich um eine Kapelle handelt.« Die Neuigkeit war offenbar schon durchgesickert. Es ängstigte mich, dass VG so schnell Zugang zu allen Kenntnissen der Polizei erhalten hatte. Ich traute Wilhelm Mørk eine Menge zu, aber nicht, dass er diese Art von Informationen ausposaunte. Sein Informant hatte anscheinend auch Kontakt zu anderen im Präsidium. Dass einzelne Medien Polizeibeamte auf der Gehaltsliste stehen hatten, war allerdings ein schlecht verhohlenes Geheimnis.

»Es war ein junges Mädchen, Foyn. In Elvira Widerbergs Alter. Was halten Sie davon?«

»Das sieht nicht gut aus«, sagte ich. »Wollen Sie die Geschichte aus der Kapelle veröffentlichen?«

»Wir drucken das erst, wenn wir ganz sicher sind.«

»Das werde ich mir merken«, sagte ich. Die Reportage würde dem Katecheten keine Freude bereiten. Ich verspürte jedoch nicht den Drang, Fredrikke Strøm mit Berichten über russische Verbindungen zu füttern. Zumindest nicht, ehe ich mir meiner eigenen Sache sicher war. Doch was sie sagte, war richtig. Lier bewegte sich tatsächlich auf dünnem Eis.

»Ich gehe davon aus, dass wir immer noch gemeinsame Interessen verfolgen?«

»Aber gewiss doch«, log ich. Es fühlte sich ganz natürlich an.

»Was ist denn eigentlich mit diesem Jungen, der auf Husøy im Wasser gefunden wurde?«

»Er hat Elvira gekannt«, sagte ich.

»Sind Sie sicher?«

»So sicher man nur sein kann.«

»Weiß die Polizei, dass die beiden sich kannten?«

»Das müssen Sie die selbst fragen«, sagte ich. »Wenn Sie sich sowieso schon mit denen austauschen.«

»Spüre ich hier einen gewissen Neid?«

»Vergessen Sie's«, sagte ich. »Wilhelm ist ertrunken, nachdem er einen Schlag auf den Kopf bekommen hat. Die Polizei glaubt, dass er vielleicht ermordet wurde. Bei Elvira hatte sie diesen Verdacht nicht. Haben Sie da schon mal dran gedacht?«

»Sie sind nicht der Einzige, der denken kann, Foyn.«

»Jetzt haben Sie's schon wieder vergessen«, sagte ich. »Meinen Namen. Aber was entnehmen Sie dem Ganzen, *Fredrikke*?«

»An diesem angeblichen Tod durch Ertrinken wird gearbeitet«, sagte sie knapp. »Ein Kollege von mir ist auf den Fall angesetzt.«

»Aha. Und können Sie mir sonst noch was erzählen?«

»Nils Lier war nie verheiratet. Aber das wissen Sie wohl schon?«

»Ist hinreichend bekannt«, sagte ich.

»Aber er hatte mal eine Freundin. Die waren sogar verlobt.«

»Wann war das?«

»Während er Theologie studiert hat. Das taten sie beide.« Sie legte eine Pause ein, was sie bestimmt tat, um mich zu ärgern. Aber es funktionierte nicht, ich blieb stumm wie ein Fisch. Dass Lier seine Pastorenausbildung abgebrochen hatte, wusste ich bereits. »Ich habe mit ihr gesprochen«, sagte sie schließlich. »Sie ist keine Pastorin mehr. Nicht mal sonderlich religiös interessiert, so wie ich das verstanden habe.«

»Hat sie was Interessantes berichtet?«

»Sie waren zwei Jahre zusammen und hatten niemals Sex. Was sagen Sie dazu?«

»Vielleicht wollten sie sich ja ihre Reinheit bis zur Eheschließung bewahren?«, schlug ich vor. »Oder sie dachten, Sex führe zu Tanz?«

Fredrikke Strøm lachte nicht. »Vielleicht. Aber dahinter steckt doch bestimmt was anderes, glauben Sie nicht?«

»Sagen Sie es mir. Ich habe keine Erfahrungen dieser Art.«

»Nein, das haben Sie wohl kaum. Lier hatte kein Interesse.«

»Dann glauben Sie also, dass er schwul ist?«

»Oder einer, der ihn durch normale Stimuli nicht hochkriegt, Foyn.«

»Definieren Sie ›normal‹«, sagte ich. »Hier in der Provinz sind wir bei diesem Begriff etwas unsicher.«

Sie entschied sich, meine Bemerkung zu ignorieren. »Weshalb sollte er also Interesse an Elvira gehabt haben?«

»Weil er bloß auf ganz junge Mädchen steht? Auf Kinder?«

»Herzlichen Glückwunsch, Svend.«

»Das ist durchaus ein wichtiger Punkt«, sagte ich. »Aber ein Beweis ist das wohl kaum.« Die Indizien allerdings häuften sich mittlerweile. Ich erwog, Lier einen erneuten Besuch abzustatten. »Über den Vater haben Sie also nichts Neues?« Den hatte sie schließlich zuerst auf dem Kieker gehabt. Oder vielleicht auch Männer im Allgemeinen.

»Ich arbeite an der Sache. Rufen Sie mich an, wenn Sie was Neues haben.«

Am Abend ging Gunnar Strandas Bericht per E-Mail ein. Wie immer war er mit chirurgischer Präzision formuliert, ohne ein einziges überflüssiges Wort. Als er noch bei der Polizei gearbeitet hatte, war er gefürchtet gewesen, und das nicht nur bei den Kriminellen. Auch die Kollegen hatten seine sogenannte fanatische Gründlichkeit nicht eben geschätzt. Die Dinge waren nicht so, wie sie schienen. Gunnar Stranda lebte gemäß Fassbinders Lebensphilosophie: *Keiner ist böse und keiner ist gut.*

Er hatte sich jedem einzelnen Akteur gewidmet. Das war die Bezeichnung, die er verwendete. *Akteur.* Als seien sie Teilnehmer an einem großen Spiel. Gunnar Stranda glaubte nicht mehr daran, dass es Gerechtigkeit gab. Dazu war der Mann viel zu lange bei der Polizei gewesen.

Ich zündete mir ein Zigarillo an, dämpfte die Beleuchtung im Büro und fing an zu lesen.

Aus dem Bericht ging hervor, dass Nils Lier am 9. August 1974 im Aker-Krankenhaus geboren wurde. Der Tag, an dem Richard Milhouse Nixon gezwungen wurde, sich in Scham und Schande zurückzuziehen. Der Anblick des hysterisch grinsenden Präsidenten auf dem Weg zu dem vor dem Rasen des Weißen Hauses wartenden Hubschrauber, während er das V-Zeichen in die Luft malte, war ein glänzender Sieg für alle, die an die Idee einer freien, kritischen Presse und an eine Art von Gerechtigkeit geglaubt hatten. Vierzig Jahre später allerdings war Edward Snowden nicht mehr jedermanns Held.

Der Katechet hatte demnach also die vierzig noch nicht überschritten. Nils wuchs bei seiner erwerbsunfähigen Mutter in Lambertseter auf. Der Vater war offiziell nicht bekannt. Keine Geschwister und auch sonst keine engen Verwandten, da die Mutter ebenfalls Einzelkind war und die Großeltern, die aus Valdres stammten, schon früh verstorben waren.

Strandas knapp gehaltener Bericht zeichnete das melancholische Bild einer isolierten kleinen Familie nach. Er war an einen Sozialbericht aus dem Jahr 1984 herangekommen. Nachdem Nils' Schule ihre Besorgnis formuliert hatte, war das Jugendamt eingeschaltet worden. *Nils hat nur wenige Freunde und lässt mitunter aggressives Verhalten erkennen. Er ist eng mit seiner Mutter verbunden, die jedwede Hilfe von anderen Erwachsenen strikt ablehnt.*

Der Bericht fuhr im selben Stil fort, ohne jedoch konkrete Anhaltspunkte zu nennen. Auf der weiterführenden Schule war er offenbar besser zurechtgekommen, hatte gute Noten und fehlte nur selten. Stranda verwies auf ein Gespräch mit einem der Lehrer, der Nils als schweigsamen, einsamen Jungen mit guten Fähigkeiten, aber wenig Selbstvertrauen charakterisierte. Und absolut keine Freundinnen. *Ich wäre nicht erstaunt, wenn sich zeigte, dass er homosexuell ist.*

Gleich nach dem Schulabschluss hatte er sein Studium an der Theologischen Fakultät aufgenommen und zwei Jahre gute Leistungen erbracht, ehe er plötzlich aufgrund der sich verschlimmernden psychischen Erkrankung der Mutter aufgehört hatte. Vier Jahre hatte er sich dann um sie gekümmert, bevor sie sich schließlich das Leben nahm. In dieser Zeit hatte er sich laut Aussage der Nachbarn sehr zurückgezogen. *Ein isoliert lebender junger Mann.*

Nils nahm sein Studium nicht wieder auf, engagierte sich aber in der Gemeindearbeit, wo er sich einen guten Ruf erwarb. Dessen ungeachtet war er ein einsamer Mensch, offenbar ohne Privatleben.

Als Domprobst der Uranienborg-Gemeinde hatte sich Stefan Widerberg des jungen Mannes angenommen, der mittlerweile eine Ausbildung zum Katecheten absolviert hatte. Sie freundeten sich an. Zum ersten Mal in seinem Leben pflegte Nils Lier so etwas wie regelmäßigen Umgang mit einer normalen, durchschnittlichen Familie.

Stranda war es nicht gelungen, Kontakt mit der Verlobten aufzunehmen, doch durch eine Freundin von ihr konnte er bestätigen, was ich bereits wusste. Kein Sex.

Die alte Geschichte mit der Anzeige wurde auch bestätigt. *Nicht sonderlich glaubwürdig, Foyn.*

Der Privatdetektiv hatte einen gründlichen Job gemacht. Ich war geneigt, dieselbe Schlussfolgerung zu ziehen wie er: Nils Lier war ein anonymer Mann, dem nichts Besonderes anhaftete. Ein Mann ohne Eigenschaften. Oder vielleicht einfach nur ein Mann, der völlig selbstlos war. Hatte ihn die extrem enge Bindung an die Mutter an den Rand eines normalen sozialen Lebens gedrängt?

Er war nicht wohlhabend, hatte ein äußerst bescheidenes Einkommen, eine kreditfinanzierte Eigentumswohnung in einer Villa in Teie, einen Lieferwagen und ein leeres Bankkonto. Das Einzige, was aus alldem herausstach, war die Ferienhütte in Valdres, die er 2001 von einem entfernten Verwandten geerbt hatte und deren geschätzter Verkaufswert auf zwei Millionen beziffert wurde.

Keinerlei Zahlungsrückstände und nicht einmal ein Bußgeld wegen Falschparkens. Mindestens zweimal war Lier in Russland gewesen. Seine Internetaktivitäten umfassten Nachrichten, Populärwissenschaft, klassische Musik, *finn.no* und religiöse Seiten. Kein Surfen auf Porno-Websites, aber häufige Besuche bei Dating-Portalen.

Es war erschreckend, was der Privatdetektiv im Laufe weniger Tage zusammengetragen hatte.

Ich las weiter. Über Wilhelm Wilhelmsen tauchten immer mehr schlechte Nachrichten auf. Schon in der Mittelstufe war der Junge schwierig gewesen. Schuleschwänzen, kleinere Diebstähle und Pöbeleien, ehe er schließlich mit Drogen und Drogenhandel in Kontakt kam. Es gab eine weitere Information in dem Bericht, die mich aufhorchen ließ. Schon als kleiner Junge hatte sich Wilhelm daran erfreut, kleine Vögel zu erschießen, Igel zu töten oder sonstige Tiere zu quälen, die seinen Weg kreuzten. *Ein kranker Junge, dieser Wilhelm. Mit ihm musste es einfach schiefgehen.* Der Nachbar hatte wohl recht. Derartige Tendenzen kündigten späteren Ärger nur allzu deutlich an.

Der junge von Krogh war nach wie vor ein Rätsel. Abgesehen von seinem selektiven Mutismus, dem vollkommen asozialen Verhalten und dem Drang, all seine Aufmerksamkeit auf Oldtimerfahrzeuge zu richten, erschien er mir ungefährlich. Gunnar Stranda hatte Zugang zu einer fachärztlichen Einschätzung des Jungen erhalten. *Vermeidet soziale Bindungen, ist extrem fixiert auf bestimmte Dinge, die er gut kann, entbehrt keineswegs Intelligenz.* Das stimmte mit dem überein, was ich über Asperger-Patienten bereits wusste.

Doch was dann folgte, beunruhigte mich. *Anscheinend ist er in bestimmten Situationen ohne empathisches Einfühlungsvermögen. Wenn er sich wirklich bedroht oder verraten fühlt, ist nicht auszuschließen, dass er zu Gewalt neigt, obwohl er dies ansonsten vermeidet.* Der Privatdetektiv hatte mit einigen gesprochen, die den Jungen kannten. Dabei standen die Katzenmorde offenbar nicht im Zentrum. *Eigentlich ein süßer Junge, aber ohne soziale Antennen. Der Ärmste. Nur schwer vorstellbar, dass er Tiere gequält haben soll.* Der Familie war es gelungen, ihn vor schwierigen Situationen und Herausforderungen zu schützen, gleichwohl hatten sie keine totale Kontrolle. *Er starrt immer so furchtbar, glotzt und glotzt, besonders auf junge Mädchen.*

Stefan Widerberg war zehn Jahre älter als sein Kollege und Freund. Ausbildung an der Universität Oslo, aktiv in verschiedenen Studentenorganisationen und internationaler Solidaritätsarbeit. Heiratete 1996 Anna Schøtt, gleich nachdem er sein Theologiestudium absolviert hatte. Danach war er zwei Jahre als Pastor in der Provinz Troms, bevor er dann zurück nach Oslo kam, zur Uranienborg-Gemeinde. Dort machte er Karriere, vom Kaplan zum Gemeindepfarrer, und baute ein umfangreiches Netzwerk auf, pflegte Kontakte insbesondere zu den jungen

Frauen in der Gemeinde. Dass er zwei kleine Töchter hatte, war dabei offenbar kein Hindernis.

Noch war es Stranda nicht gelungen, den Computer des Pastors zu hacken. *Ich arbeite daran, Foyn. Der Mann ist allerdings kein Computerlaie.*

Offiziell bewarb er sich 2005 um die Arbeit in Tønsberg, weil er neue Herausforderungen suchte. Die Gerüchte, die der Privatdetektiv aufgeschnappt hatte, erzählten indes eine andere Geschichte. Widerberg hatte ein viel zu wachsames Auge auf junge Frauen. Und praktizierte seine eigene Auslegung des siebten Gebots.

Interessanterweise hatten die meisten Frauen wohl eine positive Meinung über ihn.

Im Halbdunkel zündete ich mir ein neues Zigarillo an. Während der wohlduftende Rauch den Schreibtisch einhüllte, versuchte ich nachzudenken. Es war später Abend geworden. In nicht allzu langer Zeit würde der Frühling vom Sommer abgelöst werden und Hoffnung auf bessere Zeiten würde sich einstellen. Aber so kam es mir keineswegs vor. Das Gefühl, dass dort in den kurzen, kryptischen Sätzen auf dem Bildschirm irgendetwas verborgen lag, wurde stärker und stärker. Hatte ich etwas Wesentliches übersehen, einen Schlüssel zu dem Mysterium: *Was war mit Elvira Widerberg passiert?*

Hilfe suchend warf ich einen Blick auf das Bücherregal. Unverständliche Aufzeichnungen, frühere Falldokumente, inhaltsleere Briefe, alles völlig überaltert. Unerbittlich wurde mein Blick von der hübschen Cognacflasche zwischen den Gesetzeswerken angezogen. *Bache Gabrielsens Pure & Rustic Echallat Singel Estate 1975*, in insgesamt 1190 Flaschen abgefüllt. Und eine davon befand sich mitten in meinem Büro. Das Geschenk eines Mandanten, der guten Grund hatte, mir seine Dankbarkeit zu beweisen. Ich hatte ihn nicht gefragt, woher die Flasche kam.

Plötzlich wurde mir das klar, was ich spätestens schon hätte begreifen müssen, als Dr. Uwe Seeler es zögernd erwähnt hatte.

Vaset.

Eine Bergregion in Valdres. Ein Name, zu dem Elvira problematische Assoziationen hatte. Der Ort, an dem der fürsorgliche Freund der Familie ein kleines Häuschen geerbt hatte.

Ein schneller Abgleich mit dem GAB-Register bestätigte, dass ich richtig vermutete. Liers Adresse der Ferienhütte lautete Vaset.

Früher hatte ich an Zufälle geglaubt. Doch das war schon lange her.

Der ehemals am Obersten Gericht vortragende Rechtsanwalt Christian Salvesen saß auf seinem Stammplatz im *Black & White*, als ich auf dem Heimweg vorbeischaute. Mit einer der Gestalten, die noch tiefer gesunken waren als er selbst, hatte er sich in eine Schachpartie vertieft. Als ich ihm meine Hand auf die Schulter legte, blickte er gereizt auf.

»Sehen Sie nicht, dass ich beschäftigt bin, Foyn? Gerade jetzt, da ich kurz davor bin, den Sieg nach Hause zu tragen, kommen Sie und zerstören alles!«

Seine Gegenspielerin schien nicht so sehr daran interessiert, die Partie fortzuführen. Vielleicht war Salvesen ja wirklich dabei zu gewinnen, was ich als kleine Sensation betrachtete.

»Nur eine Frage, dann verschwinde ich wieder«, sagte ich schnell.

»Na, dann los.« Er hatte den Blick wieder auf das Spielbrett gerichtet. Die Frau ihm gegenüber war einmal eines der seltenen weiblichen Schachtalente gewesen.

»Welche absonderlichen Interessen hat unser gemeinsamer Freund zum Ausdruck gebracht, ganz konkret?«

»Nichts, was uns ansprechen könnte, Foyn.« Er schüttelte den Kopf. Seine sorgfältig gebundene Fliege verrutschte. »Mich jedenfalls nicht. Wie Sie wissen, ist es schwierig, sich zu den Vorlieben anderer zu äußern.«

»Jetzt antworten Sie doch einmal präzise auf eine einfache Frage.«

»Frauenkleider. Er musste sich als Frau verkleiden, um erregt zu werden. Und nicht nur das«, sagte er und betrachtete mich mit einem angeekelten Blick. »Wie ein kleines Mädchen, ja, wie ein Kind.«

In dieser Nacht wälzte ich mich lange im Bett herum, ehe ich schließlich einschlief.

18

Beim Frühstück beschloss ich, erst weiterzumachen, wenn ich mit eigenen Augen gesehen hätte, was sich in Liers Hütte befand. Ich spielte mit dem Gedanken, die Widerbergs zu fragen, ob Elvira vielleicht mit ihm dort gewesen war. Aber sie würden mir nicht antworten. Und im schlimmsten Fall könnten sie Lier warnen.

Ich sagte die drei Termine ab, die ich für diesen Mittwoch gemacht hatte, packte mein Einbruchswerkzeug ein, informierte eine glückliche Hündin und startete den Jaguar.

Drei Stunden später bog ich von der Panoramastraße zwischen Vestre Slire und Hemsedal ab und folgte der Landstraße nach Vasetvatnet. Dort hielt ich, um den letzten Rest zu Fuß zurückzulegen. Ich hatte die Koordinaten auf der Karte der Gemeinde gefunden und sie in das GPS meines Telefons eingegeben. Die Hütte lag angeblich einige Hundert Meter von der Straße entfernt, ungestört, in sicherer Entfernung von der Ferienhauskolonie.

Selbst wenn ich kein Bild der Hütte gefunden hätte, hätte ich mich unmöglich irren können. Eine geräumige Holzhütte in prachtvoller geschützter Lage. Aussicht über die Berge und gleich oberhalb des Sees. Der Feldweg führte bis vor die Tür.

Es war ganz still, in der Umgebung war nicht ein Mensch zu sehen. Der Tag hatte mit schönem Sommerwetter begonnen, aber nun war der Regen gekommen. Ich ließ Hulda frei umherlaufen. Sie würde reagieren, wenn hier Personen wären.

Vorsichtig ging ich um die Hütte und überprüfte Fenster und Türen. An der Wand war ein kleines Schild der Sicherheitsfirma *Securitas* angeschraubt. Ein altes Ferienhaus, tief im Gebirge, und dann eine Alarmanlage? Es würde jedenfalls dauern, bis die *Securitas*-Leute hier einträfen.

Ich blieb stehen und sah mich um. Ein Idyll, na gut. Aber dieser Ort hatte etwas Düsteres an sich, eine Art Einsamkeit, nicht das gute Gefühl von Stille und Frieden auf der Hochebene, sondern eine Stimmung, die mich traurig machte.

Die Hütte war vom Verfall geprägt. Er war nicht sonderlich gut zu sehen, aber kleine Details erzählten ihre eigene Geschichte. Risse in den Fensterrahmen, abgeblätterte Farbe, Abfallreste, eine schiefe Treppe, zerbrochene Dachziegel, die Tür der Klohütte halb offen, ein umgekippter Holzstapel, die Holzscheite auf dem Hof verstreut. Als ob es niemanden interessierte. Als ob nichts mehr etwas bedeutete.

Niemand hier würde mich bei dem stören, was ich jetzt vorhatte.

Ich öffnete die Tasche mit dem Einbruchswerkzeug, das mir ein Fachmann vermacht hatte. *Ich brauch das in den nächsten Jahren nicht, Foyn. Kümmere du dich um den Kram, das ist mein Kapital, das weißt du ja.*

Dünne Plastikhandschuhe würden alle Spuren verbergen. Über die Schuhe hatte ich Plastikbeutel gestreift.

Ein Fenster aufzubrechen, wäre einfach gewesen, aber ich versuchte mein Glück zuerst am Türschloss, das wie die Tür solide, aber alt aussah. Mit der richtigen Ausrüstung sind solche alten Schlösser überraschend einfach zu knacken, auch für einen Amateur.

Nach einigen Minuten war ich im Haus.

Als Erstes verschaffte ich mir einen Überblick. Die Hütte besaß ein geräumiges Wohnzimmer mit einem prachtvollen Kamin. Die Möbel waren solide und traditionell, alles im alten Stil. Die Wände waren vom Zahn der Zeit braun gefärbt worden. Ich tippte auf die Fünfzigerjahre. Ein großes Schlafzimmer mit einem Doppelbett, zwei kleine Zimmer mit Etagenbetten, nüchtern möbliert, wie es damals üblich war. Überall war es dunkel, fast finster. Verschlissene Vorhänge waren geschlossen und ließen nicht viel Licht herein. Die dunklen Holzwände waren mit Landschaftsmalereien dekoriert. Die Teppiche auf dem Boden waren abgenutzt, aber sauber.

Die Küche war groß, altmodisch und überraschend gut ausgerüstet. Gasherd, Kühlschrank und Ausgussbecken. Das Wasser musste offenbar draußen geholt werden, vermutlich aus dem See.

Flachbildschirm und DVD-Gerät waren das Einzige, was nicht ganz zum Rest passte, zusammen mit einem Drucker, einem einfachen *Apple*-Modell. Sicher nahm Lier Arbeit mit zu der Hütte. Eine altmodische Schreibmaschine schien schon seit Fertigstellung des Gebäudes hier zu stehen. Es gab keinen Stromanschluss, eine Solarzellenanlage an der Außenwand sorgte für Elektrizität.

Als ich meine Kamera eingestellt hatte, um eventuelle Funde dokumentieren zu können, störte plötzlich Hulda die Stille. Ihr Bellen wurde immer schärfer. Ich war erst eine Viertelstunde hier.

Als nichts passierte, ging ich vorsichtig durch das Zimmer und den Flur und schob dann die Eingangstür auf. Hulda stand wie angewachsen da und starrte auf ein Loch in der Bretterwand.

Eine Ratte, eine Maus oder vielleicht ein Lemming, jedenfalls nur ein kleines Tier. Ich atmete erleichtert auf, während mein Puls auf seine normale Geschwindigkeit zurückfiel. Diese Hütte hier machte mich langsam nervös.

Ich zog Hulda von dem Loch weg und schob sie in den Gang. »Hier bleibst du jetzt«, sagte ich streng. »Und keinen Krach mehr, falls nicht wirklich Leute kommen. Hast du verstanden?«

Hulda musterte mich verärgert und ließ sich deutlich beleidigt auf den Boden fallen.

Ich nahm mir zuerst die Schlafzimmer vor. In den beiden kleineren fand ich nichts Interessantes, mit einer Ausnahme. Die Nachttischschubladen waren mit Comics gefüllt, nicht für Erwachsene, sondern für Kinder und Jugendliche. Ansonsten gab es in den Kammern keine Spur von Kindern. Keine Zeichnungen, Bücher, Kleider oder Spielsachen.

Neben dem Doppelbett im großen Schlafzimmer stand ein Nachttisch, ein schweres altes Möbelstück mit Schubladen und Schrankfach, alles abgeschlossen. Dass ich die Schlüssel nicht fand, störte mich nicht weiter. Mit einem Dietrich ließen sich die Schlösser schneller öffnen als vorhin die Haustür.

Als ich die erste Schublade aufzog, war ich auf diesen Fund schon vorbereitet. Dennoch zuckte ich zurück, als der Inhalt im scharfen Strahl meiner Taschenlampe sichtbar wurde. Bilder von Kindern, einige aus dem Netz heruntergeladen und mit einem schlechten Drucker kopiert, andere von viel besserer Qualität.

Langsam ging ich die Stapel durch. Nur Mädchen, junge Mädchen, die meisten mochten um die zehn, zwölf sein, jünger war keine. Einige waren wie Erwachsene gekleidet und geschminkt, andere wurden in normalen, scheinbar unschuldigen Situationen gezeigt. Keine war nackt, aber sie waren als sinnliche Objekte dargestellt. Etliche Fotos hatten einwandfrei künstlerische Qualitäten. Sie hätten aus Zeitschriften stammen können, von Werbeplakaten, aus dem Netz, von allen möglichen Orten, wo Kinder in kommerziellem Zusammenhang sexualisiert werden. Es war durchaus möglich, dass Bilder aus einer Werbekampagne von *Hennes & Mauritz* in dieser Sammlung vertreten waren.

Kein Foto war für sich betrachtet wirklich pornografisch. Was die unangenehmen Assoziationen hervorrief, war der Zusammenhang damit, was ich schon wusste. Ein alleinstehender Mann in einer Hütte, tief im Gebirge, umgeben von Bildern mit posierenden kleinen Mädchen.

Ich breitete die Fotos auf dem Bett aus und fotografierte alles, dann wandte ich mich dem Kleiderschrank zu. Es war ein schönes altes Möbelstück, angenagt vom Zahn der Zeit, mit geschnitzten Verzierungen und gemalten Rosenmustern an der Tür. Auch diese war abgeschlossen, aber leicht zu öffnen.

Zwei Arbeitshemden, einige Pullover, Unterwäsche und Socken, ordentlich zusammengefaltet. Die Hosen hingen auf Kleiderbügeln, grau und langweilig und synthetisch, wie der Mann selbst.

Ganz hinten im Schrank, hinter einer dicken Winterjacke, fand ich einen Kleiderbeutel, der Motten und anderes Ungeziefer fernhalten sollte. Ich zog den Reißverschluss auf.

Bunte Kleider, Damenunterhosen, Nylonstrümpfe, Kleider für eine erwachsene Frau. Eine Perücke mit kreideweißen Locken, ein BH, ein Hüftgürtel, Strumpfhalter.

An der Innenseite der Tür war ein mannshoher Spiegel angebracht. Ich versuchte, ihn vor mir zu sehen, einen anonymen Mann in Frauenkleidern, posierend vor dem Spiegel, tief im Gebirge, während er seine verborgenen Träume auslebte.

Decken und Kissen waren in dem Doppelbett ordentlich aufeinandergelegt, es fehlten jedoch Bettwäsche und Handtücher. In den beiden kleinen Schlafzimmern waren die Etagenbetten frisch bezogen, die Bettwäsche sah unbenutzt aus.

Ich blieb in der Türöffnung stehen und sah mir das Zimmer an. Hatte Elvira in dem großen Bett gelegen, zusammen mit ihm, einem erwachsenen Mann? Es gab keine Spur von ihr oder von anderen Kindern, keine Kleider, keine kleinen Zeichen, nichts, was mir den endgültigen Beweis gebracht hätte, es gab nur Andeutungen. Er hatte sorgfältig aufgeräumt, aber die Techniker der Polizei würden etwas finden. Haare, winzige Hautreste. Übergriffige Männer unterschätzten die moderne Wissenschaft.

In der Küche fand ich nichts Interessantes, abgesehen von Limoflaschen und leeren Bonbontüten. Dinge, die Kinder und Jugendliche liebten, nichts für erwachsene Männer.

Das Wohnzimmer hatte ich mir bis zum Schluss aufgespart.

Dass im Bücherregal Nabokovs *Lolita* stand, schockierte mich nicht, auch nicht, dass Stanley Kubricks großartiger Film von 1962 dort vertreten war. Kleine Mädchen und erwachsene Männer.

Der Mann besaß einen interessanten literarischen Geschmack. Jede Menge Klassiker, die Weltliteratur war gut vertreten. Alle zwölf Bände Proust in norwegischer Ausgabe. Als ich in den Büchern blätterte, sah ich außerdem, dass *Auf der Suche nach der verlorenen Zeit* nicht nur zur Dekoration dastand, sondern gründlich gelesen worden war, mit Eselsohren und Unterstreichungen. Die gleiche Behandlung war James Joyce zuteilgeworden, nicht nur in *Ulysses*, sondern auch in dem fast unzugänglichen *Finnegans Wake*. Agnar Mykle nahm eine zentrale Stelle ein. Sowohl *Das Lied vom roten Rubin* als auch *Lasso um Frau Luna* waren vorhanden, beide mehrmals gelesen.

Die DVD-Sammlung war überraschend neutral. Auch hier Klassiker, historische Filme, Erzählungen mit religiösem Hintergrund, epische Geschichten, seriöse Kriegsfilme.

Erst als ich eine Schachtel fand, die ganz hinten in eine Ecke geschoben worden war, stieg meine Temperatur. Er hatte die Filme mit erotischem Inhalt getrennt von den anderen gestellt. Wollte er den Rest der Sammlung nicht besudeln, schämte er sich dieser Teile?

Zu meiner Überraschung fand ich nichts, was ich als pornografisch hätte bezeichnen können, sondern ausgewählte Klassiker, alle mit einer Art erotischer Tönung. Eine seltsame Zusammenstellung. Vilgot Sjömans *Ich bin neugierig, blau* und *Ich bin neugierig, gelb* aus den späten Sechzigerjahren, Roy Anderssons *Eine schwedische Liebesgeschichte* von 1970, Marlon Brando im *Letzten Tango von Paris*, auch aus den Siebzigerjahren, *Lady Chatterley's Lover* mit Jeremy Irons, *Fucking Åmål* aus den frühen Neunzigerjahren und dazu *Basic Instinct* sowie *Das Delta der Venus* und ähnliche Unterhaltungsfilme, alle mit einem Hauch von Erotik. Die Sauereien hatte er offenbar anderswo versteckt.

Als ich den Fernseher anschaute, konnte ich mich davon überzeugen, dass er Zugang zu etlichen Sendern hatte, auch solchen für Softporno. Dafür sorgte die Satellitenschüssel auf dem Dach.

Am Ende sah ich Schränke und Verschläge durch, doch alles ergebnislos. Bettwäsche für das Doppelbett war im Haus nicht vorhanden. Vielleicht war sie ja zum Waschen mitgenommen worden.

Ganz zum Schluss öffnete ich noch einmal den Eckschrank im Wohnzimmer, gleich neben dem Kamin. Es war ein prachtvolles und sicher sehr altes Möbelstück. Unter dem offenen Schrankteil gab es zwei Türen, beide mit Schnitzereien und Rosenmalerei verziert. Ich hatte den Inhalt schon durchgesehen, er war nicht von Interesse. Spielkarten, Würfelspiele, ein Schachbrett, einige alte Zeitungen, Kugelschreiber, eine Lesebrille. Ich räumte alles beiseite und tastete den Boden ab. Dabei fand ich ein verborgenes Regalfach. Als ich den Deckel abnahm, tauchte ein Tüllkleid in Kindergröße auf, zusammengeknüllt um Handschellen von der Sorte, für die *Fifty Shades of Grey* einen neuen Markt eröffnet hatte. Dass sie mit kindlichen rosa Schleifen verziert waren, erweckte in mir Unbehagen. Ein goldener Beutel voller Schminkutensilien, billiger Schmuck und ein Seidenschal vervollständigten die Sammlung.

Ich fotografierte alles, dann legte ich die Sachen sorgfältig zurück.

Über eine Stunde war vergangen, seit ich die Tür der Hütte aufgebrochen hatte. Jetzt wollte ich weg von hier. Ich räumte sorgfältig auf. Ich war nicht hier gewesen.

Die Stunden im Jaguar auf der Heimfahrt nutzte ich zum Überlegen. Nils Liers geheimes Leben war mir nicht mehr verborgen. Aber mir fehlten die Beweise. Nichts brachte ihn mit Elvira in Verbindung. Er würde leugnen und sie war für immer stumm. Zeugen gab es nicht.

Physische, greifbare Beweise dafür, dass sie auf der Hütte gewesen war, die brauchte ich jetzt. Und die würden nur die Fachleute der Polizei beschaffen können. Doch selbst dann wären wir von einem Geständnis abhängig, einer Aussage, die niemals erfolgen würde. *Ja, ich hatte Sex mit einem frühreifen kleinen Mädchen, das sich später das Leben genommen hat.* Oder wie wäre es hiermit: *Ich schloss die Tür auf, als sie in der Badewanne lag, schon halb bewusstlos von Pillen, und ich drückte sie unter Wasser, bis sie nicht mehr atmete. Ich hatte Angst, sie würde sonst die Wahrheit über uns erzählen.* Besonders wahrscheinlich war das nicht. Aber dennoch: Die Erfahrung hatte mich gelehrt, dass auch Mörder und Vergewaltiger den Drang verspürten, ihre

Geschichte zu erzählen, um eine Art Läuterung zu erreichen, um frei zu werden. Einzelnen fiel das ungeheuer schwer, aber ich glaubte nicht, dass mein Mann zu diesem harten Kern gehörte. Er kämpfte sicher mit seinen inneren Dämonen. Niemand durfte etwas erfahren. Und das war wirklich eine schwere Last.

Am späten Abend war ich schließlich wieder in Tønsberg. Ich fuhr durch die Stadt, über den Kanal und dann nach links in die Ørnesallé. Langsam passierte ich die Villa. Im Erdgeschoss, wo Liers Wohnung lag, brannte Licht. Für einen Moment sah ich eine Gestalt hinter den Vorhängen. Mein Drang, hineinzustürzen und die Wahrheit aus ihm herauszuprügeln, hätte mich fast überwältigt.

Ich hielt ein Stück weiter oben in der Straße und atmete auf. Seltsamerweise hatte ich das Gefühl, diesen Mann jetzt zu kennen. Für mich war Nils Lier nicht mehr nur ein anonymes Gesicht, sondern ein Mensch aus Fleisch und Blut, das Opfer einer Kindheit, die er nicht gebraucht und um die er nicht gebeten hatte. Wie fast alle meine Mandanten. Die Opfer wurden später zu Tätern. Der Fluch der Geschichte.

Das befreite sie nicht von der Verantwortung. Er musste aufgehalten werden, ehe er noch anderen etwas antat.

Als ich mich auf das Grundstück schlich, hatte ich wieder einen etwas klareren Kopf.

Die Dunkelheit verbarg mich, der Regen brachte die Menschen dazu, im Haus zu bleiben, niemand sah mich, als ich vorsichtig an der Hauswand entlangging. Die Fenster saßen gerade tief genug, dass ich auf Zehenspitzen hineinschauen konnte. Eine geräumige Küche, altmodisch, aber gut ausgerüstet. Kerzen auf dem Tisch, ein Kochtopf auf dem Herd, eine Salatschüssel auf der Anrichte, ein schön gedeckter Tisch.

Spätes Abendessen eines alleinstehenden Mannes. Ein einsames Weinglas, eine Stoffserviette.

Ich trat näher und blickte in ein geräumiges dunkles Wohnzimmer. Ein abgenutztes Sofa, zwei solide Sessel, ein Tisch, alles nüchtern, fast ärmlich, abgesehen von Flachbildschirm und

Stereoanlage. Aus den Bodenlautsprechern strömte die Musik durch die Wände. Rachmaninow, der verrückte Russe. *Rhapsodie über ein Thema von Paganini.* Die Aufnahme war mir unbekannt.

Auch in musikalischer Hinsicht hatte er einen interessanten Geschmack.

Durch eine offene Tür sah ich in dem Raum, bei dem es sich um das Schlafzimmer handeln musste, seinen Rücken. Er trug einen langen weißen Mantel und beugte sich nach vorn.

Ich musste mehr wissen.

Hinter mir fand ich einen Gartentisch, den ich vor das Fenster stellte. Zwischen den Blumentöpfen sah ich jetzt alles. Er beugte sich über eine Staffelei und hielt einen Pinsel in der Hand. Als er einen Schritt zur Seite machte, konnte ich das Motiv erahnen. Ein Kindergesicht.

Auf dem Tisch neben der Staffelei stand ein weiteres halb fertiges Gemälde, auch dieses zeigte ein Kind, ein nacktes Mädchen. Die Wände waren mit Gemälden dekoriert, sicher seine eigenen, mehrere davon mit einem Kind als Motiv. Sie beeindruckten mich nicht, aber ich bin ja auch kein Kunstkenner.

Das geräumige Zimmer enthielt außerdem einen Arbeitstisch, ein Doppelbett und einen Nachttisch. Hier schlief er, bei seinen Bildern, umgeben von Farbe, Zeichnungen und Skizzen.

Sie war hier gewesen und er hatte sie gemalt. So musste es sein. Nur wenige Kilometer von ihrem Zuhause entfernt. Niemand würde da einen Verdacht schöpfen.

Als ich mich anders hinstellen wollte, um mir einen besseren Überblick zu verschaffen, gab der Tisch unter mir nach und ich kippte rückwärts auf den glitschigen, feuchten Rasen. Sofort wurde es still im Haus. Er hatte den Lärm offenbar gehört. Ich kam auf die Beine und lief zur Straße, gerade rechtzeitig, um mich hinter einem parkenden Auto zu verstecken, ehe die Tür geöffnet wurde. Er konnte mich nicht gesehen haben.

Ich saß dann noch eine ganze Weile im Jaguar und überlegte. Ich hätte viel darum gegeben, seine Sachen durchsuchen zu dürfen, aber ich hatte ja das Schild der Wachgesellschaft gesehen. Hier in der Gegend wurde oft eingebrochen und Lier hatte seine eigenen Gründe, sich zu beschützen. Ich musste mir eingestehen, dass ich mir niemals unentdeckt Zugang zu seinem Haus verschaffen konnte.

19

Am nächsten Morgen wusste ich, was ich zu tun hatte. Den Fall loszulassen, war nun unmöglich, auch wenn mir das, womit ich mich nun beschäftigen musste, ein mulmiges Gefühl bereitete.

»Ja?« Kriminalchef Åsens kläffender Tonfall war kein guter Anfang. Ich hätte fast etwas von »falsch verbunden« gesagt, schluckte aber meine Vorurteile hinunter.

»Hier ist Foyn«, sagte ich.

»Das sehe ich.«

Dieser Kommentar brachte mich aus dem Gleichgewicht. Er hatte also meine Telefonnummer gespeichert. Falls die Polizei inzwischen nicht so smarte Telefone hatte, die automatisch die Namen der anrufenden Person wiedergaben. Doch bei allem, was ich über das technologische Niveau der Truppe wusste, fand ich diese Lösung nicht sehr wahrscheinlich.

»Wie praktisch. Dann wissen Sie sicher auch, was ich sagen wollte?«

»Ich hab nicht viel Zeit, Foyn.«

»Ich bin in einer Viertelstunde bei Ihnen.« Ich ließ ihm keine Möglichkeit zu protestieren.

Mørk war nicht im Büro, als ich an seine Tür klopfte. Ich hätte moralische Unterstützung gebrauchen können.

Åsen schaute nicht auf, als ich hereinkam, und auch nicht, als ich mich auf dem Sofa niederließ.

»Es geht um Elvira Widerberg«, sagte ich.

»Das habe ich schon begriffen.« Er hatte seinen Polizistenblick aufgesetzt.

»Oder genauer gesagt, um Nils Lier«, fügte ich hinzu, so ruhig ich konnte.

»Reden Sie weiter, Foyn.« Es war unmöglich zu sehen, was der Kriminalchef dachte.

»Ich habe neue Informationen gefunden, Dinge, die Liers Beziehung zu Elvira in ein neues Licht rücken. Informationen, die Sie interessieren müssten.«

Der Kriminalchef beugte sich über den Schreibtisch vor. »Und diese«, er kostete das Wort aus, »diese Informationen basieren nicht auf Schlamperei und Spekulationen, vermute ich?«

»Was von mir kommt, tut das nie«, sagte ich. »Das müssten Sie wissen.«

»Das habe ich jetzt nicht gehört, Foyn.« Die pochende Ader an seiner Stirn schwoll an. »Was haben Sie?«

»Wissen Sie überhaupt, dass die Kleine auf den Ortsnamen Vaset sehr negativ reagiert hat?«

»Das ist nicht witzig, Foyn.« Åsen starrte mich wütend an.

Ich wiederholte den Kommentar des Psychologen. »Unser Mann hat eine Hütte in Vaset geerbt. In dieser Hütte befindet sich so allerlei, das Sie interessieren dürfte.«

»Seien Sie sich da nicht zu sicher, Foyn«, fauchte er mich an. »Und Sie haben das vielleicht mit eigenen Augen gesehen?«, fügte er hinzu, ein wenig sanfter.

Es war mir immerhin gelungen, seine Neugier zu erregen. »Ich bin über diese Dinge zuverlässig informiert«, sagte ich. »Sind Sie interessiert?«

»Kommen Sie schon«, knurrte er.

»Gerne.« So genau ich konnte, beschrieb ich meine Funde.

»O verdammt.« Der Kriminalchef starrte mich an. »Frauenkleider?«

Ich rutschte auf dem Sofa hin und her. Toleranz Abweichlern gegenüber war nicht gerade Åsens starke Seite. »Das ist vielleicht nicht so wichtig«, sagte ich angestrengt, in dem Versuch, seine Vorurteile zu ignorieren. »Aber es gibt durchaus starke Hinweise darauf, dass er ein besonderes Interesse für junge Mädchen hat, besonders für kleine Mädchen.«

»Was für ein Schwein.« Der Kriminalchef schien sich einer Entscheidung zu nähern. »Sind Sie dort eingebrochen, Foyn?«

Er sah mich scharf an. »Dann haben Sie uns nämlich ein Problem beschert.«

»Ich habe diese Frage nicht gehört.« Jetzt war ich derjenige, der sich vorbeugte. »Das Einzige, was ich sagen kann, ist, dass das hier die lauteren Tatsachen sind. Und ich habe noch mehr.« Ich gab die zentralen Teile von Gunnar Strandas Bericht über den Katecheten wieder. »Und als ob das noch nicht genug wäre, pflegt er in seiner Wohnung in Teie auch noch ein ganz besonderes Hobby. Er malt.«

»Na und?«

»Hier ist nicht die Rede von Landschaftsmotiven«, sagte ich. »Es scheint so, als ob er sich auch in dieser Hinsicht für Kinder interessiert.« Hier befand ich mich auf dünnem Eis. Ich hatte ja nur wenige Bilder gesehen.

Es wurde still im Zimmer. Nur das Surren des Ventilators unter der Decke störte uns.

Am Ende brach Åsen das Schweigen. »Und was ist also Ihre Theorie?«

»Das wissen Sie«, sagte ich. »Wir reden hier von sexuellen Übergriffen. Als Freund der Familie mit besonderen Interessen hat er Motiv und Gelegenheit. Wenn sie bei ihm war, kann es natürlich Spuren dessen geben, was geschehen ist.« Ich war mir meiner Sache sicher. Sie war dort gewesen.

»Hm.« Åsen verbog energisch seinen Kugelschreiber. »Das reicht nicht«, sagte er überraschend ruhig. »Das ist nicht genug. Einen Bekannten zu besuchen, ist kein Verbrechen.«

»Es kann aber eins sein.«

»Das behaupten Sie, ja. Wir müssen es beweisen.«

»Auf der Hütte und bei ihm zu Hause gibt es vermutlich technische Spuren«, argumentierte ich. »In den Betten zum Beispiel. Es wird nicht leicht sein, die wegzudiskutieren.«

»Vermutungen, Foyn.« Aber der Blick des Kriminalchefs hatte sich verdüstert.

»Beweise, die nur Ihre Techniker sichern können«, sagte ich. »Ob der Katechet mit dem Todesfall etwas zu tun hatte, lässt sich noch nicht sagen. Aber wenn er unter Druck gesetzt wird, ist die Möglichkeit groß, dass er nachgibt. Lier ist kein harter Brocken.«

Wieder war es still, bis er dann endlich antwortete: »Weiß sonst noch jemand davon?«

»Nein«, sagte ich. »Und so muss es auch bleiben.« Ich hatte zwar am Vorabend dem Richter einen aktualisierten Bericht geschickt, aber auch diesmal hatte ich keine Details geliefert. *Neue Hinweise auf Liers Verbindung zu dem Fall sind aufgetaucht. Details folgen.* »Diese Information darf auf gar keinen Fall an die Presse gelangen. Wenn irgendetwas herauskommt, wird es die Ermittlungen ruinieren und eventuelle Unschuldige verletzen.«

»Dafür sorge ich schon, Foyn«, der Kriminalchef sah mich drohend an. »Versuchen Sie ja nicht, mir meinen Beruf zu erklären. Ich kümmere mich um diesen Fall.«

Das war keine Beruhigung für mich, aber das sagte ich nicht. »Also, was passiert jetzt?«

»Das müssen die Juristen beurteilen.« Jetzt kam er mir plötzlich besorgt vor. »Sehr solide ist das nicht. Mehr kann ich jetzt nicht sagen.« Er schlug mit dem Stift auf den Tisch. Offenbar besaß die Truppe ganz besonders robuste Schreibwerkzeuge, denn Åsens Kugelschreiber war noch immer nicht zerbrochen. »Und Sie verkneifen sich jetzt Ihre Alleingänge, Foyn. Ungesetzliches Vorgehen Ihrerseits würde alle Möglichkeiten ruinieren.«

»Natürlich«, sagte ich. Er hatte recht. Ein guter Jurist könnte gegen Beweise argumentieren, die auf ungesetzliche Weise beschafft worden waren. Durch einen Einbruch, zum Beispiel. »Ich glaube, wir denken da gleich«, sagte ich. »Sie wissen so gut wie ich, dass nicht alles herauskommt.« Ich wusste, dass ich bei ihm einen Keim gesät hatte, und ich glaubte, dass er damit weiterarbeiten würde. »Hier haben wir gemeinsame Interessen«, schloss ich und erhob mich. »Ausnahmsweise«, musste ich noch hinzufügen. Als Diplomat wäre ich eine Fehlbesetzung gewesen.

Åsen reagierte seltsamerweise nicht, sondern hielt mich zurück. »Moment noch, Foyn.«

Ich drehte mich in der Tür um. »Was ist denn?«

»Setzen Sie sich.« Er zeigte auf das Sofa. »Es gibt etwas, was Sie nicht wissen.«

Ich gehorchte. Es war ein ungewohntes Gefühl, aber nicht so schlimm wie erwartet. »Wissen Sie jetzt, was mit Wilhelm Wilhelmsen passiert ist?«, fragte ich.

»An dem Fall wird gearbeitet«, sagte er kurz. »Heute Morgen hatten wir Besuch von Stefan Widerberg.«

»Ach?« Ich begriff, dass es um etwas Wichtiges gehen musste. »Was wollte er?«

»Er hat Johanna vermisst gemeldet.«

»Vermisst? Ist sie wieder weggelaufen?«

»Sieht fast so aus.« Plötzlich hatte ich den Eindruck, dass sich im Gesicht des Kriminalchefs echte Besorgnis zeigte. »Sie ist am Dienstagmorgen verschwunden und seither nicht mehr gesehen worden.«

»Sie ist schon häufiger durchgebrannt«, sagte ich. »Das ist Ihnen doch sicher bekannt?«

»Wofür halten Sie uns?«

Diese Frage ließ ich lieber unbeantwortet.

»Ihre Eltern sagen, dass Johanna vor zwei Tagen zur üblichen Zeit zur Schule gefahren ist, aber dort ist sie nie angekommen. Ihr Moped wurde am Bahnhof gefunden. Sie hat ihren Pass mitgenommen. Am selben Tag wurde von ihrem Konto Geld abgehoben, aber es wurde nicht geleert. Und ihr Telefon ist abgeschaltet.«

Das gefiel mir nicht. Ein Teenager ohne Mobilverbindung? »Warum ist sie erst heute vermisst gemeldet worden?«

»Das ist alles etwas unklar. Ihr Vater war offenbar verreist. Die Mutter glaubte, Johanna würde bei einer Freundin übernachten. Das hatte sie angeblich erzählt.«

Unklar? Angeblich?

Ich sah den Mann hinter dem Schreibtisch lange an. »Wissen Sie mehr?«

»Alle Untersuchungen sind negativ ausgefallen. Aber das Land unbemerkt zu verlassen, ist keine Kunst, wenn sie das also tatsächlich getan hat. Beim vorigen Mal ist sie nach Kopenhagen gefahren, das Mal davor nach Amsterdam. Vorläufig bleibt die Fahndung intern. Sie kann ja schließlich überall sein.«

»Johanna ist bald erwachsen«, sagte ich nachdenklich. »Sie wird achtzehn.«

»Falsch, Foyn. Sie ist erwachsen. Die Kleine ist am Tag vor ihrem Verschwinden achtzehn geworden. Vor dem Gesetz ist sie also volljährig.« Er schüttelte traurig den Kopf. »Unsere Möglichkeiten sind begrenzt.«

Sicher dachte er an seine eigenen Töchter. Abermals verspürte ich einen Hauch Sympathie für diesen Mann.

»Lier hat sich offenbar an der Suche beteiligt. Auf ihn ist immer Verlass.«

»Ach«, sagte ich und konnte nicht entscheiden, ob er das ironisch gemeint hatte. »Ich dachte, Widerberg und er seien nicht mehr befreundet?«

»Was weiß ich? Johanna macht doch wohl schon lange, was sie will. Sie versuchen schon gar nicht mehr, auf sie aufzupassen.« Seine Miene verdüsterte sich noch mehr, als er mich nun ansah. »Was haben Sie am Tag vor Johannas Verschwinden bei der Greveskogen-Schule gewollt. Foyn?«

Diese Frage kam total überraschend. »Warum wollen Sie das wissen?«

»Sie spielen mit dem Feuer, Foyn«, knurrte er. »Beantworten Sie meine Frage.«

»Ich wollte mir ein Bild von der Umgebung machen«, sagte ich.

»Und dafür mussten Sie an Johannas Moped herumbasteln?«

»Scooter«, sagte ich. »Nicht Moped.«

Endlich brach sein Kugelschreiber durch. »Wir haben Sie in der Überwachungskamera«, sagte er, überraschend beherrscht. »Außerdem wissen wir, dass Sie Ihr Wrack in der Nähe der Schule im Parkverbot abgestellt hatten.«

»Das ist ein Jaguar«, sagte ich. »Und nicht irgendein blödes Fahrzeug.«

»Ich wiederhole meine Frage noch mal: Was hatten Sie dort zu suchen?«

»Mein Gewissen ist rein«, sagte ich, aber ich sah ein, dass er einen Anspruch auf die Wahrheit hatte. »Ich wollte mit Johanna sprechen und ihre Version der Ereignisse hören. Deshalb habe ich dafür gesorgt, dass sie unterwegs ein kleines Problem hatte, bei dem ich ihr dann helfen konnte.« Notlügen machten mir keine Gewissensbisse. Die Polizei hatte Mørks Rolle offenbar nicht durchschaut.

»Na gut.« Seltsamerweise schien er sich mit dieser Erklärung zufriedenzugeben. »Hat es etwas gebracht?«

Ich schüttelte den Kopf. »Eigentlich nicht. Aber ich habe etwas, was Sie verwenden können, um einen Durchsuchungsbefehl zu bekommen. Johanna wurde in einem Lieferwagen gesehen, wie unser Mann einen fährt.« Ich erzählte, was Johannas Freundin gesagt hatte. »Es geht um zwei Schwestern und Nils Lier ist der gemeinsame Nenner.« Der Gedanke lag zum Stolpern nahe. Johanna wusste irgendetwas, was für den Mann gefährlich sein könnte. Jetzt war sie verschwunden. »Das müsste helfen.«

Der Kriminalchef setzte sich gerade. »Warum sagen Sie das erst jetzt, Foyn?«

Ich blieb die Antwort schuldig.

»Nennen Sie mir den Namen dieser Freundin.«

Abermals gehorchte ich einem Befehl. Langsam gewöhnte ich mich daran.

Ich verließ das Zimmer mit dem Gefühl, bei etwas Ungewöhnlichem zugegen gewesen zu sein.

Wilhelm Mørk war noch immer nicht zurückgekehrt und niemand wusste, wo er sich herumtrieb.

Von meinem Büro aus rief ich Axel Schøtt an, um zu fragen, ob er neue Informationen habe. Da ich ihn nicht erreichte, schickte ich eine kurze Meldung. *Johanna wird vermisst. Die Polizei glaubt, sie sei durchgebrannt. Bitte melden Sie sich, sowie Sie etwas erfahren.* Mich an die Eltern zu wenden, wäre wohl keine gute Idee gewesen.

Schøtt rief schließlich nach knapp zwei Stunden zurück. »Anwalt Foyn?«

»Ja«, sagte ich.

»Wir gehen davon aus, dass sie wieder nach Kopenhagen wollte oder vielleicht nach Amsterdam. Hoffentlich wird sie bald unversehrt zurück sein. Bis dahin können wir nur hoffen, dass sie sich nicht mit gefährlichen Dingen befasst. Sie ist jetzt erwachsen und macht, was sie will.«

»Sie meinen also nicht, dass ihr Verschwinden andere Gründe haben kann?«, fragte ich.

»Dass sie entführt worden sein könnte, meinen Sie?« Seltsamerweise schien er sich da kaum Sorgen zu machen.

»Das lässt sich nicht ausschließen«, sagte ich. »Die Polizei nimmt die Sache sehr ernst. Was sagen die Eltern?«

»Die können nicht mehr«, seufzte er. »Meine Tochter steht kurz vor dem Zusammenbruch, aber sie will keine Hilfe. Sie bildet sich ein, es sei die beste Medizin, wenn sie versucht, ganz normal zu leben und so zu tun, als ob sie alles im Griff hätte. Mich hält sie auf Distanz.«

Ich konnte die Frau verstehen. Die Tragödie, die diese Familie getroffen hatte, war unvorstellbar.

20

Den restlichen Donnerstag befolgte ich den Rat des Kriminalchefs und erlaubte mir keine weiteren Alleingänge als die, die zu einer normalen Anwaltstätigkeit gehörten. Ich hoffte ja, dass die Juristen von der Staatsanwaltschaft die Sache jetzt verfolgten. Aber das traute Heim der Menschen war eine heilige Zone, vor allem, wenn der Besitzer ein angesehener Mann mit guten Beziehungen war, einer, der für sein gesellschaftliches Engagement bekannt war. Einer, der an andere dachte.

Nach Johanna Widerberg wurde noch immer nicht offiziell gefahndet. Der Richter hatte abermals mitgeteilt, er wisse so wenig wie alle anderen. *Arbeiten Sie bitte weiter, Foyn.*

Mørk war nicht in der Stadt gewesen. Ich hätte gern seine Sicht der Entwicklung gehört.

Ich hatte oft das Telefon in der Hand, um Alices Nummer zu wählen. Aber jedes Mal hatte ich mir die Sache anders überlegt.

Am Freitagnachmittag, als ich gerade Feierabend machen wollte, rief sie an. »Hallo«, sagte sie. »Ich bin's.« Ihre Stimme klang so wie in meiner Erinnerung.

»Das höre ich«, sagte ich.

»Gibt's was Neues?«, fragte sie.

»In der Weltsituation?«

»Bei dir«, sagte sie. »Bei deinem Fall.«

»Irgendwie schon«, sagte ich. »Aber das ist ein bisschen kompliziert am Telefon. Wo bist du?«

»Steh auf«, sagte sie. »Und schau aus dem Fenster.«

Ich tat, wie mir geheißen. Hulda folgte mir mit wachsamem Blick. Sie besaß einen hoch entwickelten sechsten Sinn. Dort unten auf dem Platz stand Alice und winkte mir zu. Von ihrem Exmann war nichts zu sehen, ihre beiden Töchter aber liefen um sie herum, jede mit einem riesigen Eis. Alle drei waren sommerlich angezogen. Ich hatte das Wetter noch kaum wahrgenommen. Endlich war es warm geworden.

»Ein aufmunternder Anblick«, sagte ich. »Warum kommst du nicht rauf? Ich beiße nicht.« Als ich das sagte, tauchte im Hintergrund der Gatte auf. »Schon verstanden«, sagte ich.

Er winkte nicht.

»Es ist nicht so, wie du meinst«, sie drehte sich zu ihrem Ex um, der ein Stück weiter unten auf dem Platz stand. »Wir wollen die Freundinnen der Mädchen besuchen, die haben eine Hütte auf Tjøme.« Es sah Alice nicht ähnlich, so hektisch zu reden. »Es ist wichtig für die Kinder zu sehen, dass wir uns zivilisiert verhalten, auch wenn wir uns getrennt haben. Wir fahren morgen zurück, ich melde mich, wenn ich mich loseisen kann.«

»Verstehe«, sagte ich. Ich verspürte einen starken Drang, mich unzivilisiert zu verhalten. Der Arsch erpresste sie. Als Staranwalt hatte er hier ein Heimspiel.

Vom Bürofenster aus konnte ich sehen, wie sie alle vier den Platz überquerten – wie eine ganz normale Familie beim Wochenendausflug auf eine Sommerinsel. Vielleicht waren sie das ja auch. Ich hatte keine Ahnung mehr.

Ich räumte meinen Schreibtisch auf und ging nach Hause, ohne das Bild von den vieren loswerden zu können. Irgendwann suchte ich mir meine Turnschuhe heraus, ließ Hulda auf das Sofa steigen, verließ das Haus und lief los. Durch die Stadt in ruhigem Tempo, aber als ich den Kanal zwischen dem Festland und der Insel Nøtterøy überquert hatte, steigerte ich es. Hulda war jetzt zu alt und faul für solche Ausflüge. Das würde auch bald für mich gelten. Ich wurde noch schneller.

Es war unmöglich, eine andere Route auszusuchen als die Ørsnesallé.

Als ich am Haus des Katecheten vorbeikam, registrierte ich, dass sein Lieferwagen verschwunden war.

Ich lief weiter den Smidsrødvei hinauf, ohne ein konkretes Ziel, steigerte mein Tempo aber wieder. Erst als ich an der Abfahrt nach Husøy vorbeikam, entschied ich mich für den Blåskjellvei.

Mit jedem Schritt wurde Alice durch Schweiß und körperliche Anstrengung mehr verdrängt. *Jogging ist etwas für Leute mit Todesangst,* hatte Wilhelm Mørk mir einmal anvertraut.

Auf dem Krogh'schen Grundstück war alles still. Es schien niemand zu Hause zu sein, die Fenster waren trotz der sommerlichen Hitze geschlossen, die Vorhänge vorgezogen, kein Auto stand in der Einfahrt. Ich öffnete das Gartentor und lief zur Garage, lehnte mich an die Wand und machte Dehnübungen, während ich hoffte, den jungen Kalle zu erblicken. Doch der ließ sich nicht sehen, nicht einmal, als ich klingelte. Die Familie war wohl auf See, mit ihrem 45-Fuß-Hochseesegler, dem frisch restaurierten Mahagoni-Rennboot oder dem RIB mit seinen zweimal dreihundert PS. Falls sie sich nicht in ihrer Hütte in Blindleia aufhielten. Ich hätte gern gewusst, ob der Junior sie freiwillig dorthin begleitete.

Ich lief weiter die Straße entlang, bis ich vor Widerbergs Haus abermals anhielt. Auch hier war keinerlei Lebenszeichen zu sehen. Was sie wohl taten? Fuhren sie auf der Suche nach ihrer Tochter durch die Gegend, waren sie nach Kopenhagen oder Amsterdam gereist, oder saßen sie hinter den Vorhängen, im stummen Warten auf Neuigkeiten? Sie machten jetzt sicher eine kleine Hölle durch.

Mein Körper wollte nicht mehr, weshalb ich endlich Vernunft annahm und meinen wahnwitzigen Plan verwarf, nach Tjøme weiterzulaufen. Auf dieser Insel gab es zweitausendfünfhundert Hütten.

Als ich eine halbe Stunde später durch den Gunnarsbøpark spurtete, fühlte ich mich überraschend guter Dinge und beschloss, den Abend allein mit meiner Stereoanlage zu verbringen.

Erst nach Mitternacht, als Hulda ihren üblichen Abendspaziergang machen wollte, konnte ich mich nicht mehr beherrschen. Die Ørnesallé war nur eine Viertelstunde entfernt. Ich wollte nur schauen, nichts durcheinanderbringen. Das nun wirklich nicht, redete ich mir ein, als ich schließlich vor der Villa stand.

Das Erdgeschoss war dunkel. Der Lieferwagen war noch nicht zurückgekehrt. Das Schild der Wachgesellschaft leuchtete mir von der Wand her warnend entgegen.

Ich beherrschte mich und sah mir den Briefkasten an. Lier hatte *Tønsbergs Blad* und *Aftenposten* abonniert und war an diesem Tag noch nicht zu Hause gewesen. Die Zeitungen kamen morgens um sieben. Es war Freitag, er war auf jeden Fall seit gestern weg. Der Mann hatte flexible Arbeitszeit und konnte fahren, wohin er wollte. Im Briefkasten lag ein Brief an ihn von einer Firma namens *Norsk Hytteutleie.* Ich hielt ihn ins Licht der Lampe über der Haustür. Es war unmöglich zu sehen, was der Umschlag enthielt, ohne ihn zu öffnen. Ob er die Hütte in Vaset vermietet hatte?

Das eröffnete neue Perspektiven. Ich wusste nicht, ob mir die gefielen.

Vielleicht hatte er sich selbst etwas gemietet, auch wenn ich nicht begriff, wieso. Die Entfernung, vielleicht? Der Umschlag brannte zwischen meinen Fingern, aber ich ließ ihn wieder in den Briefkasten fallen.

Auf dem Heimweg kam ich zwangsläufig an mehreren Lokalen vorbei. Der Abend war warm und einladend, die Frauen sommerlich gekleidet, die Stimmung auf dem Weg nach oben.

Ich machte einen Bogen um die Kneipen und ließ Hulda in den Nebenstraßen freien Lauf. Am Ende schickte mich Miles Davis in die Welt der Träume. *Kind of Blue,* von 1959.

Früher Samstagmorgen, die Sonne flutete in die Wohnung, ein eifriger Hund verlangte seine Tour und mein physischer Zustand war vielversprechend. Den Versuchungen widerstanden zu haben, war ein überraschend schönes Gefühl.

Ich füllte eine Thermoskanne mit Kaffee, wärmte zwei Brötchen auf und zeigte auf die Leine, die daraufhin von einer freudestrahlenden Hulda von der Wand gerissen wurde. Heute würde es Frühstück auf dem Slottsfjell geben.

Als wir losgingen, steckte ich die Zeitungen ein. *Tønsbergs Blad, Aftenposten* und *Klassekampen.* Ich hatte absolut keine Pläne für diesen Tag.

Hulda sauste auf dem Berg herum, auf ihrer ewigen Jagd nach Katzen, Mäusen und Vögeln, alles, was sich bewegte. Ein sinnloses Projekt. Dass sie niemals etwas fing, schien sie aber nicht weiter zu beeindrucken. Manchmal konnte ich sie nur zu gut verstehen.

Ich bin immer von Neuem erstaunt darüber, wie unermüdlich die Lokalzeitung über die alles überschattenden Probleme unserer Gegend schreibt: Straßen, Brücken und Mautschranken. Die wütende Debatte hatte eine ganz neue Partei hervorgebracht. Und davon hatten wir ohnehin schon zu viele.

Als ich mich gerade in den hoffnungslosen Versuch des Redakteurs vertiefen wollte, es allen Idioten rechtzumachen, klingelte das Telefon. Ich hatte schon beschlossen, dass zu schönes Wetter sei, um mich stören zu lassen, drückte aber fast wie auf einen Reflex hin auf die grüne Taste: »Ja?«

»Wo steckst du?« Ihre Stimme war provozierend morgenmunter.

»Nicht da, wo du bist«, sagte ich. »Ist es da nett?«

»Das kann es werden.«

»Bestimmt.« Von mir aus konnte es vom Himmel über Tjøme schwarze Teufel regnen.

»Bist du zu Hause oder im Büro?«, fragte Alice unbeeindruckt.

»Kannst du dir keine weiteren Alternativen vorstellen?«

»Eigentlich nicht. Ich bin gerade dabei, gegenüber von dir zu parken.«

»Wie schön«, sagte ich. »Und vielleicht ist auch dein Ex dabei?« Ich sagte nicht ›Mann‹.

»Die anderen fahren mit dem Boot in die Stadt. Ich bin allein mit dem Auto unterwegs.«

Der Tag kam mir noch sonniger vor. »Ich bin auf dem Slottsfjell«, sagte ich. »Hier ist Platz genug für dich.«

In Jeans, Turnschuhen und T- Shirt sah sie sehr jung aus, als sie auf mich zulief. Sie kam die Treppe vom *Setercafé* herunter und hatte die Haare zu einem Pferdeschwanz gebunden.

Sie blieb vor der Bank stehen und musterte mich. »Hallo«, sagte sie, kein bisschen außer Atem. »Hier sitzt du also?«

»Ja«, sagte ich, erhob mich und trat einen Schritt auf sie zu. Die Entfernung zwischen uns betrug weniger als einen halben Meter. Sie roch gut. »Hast du einen besseren Vorschlag?«

Alice lächelte. »Vielleicht. Aber im Moment geht das nicht. Ich habe nur eine halbe Stunde.«

»Kann ich mir denken«, sagte ich. »War es ein schöner Abend?«

»Eigentlich nicht, wenn du das unbedingt wissen musst.« Ich ertrank in ihrem Blick. »Ich hab es für die Mädchen getan. Kannst du damit leben?«

»Ich werd's mir überlegen«, sagte ich und zog sie an mich.

Sie schien nichts dagegen zu haben. »Gibst du mir einen Schluck Kaffee ab?«, flüsterte sie.

»Woher wusstest du, dass ich Kaffee habe?«, fragte ich.

»Ich bin Ermittlerin. Es riecht nach Kaffee.«

»Wir müssen die Tasse teilen«, sagte ich. »Und du kannst ein Brötchen abhaben.«

Wir setzten uns und genossen die Aussicht. Die Geräusche der Stadt erreichten uns hier oben nicht. Vor uns lag Nøtterøy, vom Festland getrennt durch den engen Kanal im Süden und den Fjord im Westen. »Hier ist es schön«, sagte sie. »Ist das deine Lieblingsstelle?«

»Unsere«, sagte ich und zeigte auf Hulda, die noch immer auf Jagd war.

»Das kann ich verstehen«, sagte sie lächelnd.

»Es ist seltsam«, sagte ich. »Aber vor wenigen Wochen haben wir auch hier gesessen.«

»Du und Elvira?«

»Ja«, sagte ich. »Wir haben einen Spaziergang mit Hulda gemacht. Und ich habe versprochen, ihr zu helfen.«

»Komisch.« Alice griff nach meiner Hand. »Ich glaube, ich verstehe dich jetzt besser. Ist sonst noch etwas passiert?«

»Das Netz zieht sich zusammen«, sagte ich.

»Möchtest du darüber reden?«

»Ich arbeite jetzt mit der Polizei zusammen«, sagte ich. »Aber ich würde gern deine Meinung hören.«

Alice war immer schon eine gute Zuhörerin gewesen. Sie ließ mich reden, ohne nervige Fragen zu stellen.

»Das ist ja eine ganze Menge«, sagte sie, als ich ihr mein Herz ausgeschüttet hatte. »Wird Lier durchhalten?«

»Wenn er unter Druck gesetzt wird, nein. Aber dann muss der Kriminalchef eine Durchsuchungserlaubnis erwirken und sie müssen etwas finden.«

Sie wirkte nicht übermäßig optimistisch. »Etwas daran gefällt mir nicht.«

»Und das wäre?«

»Diese VG-Journalistin. Sie kann ganz schön viel ruinieren. Wenn sie die Möglichkeit findet, wird Fredrikke Strøm ihren eigenen Kurs fahren. Ich weiß, wie sie arbeitet. Sie nimmt keinerlei Rücksicht.«

»Das macht mir auch Sorgen. Aber ich musste den Kriminalchef informieren.« Ich zögerte ein wenig, dann fügte ich hinzu: »In diesem Fall ist er persönlich engagiert. Eine seiner Töchter ist in ähnliche Schwierigkeiten geraten. Außerdem kennt er die Familie.«

»Es gibt noch etwas anderes, Svend.«

»Ja?«

»Was, wenn gar nichts Kriminelles passiert ist?«

»Wie meinst du das?«

»Ich habe mir die alte Geschichte mit Lier angesehen.«

»Und hast du etwas gefunden?«

»Ich weiß eigentlich nicht«, sagte sie zögernd. »Aber es ist so, dass das Mädchen, das ihn angezeigt hat, später in eine ähnliche Geschichte verwickelt war. Auch damals wurde die Sache am Ende zurückgezogen.«

»Du meinst also, sie kann gelogen haben?«

»Das habe ich nicht gesagt. Beide Fälle können der Wahrheit entsprechen. Aber es macht mich unsicher.«

»Sie kann der Typ Mädchen sein, der immer unerwünschte Aufmerksamkeiten auf sich zieht«, sagte ich nachdenklich. »Alle Erfahrung zeigt, dass in solchen Fällen niemand zufällig betroffen ist.«

»Ich weiß. Es geht mir darum, dass du nicht sicher sein kannst.« Alice legte mir die Hand auf den Arm. »Theoretisch kann es wirklich so vor sich gegangen sein, wie die Ermittlungen es nahelegen. Und Elvira muss auch nicht unbedingt von einem erwachsenen Mann missbraucht worden sein, sie kann mit diesem Jungen zusammen gewesen sein, mit dem, der ermordet wurde, zum Beispiel. Dessen Geschichte hört sich gar nicht gut an.«

»Nils Lier führt ein Doppelleben«, sagte ich entschieden. »Das weiß ich jetzt.«

»Ein Leben jenseits des Normalen jedenfalls. Aber das macht ihn nicht automatisch zum Vergewaltiger. Viel von dem, was du gehört hast, beruht auf Gerüchten.«

»Wie die Geschichten über seinen Umgang mit Leichen?«

»Ich finde, die klingen unwahrscheinlich.«

»Da stimme ich dir zu. In dieser Stadt wird zu viel geklatscht.«

»Deshalb solltest du dir weiterhin alle Möglichkeiten offenhalten, Svend.«

»Absolut«, sagte ich. »Aber wenn ich mich irre, wird er reingewaschen. Was der Kerl ansonsten für sexuelle Vorlieben hat, interessiert mich nicht. Mir sind schon Schlimmere über den Weg gelaufen.«

»Das bezweifele ich nicht.« Alice schüttelte den Kopf. »Aber was mir Angst macht, ist VG.«

»Gibt es Alternativen?«, fragte ich. »Hier stimmt etwas nicht, das weiß ich einfach.«

Sie hob den Arm und streichelte meine Wange. »Du hast vermutlich recht. Aber überleg es dir gut, ehe du etwas Übereiltes tust, auch wenn Zurückhaltung nicht gerade deine starke Seite ist.« Sie schaute auf die Uhr. »Verflixt, ich muss los! Ich bin in fünf Minuten mit den anderen verabredet.«

»Ich komm mit dir nach unten«, sagte ich. »Das Frühstück ist vorbei.«

Wir trennten uns bei ihrem Auto. Obwohl Hulda sich an mich drückte, fühlte ich mich allein.

21

Ich ließ Hulda ihren Vormittagsschlaf halten, während ich einen Abstecher in die Bibliothek machte, um Bücher zurückzubringen. Bei einer Tasse Kaffee zog ich dann die VG dieses Tages aus dem Zeitungsregal. So früh war hier noch nicht viel los, zudem war das Wetter zu schön, um sich Lektüreinteressen hinzugeben. Deshalb achtete auch niemand auf meine Reaktion, als ich einen Blick auf die Zeitung warf. Über die halbe Titelseite leuchteten mir die fetten Buchstaben entgegen:

Drama in Tønsberg
Sexuelle Übergriffe und rätselhafte Todesfälle
S. 14 und 15

Ich schlug sofort die Reportage auf. Dort stand alles, Elviras plötzlicher Tod, mögliche Verdächtige, leicht zu erkennende Verschwörungstheorien, Drogen und ein verdächtiger Todesfall, das Verschwinden der Schwester, Andeutungen besonderer sexueller Vorlieben. *Ein in den Fall verwickelter Mann wurde angeblich im Leichenkeller des Krankenhauses gesehen.* Es wurden keine Namen genannt, die Zeitung hatte ein Heer von Anwälten, die dafür sorgten, dass ihr Schadenersatzansprüche erspart blieben. Und solange der Presserat keine echten Sanktionsmöglichkeiten besaß, hatten Spekulationen und Herumschnüffeln freie Bahn. Nils Lier war zu einem engen Freund der Familie anonymisiert, der in kirchlicher Arbeit engagiert war, eine Person, mit der sich die Polizei gern näher beschäftigen würde. Sie hätten auch gleich sein Foto bringen können. Auch ich tauchte auf, als prominenter lokaler Anwalt mit engem Kontakt zu der Toten. *Die Polizei hat neue Ermittlungen eingeleitet.*

VG war dem Fall dicht auf der Spur. Fredrikke Strøm versprach weitere Entdeckungen.

Ich griff zum Telefon und rief Åsen an. Er meldete sich nicht. Das war klug von ihm. Aber überraschenderweise war Wilhelm Mørk zu erreichen.

»Hast du heute schon VG gelesen?«, fragte ich.

»So einen Scheiß kaufe ich nicht. Und du solltest das auch nicht tun.«

»Ich hab gar nichts gekauft. Ich bin in der Bibliothek. Was zum Teufel ist eigentlich los?«

»Hier ist ganz schön viel los.« Mørk redete noch lakonischer als sonst.

»Und was bedeutet das?«

»Die Ermittlung wird hochgefahren. Im Moment werden Hausdurchsuchungen vorgenommen, sowohl auf der Hütte in Valdres als auch in der Wohnung. Wir haben uns sein Auto geholt und der Besitzer wird durch die Mangel gedreht. Wir lassen ihn übers Wochenende mürbe werden.« Festnahme am Wochenende war die übliche Methode. »Vorläufig beschuldigt aufgrund § 195.«

»Und das musstet ihr unbedingt VG erzählen?« Die Truppe leckte an allen Ecken und Enden.

»*Ihr* ist das falsche Pronomen. Zieh mich da bitte nicht mit rein.«

»Ich habe gehört, du bist da angestellt«, sagte ich. »Steckt Åsen dahinter?«

»Der ist nicht allein hier im Haus. Außerdem ist man von höchster Warte ersucht worden, die Öffentlichkeit stärker in die Ermittlung einzubeziehen. Das führt angeblich zu guten Ergebnissen.«

»Sicher«, sagte ich. »Habt ihr wirklich keine bessere Kontrolle darüber, was durchsickert?«

»Du bist abermals unpräzise, mein Freund. Ich habe mit diesem Fall nichts zu tun.«

»Da bei euch anscheinend sowieso alles ausgeplaudert wird«, sagte ich, »könntest du dann so nett sein und mir Bescheid sagen, wenn die Ergebnisse der Technik vorliegen?«

»Das gibt es nicht gratis, aber da du es bist, lässt sich vielleicht eine Ausnahme machen. Wie wäre es mit einem Glas Wein heute Nachmittag im *Havariet?* Wenn du nichts anderes vorhast, meine ich.«

Ein Glas war keine realistische Prognose, sondern eher eine Metapher. Und immer musste ich die Rechnung übernehmen. »Na gut«, sagte ich und widmete meinem Auftraggeber einen freundlichen Gedanken. »Gibt es etwas Neues über die Schwester? Du weißt doch, dass Johanna verschwunden ist?«

»Kein Lebenszeichen und auch keine Spur. Als ob sie sich in Luft aufgelöst hätte.«

»Das kann doch nicht sein.«

»Ausnahmsweise neige ich dazu, dir zuzustimmen. Sagen wir um vier?«

Ich war schon vorher dort. Das Lokal war bereits vollbesetzt. Nur mit Müh und Not konnte ich uns einen Tisch am Wasser sichern. Ein warmer Wind strich über den Kai und legte sich sanft um den Tisch, an dem ich saß und mir die Leute ansah.

Der Sommer war da. Und ich glaubte nicht, dass er auch bleiben würde.

Ich hatte den Tag mit dem Versuch verbracht herauszufinden, was geschehen war, aber Åsen war noch immer nicht zu erreichen gewesen. Alle anderen im Haus hatten offenbar einen Maulkorb verpasst bekommen.

Ich ging davon aus, dass das für Wilhelm Mørk nicht galt.

Ich hatte keinen Nerv, mich an die VG-Journalistin zu wenden. Axel Schøtt rief an und wollte wissen, wie die Lage aussehe. *Können wir jetzt damit rechnen, dass alles ans Licht kommt, Anwalt Foyn?*

Eine sichere Antwort konnte ich ihm nicht geben. Der Fall war nun meiner Kontrolle entzogen.

Ich hatte mir VG gekauft, um den Bericht gründlich zu lesen, hatte aber nichts Neues gefunden. So, wie die Sache dargestellt war, bestand aller Grund zu der Annahme, dass in der nächsten Runde die Details breitgetreten werden würden. Ich seufzte und schenkte mir ein Glas ein. Paradoxerweise hatte ich meinen Willen bekommen, jetzt würde jeder Stein umgedreht werden. Ich hätte zufrieden sein müssen. Aber mir machte das Gefühl zu schaffen, die Kontrolle zu verlieren. Und ich ärgerte mich, weil die Journalistin ihr Versprechen gebrochen hatte.

Plötzlich stand er vor mir. »So, du hast schon bestellt?«

»Ja«, sagte ich. »Du bist ja nicht gekommen.« Es war schon nach fünf.

»Das hatte seine Gründe.« Er setzte sich vor mich hin und hob die Flasche *Chablis* hoch. Die Sonnenbrille verbarg seine Augen. Mørk trug vorzugsweise französische Modelle von *Thierry Lasry*. Ich hatte längst den Versuch aufgegeben zu verstehen, wie ein Polizist mit staatlichem Gehalt sich eine Sonnenbrille für viertausend Kronen leisten konnte. »Ich möchte heute einen noch trockeneren Franzosen.«

»Das kann ich mir denken«, sagte ich. »Aber das hier ist ein Ort für Experten.«

Mørk war wie immer gut angezogen. In seinem hellen Leinenanzug, der tadellos gebügelt war, sah er nicht aus wie ein Polizist, als er eine seiner stinkenden französischen Zigaretten hervorzog. »Na«, sagte er und gab der eleganten Kellnerin ein unsichtbares Zeichen, worauf sie sofort angerannt kommt. »Da hast du ja ganz schön für Aufregung gesorgt.« Auf fließendem Französisch unterhielt er sich mit der Frau, die diese Sprache beherrschte, wie sich nun herausstellte.

»Woher hast du das gewusst?«, fragte ich erstaunt, als sie mit der Bestellung verschwunden war. »Dass sie Französin ist, meine ich.«

»So was sieht man.«

Für mich hatte die Frau überaus norwegisch ausgesehen. »Hast du irgendwas Neues?«

»Wie schon gesagt, ist das nicht meine Baustelle.« Sein Lächeln war teuflisch. »Vorläufig haben sie nur aparte Kleider und Gegenstände gefunden«, fügte er hinzu. »Was sagst du dazu?«

»Ist es nicht zu früh für endgültige Schlüsse?«, fragte ich. »Es müssen doch noch gründlichere Analysen gemacht werden? Haare, Haut, Abdrücke, was auch immer.« Etwas mussten sie doch gefunden haben.

»Natürlich. Aber die Betten waren makellos rein. Und für die hattest du dich doch wohl interessiert?«

»Was ist mit dem Auto?«

»Frisch gewaschen, wie alle seine Habseligkeiten. Dieser Mann ist offenbar ein Ordnungsmensch.«

»Oder er hat seine Gründe.«

Mørk nickte. »Die Techniker haben einzelne Funde gemacht, aber die können eine natürliche Erklärung haben.«

»Hat er die Hütte vermietet?«

»Und warum stellst du diese Frage?«

»Beantworte sie lieber.«

»Wir wissen nichts von einer Vermietung.«

»Aber«, ich überlegte, »wisst ihr, ob er selbst etwas gemietet hat?«

»Das ist eine interessante Frage, mein Freund. Wir sind nicht sicher. Wir wissen bisher nur, dass er sich bei einigen Anbietern nach Mietmöglichkeiten auf Jahresbasis erkundigt hat. Die meisten Grundstücke werden privat vermietet, was aus steuerlichen Gründen häufig nicht angegeben wird.«

»Was ist mit Telefon und Computeraktivitäten?«

»Nichts Ungewöhnliches. Er hat ab und zu Pornoseiten aufgerufen, aber soweit wir wissen, keine direkt illegalen. Vielleicht ein bisschen grenzwertige.«

»Und was bedeutet das?«

»Er hat oft Suchwörter wie *very young porn* oder Ähnliches benutzt. Aber er hat zum Beispiel keine Filme heruntergeladen und sich auch nie an Filesharing beteiligt. Soweit wir das wissen, meine ich …«

»Die erfahrenen Benutzer wissen auch, wie sie ihre Spuren verwischen können«, sagte ich.

»Aber so einer scheint er nicht zu sein. Wir haben keine Gespräche oder Mitteilungen gefunden, die nicht zu erklären waren. Er hat sich in einem russischen Dating-Forum amüsiert, *Anastasia Personal Promotion Partner.* Sein Computer kann natürlich versteckte Geheimnisse enthalten, darum müssen sich die Experten der Kripo kümmern, wenn die Sache so weit kommt. Es hängt von der Entscheidung des Untersuchungsrichters ab.«

»Ist er schon vernommen worden?«

»Es gab bisher nur eine nicht offizielle Befragung. Aber er scheint sich kooperativ gezeigt zu haben.«

»Hat er irgendeinen Grund für seine Hütteninteressen genannt? Er hat doch schon eine?«

»Angeblich spielt er mit dem Gedanken, seine zu verkaufen oder mit einem Jahresvertrag zu vermieten.«

Etwas an seiner Antwort machte mir klar, dass das noch nicht alles war. »Ja?«

»Er hat an die möglichen Mietobjekte besondere Anforderungen gestellt«, sagte Mørk jetzt.

»Dass sie nicht so weit von Vaset entfernt sind, vielleicht?«

»Das könnte man annehmen, ja.«

Die französische Kellnerin tauchte mit einer taufrischen Flasche auf und begann ein eifriges Gespräch mit Mørk, ehe sie sich einigen konnten. Sie schenkte für uns ein und blieb erwartungsvoll stehen, während wir probierten.

Mørk nickte und bedachte sie mit seinem charmanten Lächeln. »Merci beaucoup.– Aber das war nicht der Fall.«

»Lass mich noch einmal raten«, sagte ich. »Er sucht einen ungestörten Ort, weit entfernt von den nächsten Nachbarn.«

»Und welches Motiv könnte er dafür haben? Was meinst du?«

»Ich meine dasselbe wie du«, erwiderte ich. »Einen Ort, wo er ungestört tun kann, was er will, und von dem andere nichts erfahren dürfen.«

»Du bist in misstrauischer Stimmung, wie ich höre. Ein Mann, der die Stille der Natur liebt und gerne den Ferienhaussiedlungen entgehen möchte.« Es war unmöglich zu hören, ob Mørk ironisch war. »Prost.« Er hob das Glas. Der Wein war wirklich gut.

Der Abend war angenehm warm und die Stimmung um uns stieg. Zwei Frauen am Nebentisch hatten eben erst ihr Interesse an neuen Bekanntschaften zu verstehen gegeben, aber mich ließ unser Thema einfach nicht los.

»Ich verstehe das mit Johanna nicht«, sagte ich. »Gibt es wirklich gar keine Spur von ihr?«

»Das ist tatsächlich auffällig. Sie kann den Zug genommen haben, aber niemand kann sich an sie erinnern. Ich neige zu der Ansicht, dass das Moped zur Ablenkung dort abgestellt worden ist.«

»Der Scooter«, sagte ich. »Das habe ich mir auch schon überlegt. Was ist mit Autos?«

»Nichts. Aber vor dem Bahnhof ist immer viel Verkehr. Wir haben sie auch in den Überwachungskameras nicht gefunden. Leider decken die nicht den ganzen Bereich ab.«

»Habt ihr euch in Kopenhagen erkundigt? Und in Amsterdam? Da war sie ja offenbar schon mal.«

»Wir benutzen alle üblichen Kanäle. Aber alles ist überraschend still.«

Die Flasche war jetzt fast leer. »Gib zu, dass du auch schon an eine Entführung gedacht hast«, sagte ich. Leichter Rausch bedeutete meistens ein geringeres Stressniveau. So war das jetzt aber nicht.

Mørk winkte der Kellnerin. Sie schien die anderen Gäste vergessen zu haben, um sich auf uns konzentrieren zu können. Abermals führten die beiden ein Gespräch, bei dem ich nicht mithalten konnte.

Als sie verschwunden war, drehte er sich zu mir um. »Wir brauchen etwas zu essen. Ich habe Seewolf bestellt.«

»Du hast meine Frage gehört. Was denkst du?«

»Der Kriminalchef jagt eine Theorie.«

»Dass unser Mann sich die Kleine geholt und sie irgendwo versteckt hat?«

»Johanna ist keine Kleine.« Mørk schüttelte den Kopf. »Was aber keine Rolle spielt.«

»Es muss Spuren geben«, sagte ich. »Wenn ihr nur gut genug hinschaut. Mautschranken, Überwachungskameras, Tankstellenquittungen. Es kann doch nicht möglich sein, sich einfach in Luft aufzulösen.«

»Wenn hier die Rede von einer Entführung ist und wenn er sie irgendwo gefangen hält, um seine Bedürfnisse zu befriedigen, sieht die Sache anders aus«, sagte Mørk düster. »Dann handelt es sich ja nicht um ein lauschiges Liebesnest. Er muss das Versteck auch nicht gemietet haben. Vergiss nicht, es gibt jede Menge verlassener Höfe, Orte, wo du so eine Kleine verstecken kannst.«

»Jetzt hast du es auch gesagt«, merkte ich an. »Kleine.«

»Das ist sie doch auch.« Seine Stimme klang ungewöhnlich dunkel.

Ich wusste, was ihm zu schaffen machte. Vor vielen Jahren war Wilhelm Mørks Tochter bei einer irrwitzigen Verfolgungsjagd getötet worden, zusammen mit einem kriminellen Wahnsinnigen, dem sie vertraut hatte. Er hatte das nur ein einziges Mal erwähnt.

»Es gibt noch etwas anderes, was ich gern wüsste«, sagte ich zur Ablenkung. »Wisst ihr noch immer nicht, was mit dem jungen Wilhelm passiert ist? Arbeitest du nicht an dem Fall?«

»Wir verfolgen viele Spuren. Es hat sich herausgestellt, dass der Knabe in der Drogenszene ein weitreichendes Netzwerk hatte.« Mørks Umgang mit interner Information verstieß gegen alle Vorschriften. Aber anders als seine Kollegen verkaufte er sich nie an die Presse.

»Und niemand sagt etwas?«

»Die sind allesamt blind und taub. Und wir haben weder technische Funde noch Zeugenaussagen. Aber irgendwer in der Szene wird den Mund nicht halten können, das ist immer so.«

»Und die Verbindung zu Elvira?«

»Reicht dir denn ein Hauptverdächtiger nicht?«

»Mir reicht es nie«, sagte ich. »Solange ich nicht alles weiß.«

»Genau. Das kann noch dein Verderben sein, mein Freund.«

»Das glaube ich nicht«, sagte ich und leerte mein Glas, als Mørks neue Freundin das Essen und eine weitere Flasche brachte. »Hat Lier eigentlich schon einen Anwalt angeheuert?«

»Er will Staff.«

»Den Staranwalt? Ist der denn überhaupt noch aktiv?«

»Das hier müsste ihn doch interessieren, schließlich hatte er immer schon ein Herz für Kinderschänder, meinst du nicht?«

»Bestimmt.« Ich konnte es nicht erklären, aber alles an diesem Fall machte mich nervös.

Der restliche Abend plätscherte gemächlich dahin. Wir redeten über alles Mögliche, nur nicht mehr über verschwundene junge Mädchen. Über Bücher, die wir gelesen hatten, Filme, die wir nicht gesehen hatten. Das wirkte befreiend. Die Damen am Nebentisch gaben auf, als wir nicht reagierten.

Ich ging allein nach Hause, während Mørk sich mit seiner neuen französischen Freundin verabredete.

Auf der sonntäglichen Joggingrunde kam ich wieder bei Nils Lier vorbei. In der Seitenstraße, gleich unterhalb der alten Villa, stand ein Auto, ein anonymer dunkler Audi. Ein Mann saß hinter dem Lenkrad, eine Frau neben ihm. Als ich auf der Hauptstraße weiterlief, stiegen sie aus, dem Mann hing eine Kamera vor dem Bauch. Noch aus der Entfernung erkannte ich die Frau: Fredrikke Strøm von VG, zusammen mit einem Fotografen.

Obwohl ich große Lust dazu hatte, machte ich mich nicht bemerkbar.

Der Fotograf ging in den Garten und knipste das Haus aus sämtlichen Blickwinkeln. Er war sogar frech genug, die Kamera zu heben und in die Zimmer hineinzufotografieren.

So etwas tat ich wenigstens nicht.

Währenddessen drehte die Journalistin eine Runde bei den Nachbarn.

Ich sah schon die Schlagzeilen des nächsten Tages vor mir. *Dieser Mann war immer schon seltsam. Er war ein Einzelgänger. Mir fiel auf, dass er die Mädchen ansah.*

Dann ging mir auf, dass solche Kommentare durchaus auch auf mich gemünzt werden könnten.

Ich lief weiter, bis ich Blutgeschmack im Mund hatte.

22

Die Verhandlung vor dem Untersuchungsrichter war für Montag, dreizehn Uhr, angesetzt. Ich hätte gern daran teilgenommen, aber das wäre nicht klug gewesen. Außerdem hatte ich noch anderes zu tun. VGs Berichterstattung war noch spekulativer gewesen als erwartet.

Um kurz vor drei rief Mørk an. »Die Verhandlung fand bei verschlossenen Türen statt. Aber ich weiß, was dabei herausgekommen ist.«

»Ja?«

»Untersuchungshaft abgelehnt.«

»Mit welcher Begründung?«

»Du stellst die Frage falsch, mein Freund. Es gab keine Begründung. Außer Spekulationen über Dinge, die passiert sein *könnten.*«

»Es wurde also nichts gefunden?« Das hatte ich befürchtet. »Ist das möglich?«

»Betten und Bettwäsche waren strahlend sauber, fast zu sauber. Lier hat zugegeben, dass Elvira ihn zu Hause besucht hat, aber er konnte den Zeitpunkt nicht mit Sicherheit angeben. Das gilt auch für Johanna, er behauptet, es sei über zwei Jahre her.«

»Hatte er eine Erklärung für diese Besuche?«

»Angeblich sollte er ihnen bei den Hausaufgaben helfen.«

»Wie praktisch«, sagte ich. »Und schwer zu widerlegen. Was ist mit der Hütte? Und seinem Auto?«

»In der Hütte seien sie nie gewesen. Aber er will Elvira und Johanna einmal nach Hause gefahren haben, als das Auto ihrer Eltern zur Reparatur war.«

»Mir hat er gesagt, dass er nicht glaubte, dass sie je in seinem Auto gesessen hätten«, sagte ich.

»Die Erinnerung kann trügen, mein Freund. Das Mädchen, das angeblich gesehen hat, wie Johanna von der Schule abgeholt wurde, hat sich als schlechte Zeugin erwiesen. Am Ende konnte sie das Auto doch nicht identifizieren und sie war nicht sicher, ob sie Johanna gesehen hatte. Lier behauptet, dass es sich um eine Verwechslung handeln muss. Er habe niemals eine der Schwestern von der Schule abgeholt.«

»Dann haben wir nicht mehr viel«, sagte ich resigniert. »Ist in der Hütte wirklich nichts gefunden worden?«

»Rein gar nicht. Alles war chemisch rein. Frauenkleider, Bilder und Handschellen wurden als relevante Beweise abgelehnt. Es ist nicht verboten, solche Dinge zu besitzen. Und zu deiner Information wurde in anderen Häusern, die er gemietet oder besucht hatte, nichts dergleichen gefunden.«

»Das bedeutet nicht, dass es das nicht gibt«, sagte ich.

»Da gebe ich dir recht. Aber bisher haben wir also weder Zeugen noch Beweise, sondern nur Spekulationen. Der Richter sagt, es sei alles andere als sicher, dass überhaupt strafbare Handlungen begangen worden sind. Als der Staatsanwalt die Möglichkeit andeutete, Elvira könnte ermordet worden sein, wurde das sofort zurückgewiesen. Mit gutem Grund, wenn du mich fragst.«

Ich sah das auch so. »War Staff dabei?«

»Er hat mit der armen Polizeijuristin den Boden aufgewischt. Åsen hat sie geopfert.«

»Wurde die Anklage aufrechterhalten?«

»Wie hätte das gehen sollen?« Ich stellte mir Mørks sarkastisches Lächeln vor. »Staff hat Nils Lier als Mensch mit echtem Interesse an anderen beschrieben, als einen Mann, der sein Leben denen widmet, die Hilfe brauchen, vor allem Jugendlichen. Ein selbstloser Mann, einer, der sich anderen gegenüber immer zurücknimmt. Was er für sexuelle Vorlieben haben mag, ist uninteressant, solange er niemanden damit belästigt und sich alles im Rahmen der Gesetze abspielt.«

»Ich verstehe.« Ich als Liers Verteidiger hätte es auch so gemacht.

»Du brauchst den Kriminalchef nicht auf deine Freundesliste zu setzen, ist dir das klar?«

»Das ist kein Verlust«, sagte ich müde. »Fast schon eine Erleichterung.«

»Aber du bist noch immer nicht zufrieden?«

»Ich weiß einfach, dass etwas Kriminelles passiert ist.«

»Aber du kannst es nicht beweisen!«

»Das spielt keine Rolle«, sagte ich wütend.

»Die Rolle des Fanatikers steht dir nicht besonders gut. Auch wenn dein Verhalten diesmal verständlich ist«, fügte er überraschend umgänglich hinzu. »Du warst ja immer schon ein Dickkopf.«

Vielleicht hatte er recht. In diesem Fall war ich einfach verbissen. »VG hat heute wieder über die Sache berichtet«, sagte ich. »Basierend auf Spekulationen natürlich.«

»Die Geier leben davon. Sei vorsichtig, damit du nicht in schlechte Gesellschaft gerätst.«

Gerade das machte mir aber Sorgen. Fredrikke Strøm und ich arbeiteten am selben Fall, aber unsere Herangehensweise war eine gänzlich andere.

Das Gefühl, mit dem Kopf gegen die Wand zu rennen, war unangenehm, aber ich gewöhnte mich langsam daran. VG berichtete noch mehrmals über den Fall. Wie ich auch, meinte Fredrikke Strøm, es sei noch nicht alles ans Licht gekommen. Die Zeitung hatte Lier nicht zu einem Gespräch verlocken können, aber sie kreisten die ganze Zeit um ihn. Der Katechet hatte sich bei der Arbeit beurlauben lassen und sich in seinem Haus verkrochen.

Stefan Widerbergs verborgene Seiten wurden in VG durch Interviews mit zwei Frauen illustriert, mit denen er in seiner Zeit als Pastor in Oslo ein Verhältnis gehabt hatte. *Twin Peaks in der Kirchengemeinde.* Auf diese Weise hatten sie sicher die ganze Auflage verkauft. Das Leben der Familie Widerberg erschien als kleine Hölle.

Da noch immer nicht die geringste Spur von Johanna gefunden worden war, hatte die Polizei sie jetzt offiziell zur Fahndung ausgeschrieben. Sie wussten, dass sie das Land nicht per Flugzeug verlassen hatte, falls sie keinen falschen Pass oder andere von den Fluggesellschaften akzeptierte Ausweispapiere besaß. Nachdem die Vermisstenmeldung veröffentlicht worden war, hatte die Polizei Hinweise von Leuten erhalten, die Johanna in Oslo, in der Bahn, im Bus und auf der Fähre nach Dänemark gesehen haben wollten. Doch Mørk sagte, diese Hinweise seien allesamt wertlos. In solchen Fällen liefen immer vergleichbare Tipps ein. Die Ermittler versuchten gleichzeitig, die Bewegungen des Katecheten zu rekonstruieren. Sie hatten nicht viel Material und mussten in aller Stille arbeiten. Staff hatte dafür gesorgt, den Verdacht gegen Lier so nachdrücklich zu entkräften, dass der Kriminalchef sehr vorsichtig sein musste. *Mein Mandant ist zum unschuldigen Opfer grotesker Schikanen durch Polizei und Medien geworden.*

Eine Woche war vergangen. Ich hatte soeben einen aktualisierten Bericht an Richter Schøtt geschickt. Solange er bereit war, mich zu unterstützen, war ich bereit weiterzumachen. Da Johannas Verschwinden immer rätselhafter wirkte, war nun sogar die Lokalzeitung aufgewacht. Die Geschichte wurde mit einem zwanzig Jahre alten Fall verglichen. Damals war ein Siebzehnjähriger verschwunden. Seine letzte Spur war ein verlassenes Fahrrad am Bahnhof gewesen. Noch heute wusste niemand, was aus dem Jungen geworden war. Von den Eltern angeheuerte Privatdetektive meinten, er sei einem Verbrechen zum Opfer gefallen. Erst ein Jahr zuvor war zudem in Sandefjord eine junge Frau spurlos verschwunden. Angeblich waren dabei Drogen mit im Spiel gewesen.

In den sozialen Medien liefen die Spekulationen auf Hochtouren. Niemand wurde verschont.

An diesem Montag saß ich abends noch spät im Büro, aber nicht, weil ich so viele dringende Aufgaben zu erledigen hatte. Ich fühlte mich hier wohl, hinter dem Schreibtisch, den ich von dem Arzt übernommen hatte. Der hatte hier vorher ein Menschenalter lang seine Diagnosen gestellt, aber meine Einschätzungen konnten sich, was die Konsequenzen anging, nicht mit seinen messen.

Plötzlich ging die Tür auf, ohne Vorwarnung. Ich hatte endlich die Angeln geölt.

Als Hulda Mørk entdeckte, sprang sie ohne Protest auf den Boden und überließ ihm das Sofa. Mørk warf Hulda einen zufriedenen Blick zu, ehe er sich setzte. »Na«, sagte er dann zu mir. »Hast du nichts Besseres zu tun, als hier zu sitzen und dein Leben wegzuwerfen?«

»Hast du einen besseren Vorschlag?« Ich fischte ein Zigarillo hervor, gab mir Feuer und blies den Rauch zu Mørk hinüber. »Ich bin gern hier«, sagte ich und reckte mich im Stuhl. Noch immer hatte ich die Füße auf dem Tisch liegen.

»Es ist ein möglicher Zeuge für den Abend aufgetaucht, an dem Elvira gestorben ist.«

Ich fuhr hoch. »Ein möglicher Zeuge? Was soll das heißen?«

»Er ist leider nicht irgendwer. Carl Christian von Krogh hat angeblich etwas beobachtet. Er will einen dunklen Lieferwagen bemerkt haben, der auf der Straße stand, am Abend oder in der Nacht von Elviras Tod, nicht weit vom Grundstück der Widerbergs entfernt. In dem Auto soll ein Mann gesessen haben.«

»Das sind ja ganz neue Informationen. Wieso tauchen die erst jetzt auf?«

»Der Junge hat nichts gesagt. Wie du weißt, ist er von der wortkargen Sorte. Aus irgendeinem Grund hat er sich nun seinem Vater anvertraut und der hat sich an uns gewandt.«

»Das kann ein Durchbruch sein«, sagte ich optimistisch.

»Tja«, Mørk zögerte. »Einerseits kann der junge Krogh nicht gerade als zuverlässiger Zeuge gelten. Meistens ist er ja stumm. Andererseits gibt es noch ein Problem.«

»Und das wäre?«

»Der Junge hat keinerlei Interesse an Zeitpunkten oder Tagen, so etwas bedeutet ihm nichts. Er hat die Angewohnheit, den Tag auf den Kopf zu stellen, und er benutzt weder Kalender noch Uhr.«

»Er kann sich also im Zeitpunkt geirrt haben?«

»Das ist noch vorsichtig formuliert. Eine solche Zeugenaussage verliert ihren Wert, wenn Staff sich darüber hermacht.« Mørk legte eine vielsagende Pause ein. »Außerdem gibt es hier noch einen weiteren Haken.«

Mørks Fähigkeit, mich auf die Folter zu spannen, war manchmal unerträglich groß. »Und wie sieht der aus?«

»Kalle behauptet, der Lieferwagen, den er gesehen hat, sei kein Toyota *Hiace* gewesen, wie Nils Lier ihn fährt, sondern ein VW Transporter.«

»Für ein ungeübtes Auge sehen die sich ziemlich ähnlich.«

Mørk nickte. »Aber nicht für einen Fachmann.«

»Auch er kann sich irren. An dem Abend war schlechtes Wetter, die Sicht war begrenzt.«

»Vielleicht.«

Carl Christian von Krogh war zwar ein Sonderling, aber ich glaubte nicht, dass er sich geirrt hatte.

»Ansonsten ist es so, dass Lier, soweit wir feststellen können, ungeheuer oft auf Reisen war, mit dem Auto und mit den öffentlichen Verkehrsmitteln. Er behauptet, Reisen sei sein Hobby.« Mørk steckte sich eine seiner abscheulichen Zigaretten an. Mein Büro würde bald unbewohnbar sein. »Er bewegt sich jetzt weniger, aber er fährt noch immer mit dem Auto los. Er weiß genau, dass wir ihn nicht überwachen dürfen. Nach Johannas

Verschwinden hat er kaum einen Fuß ins Büro gesetzt. Die Gemeindeleitung behauptet, er habe Überstunden abgestottert. Der Mann scheint Monate angehäuft zu haben. Wie denkst du über Johanna?«

»Du weißt, wie ich denke«, sagte ich. »Hat der Kriminalchef seine Meinung noch immer nicht geändert?«

»Er vertraut sich mir da nicht an. Aber es kann so aussehen, auch wenn jetzt neue Informationen über die Kleine aufgetaucht sind.«

»Jetzt hast du es wieder gesagt«, bemerkte ich. »Ist sie wieder aufgetaucht?«

»Das würde ich nicht behaupten.«

»Was würdest du behaupten?«

»Ihre Eltern haben eine Postkarte bekommen. *Alles in Ordnung. Brauche Zeit, Kuss, J.*«

»Und wo hält sie sich auf?«

»Die Karte ist in Kopenhagen abgestempelt, fünf Tage nach ihrem Verschwinden.«

»Wie kann es sein, dass das so lange gedauert hat?«, fragte ich skeptisch.

»Bei solchen Postsendungen ist das wohl ganz üblich. Aber das ist noch nicht alles.«

»Ja?«, fragte ich.

»Wann hat ein Teenager zuletzt eine Postkarte geschickt?«

»Ich habe zu Ostern eine von Mari bekommen.«

»Du bist nicht auf dem Laufenden, mein Freund. Deine Tochter ist kein Teenager mehr.«

Ich schluckte diesen Kommentar hinunter. »Ist die Handschrift identifiziert?«

»Das ist schwierig. Die Mitteilung wurde in großen Blockbuchstaben verfasst.«

»Was sagen die Eltern?«

»Die begreifen nicht, warum sie nicht einfach eine SMS geschickt hat.«

»Ihr Handy ist nicht eingeschaltet. Das finde ich beunruhigend.«

»Vielleicht hat sie sich ein neues zugelegt.«

»Dann hätte sie das doch benutzt«, sagte ich.

»Du hast recht, mein Freund. Und auf ihrem Bankkonto hat sich auch nichts bewegt.«

Wir schwiegen, bis ich die Stille brach. »Und was passiert jetzt?«

»Die Suche in Kopenhagen wird intensiviert. Sie hat da angeblich Bekannte und kann abgetaucht sein. Die Polizei in Amsterdam ist ebenfalls informiert, aber da kann man sich noch leichter verstecken, wenn man Bekannte hat. Und wir wissen, dass sie schon einmal dort war. Die Tatsache, dass die Kleine volljährig ist, macht es schwer, den ganzen Apparat anzuwerfen. Wir haben eine interne Fahndung eingeleitet.«

»Du hast es schon wieder gesagt«, teilte ich ihm mit. »Die Kleine.«

»Genau.« Mørk steckte eine Hand in die Tasche, zog eine schwarze viereckige Metalldose von der Größe einer Streichholzschachtel heraus und legte sie auf den Schreibtisch. »Weißt du, was das hier ist?«

Ich nahm die Dose, wog sie in der Hand und musterte sie. Sie war überraschend schwer. »Lass mich raten. Es hat etwas mit der Überwachung zu tun?«

»Sieh an.« Mørk sah mich mit etwas im Blick an, das an Anerkennung erinnerte. »Ein überaus avanciertes GPS«, sagte er zufrieden. »Das teilt ganz genau mit, wo es sich jeweils befindet. Auf den Zentimeter genau«, fügte er hinzu.

»Die Reichweite ist doch sicher begrenzt?« Ganz unbekannt waren mir solche Instrumente nicht, aber in diesem Bereich machte die Technologie rasend schnell Fortschritte. Ich drehte und wendete die Dose. Ein kleiner Knopf deutete an, dass sie irgendwo angeschraubt werden konnte. An den Ecken waren kleine Befestigungen angebracht.

»Jetzt nicht mehr.« Mørk schenkte mir eines seiner seltenen Lächeln. »Dieser Apparat ist keine Dutzendware, sondern so ungefähr das Beste, was die Überwachungsindustrie in den USA zu bieten hat. Ich gehe davon aus, dass du ein Micky-Maus-Telefon hast, das im Netz operiert?«

»Ich weiß wirklich nicht, wie du auf die Idee kommst.« Unregistrierte Telefone, unmöglich zu verfolgen, wurden in kriminellen Milieus und an einzelnen anderen Orten benutzt. Ich begriff, worauf er hinauswollte.

Er reichte mir einen Zettel mit einer Webadresse und einem Passwort. »Wenn das GPS montiert und aktiviert ist, loggst du dich mit deinem Telefon ein und wirst dann laufend informiert.«

Ich starrte ihn an. »Und das Instrument lässt sich nicht zurückverfolgen«, sagte ich langsam, »also zum Beispiel zu dir oder zur Truppe?«

»Absolut nicht.«

»Aber warum machst du es nicht selbst?«

»Überleg mal.«

Ich befolgte diesen Rat. Wenn Informationen auftauchten, die möglicherweise vor Gericht verwendet werden könnten, durften die nicht auf illegale Weise beschafft worden sein. Dass ein Außenstehender jenseits der Gesetze operierte, war etwas anderes, solange seine Methoden nicht ans Licht kamen. Die Polizei würde unter Druck gesetzt werden, ich würde beschützt. »Ich werde also meinen Kopf hinhalten.«

»Die Batterie hält lange«, sagte Mørk ungerührt. »Lange genug für unsere Zwecke. Das Teil wird unter dem Auto angebracht. Und nicht vergessen, keine Abdrücke.«

»Wie praktisch«, sagte ich. »Wissen davon noch andere?«

»Was meinst du?«

»Bei dir weiß man doch nie«, sagte ich. »Also nur wir beide.«

»Das habe ich nicht gehört.« Mørk streifte seine Asche über Hulda ab, worauf die pflichtschuldig knurrte, dann ging er zur Tür. Unterwegs drehte er sich um. »Ich gehe davon aus, dass du mich auf dem Laufenden hältst. Diskret natürlich.«

Ich hielt die Box lange unschlüssig in der Hand, ehe ich einen Entschluss fasste. Dass das Ding funktionierte, wusste ich jetzt.

Das nicht registrierte Telefon lag auf dem Schreibtisch neben dem GPS. Sekunden, nachdem ich den Knopf an der Box eingedrückt hätte, würde ich mit dem Mobiltelefon ins Internet gehen können und die Koordinaten des Aschenbechers erfahren, in den ich die Box gelegt hatte. Die Koordinaten würden in einem detaillierten Stadtplan erscheinen. Dass die Adresse der Straße bekannt war, überraschte mich nicht. Aber dass das System auch erkannte, in welchem Stockwerk und wo genau im Gebäude wir uns aufhielten, fand ich beängstigend.

Als ich langsam im Jaguar durch die Ørsnesallé glitt, war es schon nach zwei. Im Erdgeschoss war es dunkel, nur eine einsame Lampe in der Küche warf ein fast magisches Licht über die Wohnung. Der schwarze Lieferwagen stand in der Auffahrt, dicht beim Haus.

Ein friedliches Wohngebiet in einer norwegischen Kleinstadt, mitten in der Nacht an einem normalen Werktag. Die Gefahr einer Entdeckung war minimal, aber sie war vorhanden. Ich trug Schwarz und hatte mir eine schwarze Schirmmütze tief in die Stirn gezogen. An den Händen trug ich Wegwerfhandschuhe.

Ich ärgerte mich darüber, dass sein Schlafzimmerfenster offen stand. Er war also zu Hause.

Als ich das Tor aufschob, stießen die Angeln ein jammerndes Geräusch aus. Bei meinem letzten Besuch war das nicht so gewesen. Ich blieb lange stehen und horchte, ehe ich weiterging. In dem dreistöckigen Haus lagen noch zwei weitere Wohnungen. Alles war still.

Nachdem ich mich verstohlen umgeschaut hatte, legte ich mich in den Kies und kroch unter das Auto. Da unten war es um einiges enger, als ich erwartet hatte. Der Toyota war offenbar kein Geländefahrzeug. Der Sender musste gut versteckt und sorgfältig befestigt werden und durfte nicht in Kontakt mit dem Boden kommen. Ich hatte einen dünnen Metalldraht und eine kleine Zange mitgenommen. Jetzt ließ ich den dünnen Lichtstrahl meiner Taschenlampe alle möglichen Verstecke abtasten, ehe ich zufrieden war. Beim Auspuffrohr, aber nicht so dicht, dass die Hitze die Box beeinflussen könnte, fand ich die richtige Stelle. Rasch befestigte ich das Instrument, drückte es in einen Hohlraum und bedeckte es mit Fett. Nun würde es nicht zu sehen sein.

Im Jaguar machte ich dann einen Test. Adresse, Karte, Koordinaten, alles funktionierte perfekt. Ich hatte den vollen Überblick über alle Bewegungen des Wagens.

Auf der Rückfahrt hielt ich kurz und warf die Gummihandschuhe in einen Container.

23

Die folgenden Tage brachten kaum Neuigkeiten. Liers Auto bewegte sich nur in kleinen Kreisen um seine Wohnung. Den ganzen Mittwoch und Donnerstag hatte es in der Garage gestanden.

Am Freitagnachmittag passierte dann endlich etwas. Ich war noch im Büro und spielte mit dem Gedanken an eine kleine Erfrischung als Auftakt zum Wochenende. Als ich mich ins Netz einschaltete, konnte ich sehen, dass das Objekt auf der E 18 unterwegs war. Ich ging mit Hulda nach Hause und warf den Jaguar an.

Bei Drammen war er auf den Riksvei 35 abgefahren. Ich konnte mir schon vorstellen, wo er hinwollte, und als er bei Hønefoss dann auf der E 16 weiterfuhr, wusste ich es. Sein Ziel war die Hütte bei Vaset.

Er war ein wenig spät dran. Er würde erst nach Einbruch der Dunkelheit dort eintreffen und er hatte zwei Stunden Vorsprung vor mir. Er hielt viermal an, zweimal ziemlich lange, ich tat dasselbe. Es wirkte vernünftig, ihm diesen Vorsprung zu lassen, und ich hatte ja auch keinen Plan.

Mein Verdacht ließ mir keine Ruhe: Hatte er womöglich noch ein anderes Versteck? Die Hütte war durchsucht worden, dort war nichts mehr zu holen. Obwohl mir klar war, dass er vielleicht einfach nur das Bedürfnis hatte, zudringlichen Journalisten, skeptischen Ermittlern und neugierigen Tønsbergern zu entgehen, befürchtete ich, dass er andere Gründe haben könnte wegzufahren, Gründe, die mit den Schwestern Widerberg zu tun hatten.

Das Gefühl, dass die Lösung dicht vor mir lag, wurde immer stärker.

Als sein Wagen dann endlich stehen blieb, konnte ich feststellen, dass die Hütte doch das Ziel gewesen war.

Auch an diesem Abend stellte ich den Jaguar einige Hundert Meter entfernt ab. Dunkelheit und Stille lagen schwer über der Hochebene und erzeugten einen Eindruck von Einsamkeit, davon, allein auf der Welt zu sein.

Das Wetter war inzwischen gekippt, von einsetzender Sommerwärme unten im Tal zu peitschendem Wind und kaltem Wetter jenseits der Baumgrenze. Hier oben war der Frühling noch nicht angekommen.

Ich ließ Hulda aus dem Wagen und sie lief in der Dunkelheit vor mir hin und her.

Etwa ein Dutzend Meter vor der Hütte blieb ich stehen und durchdachte meine Situation. Noch immer war kein Laut zu hören. Der Wagen stand gleich vor dem Haus. Das gedämpfte Licht zeigte, dass er dort war.

Während ich mit mir selbst diskutierte, fiel mir auf, dass Hulda unruhig wurde. Sie war stehen geblieben, stand jetzt stocksteif da und richtete die Nase auf die Hütte. Bei dem leisen, wehen Wimmern, das jetzt die Stille durchbrach, lief es mir eiskalt den Rücken hinunter. Hulda blieb weiterhin wie angewachsen stehen, als ich mich nun auf das Haus zubewegte.

Vorsichtig schlich ich mich an der Wand entlang, um die Ecke, bis zur Tür. Es war nicht möglich, durch die Fenster zu schauen, alle Vorhänge waren vorgezogen. Ich blieb auf der Treppe stehen und überlegte.

Huldas Fiepen wurde immer durchdringender.

Am Ende fasste ich mir ein Herz und klopfte an die Tür, zuerst vorsichtig, dann immer energischer.

Keine Reaktion. Nun hämmerte ich mit den Fäusten gegen die Tür. Nichts passierte.

Als ich auf die Türklinke drückte, entdeckte ich, dass die Tür abgeschlossen war.

Ich sah mich unschlüssig um. An diesem Tag hatte ich mein Einbruchswerkzeug nicht mitgenommen und ich war mir auch nicht sicher, ob ich hier einbrechen konnte, ohne deutliche Spuren zu hinterlassen.

Als ich durch das Schlüsselloch schaute, konnte ich feststellen, dass der Schlüssel nicht im Schloss steckte. War Lier in die Dunkelheit hinausgegangen? Aber warum? Es war nicht gerade Wanderwetter und Nachbarn gab es nicht.

Ich brauchte keine Rücksicht mehr auf die Gefahr einer Entdeckung zu nehmen, deshalb ging ich um die Hütte herum und hielt Ausschau nach einer anderen Möglichkeit, mir Zugang zu verschaffen. Hulda stand noch immer an derselben Stelle. Ihr Wimmern war jetzt in leises Heulen übergegangen. Es hörte sich an wie eine Klage.

Ein Fenster auf der Rückseite war nicht ganz geschlossen. Als ich mich reckte, konnte ich es öffnen. Aber es saß hoch oben in der Wand und war schmaler, als mir lieb war. Meiner Erinnerung nach handelte es sich um das Badezimmerfenster. Eine wacklige Leiter wurde meine Rettung. Ich lehnte sie an die Wand und versuchte, mich durch das Fenster zu zwängen. Hulda war inzwischen total verstummt. Sie schnupperte nur in der Luft herum, als ob sie etwas suchte.

Das Fenster war wirklich sehr eng. Meine Kleider blieben hängen und ich musste die Jacke abstreifen.

Mit dem Kopf nach unten konnte ich mich endlich hindurchpressen und knallte in einem dunklen Raum auf den Boden. Wenn hier jemand war, hätte er mich jetzt hören müssen.

Ich kam mühsam auf die Beine, obwohl ich mich wie erschlagen fühlte, und öffnete die Tür. Sie führte in die Küche.

Der Tisch war für eine Mahlzeit gedeckt. Eine Kaffeetasse, ein Teller, Käse, eine Packung Roggenbrot. Eine Plastiktüte mit Lebensmitteln stand auf dem Boden. Milch, Sahne, Kaffee, Brot, dazu ein Stück Seife und Servietten.

Ich schnupperte. In der Luft hing ein unangenehmer Geruch, nicht sehr stark, aber deutlich.

Alles war still.

Ich öffnete die Wohnzimmertür. Dort sah es aus wie bei meinem ersten Besuch hier. Sauber und ordentlich.

Dann sah ich den Schlüssel. Er lag auf dem Tisch, neben der Schreibmaschine. Der Drucker stand im Bücherregal, sein *Mac* auf einer Kommode. Beide Geräte waren miteinander verbunden.

Der Geruch war jetzt stärker geworden.

Langsam, mit vorsichtigen Schritten, ging ich durch das Zimmer auf die Schlafzimmertür zu. Dort blieb ich stehen und konzentrierte mich, ehe ich die Tür öffnete. Die Angeln ächzten.

Mental war ich vorbereitet gewesen, trotzdem war es wie ein Schlag.

Im trüben Licht einer einsamen Lampe hing er dort und pendelte langsam hin und her. Das Seil, das am Dachbalken befestigt war, war weiß, fast fluoreszierend. Überflüssigerweise stellte ich fest, dass es aus Nylon war und zweifellos stark genug, um ein Pferd aufzuhängen.

Er hatte die Schuhe ausgezogen und nebeneinander vor die Bettkante gestellt. Jacke und Pullover waren ordentlich über einen Stuhl gehängt. Das Einzige, was die Ordnung im Raum störte, war der Hocker, der umgekippt mitten im Raum lag, weit genug entfernt. Er hatte ihn zur Seite getreten.

Nur im Film sahen Selbstmörder klinisch rein aus. In Wirklichkeit leerten sie Darm und Blase, der Inhalt strömte durch die Kleider und bildete auf dem Boden übel riechende Pfützen. Sie zappelten und zerrten am Seil, vielleicht in einem letzten Versuch zu leben. Das würden wir nie erfahren.

Ich sah es nicht zum ersten Mal, würde mich aber nie an den Anblick gewöhnen. Die blauschwarze aufgequollene Zunge, fehl am Platze in einem versteinerten roten Gesicht. Die Glubschaugen, der verzerrte Mund.

Sich aufzuhängen, konnte unmöglich eine gute Art zu sterben sein.

Er hing noch nicht lange da. Aber doch so lange, dass es nicht mehr eilig damit war, ihn herunterzuschneiden. Die Gefühle, die mich nun überkamen, waren diffus. Trauer, Erstaunen und Schuldgefühle.

Draußen heulte Hulda jetzt wieder rhythmisch, fast wie ein Gebet, fand ich. Hunde hatten diesen seltsamen Sinn. Sie rochen Gefahr und Tod.

Ich ließ den Blick durch das Zimmer schweifen. Abgesehen von dem Hocker war alles ordentlich, die Betten pedantisch gemacht, Kissen und Decken gewissenhaft Kante an Kante aufeinandergelegt, sogar das Blatt Papier lag mitten auf dem Schreibtisch. Die letzte Nachricht eines Menschen mit ausgeprägtem Ordnungssinn. Sein Mobiltelefon lag neben dem Brief, zusammen mit seiner Brieftasche. Es war genau 00.23 Uhr. Seit Kurzem war Samstag, der 1. Juni 2013.

Ich beugte mich über den Brief, ohne ihn anzurühren, und leuchtete die Mitteilung mit der Taschenlampe an.

AN ALLE, DIE ICH GERN GEHABT HABE UND DIE MIR VERTRAUT HABEN

Ich bin zu dem Schluss gekommen, dass ich nicht weiterleben kann. Das Entsetzliche, das ich getan habe, lässt sich nicht wiedergutmachen. Ich habe versucht, mich zu wehren, aber böse Kräfte haben mich in die Sünde getrieben. Ich habe zu meinem Gott gebetet, mich so anzunehmen, wie ich bin, aber ich verdiene keine Gnade. Mein Besitz soll der Gemeinde zufallen, die mein Zuhause und meine Stütze war. Ich bin ein elender Sünder und bitte demütig um Gottes Erbarmen. Ich habe versucht, mit Liebe zu leben, nach Seinen Worten, aber das ist mir nicht gelungen, da ich ein schwacher Mensch bin. Meine Zeit auf Erden ist zu Ende.

Der Brief war mit der Maschine geschrieben und nicht unterzeichnet. Ein Kugelschreiber lag diagonal über dem Blatt.

Der Text berührte etwas in mir. *Das Entsetzliche, das ich getan habe, ist nicht wiedergutzumachen.* Der Brief konnte als eine Art Geständnis aufgefasst werden, aber richtig klar war das nicht.

Ich las ihn noch einmal, Wort für Wort.

Ich sah nicht zum ersten Mal einen Abschiedsbrief, aber das hier war der erste mit der Maschine geschriebene. Vielleicht hatte die Schreibmaschine etwas Symbolisches, vielleicht hatte sie ihn durch das Leben begleitet, seit den Zeiten, als Computer noch nicht verbreitet gewesen waren. Mir fehlte die Unterschrift, als ich den Brief fotografierte. Ich würde Zeit brauchen, um den Text zu verstehen.

Ich vermied, seinen immer noch hin und her pendelnden Körper anzusehen, während ich mich vorsichtig im Zimmer bewegte. Alles schien in bester Ordnung zu sein. Es gab keinerlei Hinweise auf einen Kampf oder auf die Anwesenheit anderer Personen.

Ich ging zurück ins Wohnzimmer und hinaus auf den Gang. Dort stand sein Rucksack. Ich schaute hinein. Socken, Unterwäsche, Pullover, Hemd, Kulturtasche. Genug für eine Woche, nahm ich an.

Hulda war jetzt ganz ruhig geworden. Die Stille macht mir Angst.

Ich drehte mich um, ging wieder ins Wohnzimmer und öffnete die Haustür mit dem auf seinem Tisch gefundenen Schlüssel. Es tat gut, die frische Gebirgsluft im Gesicht zu spüren.

Als ich mich an den Notruf wandte, wurde ich zur Polizei in Vestre Slidre durchgestellt. *Ich möchte einen verdächtigen Todesfall melden.* Ich lieferte eine kurze Erklärung und eine Ortsbeschreibung. Ich solle in der Nähe bleiben, hieß es, nichts anrühren und auf sie warten, was durchaus eine Stunde dauern könne. Sie müssten erst Beamte und Arzt zusammenrufen. *Gehen Sie ja nicht ins Haus, Anwalt Foyn.*

Eine überflüssige Aufforderung. Ich hatte keine Lust, mich im Haus aufzuhalten.

Das war nur der Anfang. Kriminalchef Åsen würde mich durch die Mangel drehen, sowie der Fall auf seinem Tisch landete. Das war allerdings meine geringste Sorge. Vor Eintreffen der Polizei musste ich das GPS entfernen und eine Erklärung für mein Kommen finden. Was ich jetzt sagte, würde mich später verfolgen.

Ich ließ den Schlüssel von innen stecken, zog die Tür hinter mir zu und ging mit Hulda zurück zu meinem Jaguar. Der Hund wirkte ängstlich, drückte sich an mich, als ob sich in unserer Nähe eine Bedrohung befände. Ich fühlte mich auch nicht gerade wohl in meiner Haut.

Als ich das GPS an mich genommen hatte, fuhr ich meinen Wagen bis vor die Hütte. Meine Geschichte musste so lauten, dass ich ihn hatte besuchen wollen, um über alles zu reden, was geschehen war. Ich wollte sagen, mir sei die Information zugespielt worden, er sei auf dem Weg zu seiner Hütte, deren Lage mir bekannt war. Ich sei misstrauisch geworden und durch ein offenes Fenster geklettert, als ich merkte, dass die Tür verschlossen war und dass der Schlüssel von innen steckte. Ich würde nicht sagen, dass das hier nicht mein erster Besuch war.

Ich schaltete die Stereoanlage ein und ließ mich auf dem Ledersitz des Jaguars zurücksinken, während Hulda auf der Rückbank langsam zur Ruhe kam.

Der Streifenwagen traf zuerst ein. Das blinkende Blaulicht warf gespenstische Schatten über die Hochebene. Dahinter kamen dann nacheinander Rettungswagen und zwei Privatautos. Der Einsatzwagen fuhr vor die Hütte und hielt neben dem Jaguar. Die beiden Insassen, ein Mann und eine Frau, öffneten nicht sofort die Tür, sondern musterten mich auffällig lange, ehe sie gleichzeitig mit mir ausstiegen.

Beide trugen Uniform. Die Frau trat einen Schritt auf mich zu und streckte mir eine Hand hin.

»Einfrid Bråten, Polizeichefin Slidre.« Ihr Händedruck war fest. Sie war überraschend jung, groß und dünn und hatte einen scharfen Blick. »Das hier ist Kommissar Fredrik Karlsen.« Sie zeigte auf den Kollegen, der noch jünger war.

»Svend Foyn«, sagte ich. »Anwalt. Vielleicht haben wir vorhin telefoniert?« Ich sah den Kommissar an, der zur Bestätigung nickte.

»Also«, die Polizeichefin von Slidre drehte sich zu den anderen um, die jetzt ebenfalls ausgestiegen waren. »Das ist der

Gemeindeoberarzt.« Sie zeigte auf einen grauhaarigen Mann mittleren Alters, dem es durchaus nicht zu passen schien, dass er zu so später Stunde aus dem Bett geholt worden war. Die beiden aus dem Rettungswagen hielten sich abwartend im Hintergrund. Ein junger Mann, dem eine Kamera um den Hals hing, stand daneben und sah uns an. »Auch die Presse ist da«, sagte Bråten kühl und zeigte auf den Mann. »Das scheint ein interessanter Fall zu sein.«

Ich fing an, die Frau zu mögen.

»Es ist offen«, sagte ich. »Der Schlüssel steckt im Schloss, da habe ich ihn gefunden, nachdem ich durch ein Fenster hinten im Haus gestiegen war. Ich wurde misstrauisch, als ich sah, dass die Tür von innen abgeschlossen war. Der Tote heißt Nils Lier und wohnt in Tønsberg. Seine Brieftasche liegt auf dem Nachttisch.«

Sie zog Gummihandschuhe und Schuhüberzug hervor. »Alle«, befahl sie und reichte die Sachen an mich und den Arzt weiter. »Bis auf Weiteres wird das hier als Tatort betrachtet.« Krankenwagenpersonal und Journalist hielten sich im Hintergrund. »Dann gehen wir rein. Hast du alles bereit?«, fragte sie den Kollegen, der zur Bestätigung nickte. Er trug eine Tasche bei sich.

Sie blieben mitten im Zimmer stehen und verschafften sich einen Überblick, ehe sie weitergingen. Bråten dachte offenbar so wie ich, denn der Lichtstrahl ihrer Taschenlampe ruhte lange auf den Lebensmitteln auf dem Küchentisch, ehe sie die Durchsuchung fortsetzte.

Ich zeigte auf die Schlafzimmertür. »Dahinter«, erklärte ich.

»Sie warten hier«, sagte sie zu mir, öffnete die Tür und ließ den Kommissar und den Arzt eintreten.

Ich setzte mich an den Esstisch, während das Blitzlicht im Schlafzimmer aufleuchtete. Die Müdigkeit war dabei, mich zu überwältigen.

Nach einigen langen Minuten wurden die Sanitäter hereingeholt. Sie schnitten den Katecheten vom Seil, legten ihn in einen Plastiksack und trugen ihn dann auf eine Bahre. Ich war aufgestanden und in die Türöffnung getreten. Als sie an mir vorbeikamen, stellten sich die Empfindungen wieder ein. Traurigkeit, Erstaunen und Schuldgefühle.

Die Polizeichefin wandte sich erst wieder an mich, als sie und ihr Kollege alle Zimmer durchsucht, Schubladen und Schränke geöffnet, geschaut und untersucht hatten. Überraschend gründlich, wie ich fand.

»Also«, sagte sie und setzte sich mir gegenüber an den Tisch. »Und jetzt zu uns.« Der Kommissar stand jetzt neben der Tür, wie um mich an der Flucht zu hindern.

»Ja«, sagte ich. »Aber viel habe ich nicht beizusteuern. Was sagt der Arzt?« Auch der war draußen verschwunden, zusammen mit den Sanitätern.

»Tod durch Erhängen, vor drei Stunden. Wir schicken ihn zur Obduktion.«

»Habt ihr äußere Verletzungen gefunden?«

»Wenn das der Fall wäre, können Sie uns einen Grund nennen, warum wir Ihnen das verraten sollten?«

»Ich habe ihn doch gefunden.«

»Das ist jedenfalls kein guter Grund. Die Antwort ist nein.«

Ich ahnte in ihrer Stimme eine gewisse Unsicherheit. »Aber?«, hakte ich nach.

»Einige frische Kratzer an den Händen, das war alles. Kann er Holz gehackt haben?« Der Holzkorb neben dem Kamin war voll. Außerdem hatte ich einen leichten Geruch nach frischem Holz wahrgenommen.

»Nicht unmöglich«, sagte ich. »Aber ich war ja nicht dabei.«

»Nein, das waren Sie nicht.«

»Hören Sie mal«, sagte ich und versuchte, meine einsetzende Irritation zu unterdrücken. »Ich bin aus purem Zufall auf ihn gestoßen, klar?«

»Sicher.« Sie glaubte mir nicht. »Svend Foyn? Ist das nicht ein ungewöhnlicher Name?«

»Nicht da, wo ich herkomme«, sagte ich. »Außerdem habe ich mich daran gewöhnt.«

»Es ist ein ganzes Stück von Tønsberg bis hier«, meinte sie.

Ich sagte nichts. Manchmal ist Schweigen Gold.

»Wann sind Sie gekommen?« Sie hatte ein abgegriffenes Notizbuch hervorgezogen.

»Gegen Mitternacht«, antwortete ich und erklärte den Grund meines Besuchs auf der Hütte.

»Ist das nicht ein etwas ungewöhnlicher Zeitpunkt für einen Besuch?«

»Ich bin Nachtmensch«, sagte ich.

»Aber Ihr Gastgeber muss das ja nicht gewesen sein, oder?« Mir gefiel das Funkeln in ihren Augen. »Warum sind Sie gekommen?«

»Das ist vertraulich«, sagte ich. »Ich musste mit ihm reden. Vergessen Sie nicht, ich bin Anwalt.«

»Aber der Tote war nicht Ihr Mandant.« Sie hatte auf dem Weg hierher offenbar einige Telefonate getätigt.

»Er hatte mit einem Fall zu tun, an dem ich arbeite.«

»Und Sie wussten also, dass er sich hier aufhielt?«

»Ich hatte einen Tipp bekommen. Vertraulich«, fügte ich hinzu.

»Ach was?« Sie wechselte plötzlich das Thema. »Was glauben Sie in Bezug auf diesen Selbstmord, Anwalt Foyn?«

»Ich glaube gar nichts.«

»Haben Sie auf irgendetwas reagiert?«

»Auf den Brief«, sagte ich. »Dass er mit der Maschine geschrieben war.« Ich drehte mich um und zeigte auf die Essensreste und den Abwasch. »Der Tote war ein Ordnungsmensch. Er hatte alles aufgeräumt, nur die Küche nicht.« Ich sagte nichts über den Inhalt des Rucksacks.

»Hm.« Sie runzelte die Stirn. »Die Tür war von innen abgeschlossen, sagen Sie?«

Ich nickte bestätigend, in dem Wissen, dass direkte Lügen zu vermeiden waren. Zu viele von der Sorte und man verlor den Überblick.

»Haben Sie jemanden gesehen, als Sie gekommen sind?« Die Frage war an mich gerichtet.

»Hier war niemand.«

»Wie denken Sie über den Inhalt des Briefes?« Einfrid Bråten war eine intelligente Frau. Jetzt witterte sie Blut. »Welche Sünden haben ihm so zu schaffen gemacht?«

»Ich bin kein Hellseher.« Ich fand sie zwar sympathisch, aber ich wollte trotzdem nicht mehr erzählen als unbedingt nötig. Ich wusste nicht mehr, was ich glauben sollte. »Sünde ist ein überaus relativer Begriff und sollte nicht mit Gesetzesbruch verwechselt werden«, sage ich.

»Hören Sie«, sie beugte sich über den Tisch.

Ihr Gesicht war nicht weit von meinem entfernt. Ihre Haare dufteten frisch gewaschen. Wenn ich mir das genauer ansah, dann war sie eine anziehende Frau.

»Sie brauchen sich nicht zu verstellen. Ich weiß, weshalb der Tote unter Verdacht stand.«

Der Nachtschlaf unseres Kriminalchefs war ruiniert worden. Das würde er gegen mich verwenden.

»Und was dahintersteckt.«

»Dann brauchen Sie mich ja nicht zu fragen«, sagte ich. Wenn das hier so weiterging, dann hatte ich mir noch eine neue Feindin zugelegt. »Ich weiß so wenig wie Sie.« Das war jedenfalls eine Lüge.

»Haben Sie ihn bedroht?«, fragte sie plötzlich. »Haben Sie ihn dazu getrieben?«

»Ich war nicht hier.« Diese Frage traf mich hart und ich konnte das nicht verbergen.

»Diese Aufgabe hat die Presse übernommen, nicht wahr?« Sie war außergewöhnlich gut informiert. Das konnte sie nicht nur von Kriminalchef Åsen erfahren haben. »Ich habe diesen Posten hier erst vor Kurzem angetreten. Vorher war ich in Drammen. Ich lese Zeitungen und ich habe Bekannte in Tønsberg.«

»Kriminalchef Åsen vielleicht?«

»Den auch.«

»Dann wissen Sie vielleicht auch, wo die lecke Stelle sitzt«, sagte ich.

»Das ist nicht mein Ressort.« Sie sah aus, als ob sie gern etwas Wichtiges gesagt hätte.

Der Kommissar kam herein und unterbrach uns. »Kein Problem«, sagte er und hielt triumphierend einen Schlüssel hoch. »Der hing am Klohäuschen. Das machen wir eben so hier auf dem Dorf.«

Seine Chefin nahm den Schlüssel und wiegte ihn in der Hand. »Hast du nachgesehen, ob der passt?«

Der Kollege nickte. »Perfekt.«

»Dann wissen wir, dass alle Welt hier hätte ein- und ausgehen können. Abgesehen von Städtern wie Ihnen.« Zum ersten Mal sah ich sie lächeln. »Aber das hat vielleicht nichts zu bedeuten.« Sie wurde wieder ernst. »Haben Sie den Knoten im Seil bemerkt?«

»Eigentlich nicht.« Ich war zu sehr damit beschäftigt gewesen, ruhig Blut zu bewahren.

»Ein Seemannsknoten«, erklärte sie überzeugt. »Ein Palstek mit selbststraffender Schlinge. Den beherrscht nicht alle Welt.«

»Woher wissen Sie das?«, fragte ich verärgert, weil ich das nicht selbst gesehen hatte.

»Ich segele. War er ein Bootsmensch?«

»Nicht dass ich wüsste.« Ich war beeindruckt. »Aber ich kann das kaum glauben.«

»Wieso nicht?«

»Er war nicht der Typ«, sagte ich. »Und er hat kein Boot.« Darüber hatte ich mich informiert.

»Wissen Sie, wie lange er schon hier oben war?«

Jetzt musste ich vorsichtig sein. »Wenn ich das richtig verstanden habe, ist er heute Nachmittag in Tønsberg losgefahren.«

»Wussten noch andere, dass er hierher wollte?«

Das unangenehme Gefühl, dass Frau Bråten Lügen riechen konnte, verstärkte sich. »Das kann ich Ihnen nicht sagen«, antwortete ich.

»Und Sie wissen nicht, was er hier wollte?«

»Die Antwort auf diese Frage haben Sie dort drinnen gefunden«, sagte ich und zeigte auf das Schlafzimmer. »Diese Hütte hat ihm vielleicht irgendetwas Besonderes bedeutet, was weiß ich.«

»Vielleicht.« Sie wirkte durchaus nicht überzeugt.

Eine Sherlock Holmesine verkleidet als norwegische Polizistin, weit oben im Gebirge. Ich konnte mich nicht entscheiden, was das bedeuten mochte.

»Ich glaube, das wär's dann erst mal.« Sie klappte ihr Notizbuch zu. Es war abgegriffen und hatte Eselsohren. »Welche Pläne haben Sie? Ich fürchte, Sie dürfen hier nicht bleiben.«

»Ich fahre zurück«, sagte ich.

»Jetzt, mitten in der Nacht? Wir können doch jemanden im Hotel unten im Dorf wecken?«

»Ich fahre lieber.«

Sie musterte mich skeptisch. »Allein?«

»Ich bin nicht allein. Ich habe Hulda.«

»Gute Fahrt. Wir bleiben noch ein bisschen. Wenn noch etwas sein sollte, hören Sie von uns.« Sie lächelte hold. »Ich bin sicher, meine Kollegen in Tønsberg werden sich um Sie kümmern.«

Ich schwärmte für Frauen mit Sinn für Humor.

Der Journalist stand noch immer draußen, als ich mich zu Huldas großer Freude ins Auto setzte und den Wagen anließ. Ich hatte den Verdacht, dass der Mann ein Foto machte, als ich das Grundstück verließ.

Es war ungewöhnlich dunkel, als ich unten im Dorf anhielt und einen Blick auf die GPS-Box warf. Zum Glück hatte ich im Jaguar einen Rechner. Das machte es möglich, die Koordinaten der Box einzugeben und auf meiner Karte zu sehen.

Nils Lier war zuerst zu einer Tankstelle in Hønefoss gefahren, danach hatte er eine Viertelstunde in Fagernes gehalten, wo er vermutlich die Dinge aus der Plastiktüte gekauft hatte.

Die beiden anderen Stopps fand ich interessanter. Beim See Sperillen hatte er auf einem Rastplatz gehalten. Dann war er auf der E 16 weitergefahren und, wie gesagt, in Fagernes gewesen, ehe er nach Vaset aufgebrochen war. Gleich hinter Fagernes war er von der Hauptstraße abgebogen und dem Riksvei 204 nach Skrautvål gefolgt, um dort anzuhalten und den Wagen fast eine Dreiviertelstunde lang stehen zu lassen.

Es war schon nach zwei Uhr morgens, als ich den Riksvei 204 erreichte. Die Straße war schmal und kurvenreich und es war kaum ein Haus zu sehen, als ich den Daten zu der Stelle folgte, wo Lier gehalten hatte. Ich kam mir vor wie auf Bildern von Kittelsen in den Märchenbüchern meiner Kindheit, als ich den Jaguar langsam durch einen düsteren Wald manövrierte. Ein ideales Versteck, wenn man unbedingt etwas loswerden wollte. Sogar Hulda auf der Rückbank war aufgewacht und schaute sich jetzt aufmerksam die dunkle Umgebung an.

Die Stelle, an der Lier gehalten hatte, tauchte dann ganz plötzlich auf. Ein schmaler Weg, fast ein Pfad, führte zu einem See hinunter. Auf der Karte sah ich, dass dieser See sogar einen Namen hatte: Døvre. Häuser konnte ich nirgendwo sehen. Hier hatte er von 19.37 Uhr bis 20.24 Uhr gestanden.

Ich hielt an und stieg aus. Es war still, aber es war keine gute Stille. Das Gefühl des Unbehagens wurde immer stärker, während ich dort auf den See hinausschaute. Die Dunkelheit verbarg mögliche Spuren, meine Taschenlampe war zu schwach, um mir eine Hilfe zu sein. Dieser Ort musste gründlich bei Tageslicht untersucht werden, am besten von Fachleuten.

Das Unbehagen legte sich erst wieder, als ich meine Nerven mit dem Summen des Jaguars beruhigen konnte.

Auf dem Rastplatz am Sperillen hatte ich ein ähnliches Erlebnis. Hier hatte Liers Wagen von 17.12 Uhr bis 17.32 Uhr gestanden. Er war vielleicht müde vom Fahren gewesen und bei Tageslicht war es hier sicher idyllisch. Jetzt war es dunkel und unübersichtlich und ich fand keine Anzeichen dafür, dass hier etwas Dramatisches vor sich gegangen sein könnte. Mehrere kleine Boote waren aufs Ufer gezogen, leicht zugänglich für jemanden, dem der Sinn nach einer Ruderpartie stand. Ich erinnerte mich vage an etwas, was ich über diesen See gelesen hatte. Der Sperillen war so groß wie ein kleines Meer und ungewöhnlich tief. Immer wieder war dort ein geheimnisvolles Wesen gesichtet worden, das die Lokalbevölkerung für ein Seeungeheuer hielt. Niemand war hier gern im Dunkeln unterwegs.

24

Es wurde schon hell, als ich das Slottsfjell sah. Es war ein schöner sommerlicher Morgen. Leichter Dunst lag über den Feldern, als ich Tønsberg erreichte. Ich war allein auf der Straße, wie schon fast auf der gesamten Fahrt. Die Nachtsendungen im Radio hatten mich wachgehalten. Das Radio und der Gedanke daran, was ich gesehen hatte. Sein Anblick, wie er da in einer langsamen rotierenden Bewegung an der Decke hing, hatte sich in mein Bewusstsein eingebrannt. Wer war er gewesen, dieser Nils Lier? Ich war ihm nur ein einziges Mal begegnet, ohne dass er einen besonderen Eindruck bei mir hinterlassen hätte. Aber ich glaubte, vieles über ihn zu wissen, über seine Kindheit, seine Jugend und die Entscheidungen, die er getroffen hatte.

Als ich den Jaguar vor dem Haus abstellte, war ich erschöpft, aber nicht schläfrig.

Nach dem Abstecher zum Døvre war Lier ohne Halt weiter nach Vaset gefahren und hatte die Hütte um 22.17 Uhr erreicht, zwei Stunden vor mir. Er hatte Zeit genug für seine Vorbereitungen gehabt, hatte seine letzte Mahlzeit zu sich genommen, hatte den Abschiedsbrief geschrieben und bis auf den Küchentisch alles aufgeräumt, hatte die Leine befestigt und den Sprung auf die andere Seite gemacht. Das konnte höchstens eine Stunde vor meinem Eintreffen passiert sein. Ich musste mir einfach vorstellen, was wohl passiert wäre, wenn ich unterwegs nicht angehalten hätte, sondern gleich durchgefahren wäre.

Die Informationen, die ich nun besaß, mussten an die Ermittler weitergereicht werden, ohne dass dabei herauskommen würde, woher sie stammten. Ich glaubte nicht, dass Lier auf Sightseeing-Tour gewesen war. *Das Entsetzliche, das ich getan habe, lässt sich nicht wiedergutmachen.* Diese Formulierung ging mir nicht aus dem Kopf, während ich versuchte, ein wenig zu schlafen. Nach einer Stunde gab ich auf. Es war ja schon Morgen.

Ich konnte nicht mehr anrufen, ehe er eintraf. Es war 10.00 Uhr an diesem Vormittag, aber ich hatte mein Büro schon geöffnet. Erst als ich durch die Straßen ging, war mir aufgegangen, dass Wochenende war. Die meisten Menschen schliefen lange, genossen ihr Frühstück, planten, wie sie diesen schönen Samstag verbringen wollten, den ersten im Sommermonat Juni, sie lasen Zeitungen und tranken Kaffee. Mich selbst reizte das alles überhaupt nicht.

Der Mann, der sich langsam und rhythmisch unter dem Deckenbalken um sich selbst drehte. Wenn ich die Augen schloss, lief die Szene immer wieder ab, so lebensecht, dass ich den Gestank von Tod und Erniedrigung wahrnahm.

Egal, was ich auch versuchte, ich konnte mich von diesem Bild nicht befreien. Ich war in meiner Praxis wirklich schon häufiger mit einem plötzlichen Tod konfrontiert worden, manchmal noch unter deutlich dramatischeren Umständen. Aber ich hatte noch nie das Gefühl gehabt, so dicht davon betroffen zu sein. Ich war nur ein Beobachter des Elends gewesen, das andere traf. Tief in meinem Herzen wusste ich, dass das nicht stimmte, dass das, was Nils Lier passiert war, in seiner eigenen Verantwortung lag, dass er selbst für seine Taten einstehen musste.

Ich war mir jetzt so gut wie sicher. Der Katechet hatte die Tragödie beider Schwestern verursacht. Und ich glaubte nicht mehr an die so passende Geschichte von Johannas Reise nach Kopenhagen. Sie war irgendwo versteckt, vermutlich tot. Lier hatte sich für den feigsten Ausweg von allen entschieden. Jetzt würden wir vielleicht nie eine Antwort erhalten.

»So, du bist schon auf?« Wilhelm Mørk war provozierend morgenmunter, wie er da vor mir stand. »Nicht schlecht«, sagte er dann, während er auf dem Sofa Platz nahm.

Hulda hatte längst verstanden.

»Nach deinen nächtlichen Strapazen hätte ich dich hier eigentlich nicht erwartet.«

»Ich sehe, du bist informiert«, sagte ich müde. »Was zum Teufel machen wir jetzt?«

»Åsen findet das überhaupt nicht komisch und Asbjørnsen und Moe stimmen ihm da zu.«

»Ach was.« Ich öffnete die Schreibtischschublade, zog die schwarze Box hervor und legte sie vor ihn hin. »Da kannst du seine Reiseroute ablesen. Auf der Fahrt nach Vaset gibt es zwei interessante Unterbrechungen, die genauer untersucht werden sollten. Und es eilt. Ich war dort, aber da war es zu dunkel.«

Mørk hatte offenbar den Ernst in meiner Stimme gehört. Er runzelte die Stirn. »Wir werden sehen.«

»Das reicht nicht«, sagte ich. »Sie kann da irgendwo sein. Johanna. Vielleicht lebt sie noch.« Das glaubte ich allerdings selbst nicht.

»Schick von deinem Micky-Maus-Telefon einen Tipp. Fahr erst selbst eine Runde, damit du nicht an die lokalen Basisstationen gerätst.« Er nahm die Box. »Das hier sehe ich mir näher an.«

Es gefiel mir nicht, aber ich hatte auch keinen besseren Vorschlag. Ich hätte es angemessen gefunden, wenn er das selbst übernommen hätte, aber ich wusste, dass er ablehnen würde. »Na gut.«

»Sie werden eine Erklärung verlangen. Darauf musst du dich vorbereiten.« Er erhob sich, blieb vor dem Schreibtisch stehen. »Was für einen Eindruck hattest du vom Tatort?«

»Ist das jetzt ein Tatort?«

»Alle Orte, an denen so ein Todesfall vorgekommen ist, müssen als Tatort gelten, solange der Ereignisverlauf nicht geklärt ist.«

»Es gab da einige Unklarheiten«, sagte ich. »Aber die Selbstmordtheorie ist durchaus überzeugend.«

»Und du hast nichts gefunden?«

»Wie hätte ich das schaffen sollen? Es durfte ja nichts angefasst werden.«

»Und daran hast du dich gehalten?« Er wartete keine Antwort ab. »Was sagst du zu dem Brief?«

»Es wäre schwer, näher an ein Geständnis heranzukommen.«

»Aber eine wesentliche Frage ist weiterhin offen«, sagte Mørk mit verschlossenem Gesicht. »Was hat er gestanden?

Dass er gesündigt hat? Oder dass er vergewaltigt hat, vielleicht gemordet?«

»Die Tatsachen erzählen ihre eigene Geschichte«, sagte ich. »Wenn wir das Schicksal der Widerberg-Schwestern mit Liers Brief in Verbindung bringen, dann sehen wir, dass es einen Zusammenhang geben muss.«

»Vielleicht.« Mørk drehte sich um und war verschwunden, so unbemerkt, wie er gekommen war.

Ich beschloss, Mørks Rat zu befolgen, brachte es aber nicht über mich, wieder loszufahren. Was ich vorhatte, war kein Verbrechen. *Nils Lier hat gefährliche Geheimnisse an folgenden Orten.* Dann die Koordinaten. *Sie müssen suchen und es eilt.*

Als ich diese Mitteilung an Åsens Mobiltelefon geschickt hatte, war mir ein bisschen wohler. Auch wenn er sich nur ungern von anonymen Tipps beeinflussen ließ, musste er jetzt reagieren.

Ich verließ mein Büro und verzehrte ein spätes Frühstück in einer Bäckerei, während ich wartete. Nach einer halben Stunde packte ich den Stier bei den Hörnern und rief den Kriminalchef an, nun von meinem offiziellen Mobiltelefon aus.

»Hier ist Foyn«, begann ich, als er sich zu meiner Überraschung meldete. Aber ehe ich noch mehr sagen konnte, fiel er mir ins Wort.

»Was zum Teufel haben Sie denn wieder angestellt? Kaum passiert in dieser Stadt etwas, dann steht eins fest, nämlich, dass Sie damit zu tun haben!«

»Hier ist aber nichts passiert«, sagte ich. »Das war doch ganz woanders.«

»Sehr komisch, Anwalt Foyn. Ihnen scheint der Ernst der Lage nicht klar zu sein.«

»Ich wollte mit ihm reden«, sagte ich. »Das war vielleicht nicht so gut durchdacht, aber ich wollte einen Versuch machen. In diesem Fall treten doch alle auf der Stelle, das wissen Sie so gut wie ich.«

»Sie sind ihm also gefolgt?«

»Ich hatte einen Tipp bekommen«, sagte ich. »Dass er auf die Hütte wollte. Deshalb bin ich hingefahren.« Das war keine ganz furchtbare Lüge. »Leider bin ich zu spät gekommen.«

»Und woher kam dieser Tipp?«

»Sie wissen, dass ich diese Frage nicht beantworten kann. Er war vertraulich und es spielt außerdem keine Rolle.«

»Hier wimmelt es nur so von Tipps. Woran kann das wohl liegen?«

»Gute Frage«, sagte ich. Åsen hatte sicher mögliche Sanktionen durchdacht, ohne eine ausreichend wirkungsvolle zu finden. Die Wahrheit war, dass er nichts gegen mich verwenden konnte.

»Sie spielen ein hohes Spiel, Foyn. Und Ihr Sturz kann tief sein.«

Er wechselte zwischen ›Anwalt Foyn‹ und nur ›Foyn‹, aber es war unmöglich, sein System zu begreifen.

»Ich verstehe nicht, was Sie jetzt meinen«, antwortete ich unschuldig. »Und wo wir schon über ernste Dinge sprechen, wer gibt eigentlich alles, was bei euch passiert, an VG weiter?«

»Da mischen Sie sich lieber nicht ein.«

Ich hatte offenbar einen wunden Punkt getroffen, aber ich glaubte nicht mehr, dass er dahintersteckte. Irgendwer hier im Haus wurde von VG bezahlt.

»So was klären wir intern«, brummte er.

»Der Schaden ist aber schon passiert«, sagte ich. Ich hatte nicht den Eindruck, dass ihm dieses Thema angenehm war.

»Sie haben also niemanden sonst gesehen?«

»Er war allein«, sagte ich. »Und ich bin ziemlich sicher, dass es Selbstmord war.« Ich sagte nichts über die kleinen Details, die nicht zu stimmen schienen. Der Fall war ohnehin schon kompliziert genug. »Was sagen Sie zu dem Abschiedsbrief?« Ich bezweifelte nicht, dass Åsen bereits alles vorlag. Ich hätte gern mehr über seine Beziehung zu Einfrid Bråten von der Polizei in Slidre gewusst. Sie schienen einander gut zu kennen. Oder teilten sie nur den üblichen Korpsgeist?

»Es ist naheliegend, den Brief als Geständnis zu betrachten«, Åsen war überraschend deutlich. »In Elviras Fall können wir nichts mehr machen. Es gibt deutliche Hinweise darauf, dass Sie mit Ihrem Verdacht richtigliegen, aber jetzt hat es keinen Sinn, den noch zu verfolgen. Beide Beteiligten leben nicht mehr.«

Ein ungewöhnliches Geständnis von einem Mann wie dem Kriminalchef. Ich hätte es gern schriftlich gehabt.

»Was ist mit Johanna?«, fragte ich. »Gibt es noch immer keine Spur von ihr?«

»Nein.«

»Lier kann sie entführt haben«, sagte ich. »Das lässt sich jedenfalls nicht ausschließen. Möglicherweise lebt sie ja noch.« Ich sah ein, dass das nicht sehr wahrscheinlich war. Aber unmöglich war es eben nicht.

»Sind Sie ihm auf der Fahrt zur Hütte gefolgt, Foyn?«

»Ich bin mindestens zwei Stunden später losgefahren. Ich konnte nicht sehen, was er unterwegs unternommen hat.«

Er hatte natürlich den Verdacht, dass der anonyme Hinweis von mir stammte. Wenn das ein Problem wäre, würden die von den Mautschranken hinter Tønsberg registrierten Zeitpunkte meine Aussage bestätigen. Lier hatte einen großen Vorsprung gehabt.

»Also«, Åsen war offenbar zu derselben Erkenntnis gekommen. »Wir werden schon etwas unternehmen.«

Der Kriminalchef brauchte eigentlich nur Leute an die beiden Orte zu schicken. Das war nicht ganz einfach, weil ein anderer Polizeibezirk zuständig wäre. Außerdem musste das Ganze diskret vor sich gehen, da es sich nicht um einen Fall mit laufender Ermittlung handelte. Vor Gericht war der Tønsberger Polizei unmissverständlich klargemacht worden, dass sie Lier in Ruhe lassen sollten. Diese Aufforderung galt noch immer, auch wenn der Mann tot war. Jetzt ging es um seinen guten Ruf. Staff würde der Sache begeistert nachgehen, denn offiziell war der Katechet ja von jeglichem Verdacht befreit.

Eine andere Herausforderung bestand darin, dass Lier zu Fuß unterwegs gewesen sein konnte, weit entfernt von seinem Auto. Er konnte Johanna in einen der Seen geworfen haben.

Aber wenn die Polizei gründlich genug suchte, müssten sich doch Spuren finden lassen.

Ich überlegte weiter.

Die Frage blieb, wo er sie versteckt haben könnte, ehe er die Stadt verlassen hatte. Da gab es endlos viele Möglichkeiten. Vielleicht war sein Auto der Schlüssel.

»Ihr müsst den Lieferwagen untersuchen«, sagte ich. »Wenn Johanna im Auto war, muss es Spuren geben.«

Aber auch das stand nicht fest. Tot oder lebendig, sie konnte in ein Material eingewickelt gewesen sein, das keine Spuren hinterließ. Der Mann hatte bewiesen, dass er umsichtig und intelligent war, und mit Ordnung und Sauberkeit kannte er sich aus. Er konnte für die Leiche ein vorübergehendes Versteck gesucht haben, wo sie dann früher oder später gefunden werden würde. Deshalb hatte er sie an einen anderen Ort geschafft.

»Ich kann nicht glauben, dass er nur angehalten hat, um sich die Beine zu vertreten. Er muss etwas vorgehabt haben.«

»Wir wissen, was wir zu tun haben, Foyn. Sie brauchen uns unsere Aufgabe nicht zu erklären.«

Ich erwähnte nicht, dass ich das nicht zum ersten Mal hörte.

Dieser Tag hatte mit großen Herausforderungen angefangen und es sollte noch schlimmer werden. Ich hatte mich gerade erst im Sessel zurücksinken lassen, ein Zigarillo angezündet und die Zeitung aufgeschlagen, als sich die Tür öffnete.

Die Frau, die vor mir stand, war nicht die, die ich jetzt gern gesehen hätte, aber was sollte ich machen.

»Na, Anwalt Foyn, wir haben noch immer Gründe, uns zu treffen.« Sie trat einen energischen Schritt auf mich zu.

»Svend«, korrigierte ich. »Setzen Sie sich.« Ich zeigte auf das Sofa. Neben Hulda, die durchaus keine Anstalten machten, sich zu erheben, war ein wenig Platz. »Nicht ich arrangiere unsere Treffen.« Ich war zufrieden mit dieser Antwort.

Fredrikke Strøm lächelte. Vielleicht besaß sie ja doch einen Funken von Humor. »Wir verfolgen diesen Fall und dann gibt es Ergebnisse.«

»Sicher«, sagte ich. »Haben Sie sich auch die Folgen dessen überlegt, was die Zeitung schreibt?«

»Mehr, als Ihnen bewusst sein kann.« Sie war jetzt ernst. »Aber das ist mein Beruf.«

»Was denn?«, fragte ich.

»Die Wahrheit aufzudecken. Finden Sie das nicht auch interessant, Svend?«

»Wahrheit ist keine feststehende Größe.«

»Ich weiß, was gestern Abend passiert ist«, sagte sie. »In der Hütte in Vaset.«

»Das kann ich mir denken«, sagte ich.

»Haben Sie einen Kommentar? Wir wollten doch zusammenarbeiten.«

»Richtig. Aber Sie haben diese Abmachung gebrochen, als Sie Ihren Artikel veröffentlicht haben, ohne vorher mit mir zu sprechen.«

»Ich habe getan, was ich tun musste.«

»Dass Sie jede Ermittlung verderben, wenn Sie auf diese Weise Informationen an die Öffentlichkeit bringen, ist das eine, aber das ist ja zum Glück nicht mein Problem.«

»Und was ist dann Ihr Problem, Anwalt Foyn?« Jetzt waren wir offenbar nicht mehr befreundet. Sie hatte ein interessantes Gesicht und ein reizendes Lächeln, aber ich fand sie absolut nicht vertrauenswürdig.

»Sie stellen Leute an den Pranger, begreifen Sie das nicht? Die Zeitung macht sich zu Ankläger, Richter und Jury in einer Person.« Ich redete mich jetzt in Rage. »Wir hatten abgemacht, dem Verdacht in aller Stille nachzugehen, eben um herauszufinden, ob er wirklich begründet war.«

»Willkommen in der Wirklichkeit. Der Begriff ›in aller Stille‹ existiert nicht mehr.«

»Für Sie vielleicht nicht.« Sie hatte recht. Aber mir brauchte das nicht zu gefallen.

»Es sieht ganz so aus, als ob Elviras Vater jetzt aus der Sache heraus wäre«, sagte sie scheinbar unbeeindruckt. »Wie sehen Sie das, Foyn?«

»Das ist keine ganz unkorrekte Schlussfolgerung«, erwiderte ich. »Vielleicht sollten Sie Ihre Einstellung zu Männern allgemein und zu Vätern im Besonderen revidieren. Wo Sie doch so sicher waren, wo die Verantwortung lag.«

»Ich bin Journalistin«, antwortete sie mit scharfer Stimme. »Ich schreibe, was ich sehe. Und nicht alles ist schön.«

»Das sehe ich auch so. Aber ich veröffentliche meine Verschwörungstheorien nicht.«

»Was sagen Sie zu Liers Selbstmord? Und zu seinem Abschiedsbrief?« Sie ließ sich nicht erschüttern.

Ich schwieg. Sie hatte also auch den Brief lesen können. Ohne meine früheren Erfahrungen mit den Beziehungen zwischen der Polizei und der Presse wäre ich jetzt schockiert gewesen.

»War es wirklich Selbstmord?« Sie ließ nicht locker. »Und war das ein Geständnis?«

»Was glauben Sie denn?« Jetzt griff ich zu Mørks Methode. Beantwortete jede Frage mit einer Gegenfrage.

»Selbstmord. Alles stimmt. Er wollte einen Strich unter alles ziehen.«

»Dann hat er ziemlich schlechte Arbeit geleistet«, sagte ich. »Ein Geständnis vielleicht. Aber die Frage ist, was er eigentlich gestanden hat.«

»Denken Sie an Johanna? Gehört sie auch mit ins Bild?«

In diesem Punkt war Fredrikke Strøm offenbar nicht auf dem neuesten Stand. Ich glaubte auch nicht, dass ihr meine Informationen bekannt waren. Noch nicht.

»Johanna wird noch immer vermisst«, sagte ich. »Die einzige Spur ist diese Postkarte aus Kopenhagen.«

»Und Sie meinen, das reicht nicht?«

»Das Mädchen hätte doch mal irgendwo gesehen werden müssen.«

»Und Lier hat sie entführt?«, fragte sie, wie um mir eine Antwort zu entlocken.

»Das wissen wir nicht.«

»Und er hat vergessen zu erzählen, wo er sie versteckt hat?« Sie ließ nicht locker. »Ist das so?«

»Das haben Sie gesagt.«

Die Journalistin musterte mich forschend. »Warum glaube ich, dass Sie mir etwas verheimlichen?«

»Sie misstrauen allen«, sagte ich. »Das ist sicher eine Berufskrankheit.«

»Das meinen Sie also, Foyn?«

»Ja«, sagte ich. Es wurde Zeit, dieses Gespräch zu beenden. Sie würde sowieso schon bald alles wissen, da sie ihre Informationen ja offenbar direkt aus der Polizeizentrale saugte.

Fredrikke Strøm erhob sich vom Sofa. Als sie sich vor mich stellte, entdeckte ich zu meiner Freude, dass ihre helle Jeans mit Hundehaaren dekoriert war. Die Jeans saß ungewöhnlich eng an den wohlgeformten Beinen. Fredrikke Strøm war nicht sonderlich groß, aber diesmal würde ich nicht den Fehler machen, sie zu unterschätzen.

»Eins sag ich Ihnen, Anwalt Foyn« Ihr Blick war düster. »Wir sitzen in einem Boot, wir beide. Versuchen Sie ja nicht, sich besserzustellen, als Sie sind. Das passt nicht zu Ihnen.«

Ich gebe das nur äußerst widerwillig zu, aber damit hatte sie mich getroffen. Wir verfolgten beide dasselbe Ziel.

25

Spät an diesem Nachmittag rief Mørk an. Ich hatte mich im Büro aufgehalten und versucht, einige dringende Angelegenheiten abzuarbeiten, aber das war mir nicht sonderlich gut gelungen. Meine Erlebnisse vom Vortag wollten mir nicht aus dem Kopf. Wie in einem Film erlebte ich sie wieder und wieder.

»Mach dich auf einen Besuch gefasst. Und denk dran, Kriminalchef Åsen kann Hundehaare nicht leiden.«

»Das ist sein Problem«, sagte ich. »Warum muss ich mich auf seinen Besuch gefasst machen?«

»Du hast dafür gesorgt, dass ein Haufen Leute einen ganzen Samstag beschäftigt war. Ist dir nicht klar, welche Kosten du uns mit diesen Überstunden beschert hast?«

»Jetzt heißt es plötzlich *uns«*, sagte ich. »Haben sie etwas Interessantes entdeckt?«

»Wer suchet, der findet«, meinte Mørk unbeirrt. »Fahrräder, Kinderwagen, Müll jeder Art, es ist unglaublich, was die Leute so hinterlassen. Aber als sonderlich interessant kann man das nicht bezeichnen.«

»Hör doch auf«, sagte ich. »Soll das heißen, sie haben nichts Brauchbares gefunden?«

»Nichts. Wenn er da, wo sie gesucht haben, etwas oder jemanden entsorgt hat, dann hat er das gut verstecken können. An beiden Stellen wurden seine Reifenabdrücke gefunden und es war möglich, ein Stück weit seine Fußspuren zu verfolgen. Aber nichts weist darauf hin, dass er mehr getan hat, als eine Pause einzulegen. Am Sperillen liegen zwei alte Hütten gleich beim Rastplatz und die wurden ergebnislos durchsucht. Es war nicht sonderlich schwierig, da einzubrechen«, fügte er hinzu. »Beim zweiten Halt, Døvre, war das Ergebnis dasselbe. Verfallene alte Bruchbuden, Reste von offen gelassenen Kätnerstellen. Mehr haben sie nicht gefunden, jedenfalls nicht in unmittelbarer Nähe des Ortes, wo er das Auto abgestellt hatte. Aber eine Suche auf so spärlicher Grundlage ist natürlich nie so umfassend, wie es wünschenswert wäre. Dann müssten wir in viel weiterem Umkreis suchen.« Mørk legte eine vielsagende Pause ein. »Der Kriminalchef meint offenbar, dass du ihn an der Nase herumgeführt hast und etwas verheimlichst. In solchen Fällen neigt er dazu, sehr übellaunig zu werden.«

Das machte mir keine große Sorge. Dass sie nichts gefunden hatten, fand ich viel schlimmer.

»Du solltest vielleicht einen kleinen Ausflug machen, einen Kurzurlaub. Åsens Wut ist zum Glück meistens nicht von Dauer.« Mørk wurde ernst. »Aber inzwischen sind zwei andere durchaus interessante Informationen aufgetaucht, ganz inoffiziell natürlich.«

»Du hast in irgendeinem Register geschnüffelt, nehme ich an?« Ich wusste ja, wie Wilhelm Mørk arbeitete. »Worum geht es?« Ich hatte schon eine leise Ahnung.

»Unser Mann hat Tønsberg am Tag nach Johannas Verschwinden um 06.35 Uhr verlassen.«

Wie ich gedacht hatte. »Du hast also Zugang zu den Daten der Mautgesellschaft?« Normalerweise ging das nicht ohne richterlichen Beschluss, aber Wilhelm Mørk hatte Beziehungen.

»Das habe ich nicht gesagt.«

»Das ist auch nicht nötig«, sagte ich. »In welche Richtung ist er gefahren?«

»Nach Norden.«

»Also in Richtung Oslo?«

»Kaum. Da ist er nicht registriert worden. Er kann aber über Kongsberg gefahren sein, in die Berge, wo er sich so oft aufhielt. Und dort hätte er eine Registrierung umgehen können.«

»Wann ist er zurückgekommen?«

»Um 02.23 Uhr in dieser Nacht ist er auf dem Weg in die Stadt zurück an derselben Mautschranke vorbeigekommen.«

»Schade, dass wir nicht wissen, wo er war.«

»Etwas wissen wir. Wir haben bei ihm eine Quittung von einer Tankstelle in Hønefoss gefunden, von 10.48 Uhr an diesem Tag. Was sagst du dazu?«

»Er war dort«, sagte ich. »Auf der Hütte. Und er hat sich Zeit gelassen.«

»Da kannst du recht haben, mein Freund. Dort oder an einem vergleichbaren Ort. Aber das ist noch nicht alles.«

»Was denn noch?«

»Zwei Tage später, also vier Tage nach Johannas Verschwinden, ist er abermals losgefahren, diesmal nach Oslo. Er hat den Mautring um die Hauptstadt um 07.30 Uhr passiert.«

»Er war offenbar Frühaufsteher«, sagte ich. »Wann ist er zurückgekommen?«

»Am nächsten Tag um 09.15 Uhr ist er in Tønsberg registriert worden.«

»Dann hat er in der Stadt übernachtet?«, fragte ich überrascht. »Du weißt vielleicht auch, wo?«

»Nicht in einem Hotel oder einer Pension.« Das konnte ein Polizist mit Leichtigkeit überprüfen.

»Und was ist deine Theorie?«

»Überleg doch mal.«

Das fand ich anstrengend, gab mir aber Mühe. Plötzlich ging es mir auf. »Wann fährt der Bus nach Kopenhagen?«

»Der verlässt Oslo um neun Uhr morgens und kommt um 16.10 Uhr in Kopenhagen an.«

»Und kommt wann zurück?«

»*Swebuss* fährt um 21.40 Uhr in Kopenhagen ab und ist dann am nächsten Morgen um sechs in Oslo.«

»Und der Bus verlangt von den Fahrgästen natürlich keinen Ausweis?«

»Natürlich nicht. Deshalb fahren damit ja auch die, die heimlich reisen wollen.«

»Alles klar.« Den Fahrer um eine Identifizierung zu bitten, war reine Zeitverschwendung. Wenn Lier wirklich mit dem Bus gefahren war, hatte er sich sicher getarnt. Eine Perücke, eine Brille, andere Kleider, es wäre wirklich das Einfachste von der Welt gewesen.

So konnte es gewesen sein. Der Katechet fuhr unbemerkt in die Königliche Stadt, gab die Karte auf, kehrte am nächsten Morgen zurück, alles anonym. »Hast du in Oslo sein Auto ausfindig machen können?«

»Alles negativ. Aber wer sich dort auskennt, findet ausreichend Gratisparkplätze, zum Beispiel in Grønland, gar nicht weit weg vom Busbahnhof.«

»Verdammt«, rief ich. »Das hätten wir ihm unter die Nase reiben müssen! Jetzt ist es zu spät.« Ich glaubte nicht, dass wir noch Beweise für diesem Abstecher nach Dänemark finden würden. Der Bursche war erschreckend tüchtig gewesen, wenn es darum ging, seine Spuren zu verbergen.

»Es ist nie zu spät, mein Freund.«

»Du musst dafür sorgen, dass der Kriminalchef davon erfährt.«

»Alles zu seiner Zeit. Das ist ein brisantes Thema. Meine Quelle muss anonym bleiben und diese Informationen sind auch keinerlei Beweis. Eine Autofahrt ins Gebirge, ein harmloser Besuch in Oslo. Solange wir nicht beweisen können, dass dabei etwas Kriminelles passiert ist, kommen wir nicht einen Schritt weiter.«

Ich sah ein, dass er recht hatte. Mit dem, was wir bisher hatten, würde kein Richter die Mautgesellschaft verpflichten, ihr Archiv zu öffnen. Diese Auskünfte gehörten zum Privatleben. Ein klares Problem war, dass wir nicht wussten, ob überhaupt ein Verbrechen begangen worden war.

»Mach, dass du aus dem Büro kommst, und unternimm irgendwas Lustiges«, lautete Mørks Rat, als er das Gespräch beendete. »Am besten nicht in dieser Stadt. Bei normalen Menschen ist jetzt Wochenende.«

Wilhelm Mørk hatte recht. Ich brauchte Abwechslung. Nach zwei fast schlaflosen Tagen fühlte ich mich reichlich wirr im Kopf. Als das Telefon klingelte, hatte ich mich entschieden.

»Hier ist Axel Schøtt.« Er hatte eine Stimme von der Art, bei der die Gesprächspartner sich gerade setzten. »Anwalt Foyn?«

»Ja«, sagte ich, fest entschlossen, mich von seinem Befehlston nicht beeinflussen zu lassen. »Ich wollte Sie auch gerade anrufen.«

»Gut. Ich bin darüber informiert, was geschehen ist. Haben Sie noch etwas hinzuzufügen?«

»Nun, das hängt ganz davon ab, was Sie gehört haben«, sagte ich.

»Ich brauche eine klare Übersicht über den ganzen Vorgang.« Ein fast unmerkliches Zögern verringerte den Eindruck von Festigkeit. »Ist der Fall jetzt gelöst?«

»Es kommt darauf an, was Sie jetzt meinen«, sagte ich, wohl wissend, dass ich hier mit dem Mann sprach, der meine Ermittlungen finanzierte. »Nils Lier hat sich das Leben genommen und es besteht aller Grund zu der Annahme, dass ein Anfall von Schuldgefühlen der Auslöser war.«

»Und Sie waren dabei?«

»Nicht, als es passiert ist. Ich bin zwei Stunden später eingetroffen.«

»Ich habe eben mit meiner Tochter gesprochen«, sagte er jetzt. »Liers Abschiedsbrief lässt wohl keine Zweifel daran offen, dass er Übergriffe begangen hatte.«

»Das kann schon stimmen«, sagte ich. »Aber was er getan hat und mit wem, ist immer noch eine offene Frage. Johanna ist nach wie vor nicht wieder aufgetaucht.« Er schien nicht so ganz über die Ausmaße des Verdachts gegen den Katecheten informiert zu sein.

»Angeblich hält sie sich in Kopenhagen auf. Haben Sie Grund zu einer anderen Ansicht?«

»Vielleicht.« Ich hatte keine Lust, darüber am Telefon zu diskutieren. »Haben Sie heute Abend kurz Zeit? Es gibt da einige wichtige Dinge, über die wir sprechen sollten.«

»Ach was?« Er klang nicht gerade erfreut. »Wann sollte das denn sein?«

Ich warf einen Blick auf die Uhr. »In zwei Stunden?«

»Ich habe nicht sehr viel Zeit, aber das müsste sich wohl machen lassen.«

Zwei Enkelinnen waren einem grausamen Schicksal zum Opfer gefallen und er hatte nicht viel Zeit? »Dann ist das abgemacht«, sagte ich. »Um achtzehn Uhr im *Justisen?«* Um diese Zeit war es dort noch nicht überfüllt.

»Justisen?« Das schien nicht gerade sein Stammlokal zu sein.

»Zentral und akzeptabel«, sagte ich. »Außerdem sind wir doch beide Juristen.«

»Dann bis später.« Er legte auf. Ich überlegte, ob es mir wohl gelungen war, ihn zu provozieren.

Es war noch längst nicht sechs, als ich schon in der Kneipe saß, die ich einmal als zweite Heimat betrachtet hatte. Jetzt war ich nicht mehr oft hier. Abgesehen von der Einrichtung hatte sich fast alles im *Justisen* verändert, ich auch.

Diesmal hatte ich das *Hotel Opera* gemieden und mir ein Zimmer im *Grand* genommen. Einem der wenigen Hotels, in denen auch Bernhardiner willkommen waren. Bis auf Weiteres hatte ich ja ein Spesenkonto.

Nachdem ich mit Hulda durch den Schlosspark spaziert war und für Futter gesorgt hatte, hatte sie sich mit einem einsamen Abend im Hotelzimmer abgefunden. Da Alice nicht ans Telefon ging, hatte ich ihr eine SMS geschickt, ehe ich losgegangen war. *Bin heute Abend in der Stadt. Auf überwucherten Pfaden. Ruf mich an.* Der Sheriff von Fargo, Alices norwegischstämmiger Vater, hatte dafür gesorgt, dass seine Tochter gründlich in die norwegische Literatur eingeführt worden war. Hamsun war sein Lieblingsautor.

Der Richter blieb in der Türöffnung stehen und schaute sich im Lokal um, ehe er, in tadelloser Offiziershaltung, mit festen Schritten auf mich zukam. Erst nun ging mir auf, dass er vermutlich für etliche der Gäste in dieser Kneipe schon als Richter fungiert hatte. Das Witzige am *Justisen* war, dass unter den Stammgästen zwar viele Juristen waren, aber auch nicht wenige von ihren Mandanten hier ein und aus gingen. Ich fand, dass es eine gute Idee gewesen war, ihn hier zu treffen und nicht in seinem Revier. Im *Justisen* hatte ich Heimvorteil.

»Anwalt Foyn.« Er verhielt sich überaus förmlich.

»Richter Schøtt«, sagte ich, um mich seinem Stil anzupassen, als wir einander nun gegenüberstanden.

Wir schüttelten uns die Hand, ohne dass er es geschafft hätte, meine ernstlich zu verletzen.

»Also?« Der Richter beugte sich zu mir vor. »Was haben Sie mitzuteilen, das sich am Telefon nicht sagen lässt? Ich hoffe, es ist nichts Unangenehmes?«

Ich hatte dem Kellner schon gewinkt. Erst jetzt spürte ich die Folgen von unauslöschbaren Eindrücken, vielen Stunden hinter dem Lenkrad und so gut wie keinem Schlaf. Ich brauchte ein Bier.

»Zuerst müssen wir etwas zu trinken haben«, sagte ich. »Was kann ich Ihnen anbieten?« Ich erwähnte nicht, dass ich vorhatte, diese Runde auf die Rechnung zu setzen, die bald bei ihm eingehen würde.

»Ein Glas trockenen Weißwein, bitte. Ich muss bald weiter, fürchte ich.«

Trockenen Weißwein? Der Mann war zweifellos ein Gesundheitsfreak. »Das haben Sie schon erwähnt«, sagte ich.

»Können wir damit rechnen, dass der Täter nun tot ist?« Schøtt war leger, aber elegant angezogen, wie auf dem Weg zu einem formlosen Essen. Kleidsame helle Jacke, weißes Hemd, am Hals offen, blank geputzte Schuhe. Er sah unverschämt gut aus.

»Sicher können wir nicht sein, da weder ein Geständnis noch technische Beweise oder eine Aussage der Geschädigten vorliegen. Ob Elvira ermordet wurde, Selbstmord begangen hat oder ob es ein Unfall war, werden wir wohl nie erfahren.« Ich sah hoffnungsvoll den Kellner an, der jetzt auf uns zukam. »Aber die Hinweise darauf, dass sie sexuellen Übergriffen ausgesetzt war, sind meiner Meinung nach überzeugend, und ich glaube auch, dass diese Übergriffe direkt oder indirekt zu ihrem Tod geführt haben. Der Fall wird nicht vor Gericht kommen, da spielen die Paragrafen ja keine Rolle.«

»Welchen Eindruck hatten Sie von Nils Lier?« Der Richter starrte mich an, als sei ich irgendeines Vergehens beschuldigt.

»Ich bin ihm nur einmal begegnet, da kann ich das kaum beurteilen.«

»Aber Sie wissen trotzdem etwas?« Axel Schøtt war ein gefürchteter Richter gewesen.

»Stimmt.« In dieser Nacht hatte ich lange und ausgiebig nachgedacht. »Ich weiß einiges über Herkunft, Kindheit, Familienverhältnisse, über seine Arbeitsstellen, ein wenig auch über das soziale Leben des Mannes. Aber er bleibt doch ein Rätsel. Ich kann nicht behaupten zu wissen, wer er wirklich war.«

»Und diese sexuellen Perversionen?«

»Wir wissen, dass er Kontakt zu russischen Frauen hatte, kennen aber keine Details.« Aus irgendeinem Grund war ich nicht bereit, Christian Salvesens Klatsch weiterzutragen. »Dass er einzelne ganz besondere Vorlieben hatte, wissen wir auch.«

»Was denn?«

»Frauenkleider, zum Beispiel. Relativ unschuldige Dinge. Über die gefährlichen Seiten in der Persönlichkeit dieses Mannes wissen wir nur wenig und nichts lässt sich wirklich beweisen.

Aber wie gesagt: Sehr vieles deutet daraufhin, dass er sich zu sehr jungen Mädchen hingezogen fühlte. Es hat da mehrere Geschichten gegeben, die allerdings allesamt nicht bewiesen sind.«

»Sie schließen also, dass er sich an Elvira vergriffen hat?« Das Gesicht des Richters war reglos. Es war unmöglich, seine Gedanken zu erraten.

»Das ist eine plausible Theorie, ja. Die Hütte in Valdres war für mich der Wendepunkt.«

»Na gut. Aber vor Gericht würden Sie mit dieser Theorie kaum weit kommen.«

»Da sind Sie der Fachmann«, sagte ich. »Meiner Ansicht nach würde die Klage abgewiesen werden, da weder Beweise noch ein Geständnis vorliegen, nur Indizien.«

Schøtt musterte mich lange. »Auf einer solchen Grundlage sind schon ganz andere verurteilt worden, Anwalt Foyn. Aber wir sind hier ja nicht im Gericht. Ich wollte eine Antwort und jetzt habe ich sie. Was mir nun Sorgen macht, ist Johanna. Kann auch sie ein Opfer sein?«

»Da ist die Lage unsicherer«, sagte ich. »Aber leider ist es nicht unwahrscheinlich.«

»Kommen Sie mit den Einzelheiten. Ihre Berichte waren ja nicht übermäßig detailliert.«

Ich erzählte, was ich wusste. Axel Schøtt war ein aufmerksamer Zuhörer. Er sagte nicht viel. Bis ich auf das Auftauchen von Liers Lieferwagen vor der Schule, den seltsamen Pausen auf der Fahrt zur Hütte und auf die auffälligen Autofahrten des Mannes zu sprechen kam.

»Sie halten die Postkarte aus Kopenhagen also nicht für echt?«, fragte er, als ich fertig war. »Und meinen, dass er Johanna entführt hat?«

»Das ist durchaus vorstellbar, es ist sogar wahrscheinlich. Er hatte die Möglichkeit und ein Motiv. Wenn es also zutrifft, dass er sich an Elvira vergangen hat«, fügte ich hinzu.

»Sie operieren mit sehr viel *falls, ob* und *aber*, Anwalt Foyn. Ich will Tatsachen.«

»So ist die Welt«, sagte ich. Die Rolle des Verteidigers gefiel mir besser als die des Anklägers.

»Tja.« Er wirkte nicht überzeugt. »Und die Polizei hat ebenfalls keine Spuren gefunden? Auch keine elektronischen, wie Kontobewegungen oder so?«

Ich schüttelte den Kopf. »Nichts. Aber Nils Lier hat bewiesen, dass er raffiniert sein konnte. Wenn er der Täter war, hat er alle Spuren verwischt.«

Im Gesicht des Richters las ich jetzt zum ersten Mal echte Besorgnis. »Machen Sie weiter«, sagte er entschieden. »Mir ist klar, dass die Möglichkeiten der Polizei begrenzt sind, da Johanna mündig ist und da es nicht zu beweisen ist, dass sie einem Verbrechen zum Opfer gefallen sein kann. Meine Tochter«, er runzelte die Stirn, »und ihr Mann sind nicht dazu in der Lage, irgendwelche konstruktiven Maßnahmen in die Wege zu leiten. Sie klammern sich an die offizielle Version, dass Johanna durchgebrannt ist und bald wieder auftauchen wird. Das hat die Polizei ihnen erzählt. Sie stehen beide kurz vor einem Zusammenbruch, fürchte ich. Und sie lehnen jegliche Hilfe ab, auch von mir.«

Endlich standen die Getränke vor uns auf dem Tisch. Ich musste mich zusammenreißen, um meinen Halben nicht in einem langen Zug zu leeren, während der Richter kultiviert an seinem Wein nippte.

»Ist das also abgemacht?«

Mir waren seine Augen aufgefallen. Sie waren ungewöhnlich blau. Ich hielt ihn deshalb aber noch lange nicht für blauäugig. »Das ist es.«

Ich versuchte zu begreifen, warum ich mich nicht mehr motiviert fühlte. Aber Johanna war jetzt wichtiger. Wenn sie wirklich entführt worden war und irgendwo gefangen gehalten wurde, musste ich weitermachen. Ich glaubte nicht, dass Kriminalchef Åsen die Ermittlungen fortsetzen würde, solange er keine stichhaltigen Beweise dafür hatte, dass sie einem Verbrechen zum Opfer gefallen war. Und interessanterweise hatte ich keine Probleme damit, seine Einschätzung nachzuvollziehen.

»Ich gehe also unseren bisherigen Hinweisen nach.«

»Gut.« Er sah auf die Uhr und erhob sich eilig. »Ich muss leider los, Anwalt Foyn. Halten Sie mich immer auf dem Laufenden.« Er bedachte mich mit einem charmanten Lächeln, das sicher zahllose Frauen beeindruckt hätte. Mir kam er eher vor wie der Wolf, der Rotkäppchen anlächelte.

Sein Glas stand halb voll auf dem Tisch. Ich vergeudete nicht gern Lebensmittel. Aber ich widerstand der Versuchung, meinerseits an Schøtts Getränk zu nippen. Schließlich konnte der Richter ja an einer ansteckenden Krankheit leiden.

26

Ich war schon lange nicht mehr so durstig gewesen. Erst nach einem weiteren Bier fühlte ich mich imstande, mir über den restlichen Abend Gedanken zu machen. Bei mir hatten düstere Spekulationen einen meist unumstößlichen Wirklichkeitssinn verdrängt. *Was war Elvira passiert? Und wo war Johanna?* Wenn ich ehrlich sein wollte, musste ich zugeben, dass die Antwort einfach war: Ich wusste es nicht. Ich vermutete viel, wusste aber wenig.

Nach einem weiteren Bier hatte ein angenehmer leichter Rausch das Bedürfnis nach Gewissheit gedämpft. Vielleicht würde ich die niemals bekommen. Die Fragen würden liegen bleiben und ewig vor sich hin schwären und ich würde damit leben müssen, so, wie die Mordermittler der Kripo das ebenfalls mussten. Manchmal bekamen sie nie eine Antwort.

Ich sah sie schon, als sie mich noch längst nicht entdeckt hatte. Sie wirkte unsicher, als sie dort stand und in dem halb dunklen Lokal Ausschau hielt. Mit ihren engen blauen Jeans und einer über die schmalen Schultern geworfenen Jeansjacke wirkte sie sehr jung und verletzlich. Alice war über vierzig, also war sie nicht mehr ganz jung. Ich fühlte mich versucht, mich nicht zu erkennen zu geben, einfach dort zu sitzen und sie anzusehen. Sie war dünner geworden, ihre Gesichtszüge etwas schärfer gezeichnet. Eine meiner Mandantinnen hatte das so ausgedrückt: »Eine Scheidung, Foyn, das ist die effektivste Schlankheitskur aller Zeiten.«

Ich stand auf und ging zu ihr, während sie mir den Rücken kehrte. »Du hast es also verstanden«, sagte ich und legte ihr die Hände auf die Schultern.

Sie fuhr herum. »Ich kenne dich.« Sie hauchte mir einen Kuss auf die Wange, schnupperte an mir und wich ein wenig zurück. »Bist du schon lange hier?«

»Lange genug«, sagte ich. »Im Dienst.«

»Aha.«

Wir setzten uns an meinen Tisch und sahen einander an. »Wie geht es dir denn?«, fragte ich endlich. Das Make-up konnte die dunklen Ringe unter ihren Augen nicht verbergen. »Alles in Ordnung?«

»Ist es das denn je?«

Mir gefiel der harte Unterton nicht.

»Ein anständiges Leben zu leben, ist nicht einfach, oder?«, fügte sie hinzu, jetzt ein wenig sanfter.

»Mir ist das nicht so wichtig«, sagte ich. »Anständigkeit, meine ich.«

Alice lächelte. Wieder ging mir auf, dass mir vor allem ihr Lächeln gefehlt hatte. »Du weißt, was ich meine.«

»Ja«, sagte ich. »Das weiß ich.«

»Warum bist du hier?«, fragte sie.

»Brauche ich einen Grund?«

»Wenn ich das richtig in Erinnerung habe, wolltest du nicht mehr ins *Justisen* gehen, das hast du mir wenigstens erzählt. Du hattest es satt, in deine eigenen Fußstapfen zu treten.«

»Ich hatte einen guten Grund«, sagte ich. »Genauer gesagt, Axel Schøtt.«

»Hast du dich hier mit ihm getroffen?«

Ich nickte.

»Gibt es Fortschritte in deinem Fall?«

Sie wusste es nicht. Ich war davon ausgegangen, dass sie auf dem Laufenden war, hatte vergessen, dass sie an anderen dringenden Fällen arbeitete, dass sie nicht ununterbrochen an mich dachte. »Das allerdings.«

»Einen Durchbruch?«

»Das dachte ich«, sagte ich. »Aber jetzt bin ich nicht mehr sicher.«

»Erzähl.« Sie legte eine Hand auf meine. »Ich habe vielleicht auch etwas für dich.«

»Er ist tot«, sagte ich. »Nils Lier. Er hat sich das Leben genommen und ich war da.« Ich erzählte alles und zeigte ihr am Ende den Abschiedsbrief, den ich in meinem Mobiltelefon gespeichert hatte.

Alice sah ihn sich lange an, dann legte sie das Telefon weg. »Interessant«, sagte sie.

»Wie meinst du das?«

»Der Brief. Der ist auf eine Weise geschrieben, die mehrere Deutungsmöglichkeiten erlaubt. Wenn er wirklich um Vergebung bitten wollte, warum ist er dann nicht konkreter?«

»Feigheit«, sagte ich. »Darauf stoße ich nicht zum ersten Mal in einem schwerwiegenden Kriminalfall. Ich bin Mördern begegnet, die vor allem ihre Taten rechtfertigen wollten, auch wenn sie den reuigen Sünder zu spielen versuchten.«

»Das ist natürlich möglich.« Alice wirkte nicht überzeugt. »Aber dennoch«, sie zögerte. »Ich finde, das passt alles nicht richtig zusammen. Obwohl der Mann mir ja nie begegnet ist.«

»Er hatte Motiv und Gelegenheit«, sagte ich. »In beiden Fällen.«

»Dir ist doch klar, dass du dabei auf einem Zirkelschluss aufbaust?«

Alices Augen waren auch blau, wie die des Mannes, der vorhin hier gesessen hatte. Aber ihre waren warm.

»Weil er möglicherweise sexuelle Übergriffe begangen hat, steckt er auch hinter Johannas Verschwinden? Was, wenn er gar nicht übergriffig war?«

»Das ist mir schon klar«, sagte ich. »Aber ich bin überzeugt davon, dass Elvira ein Opfer war.«

»Da bin ich ganz deiner Meinung. Aber steht es fest, dass Nils Lier der Täter war?«

»Alle Indizien und mein Bauchgefühl sagen ja. Und dann ist Johanna ein natürliches nächstes Opfer. Er kann sie entführt haben. Wenn sie schon tot ist, war es eben nicht wichtig für ihn, das zuzugeben. Er bittet doch vor allem um die Vergebung seiner Sünden.«

»Dann hätte er sich einem Geistlichen anvertrauen müssen.«

»Das hat er ja vielleicht getan«, sage ich. »Zum Beispiel dem Vater der Mädchen. Ich hatte keinen Kontakt zu ihnen. Nach dem, was Schøtt sagt, stehen die Eltern kurz vor dem Zusammenbruch.«

»Daran will ich nicht mal denken.« Sie drückte meine Hand. »Ab und zu frage ich mich, was dieser Beruf mit mir macht. Ich hätte vermutlich doch Lehrerin oder sonst was Friedliches werden können.«

»Im Klassenzimmer ist es auch nicht mehr friedlich«, sagte ich. »Falls es das jemals war. Mittlerweile sind die Lehrer zu Sozialarbeitern geworden und müssen sich um Kinder kümmern, die ein Scheißleben haben. Was wolltest du mir übrigens erzählen?«

»Ich habe gewisse Untersuchungen angestellt«, sagte sie zögernd. »Es muss nicht unbedingt etwas bedeuten, jetzt, wo er nicht mehr da ist. Aber es geht um Liers Familie.«

»Ja?«

»Es stimmt nicht, dass er gar keine Angehörigen hat. Es gibt nämlich eine Tante in Oslo.«

Sie hatte sich also über meinen Fall informiert. »Woher weißt du das?«

»Berufsgeheimnis.« Sie lächelte. »Wir haben Zugang zu Registern, von denen du nicht einmal träumen kannst. Auch nicht in Albträumen«, fügte sie hinzu. »Jedenfalls, diese Tante, die Schwester seiner Mutter, wohnt in Bjølsen. Nils hat erst ziemlich spät Kontakt zu ihr aufgenommen. Die Frau ist alt und krank, aber geistig offenbar noch ziemlich zurechnungsfähig.«

»Hast du mit ihr gesprochen?«

»Ich habe die Dame besucht, ja. Ich hatte den Eindruck, dass sie sich darüber gefreut hat.«

Ich fragte nicht, welchen Vorwand sie benutzt hatte. »Wusste sie etwas über das Leben ihres Neffen?«

»Das musst du feststellen. Sie haben sich jedenfalls regelmäßig getroffen.«

»Interessant«, sagte ich nachdenklich. »Ich weiß nicht, wie ich dir danken soll.« Ich hatte da schon meine Vorstellungen, aber die waren nicht zur Veröffentlichung geeignet.

Alice legte einen gelben Notizzettel auf den Tisch. »Hier steht alles, was du brauchst.«

Ich sah sie an. »Wann musst du zurück?«

»Ziemlich bald. Ich habe keinen Babysitter, die Mädchen sind allein zu Hause. Und auch wenn sie das toll finden, gefällt es mir so ganz und gar nicht.«

Es ging auf acht zu.

»Ich bring dich zum Auto«, sagte ich. »Wo genau stehst du denn?«

»Im Parkhaus in Vika. Wo wohnst du?«

»Im *Grand*«, sagte ich. »Wir haben denselben Weg.«

»Nobel« sagte sie und stand auf. »Also, gehen wir.«

Vor dem Hotel blieben wir stehen. »Ich muss wohl weiter«, sagte sie unsicher.

»Du hast meine Suite noch nicht gesehen«, sagte ich.

»Suite? Wer bezahlt die denn?«

»Anwälte verdienen gut«, sagte ich. »In der Hinsicht hast du doch Erfahrung.«

Vielleicht war es diese Bemerkung, die ihr die Entscheidung abnahm. »Ich muss wirklich los«, sagte sie schroff. »Es ist schon zu spät. Bis dann.«

Sie schaute sich nicht mehr um, als sie mit langen, raschen Schritten die Karl Johans gate entlangging.

Das Fernsehangebot an diesem Samstagabend überstieg meine schlimmsten Vermutungen. *QuizDan,* eine endlose Menge Doku-Soaps, Krimiserien, die nur noch das ruhigstellen konnten, was an Gehirnzellen möglicherweise noch vorhanden war. Als es auf elf Uhr zuging, riss ich mich los.

Während ich noch unten an der Rezeption stand, klingelte mein Mobiltelefon. Ich hoffte, dass Alice vielleicht anrief, um zu sagen, dass sie sich die Sache anders überlegt hatte. An diesem Abend wollte ich mich dann auch nicht zieren.

»Ja«, sagte ich, ohne mir das Display genauer anzusehen.

Außer Mørk rief um diese Zeit kaum noch jemand an. »Du hast dich von der Familienunterhaltung losgerissen, hoffe ich?«

»Stimmt«, sagte ich.

»Ich kann dir ein paar Neuigkeiten erzählen. Falls sie dich interessieren.«

Meine Laune besserte sich. »Schieß los.«

»Es hat sich eine ältere Dame gemeldet. Sie glaubt, an dem Nachmittag, an dem Johanna allem Anschein nach verschwunden ist, ein großes dunkles Auto am Bahnhof gesehen zu haben.«

»Konnte sie das genauer beschreiben?«

»Die Zeugin wusste kaum den Unterschied zwischen vorn und hinten bei einem Auto, aber ihr ist der Fahrer aufgefallen.« Mørk legte eine seiner üblichen Kunstpausen ein, ehe er weitersprach. »Sie hat sein Aussehen als ›anonym‹ beschrieben. Er schien auf jemanden zu warten.«

»Das tun viele, die auf dem Parkplatz am Bahnhof stehen«, sagte ich. »Und ›anonym‹? Das ist nicht gerade übermäßig präzise. Konnte sie das nicht genauer beschreiben?«

»Sie hat behauptet, er sei irgendwie seltsam gewesen, unheimlich.«

»Ist sie vielleicht Hellseherin?«, fragte ich, wohl wissend, dass eine solche Zeugin als wertlos, um nicht zu sagen schädlich eingestuft werden musste. Ein Geschenk für einen Anwalt wie Staff.

»Sie konnte das nicht genauer erklären.«

»Konnte sie denn die Uhrzeit nennen?«

»Sicher. Sie kam zuerst um 15.05 Uhr dort vorbei und dann auf dem Rückweg um 15.35 Uhr.«

»Ganz schön pedantisch, was?« Vielleicht könnte sie uns da doch weiterhelfen.

»Zweifellos.«

»Du hast von Neuigkeiten im Plural gesprochen«, sagte ich. »Was hast du noch?«

»Das wird dir gefallen und zugleich nicht.«

»Lass mich das entscheiden«, sagte ich.

»Der Generalstaatsanwalt hat dem Polizeidirektor offiziell eine Rüge erteilt. Er scheint zu denken, dass die Ermittlungen im Fall von Nils Lier alle akzeptablen Grenzen überschritten haben. Du kannst dir sicher vorstellen, wo die Klage gelandet ist und wie der Getadelte reagiert hat.«

»Der Fall ist also für die Polizei tot?«

»Bis Informationen mit mehr Substanz auftauchen, ja, also mit etwas Hieb- und Stichfestem.«

»Obwohl wir jetzt diese Zeugin haben?«

»Der Kriminalchef muss vorsichtiger sein, lautet das Signal. Wo steckst du gerade?«

»In Oslo«, sagte ich. »Genau genommen an der Rezeption des *Grand*.«

»Meine Güte«, Mørk wurde von einer Stimme im Hintergrund unterbrochen, dann wandte er sich wieder an mich. »Es ist nun also so, dass auch ich mich heute Abend in der Stadt aufhalte, und nicht einmal weit von dir entfernt.«

»Ach«, sagte ich. »Was machst du hier?«

»Diese Frage könnte ich dir auch stellen. Ich habe Musik gehört.«

»Ach? Wo denn?«

»In der Oper. Puccini.«

»*La Bohème?*«

»Eine hervorragende Aufführung.«

»Bist du allein?«

»So würde ich das nicht ausdrücken, mein Freund.«

»Du bist mit einer Frau hier«, sagte ich.

»Mit zwei Frauen sogar.«

»Gleich zwei?«, fragte ich spöttisch. »Reicht nicht eine?«

»Es sind alte Bekannte, die sicher gern einen meiner Kollegen kennenlernen würden.«

»Soll das heißen, das sind Juristinnen?«

»Als ich zuletzt gefragt habe, war das so, ja. Beides Wirtschaftsjuristinnen.«

»Dann wünsch ich einen schönen Abend.« Ich würde sicher gut ohne sie zurechtkommen.

Nach dem Frühstück am nächsten Morgen hatte ich etwas vor. Asta Nilsen wohnte in Bjølsen in einem Wohnblock aus den Fünfzigerjahren. Maridalsveien 225 A. Ich hatte diesen Block vor einigen Jahren in Zusammenhang mit einem Fall aufgesucht, damals Treppenhaus B. Auf alten Pfaden zu wandeln, war schon zur Gewohnheit geworden.

Ich checkte aus und bezahlte eine gewaltige Rechnung, die auch den Cognac umfasste, den ich konsumiert hatte, nachdem ich vom letzten Teil einer ganz anderen Vorführung als einer Oper in meine Suite zurückgekehrt war. *Lightning Thunder* im *Herr Nilsen*. Eine Dylan-Projektband, zusammengesetzt aus dem Dylanologen Arild Rønsen und hervorragenden Musikern.

Liers Tante, Frau Nilsen, wohnte im Erdgeschoss. Sie war überraschend entgegenkommend gewesen, als ich angerufen und gebeten hatte, ihr einige Fragen zu ihrem Neffen stellen zu dürfen. »Jetzt hat er Frieden, der arme Nils.«

Der *arme*? Ich war gespannt darauf, wie sie das meinte.

Es dauerte knapp zwei Sekunden, bis der Türsummer ertönte, nachdem ich geklingelt hatte. »Kommen Sie rein.«

Die Frau stützte sich auf einen Rollator. Sie war klein und gebrechlich und sah aus wie ungefähr hundert, aber ihre Augen leuchteten noch immer lebhaft. »Bitte, setzen Sie sich«, sagte sie mit dünner, überraschend klarer Stimme. »Ich habe schon Kaffee gekocht, ich muss ihn nur schnell holen.« Sie zeigte auf einen gedeckten Couchtisch in ihrer Wohnküche und schleppte sich zur Anrichte. Die Schlafzimmertür stand offen.

Ich setzte mich vorsichtig. Das Sofa war möglicherweise nicht ganz so alt wie sie, aber viel konnte da nicht fehlen. Die Wände waren von gerahmten Fotografien bedeckt, die meisten von Menschen, die schon lange tot sein mussten. Einen entsetzlichen Augenblick lang dachte ich, dass es uns allen einmal so gehen würde, denen von uns, die unsere Gegenwart überlebten. Nur Erinnerungen würden noch bleiben.

Mein Blick blieb am Bild eines Mannes vor einem verfallenen Haus haften. Nils Lier. Es war ein Winterbild und sicher etliche Jahre alt. Er starrte mit ernster Miene in die Kamera.

Ich wurde aus meinen Gedanken gerissen, als Frau Nilsen Kaffee einschenkte. »Ich habe auch Plätzchen«, sagte sie und schob mir eine Schüssel hin. »Ich hoffe, die sind noch immer essbar.« Sie folgte meinem Blick zu dem Foto an der Wand. »Das stammt wohl aus einem Winterurlaub«, sagte sie bedrückt. »Es ist das einzige, das ich habe. Er mochte nicht fotografiert werden und jetzt ist er weit weg. Warum sind Sie hergekommen, Herr Anwalt Foyn?«

»Sie wissen, dass Ihr Neffe sich das Leben genommen hat?«

»Das hat der Pastor erzählt.«

Ihr Name war offenbar in seinen Papieren aufgetaucht. Dass die Polizei dieser Spur nicht nachgegangen war, war ein ernsthafter Patzer. »Ich dachte, er hätte keine näheren Verwandten«, sagte ich.

»Hatte er auch nicht. Bis er die Verwandtschaft dann nach dem Tod seiner Mutter entdeckt hat.«

Ich blickte die alte Dame verständnislos an. »Aber Sie sind doch die Schwester seiner Mutter?«

»Ich wurde adoptiert.« Sie schaute in ihre Kaffeetasse. Es schien, als schäme sie sich noch heute dafür. »Meine Eltern konnten sich nicht um mich kümmern. Ich habe das erst als Erwachsene erfahren. Deshalb hatte ich keinen Kontakt zu meiner Schwester, obwohl wir im selben Ort wohnten.« Sie seufzte. »Ich war viel älter als sie.«

»Aber Nils hat Sie also gefunden«, sagte ich. »Wann war das denn?«

»Vor acht Jahren kam ein Anruf. Ich weiß das noch, als ob es erst gestern gewesen wäre.«

»Und seither hatten Sie Kontakt?«

»Nicht so oft, wie ich es mir gewünscht hätte, obwohl Nils ja doch oft hereingeschaut hat. Nachdem er nach Tønsberg gezogen war, kam es seltener vor, aber er hat dann ab und zu angerufen. Mein Mann ist vor vielen Jahren gestorben, wir hatten keine Kinder und ich hatte keine anderen Geschwister. Dann wird man einsam, wissen Sie.« Sie verstummte.

»Was können Sie mir über Ihren Neffen erzählen?«, fragte ich, als die Stille sich allmählich bedrückend anfühlte.

»Er war ein lieber Junge, mein Nils. Aufopfernd, das war er, hat immer an andere gedacht, und zu wenig an sich.« Ihr Gesicht öffnete sich plötzlich zu einem kleinen Lächeln. »Er hätte sich eine Frau suchen müssen, wissen Sie. Das hat er nie geschafft. Aber was führt Sie nun zu mir?«

Ich hatte überhaupt keine Lust mehr, die Wahrheit zu erzählen. »Ich habe ihn nur flüchtig gekannt.« Notlügen lassen sich überraschend leicht anbringen. »Ich wohne in Tønsberg, nicht weit von ihm entfernt. Mehrere Leute, die mit Nils zu tun hatten, möchten wissen, warum er sich das Leben genommen hat.«

»Da kann ich Ihnen wohl nicht helfen, Herr Anwalt Foyn.« Sie schüttelte den Kopf. »Es ging ihm nicht gut, das weiß ich immerhin. Er war wohl ein trauriger Mann. Die Krankheit und die Depressionen seiner Mutter haben auf den armen Nils abgefärbt. Er hat sie jahrelang gepflegt, wissen Sie, hat sogar sein Studium deshalb abgebrochen. Er wollte Pastor werden. Es war sehr traurig, dass ihm das nie gelungen ist.«

»Er stand in engem Kontakt zu einer Pastorenfamilie in Tønsberg«, sagte ich, wohl wissend, dass ich hier vorsichtig sein musste. »Widerberg. Hat er sie jemals erwähnt?«

Sie runzelte die Stirn. »Den Namen habe ich gehört. War da nicht etwas mit einem jungen Mädchen, das gestorben ist?«

»Elvira, ja«, sagte ich mit geschärftem Interesse. »Sie ist nur vierzehn Jahre alt geworden.«

»Das hat Nils erwähnt. Er hat mich angerufen.«

»Wissen Sie noch, was er gesagt hat?«

»Den genauen Wortlaut weiß ich natürlich nicht mehr. Aber dass er traurig war, das steht fest.« Sie überlegte lange, ehe sie dann hinzufügte: »Er hat gemeint, es sei eine große Tragödie.«

Ich ließ nicht locker. »Mehr hat er nicht gesagt?«

»Er war traurig und wütend zugleich.«

»Wütend?«, fragte ich. »Auf jemand Besonderen?«

»Auf den Herrgott«, sagte sie leise. »Auch wenn er das nicht direkt gesagt hat.«

»Was ist mit dem Rest der Familie Widerberg?«, fragte ich. »Hat er etwas über die erzählt?«

»Ich bin eine alte Frau, mein Gedächtnis funktioniert nicht mehr so gut. Ich glaube, er kannte den Pastor von früher her, aber ich hatte nicht den Eindruck, dass sie besonders gute Freunde waren. Ihm waren die Töchter wichtig. Elvira hatte eine ältere Schwester, mir fällt gerade der Name nicht ein.«

»Johanna«, sagte ich. »Hat er die auch erwähnt?«

»Er hat nur gesagt, die beiden Schwestern seien sehr verschieden. Er hat Kinder so geliebt, mein Nils. Er hätte selbst welche haben müssen, das ist klar.«

»Hatte er eine Freundin?«

»Nicht in den letzten Jahren, glaube ich zumindest. Aber ehe wir uns kennengelernt haben, gab es wohl eine. Das ging jedoch nicht, wegen meiner Schwester. Sie war schwierig und hat ihrem Sohn wohl vieles ruiniert. Das war schon eine Schande.«

»Er hatte eine Hütte im Gebirge geerbt«, sagte ich. »Von einem Verwandten. Wissen Sie, wer das war?«

»Ach, das war ein alter Junggeselle aus dem Dorf, ein Vetter meines biologischen Vaters, ich bin ihm nie begegnet. Aber die Hütte ist offenbar schön, habe ich gehört.«

»Dort ist er gefunden worden«, sagte ich. »Sie muss ihm also etwas bedeutet haben.«

»Er hatte das Gefühl, dass seine Wurzeln in Valdres waren, wissen Sie. Meine biologischen Eltern, also seine Großeltern, kamen aus der Gegend. Sie hatten dort einen kleinen Hof.«

»Døvre, hieß das so?«, fragte ich heiser. »Schon ziemlich nah bei Skrautvoll gelegen?«

»Kennen Sie sich da aus?«

»Ich war einmal kurz da«, sagte ich und kämpfte darum, meine Stimme unter Kontrolle zu behalten. »Hatten sie auch ein Grundstück am Sperillen?«

Sie musterte mich überrascht. »Eine alte Hütte, ja. Die ist sicher längst abgerissen, das war nur eine Bretterbude. Wir haben über diese Orte gesprochen, Nils und ich. Ich habe ihm davon erzählt, er wusste nichts, seine Mutter hatte sie nie erwähnt. Er wollte wissen, woher wir kommen, wissen Sie. Das passiert, wenn man älter wird.«

Ich stellte meine Kaffeetasse so fest auf die Untertasse, dass alles klirrte. »Hat er Sie vor zwei Wochen besucht?«

»Ja, ich glaube, an einem Donnerstag. Ich habe Probleme mit den Tagen, sie verschwimmen sozusagen, wenn ich allein hier herumsitze. Er kam unangemeldet, sonst hat er vorher immer angerufen. Irgendetwas machte ihm arg zu schaffen.«

»Hat er darüber gesprochen?«

»Es war etwas passiert, was ihn belastete, aber er hat nicht gesagt, was.«

Sie las keine Zeitungen. Ansonsten hatte fast nur das Lokalradio über den Fall berichtet. Ich ging davon aus, dass sie keinen Internetanschluss hatte, denn dort wucherten die Spekulationen.

»Hat er hier übernachtet?«, fragte ich, obwohl ich die Antwort schon wusste.

»Ja, an diesem Abend schon. Das kam manchmal vor.«

»Ist er früh hergekommen?«

»Nils war immer zeitig. Er war ein Frühaufsteher.« Sie schloss die Augen, der Kopf sank ihr auf die Brust. Einen langen Augenblick hielt ich sie für tot, dann richtete sie sich auf und musterte mich traurig. »Er kam zum Frühstück und brachte leckere Sachen mit. Er wollte zu einer Munch-Ausstellung.« Sie hob ihre Kaffeetasse. »Am Nachmittag war er dann wieder hier und hat für uns gekocht. Das war das letzte Mal, dass ich ihn gesehen habe, den Armen.«

»Haben Sie danach noch mit ihm gesprochen?«

»Er hat einmal angerufen.«

»Hat er dabei vielleicht gesagt, was ihm so zu schaffen machte?«

»Nein, es war ein normales Gespräch über alltägliche Dinge. Er wollte wissen, wie es mir ging. Nils war immer so fürsorglich, er interessierte sich für andere.«

Ich konnte ihr nicht sagen, was das Problem ihres Neffen gewesen war. »Vielen Dank für all Ihre Auskünfte«, sagte ich und erhob mich. Ich konnte gar nicht schnell genug hier wegkommen. In der Türöffnung drehte ich mich noch einmal um. »Wissen Sie, ob Ihr Neffe jemals ein Boot hatte?«

»Nein, meines Wissens nichts. Aber er ist wohl zu Studienzeiten ab und zu gesegelt. Ein Bekannter von ihm, ein anderer Student, hatte ein Segelboot. Und Nils ist mit ihm gesegelt. Nils war so gern in der Natur, egal ob in den Bergen oder auf dem Wasser. Aber ich glaube, er hat den Kontakt zu diesem Freund verloren, als er sein Studium aufgegeben hat. Warum fragen Sie danach?«

»Ach, nur so«, sagte ich.

Frau Nilsen sah mich seltsam an, als sie mir zum Abschied zuwinkte. Ihr Blick brannte in meinem Rücken, als ich zur Haustür lief.

Der Hang, der aus der Bjølsensenke führte, kam mir steil vor. Bauchgefühle sind nützlich, aber gefährlich.

27

Der Sonntag war endlos lang gewesen. Als endlich Montagmorgen war, machte ich mich über die Pflichtarbeit her. Es gab niemanden, mit dem ich die neue Entwicklung des Falls hätte diskutieren können. Mørk war noch immer in Oslo und Alice war nicht zu erreichen. Ich hinterließ eine Mitteilung auf ihrem Anrufbeantworter, bekam aber keine Antwort. Fast hätte ich mich dem Kriminalchef anvertraut.

Am späten Nachmittag meldete sie sich dann. »Svend? Bist du weitergekommen?«

»Wie hast du das erraten?« Ich hatte nicht gesagt, weshalb ich angerufen hatte.

»Ich hab es deiner Stimme angehört.«

»Da hast du dich leider verhört«, sagte ich. »Das Gegenteil ist passiert.«

»Ach?«

»Der Verdacht gegen Lier ist geschwächt, jedenfalls, was Johanna angeht«, sagte ich und schilderte mein Gespräch mit Frau Nilsen. »Die Autofahrten haben eine natürliche Erklärung. Was meinst du?«

Alice zögerte, als ob das, was sie sagen wollte, ihr schwerfiele. »Vielleicht hast du denselben Fehler begangen, den du uns gern vorwirfst. Dass wir auf einem Auge blind sind.« Damit war es gesagt.

»Wenn du meinst.« Mein Gewissen war nicht rein. Es war schwarz wie die Hölle.

»Du bist Anwalt.« Sie rieb mir weiter Salz in die Wunde. »Die Rolle des Anklägers steht dir nicht.«

Ich wollte nichts mehr hören. »Der Fall ist längst nicht aufgeklärt«, sagte ich. »Jetzt ist er noch komplizierter. Und Nils Lier ist noch immer der Hauptverdächtige, was die Übergriffe gegen Elvira angeht.«

»Das sagst du, ja.« Ihre Stimme war unangenehm kühl. »Basierend auf Spekulationen.«

»Vergiss nicht, dass er die Gelegenheit und wahrscheinlich auch ein Motiv hatte.«

»Da kann ich dir durchaus zustimmen. Aber es scheint unmöglich, das zu beweisen, darüber solltest du dir im Klaren sein.«

»Das sollte ich vielleicht.«

»Es gibt noch etwas bei dieser Ermittlung, worüber ich mich wundere«, sagte Alice jetzt. »Du hast erzählt, dass Johanna vermutlich zwei Handys hat.«

»Das hat jedenfalls ihre Schulfreundin gesagt.«

»Ich weiß, dass es keine Anrufe von Liers Telefon auf dem von Johanna gab und auch keine auf Elviras, übrigens. Es gab darüber hinaus auch keine anderen unbekannten Kontakte oder Anrufe auf seinem Handy.«

»Das ist mir bereits bekannt«, sagte ich. »Aber woher weißt du das?«

»Ich arbeite bei der Polizei, Svend.«

»Das habe ich nicht vergessen«, sagte ich. »Nils Lier kann irgendwo ein weiteres Telefon versteckt haben.«

»Noch mehr Spekulationen.« Ihre Stimme war jetzt wieder scharf. »Die Durchsuchung fand überraschend statt, nichts weist darauf hin, dass er auf so etwas vorbereitet war. Mit wem also hat Johanna telefoniert, wenn nicht mit ihm?«

»Das habe ich mir natürlich auch schon überlegt«, sagte ich, musste aber zugeben, dass diese Frage aufgrund meines Verdachts gegen Lier untergegangen war. »Ich habe wohl angenommen, das Telefon sei verschwunden.«

»Jemand kann Johanna ein nicht registriertes Handy gegeben haben. Wenn du diesen Jemand findest, hast du vermutlich einen Täter mit einem passenden Telefon.«

»Die Nadel im Heuhaufen«, sagte ich.

»Na ja, jedenfalls solltest du diese Spur verfolgen. Wenn du nicht einfach einen Schlussstrich unter die ganze Angelegenheit ziehen willst, meine ich.« Sie wirkte überraschend besorgt um mich. Darüber freute ich mich.

»Ich glaube nicht.« Plötzlich wusste ich, was ich zu tun hatte. Ich sah keine andere Möglichkeit.

Es wurde über dem Blåskjellvei schon dunkel, als ich auf von Kroghs breiter Einfahrt hielt. Der Abend war dunkel und nicht gerade sommerlich warm. Auch heute schien niemand zu Hause zu sein, doch in der Garage sah ich einen Streifen Licht von einem Fenster.

Ich glaubte, dass er dort war, hinter den Vorhängen, aber er reagierte nicht, weder auf die Türklingel noch auf Klopfen an die Scheibe oder auf meine Pfeifversuche. Erst als ich den Jaguar zur Garage fuhr und den Motor gefährlich aufheulen ließ, tat sich etwas. Ein Fenster wurde geöffnet und Krogh juniors Gesicht tauchte auf.

»Das Problem sind die Ventile.« Seine Stimme erinnerte an die eines bekannten Meteorologen.

»Das hast du schon mal gesagt«, sagte ich und sah das Gesicht im Fenster an. »Kann das repariert werden?« Der Jaguar hatte einen Rückfall erlitten und war seit einigen Tagen nicht mehr er selbst.

»Schwierig. Produktionsfehler.«

»Ich muss also damit leben?«

Ich ließ sonst nie zu, dass der Jaguar auf diese Weise gequält wurde.

»Motor auswechseln.«

»Du redest mit einem Mann mit begrenztem Einkommen«, sagte ich.

Das Fenster wurde geschlossen. Offenbar hatte ich etwas Falsches gesagt.

Nach einigen Sekunden tauchte er mit einem Zettel in der Hand in der Tür auf. »Hier.«

Ich nahm den Zettel und las ganz schnell. Es war die Adresse einer Autowerkstatt in Drammen.

»Import aus England. Beste im Land.«

»Vielen Dank.« Ich faltete den Zettel sorgfältig zusammen und steckte ihn in die Jackentasche. »Was genau ist eigentlich der Unterschied zwischen einem Toyota *Hiace* und einem VW Transporter?«

»Alles«, sagte er kurz, ohne auf diesen schnellen Themawechsel zu reagieren.

»Nicht alles«, insistierte ich. »Beide haben vier Räder, Motor und Gangschaltung.«

Er lachte nicht. »VW ist ein anderes Auto. Keine Ähnlichkeit mit Toyota.«

»Da hast du sicher recht«, stimmte ich ihm zu. »Welchen ziehst du vor?«

»Keinen.«

»Geht mir auch so«, sagte ich mit strapazierter Geduld. »Aber wenn du dich entscheiden müsstest?«

»Toyota. Bessere Qualität.«

»Kann schon sein. Aber langweilig.« Ich hatte Kalles Ausdrucksweise bereits übernommen. »Du kannst den Unterschied sehen?«

»Ja.«

»Der Wagen, der vor dem Haus von Widerbergs gestanden hat, war also kein Toyota?«

»Nein.«

»Sondern ein VW Transporter?«

»Ja.«

Krogh junior wäre ein Traumzeuge gewesen, wenn es nur nicht so schwer gewesen wäre, ihn vor Gericht zu akzeptieren. Dort werden Menschen mit ungewöhnlichen Fähigkeiten gern als unzuverlässig betrachtet. »Mit grünen Schildern?«

»Nein.«

»Also als Pkw registriert«, sagte ich. »Nicht als Lieferwagen.«

Er sagte nichts. Ich hatte aber auch keine Frage gestellt. »Welcher Jahrgang?«

»Zwischen 1992 und 1998.«

»Genauer geht's nicht?«

»Keine sichtlichen Veränderungen in dieser Zeit. Aber 284 in Technik und Ausrüstung.«

»Das reicht«, sagte ich. »Und welche Farbe?«

»Diamantschwarz. Schlechter Lack.«

»Hast du gesehen, ob er Benzin oder Diesel fuhr?«

»Nein.«

»Benzin?«, fragte ich hoffnungsvoll.

»Lässt sich nicht sagen.«

»Ach?«

Er blieb stumm.

»Warum lässt sich das nicht sagen?«

»Symbol hinten. Konnte ich nicht sehen, da wo ich stand.«

Damit musste ich mich zufriedengeben. »Wer saß im Auto?«

»Kannte ihn nicht.«

»Es war also ein Mann?«

»Ja.«

»War er alt?« Mir ging zu spät auf, dass diese Frage unbrauchbar war.

»Alt definieren.«

»Wie viele Jahre kann er wohl alt gewesen sein?«

»Kann nicht sicher sein.«

Es hätte mich im Grunde nicht gewundert, wenn der junge Krogh das Alter genau hätte bestimmen können. Aber er musste sicher sein, ehe er etwas sagte, im Gegensatz zu uns anderen. Autisten und Asperger hatten Zugang zu einer unbekannten Wirklichkeit. »Wie sah er aus?«

»Aussehen definieren.«

»War er hübsch oder hässlich?«, versuchte ich.

»Zu schwer.«

Ich war durchaus einig mit ihm. »Wie lange hat er da geparkt?«

»Falsch.«

»Wie meinst du das?«

»Das Auto hat geparkt, nicht der Mann.«

»Da hast du recht«, seufzte ich. »Wie lange hat das Auto dort geparkt?«

»Unmöglich zu sagen.«

»Warum das?«, fragte ich und spürte, dass meine Irritation wuchs.

»Weiß nicht, wann das Auto gekommen ist. Nur, wann es gefahren ist.«

»Und wann ist es gefahren?« Ich hätte jetzt Engelsgeduld gebrauchen können.

»22.59 Uhr.«

»Hat der Mann irgendetwas gemacht, während er im Auto saß?«

»Das tun alle.«

»Sie atmen, meinst du?«

»Ja.«

»Danke.« Es war wie eine Mandantenbefragung. »Du warst mir eine große Hilfe. Kann ich dir meinen Jaguar bringen, wenn er das nächste Mal durchgecheckt werden muss?«

»Ja. Guter Wagen. Aber schlechte Ventile.«

»Das hast du schon erwähnt«, sagte ich. »Aber für meine Zwecke reicht es.«

»Jaguars müssen in Ordnung sein.«

»Na gut. Ich werde es mir überlegen.« Ich hob eine Hand und ging zu meinem Wagen. »Mach's gut.«

»Benzin«, sagte er plötzlich zu meinem Rücken, als ich gerade die Autotür öffnen wollte.

Ich fuhr herum. »Das konntest du doch nicht sehen?«

»Als er gestanden hat. Hab es gehört, als er gefahren ist. Hab es nicht gesehen.«

Ich wollte keinen Streit anfangen.

»Die Autonummer fing mit L an.«

Ich starrte ihn an. Danach hatte ich ihn nicht gefragt.

»Schönes Wetter. Verdrecktes Schild. Verdächtig.«

Asperger werden oft unterschätzt.

Auf der Fahrt in die Stadt ging mir auf, dass der logische Fehler mir passiert war. Dann rief ich Mørk an. »Bist du zu Hause?«

»Zu Hause?«

»Erspar mir deine Witze. Ich hatte gerade ein interessantes Gespräch mit einem aufmerksamen jungen Mann. Ich wollte wissen, ob du wieder in Tønsberg oder noch immer in Oslo bist.«

»Dann stell deine Frage entsprechend. Hast du mit diesem Aspergerknaben gesprochen? Carl Christian von Krogh?«

»Er weiß wirklich, wovon er redet«, sagte ich. »Es war nicht Liers Auto, das vor Widerbergs Haus gestanden hat.«

»Und darauf können wir uns verlassen?«

»Er ist ein perfekter Zeuge. Und das ist noch nicht alles.«

»Was denn noch?«

»Ich habe neue Informationen, durch die sich einiges ändert.«

»Dann sprich. Ich bin im Büro«, fügte er hinzu. »Da du so neugierig bist.«

»Schön«, sagte ich. »Dann kannst du etwas für mich rausfinden.«

»Du zuerst.«

»Liers Autofahrten hatten offenbar eine natürliche Erklärung.« Ich fasste mein Gespräch mit Frau Nilsen zusammen. »Sie kommt mir glaubwürdig vor und hat nur Gutes über ihren Neffen zu sagen.«

»Die sind ja auch verwandt.«

»Ich glaube, sie hat die Wahrheit gesagt«, sagte ich. »So, wie die für sie aussieht, jedenfalls.«

»Und jetzt ist er tot«, sagte Mørk. »Wie denkst du darüber?«

»Wenn es die Hölle gibt, landen einige von uns in der heißesten Abteilung.«

»Mein Freund, wie so oft ziehst du mal wieder übereilte Schlüsse.«

»Stell fest, wer einen VW Transporter, Benzinversion, Jahrgang '92 bis '98, mit einem L als erstem Buchstaben auf dem Nummernschild besitzt. Schwarz, falls die Farbe registriert wird.« Was ich bezweifelte. »Ich gehe davon aus, dass ihr kein Lebenszeichen von Johanna habt?«

»Sie hat sich in Rauch aufgelöst.«

»Ich hoffe, du meinst das nicht wortwörtlich«, sagte ich. »Was ist mit diesem Jungen aus Husøy? Seid ihr da irgendwie weitergekommen?«

»Wir kreisen noch immer Leute aus der Drogenszene ein. Da scheint Alzheimer zu florieren.«

Ich hatte soeben eine Flasche Wein geöffnet und mein Thai-Gericht in die Mikrowelle geschoben, als eine SMS einging: *Erschreckend viele.*

Ich rief zurück. »Dann vergleich die Namen der Besitzer mit dem Vorstrafenregister.«

Ich hatte die Hälfte der Flasche geleert und war satt, als die Antwort kam. *Wir treffen uns in deinem Büro.*

Solche Listen durften nicht in Mails oder Handygesprächen nachweisbar sein und mussten deshalb auf altmodischem Papier überreicht werden. Die Registersuche wurde identifiziert und musste mit einem laufenden Fall zu tun haben, wenn man sich keinen Ärger zuziehen wollte. Mørk hatte seine Methoden.

Er kam nur wenige Minuten nach mir. Alles war auf der Liste vorhanden.

»Du musst das Papier aufessen, wenn du fertig bist.« Er verschwand so unmerklich, wie er gekommen war.

Der Stapel war dick und für eine Person unmöglich zu bewältigen. Insgesamt zweihundertachtunddreißig Autos.

Durch den Filter des zentralen Vorstrafenregisters war die Menge dann schon überschaubarer. Sechsunddreißig Besitzer waren noch übrig. Bei näherem Hinsehen stellte sich heraus, dass das Register alle Arten von Vergehen enthielt, bei denen ein Urteil gefallen war. Doch Fälle, bei denen ein Verdacht vorgelegen hatte und bei denen ermittelt worden war, bei denen es aber nicht zu einer Anklage gekommen war, waren nicht vertreten. Und meine Erfahrung zeigte, dass gerade dort viel zu holen war.

Es war schon nach Mitternacht, als ich mir ein Zigarillo ansteckte und zu lesen anfing. Aber schon bald musste ich einsehen, dass die Aufgabe unlösbar war, solange ich keine konkreten Anhaltspunkte verfolgen konnte. Ein rascher Durchgang der Vergehen, wegen derer die Autobesitzer verurteilt worden waren, lieferte keinerlei Hinweise auf eventuelle sexuelle Übergriffe. Es war meistens Kleinkram, Diebstahl, Betrug, Alkohol am Steuer und unterschiedliche Formen von Gewaltanwendung. Ganz oben aber standen Schmuggel- und Drogendelikte.

Ich blieb sitzen und schaute vom Fenster aus hinunter auf den Platz. Alles war still, die Stadt war eingeschlafen. Es war vielleicht an der Zeit, den Fall abzuschließen, der kein Fall war, der nie einer gewesen war.

Die Stimme im Radio verhieß Sommerwetter und ich hatte Sehnsucht nach meiner Tochter. Ich hatte sie seit drei Monaten nicht mehr gesehen, die Anrufe waren selten und kurz, während ich die Abende hier verbrachte, allein in einem abgelegenen Büro, wo nur wenig von dem, was passierte, von Bedeutung war.

Hulda musterte mich vom Sofa her aufmerksam. Hunde wünschten sich optimistische Besitzer.

Mit dem Mobiltelefon fotografierte ich eine Seite nach der anderen und schickte die Bilder an Alice mit der Frage: »Siehst du hier etwas Interessantes?« Sie liebte Rätsel. Und ich brauchte einen frischen Blick.

28

An diesem Dienstag kam ich ungewöhnlich spät zur Arbeit. Ich hatte Mørks Liste so oft gelesen, dass sie sich in meine Erinnerung eingeätzt hatte. Irgendetwas an VW Transportern zog offenbar Leute mit kriminellen Neigungen an. Eine andere Möglichkeit war, dass sie zu Gesetzesbrechern wurden, indem sie sich ein solches Fahrzeug zulegten. Eine entsprechende Liste von Jaguarbesitzern hätte ein anderes Resultat ergeben. Eine hervorragende Methode, um Klassengegensätze zu zeigen. Nicht nur würden die Gesetzesbrüche unterschiedlich sein, sondern auch die Kriminalitätsrate. Gesetzestreue war ein relativer Begriff. Es ging darum, nicht erwischt zu werden.

Alices SMS erreichte mich, als ich gerade gehen wollte. Das Wetter war zu schön, um den Tag im Büro eingesperrt zu verbringen. *Mails lesen.* Ich ließ mich nicht lange bitten.

Wie Mørk hatte sie Vorsichtsmaßnahmen ergriffen, die Namen waren anonymisiert. *Diese wohnen allein.* Dann folgte eine Reihe von Nummern, insgesamt sechzehn von den sechsunddreißig. Darauf hätte ich auch selbst kommen müssen. Übergriffe finden überall statt, alleinlebende Männer sind dabei jedenfalls nicht unterrepräsentiert. Alice hatte die Namen mit denen des Einwohnermeldeamtes verglichen.

Der Sommer musste warten.

In meinem tiefsten Innern musste ich zugeben, dass das Projekt viele Schwächen aufwies. Der Wagen brauchte nichts mit dem Fall zu tun zu haben. Die Listen waren unvollständig und vielleicht irrelevant.

Aber sie waren alles, was ich hatte.

Nachdem ich den Tag damit verbracht hatte, einen Plan auszubrüten, war ich endlich zufrieden. Erst als meine normale Arbeitszeit vorüber war, fuhr ich los. Ich hatte meine Reiseroute so zurechtgelegt, dass ich mir die Nächstwohnenden zuerst vornehmen wollte, um dann den Radius auszuweiten, bis ich mit allen sechzehn durch war. Anrufen wollte ich nicht. Ich wollte sie sehen, sie reden hören und mir einen Eindruck verschaffen. Ich ging nicht davon aus, dass irgendwer auf die Knie fallen und gestehen würde. Aber vielleicht würde ich eine Spur finden, etwas, dem ich nachgehen könnte.

Der Erste wohnte nicht weit von dem alten Teil der Stadt, der als ›Eisenbahnschleife‹ bekannt ist. Große Villen aus dem ersten Teil des letzten Jahrhunderts, einst vom Bürgertum bewohnt, jetzt von allen möglichen Leuten übernommen. Etliche dieser Häuser waren von Spekulanten aufgekauft und zu vielen kleinen Wohnungen für Alleinstehende umgebaut worden. Mein Mann war einer von ihnen.

Ein VW-Kastenwagen stand vor dem Eingang. Mit Rostlöchern unten, Beulen an den Seiten und Kratzern in dem Lack, der irgendwann einmal schwarz gewesen war, sah der Wagen kaum fahrtüchtig aus. Die Fenster waren dunkel, was den Einblick unmöglich machte. Es war die Benzinversion.

Ich drückte eine Weile auf den Klingelknopf. *Peder Haug.* Geboren 1972. Von Beruf Lagerarbeiter.

Der Mann, der öffnete, starrte mich lange an, bevor er etwas sagte. »Ja?«

Er war mittelgroß, mitteldick und mittelhübsch. Ein Mensch, den man sofort wieder vergaß. Ein fleckiges T-Shirt hing über einer weiten Trainingshose, an den Füßen trug er weiße Socken und Sandalen. Seine Unterarme waren kräftig, die Hände wie Keulen. Ich wäre nicht gern mit ihm aneinandergeraten.

»Ich bin Anwalt Foyn«, sagte ich. Ich log nur, wenn es unbedingt nötig war. »Spreche ich mit Peder Haug?«

»Ich sehe hier keinen anderen.« Er machte eine entsprechende Kopfbewegung.

Ich hatte ihn offenbar unterschätzt.

»Anwalt?«

Niemand freut sich über einen unangemeldeten Besuch von einem Vertreter meiner Branche.

»Es geht um einen Zusammenstoß«, sagte ich förmlich, während ich einen Ordner aus dem Diplomatenkoffer zog, den ich zur Feier des Tages bei mir trug. Auch meine Kleidung hatte ich sehr bewusst ausgesucht. Grauer Anzug, gutes Hemd ohne Schlips, blank geputzte braune Schuhe, und ich war mir sogar mit einem Kamm durch die Haare gefahren. »Ich vertrete einen Mandanten, dessen Wagen durch einen Zusammenstoß beschädigt worden ist. Ja, es ist nichts Schlimmes«, ich wollte einen zuvorkommenden Eindruck machen. »Aber um das mit der Versicherung zu klären, würde er die Sache gern aus der Welt schaffen.«

Haug war verurteilt worden, weil er bei einem heftigen Trinkgelage einen Rivalen niedergeschlagen hatte. Aber das war fünf Jahre her. Der Mann starrte mich verständnislos an.

Ich warf einen Blick in meine Papiere. »Kann das stimmen, dass Sie einen parkenden Wagen im Blåskjellvei auf Nøtterøy angefahren haben, als Sie mit einem schwarzen VW-Transporter unterwegs waren, so einem, wie er hier vor dem Haus steht? Wir haben einen Zeugen, der Ihren Wagen dort gesehen haben will.«

»Im Blåskjellvei?« Er schien wirklich zu überlegen. Vielleicht schrammte er gewohnheitsmäßig an anderen Autos vorbei. »Ich weiß ja nicht mal, wo das ist.«

»Das ist in der Nähe von Knarberg«, sagte ich hilfsbereit. »Wir wissen ja, dass es ein pures Versehen gewesen sein kann, es ist ja nicht sicher, dass Sie überhaupt etwas gemerkt haben.«

»Wann soll das gewesen sein?« Seine Miene wechselte von milder Skepsis auf einsetzende Aggression über. »Ich habe keine Ahnung, wovon Sie da reden.«

»Um 22.30 Uhr am Donnerstag, dem 22. Mai. Waren Sie damals in der Gegend?«

»Da können Sie drauf schwören, dass ich das nicht war.« Jetzt war er wütend. »Ich war ganz woanders, also kann das verdammt noch mal nicht mein Auto gewesen sein. Und mit dem fahre nur ich.«

»Kann das irgendwer bestätigen?« Ich wollte mich nicht so leicht geschlagen geben.

»Rufen Sie im Reisebüro an. Da war ich auf Mallorca.« Er knallte die Tür zu.

Wenn er log, dann war er ein verflixt guter Schauspieler. Ich strich ihn von der Liste.

Im Laufe dieses Abends schaffte ich es, neugierig, aber höflich empfangen zu werden, ausgeschimpft, bedroht, aus dem Haus geworfen, aber ich wurde auch zu Kaffee, Schnaps und Sahnetorte eingeladen, von einem alten Mann, der ganz allein seinen Achtzigsten feierte. Niemand wollte im Blåskjellvei gewesen sein und viele hatten für diesen Zeitpunkt ein Alibi. Einzelne trieften vor schlechtem Gewissen, aber immer lag das an Schäden, die sie parkenden Autos in ganz anderen Gegenden zugefügt hatten. Drei von den sechzehn waren noch übrig, als ich beschloss, Feierabend zu machen, nachdem ich fast den ganzen Bezirk besucht hatte. Der Versuch war ein Schuss ins Blaue gewesen, aber meine Deckgeschichte funktionierte überraschend gut. Bisher hatte mich niemand entlarvt.

Als ich auf dem Weg zur Stadt an Sem vorbeikam, nachdem ich über die alte E 18 gefahren war, bog ich in den Askehaugvei ab. Wo der Letzte auf der Liste wohnte. Einen könnte ich noch schaffen, obwohl es an diesem Sommerabend schon nach zehn war. Ich war fast da und parkte den Jaguar ein Stück vom Haus entfernt.

Obwohl ich mich jedes Mal vorstellte, glaubte ich nicht, dass die Leute, die ich aufgesucht hatte, sich an meinen Namen erinnern würden. Keiner hatte mich um meinen Ausweis gebeten. Sie hatten zu dringend wissen wollen, womit ein Anwalt sie wohl quälen könnte. Ihre Erleichterung, als ihnen aufging, dass nichts passieren würde, war sofort spürbar gewesen.

Svend Olsen, der Mann, der in dem kleinen Haus vor mir wohnte, eigentlich fast einem Wirtschaftsgebäude, war wegen Alkohols am Steuer verknackt worden. Und das gleich zweimal. Dennoch fuhr er Auto. Ich begriff das nicht. Allerdings stand hier nirgendwo ein Wagen und eine Garage gab es auch nicht, nur einen baufälligen Schuppen.

Das Haus war dunkel, eine einsame Lampe warf einen schwachen Lichtstrahl auf den Hof. Ein Schatten hinter den Vorhängen verriet, dass jemand zu Hause war.

Ich machte einige vorsichtige Schritte auf die Eingangstür zu, während ich mich verstohlen umschaute. Das nächste Haus lag mehrere Hundert Meter entfernt. Ich fühlte mich hier überhaupt nicht wohl.

Es gab keine Türklingel, deshalb klopfte ich an. Mehrmals, immer stärker, ohne dass etwas passiert wäre. Als ich auf die Klinke drückte, glitt die Tür ächzend auf.

Und da stand er direkt vor mir, unmittelbar hinter der Tür, in dem dunklen Gang.

Ich fuhr zusammen und wich einen Schritt zurück.

Er war ein dicklicher Mann in undefinierbarem Alter, aber vermutlich über sechzig. Graue Bartstoppeln, struppige Haare, verdreckte Kleidung, schlechte Haltung.

»Was zum Teufel?« Er richtete sich auf. »Haben Sie geklopft?«

»Ja«, sagte ich. »Haben Sie das nicht gehört?«

Er hob die Hand an ein Ohr. »Wenn ich das Hörgerät nicht einschalte, bin ich stocktaub. Jetzt geht's wieder.« Er lächelte wie ein Fuchs. »Wer sind Sie?«

»Mein Name ist Foyn«, sagte ich und streckte die Hand aus. »Rechtsanwalt Foyn.« Sein Händedruck war schlapp.

»Anwalt? Ist wieder was mit dem Jungen?«

»Es ist nichts passiert«, sagte ich beruhigend. »Ich würde Sie nur gern etwas fragen.«

»Gott sei Dank«, sagte er deutlich erleichtert. »Kommen Sie doch kurz rein.« Er ging vor mir her in ein enges Zimmer und schaltete das Licht an, eine einsame Glühbirne, die unter der Decke baumelte. »Entschuldigen Sie das Chaos, ich bin gerade am Renovieren.« Es roch nach Farbe, die Möbel waren zu einem Haufen zusammengeschoben und der Boden war mit Pappe ausgelegt. Jetzt schob er zwei Stühle vor. »Setzen Sie sich doch.«

»Danke«, sagte ich und ließ mich vorsichtig nieder.

»Was wollten Sie denn fragen?«

Inzwischen hatte ich so viel Routine, dass ich meine Lügen fast schon selbst glaubte. »Wo ist Ihr Auto?«, fragte ich. »Denn Sie haben doch einen VW-Transporter, nicht wahr?«

»Der ist bei dem Jungen. Ich hab den Lappen doch nicht mehr.«

»Ihr Sohn nutzt also das Fahrzeug?«

»Sicher. Der braucht das auch dringender als ich, verstehen Sie.«

»Wissen Sie, ob er im Blåskjellvei auf Nøtterøy war? Da gab es einen kleinen Auffahrunfall, nichts Großes, aber die Versicherungsgesellschaft möchte die Sache aus der Welt schaffen.«

Er schüttelte resigniert den Kopf. »Woher soll ich das wissen? Der fährt den ganzen Tag durch die Gegend, der Junge, und das ist auch das Einzige, was er tut. Kenneth ist fast vierzig, aber er rührt keinen Finger. Wenn er nicht rumfährt, sitzt er den ganzen Tag am Computer. Ja, ab und zu hat er mal 'nen Aushilfsjob, aber damit ist immer schnell wieder Schluss.«

»Hatte er schon mal Ärger mit der Polizei?«

»Ein bisschen, nix Ernstes. So was mit Hasch, das gab Bewährung.«

»Sie haben nicht zufällig ein Bild von ihm?«

Er beantwortete die Frage nicht, sondern zeigte auf die Wand. Eine junge Ausgabe des Vaters, mit halblangen Haaren und hübschem Gesicht. Ich prägte mir die Augen ein, sie waren dunkel und ausdrucksstark.

»Aber er wohnt nicht hier?« Ich schaute mich um. Es war wohl eher unwahrscheinlich.

»Er ist vor einiger Zeit ausgezogen, vor vielleicht zwei Jahren, die Zeit vergeht doch so schnell. Die Jugend ist eben so, wissen Sie. Die wollen nicht arbeiten, wir mussten ja.« Er schnaubte, dann nahm er seinen Monolog wieder auf. »Kenneth ist gar nicht dumm, aber er hat die Schule abgebrochen. Danach gab es immer nur Ärger. Kumpels hat er auch keine. Aber er kennt sich mit Autos und Computern aus, bastelt immer überall rum und finanziell kommt er gut zurecht, hat immer Bargeld. Sollte man nicht glauben, wo er doch nicht arbeitet.«

»Woher kriegt er denn das Geld?«

»Vom Sozialamt, nehm ich an. Und ab und zu jobbt er ja auch mal.«

»Er verkauft vielleicht Drogen?«, schlug ich vor.

»Davon weiß ich nichts«, sagte er rasch.

»Wohnt er allein?«

»Soviel ich weiß, ja. Kann mir nicht vorstellen, dass irgend 'ne Frau es mit so einem aushalten würde. Es hat schon welche gegeben, aber das geht immer schief.« Er sah mich ängstlich an. »Er hat doch hoffentlich nichts Schlimmes angestellt?«

»Was sollte das denn sein?«

»Was weiß ich? Hat er?«

»Ich glaube nicht«, sagte ich, lügenerprobt, wie ich war. »Ich sollte vielleicht mit ihm selbst sprechen. Wo wohnt Ihr Sohn?«

Er starrte mich misstrauisch an. »Ich glaube nicht, dass er irgendwen angefahren hat. Wenn der Junge etwas kann, dann mit einem Auto umgehen.«

»Es wäre sehr gut, wenn ich mit ihm sprechen und den Verdacht aus der Welt schaffen könnte«, sagte ich. »Wenn nicht, schaltet sich vielleicht die Polizei ein und es gibt unnötigen Ärger. Der Besitzer des beschädigten Autos wird Krach schlagen. Ich kann das verhindern, sofern sich Ihre Aussage bestätigen lässt.«

»Na gut, von mir aus.« Er wirkte keinewegs überzeugt. Aber seine Abneigung gegen die Polizei brachte ihn offenbar dazu, seine Meinung zu ändern. »Er wohnt in der Stadt, im Farmandsvei, Nummer zwölf, glaub ich, ganz oben, die Gemeinde hat ihm da die Wohnung besorgt. Er sitzt immer die ganze Nacht am Computer, also ist er sicher zu Hause.«

»Danke für Ihre Hilfe«, sagte ich. Wir waren fast Nachbarn, Kenneth und ich.

»Aus der Karre hat er wirklich viel rausgeholt«, rief er hinter mir her. »Die sieht tadellos aus und ist schnell wie eine Kanonenkugel. Wolf im Schafspelz, wissen Sie. Er passt gut darauf auf, das tut er.«

»Welche Farbe hat der Wagen?«

»Schwarz wie die Sünde.« Er grinste aufmunternd.

29

Ich fuhr langsam durch den Farmandsvei, auf Jagd nach dem Transporter. Als ich mich davon überzeugt hatte, dass er nicht auf der Straße stand, stellte ich den Jaguar vor dem Supermarkt ab und nahm mir die zur Bahnlinie hin gelegenen Hinterhöfe vor. Es regnete inzwischen und ich wollte das ganze Projekt schon fallen lassen und nach Hause gehen, als ich den Kastenwagen entdeckte, ganz hinten in einer Ecke und mit einer Plane bedeckt. Vielleicht war es also wahr, was Kenneths Vater gesagt hatte: *Wenn der Junge etwas kann, dann mit einem Auto umgehen.*

Kein Mensch war zu sehen, es ging bereits auf Mitternacht zu. Ich hob die Plane und konnte feststellen, dass alles stimmte. Der Wagen war schwarz, blank und glänzend. Die Benzinversion.

In einem Dachfenster hinter mir brannte Licht. Mein Bauchgefühl sagte mir, dass Kenneth zu Hause war.

Als ich zur Haustür ging, konnte ich feststellen, dass sie nicht abgeschlossen war. Oder genauer gesagt, dass das Schloss defekt war. Ich wusste, dass die Stadt in diesem Haus die Leute sammelte, die sie am liebsten losgewesen wäre.

Die Treppenstufen ächzten heftig. Als ich vor der Tür stand, ging ich davon aus, dass Kenneth unmöglich schlafen konnte. Ein Bild der Band Mayhem im Treppenhaus wies auf seinen Musikgeschmack hin.

Auf mein Klopfen hin öffnete er überraschend schnell.

»Ja?« Er wirkte keineswegs überrascht, als ob er mich schon erwartet hätte. Natürlich konnte sein Vater ihn telefonisch vorbereitet haben. »Was ist los?«

»Mein Name ist Foyn. Anwalt Foyn. Ich muss mit Ihnen reden.« Ich schaute über seine Schultern. Ein spartanisch möbliertes Zimmer. Bett, Stuhl, Schreibtisch mit einem *Mac*, Flachbildschirm, avancierte Musikanlage, Regale, Kühlschrank und Herd. Eine halb offene Tür führte in einen Raum, der aussah wie eine Toilette. Alles wirkte seltsam aufgeräumt und es roch sauber.

Er sah nicht aus wie ein Ordnungsmensch, aber ich hatte mich schon häufiger in Menschen geirrt. »Darf ich eintreten?«, fragte ich höflich. Ich wollte den Mann jetzt dringend zum Reden bringen.

Er starrte mich unwillig an. »Um diese Zeit noch? Was ist denn los?«

»Es geht um eine Anzeige«, sagte ich. »Fahren Sie einen schwarzen VW-Transporter?«

»Ja, und?« Der Mann, der hier vor mir stand, war ein kalter Fisch. Er trug Hemd und Trainingshose. Ein bisschen rundlich, aber nicht dick. In einigen Jahren würde er aussehen wie sein Vater. Sein Blick war überraschend scharf.

»Ein Zeuge will gesehen haben, dass Sie mit Ihrem Kastenwagen im Blåskjellvei auf Nøtterøy einen stehenden Wagen angefahren und beschädigt haben.« Ich tat so, als ob ich das aus meinen Unterlagen vorlas. »Mal sehen ... Ja, am Dienstag, dem 20. Mai, um 22.30 Uhr ... Und dass Sie danach den Tatort verlassen haben, ohne sich beim Besitzer des Wagens zu melden. Mein Mandant würde gern mit Ihnen abrechnen.«

Er starrte mich verständnislos an.

»Können Sie das bestätigen?«, fragte ich unerbittlich. »Dann können wir die Sache aus der Welt schaffen. Wenn nicht, muss die Polizei dazugezogen werden.«

Endlich fand er die Sprache wieder. »Ich bin doch verdammt noch mal gar nicht dort entlanggefahren ...« Dann verstummte er jählings. »Ich weiß nicht, wovon Sie hier reden, da war ich nie, das ist doch nur Scheiß.«

»Was haben Sie da gemacht?« Mein Bauchgefühl war nun durch Tatsachen ersetzt worden. Das war ein besseres Gefühl.

»Das stimmt nicht, ich war da nie!« Jetzt versuchte er, die Tür zu schließen. »Hauen Sie ab!« Ich konnte den Fuß nicht mehr rechtzeitig in den Türspalt schieben. »Machen Sie, dass Sie wegkommen«, schrie er, als ich anklopfte. »Sonst ruf ich die Polizei!«

Vom Hof aus schaute ich zu seinem Fenster hinauf. Er hatte die Vorhänge geschlossen.

Und ich hatte nun ein Problem. Er wusste, dass ich ihn in Verdacht hatte.

Ich ging zurück zu meinem Jaguar, manövrierte den Wagen in den Farmandsvei, ein Stück von dem Hinterhof entfernt, aber mit Blick auf den Eingang, steckte mir ein Zigarillo an und wartete. Kenneth Olsen hatte jetzt Grund zum Nachdenken. Er konnte hoffen, dass hier eine zufällige Verwechslung vorlag, aber sicher sein konnte er sich nicht. Ich glaubte nicht, dass er sofort zu Bett gehen würde.

Nach einer Viertelstunde tauchte Kenneth in der Tür auf. Er blieb unten auf der Treppe stehen und schaute sich lange um, ehe er weiter über den Hof zu seinem Kastenwagen ging. Vorsichtig zog er die Plane von dem Fahrzeug, faltete sie sorgfältig zusammen und legte sie hinter dem Vordersitz ab, ehe er einstieg und den Motor anließ, im Rückwärtsgang vom Hof fuhr und dann auf mich zukam. Ich konnte mich nicht mehr bücken, ehe seine Scheinwerfer über mich hinwegfegten. Und ich musste mir ansehen, wie seine Hecklichter durch den Farmandsvei und aus der Stadt hinaus verschwanden, ehe ich den Jaguar wenden und die Verfolgung aufnehmen konnte.

Beim Kreisverkehr am Ortsausgang holte ich ihn ein, als er nach rechts zum Riksvei 308 abbog, in Richtung Oslo. Nachdem er die Mautschranke passiert hatte, steigerte er sein Tempo heftig und sauste auf den Kreisverkehr bei Jarlsberg zu, wo er drei Möglichkeiten hatte.

Er musste mich gesehen haben. Obwohl ich das Gaspedal durchtrat, fiel ich weit hinter ihn zurück. Im Kreisverkehr konnte ich nur sehen, dass er auf den Riksvei 35 abbog, in Richtung E 18 und Bispevei. Kalle hatte recht gehabt. Der Jaguar brauchte eine gründliche Überholung. Jetzt hustete er sich im Schneckentempo weiter am Gut Jarlsberg vorbei, während Kenneths Hecklichter in der Ferne verschwanden.

Das Thermometer am Armaturenbrett sagte mir, dass ich dringend eine Pause machen müsste.

Nach einigen Minuten hatte sich die Lage wieder gebessert. Ich wollte gerade die Motorhaube zuschlagen, als sich bedrohlich rasch eine Serie von Blaulichtern näherte. Löschzug, Krankenwagen und Polizei.

Ich zwang den Jaguar in gemächlichem Tempo weiter, auf den Kreisverkehr vor der E 18 zu.

Noch zwei Einsatzwagen jagten an mir vorbei.

Gleich vor dem Kreisverkehr versperrte ein Streifenwagen den Weg. Dahinter loderten Flammen in den dunklen Himmel hinauf. Ich parkte mein Auto an der Seite und lief zu der Unfallstelle.

Das Chaos war perfekt. Menschen rannten herum, Autos drängten sich am Straßenrand, Feuerwehrleute schleppten schwere Ausrüstung, Wasser wurde über drei in Flammen stehende Fahrzeuge gespritzt, Rufe, Schreie, Sanitäter mit Taschen in den Händen. Der scharfe Brandgeruch. Ein wahres Inferno.

Ich wandte mich an einen der Zuschauer. »Was ist denn bloß passiert?«

Er konnte nicht mehr antworten. Eine Explosion schickte eine Feuersäule gen Himmel.

»O verdammt.« Der Mann neben mir stöhnte auf.

Jetzt sah ich das Skelett eines ausgebrannten Kastenwagens, das zwischen den Hälften eines Tankwagens eingequetscht war, während eine schwarz gebrannte mumifizierte Gestalt über den Resten des Steuerrades lag.

»Ein Lieferwagen ist mitten im Kreisverkehr gegen einen Tankwagen geknallt und der Personenwagen dahinter konnte nicht mehr bremsen. Alles ist in Flammen aufgegangen. So was Schreckliches hab ich noch nie gesehen. Und wie das stinkt!«

»Sind die Leute noch entkommen?«

»Der Fahrer im Tanklaster hat es geschafft, er ist offenbar unversehrt. Die Fahrerin des Personenwagens konnten sie rausziehen. Aber der in dem Kastenwagen«, der Mann schüttelte den Kopf, »der ist lebendig verbrannt. Wir haben versucht, ihn loszumachen, aber er klemmte total fest. Das Schlimmste war, dass er bei vollem Bewusstsein war. Er muss verdammt schnell gefahren sein und der Lastwagen hatte Vorfahrt. Armer Teufel, durch den Regen war der Asphalt glatt wie Seife.«

»Auf der Straße lag Öl.« Ein weiterer Zuschauer wandte sich an uns. »Heute Nachmittag hat es hier schon mal geknallt und da ist eine Menge Dreck ausgelaufen. Danach haben sie offenbar nicht gut genug gespült.«

Die Szene war unwirklich wie in einem Film. Ich musste weg hier.

Wie in Trance ging ich zum Jaguar zurück. *War das meine Schuld?*

Ich blieb eine Weile im Auto sitzen, ehe ich den Motor anließ und langsam zurück in die Stadt fuhr. Ich musste überlegen. Aber alle meine Gedanken konzentrierten sich auf die eine brutale Frage: Hatte ich zu einem weiteren jähen Tod beigetragen?

Der Rettungswagen, der mich nun überholte, benutzte weder Sirene noch Blaulicht.

Kenneth Olsens Gewissen war schwärzer gewesen als meins. Ich glaubte, dass er im Blåskjellvei gewesen war. *Ich bin doch verdammt noch mal gar nicht dort entlanggefahren ...* Er hatte vor dem Haus herumgeschnüffelt und Johanna von der Schule abgeholt. Mir fiel ein, was ihre Freundin erzählt hatte. *Ein Mann in einem dunklen Lieferwagen.* Es wäre ihm ein Leichtes gewesen, nach Kopenhagen zu fahren und die irreführende Karte einzuwerfen.

Die Theorie war verlockend. Ein einsamer, marginalisierter junger Mann ohne Arbeit und Netzwerk, der im Internet lebte, mit coolem Musikgeschmack und Zugang zu Drogen. Er passte perfekt zum Profil eines Übergreifers. Und eines Serienmörders. Aber ich hatte mich schon häufiger geirrt.

Jetzt würde er sein Geheimnis mit ins Grab nehmen.

Ich stellte den Jaguar zu Hause ab und holte mein Einbruchswerkzeug. Es war nicht wahrscheinlich, dass irgendwer in dieser Nacht Kenneths Wohnung aufsuchen würde. Außer mir.

Der Gedanke an den Kriminalchef machte mir Sorgen. Kenneths Vater konnte mich durchaus in die Sache hineinziehen, wenn er befragt würde. *Was hat Ihr Sohn denn so gemacht, Herr Olsen? – Ja, ein Anwalt Foyn war hier und hat nach meinem*

Auto gefragt, einem schwarzen VW Transporter. Er wollte mit Kenneth reden und ich hab ihm die Adresse gegeben. Das würde nicht gut aussehen. Kriminalchef Åsen war kein Idiot. Die Sache würde ihm überhaupt nicht zusagen. *Schon wieder ein plötzlicher Tod, Foyn. Und natürlich waren Sie in der Nähe.* Die Polizisten am Unfallort hatten möglicherweise mein Auto erkannt. *Er fuhr einen alten Jaguar. – Haben Sie ihn bedrängt, ist er deshalb in den Tod gefahren, Foyn?*

Wenn ich mir das richtig überlegte, war mein Gewissen verhältnismäßig rein. Dennoch war es eine unbestreitbare Tatsache, dass Kenneths letzte Autofahrt mit meinem Besuch zusammenhing.

Es war kein Problem, in Kenneths Wohnung zu gelangen. Einer der Schlüssel aus meiner Sammlung passte. Niemand hatte mich gesehen, die Straßen waren wie ausgestorben, alle Lichter im Haus waren gelöscht. Es war halb drei, als ich die Tür vorsichtig hinter mir zuzog und die Vorhänge wieder schloss, nachdem ich mich davon überzeugt hatte, dass wirklich niemand draußen war. Die Vorhänge rochen sauber.

Ich schaltete die Taschenlampe ein, ohne so richtig zu wissen, wonach ich suchen sollte, um etwas zu finden, das auf die Schwestern Widerberg hinwies. Adressen, Bilder, Telefonnummern, Mitteilungen, was auch immer.

Ich fing mit dem Schreibtisch an. Autozeitschriften, Zeitungen, Werbebroschüren für Computerzubehör, zwei Musikmagazine, eine Menge uninteressanter Dinge, ordentlich aufeinandergestapelt. Kein Kalender, kein Notizbuch, nichts, das mir etwas über Kenneth Olsen hätte erzählen können.

Der *Mac* sah neu und gut aus. Ein *Macbook* von siebzehn Zoll. Teures Teil. Als ich den Deckel abnahm, konnte ich feststellen, dass er sich im Dämmermodus befand, aber nun verlangte er ein Passwort.

Neben dem *Mac* lag ein Mobiltelefon, ein *iPhone 4.* Auch das war ausgeschaltet und mit einem Passwort gesichert. Seltsam. Die meisten Leute nahmen ihr Telefon doch mit, wenn sie das Haus verließen.

Der Drucker war einer der besseren Sorte, der Bilder von hoher Qualität produzierte.

Das Bücherregal betonte Kenneths Interesse an Technik und Computern. Aber es gab keine Bilder, Briefe, Weihnachtskarten, nichts, das auf irgendwelche sozialen Kontakte hinweisen könnte.

Die Musikanlage hatte Stil. Eine Stereoanlage mit CD- und Plattenspieler, verbunden mit *Sonos*-Box und Flachbildschirm. Er streamte Musik und Filme gleichermaßen.

LPs und CDs waren pedantisch und konsequent alphabetisch geordnet. Sein Geschmack ging in Richtung Heavy Metal. Eine seltsame Vorliebe, bei dem Ordnungssinn des Mannes. Aber vielleicht hatte ich einfach nicht genug Ahnung von dem Genre.

Das Bett war schmal und gebrechlich. Es war mit einer Präzision gemacht, die bei der Garde zu erwarten gewesen wäre.

Sicherheitshalber sah ich auch noch in dem engen Badezimmer nach, aber das Ergebnis war dasselbe. Sauber und ordentlich, durchorganisiert, ohne Überraschungen. Er hatte offenbar nichts zu verbergen.

Enttäuscht setzte ich mich in den einzigen Sessel im Zimmer, ein Stück aus den Fünfzigerjahren. Wenn ich mich nicht irrte, waren diese Durchgangswohnungen mit Möbeln vom Flohmarkt eingerichtet.

Ich hätte es unbehaglich finden müssen, in die Wohnung eines Toten einzudringen, aber das war nicht der Fall. Vielleicht war ich mittlerweile so abgestumpft, dass mir nichts mehr naheging. Sogar den Gestank der Brandstätte hatte ich verdrängt. Der würde sich aber wieder einstellen, zusammen mit dem Anblick der Flammen, die den Kastenwagen in eine kleine Hölle verwandelt hatten.

Ich hatte nicht viel. Einen unglücklichen Versprecher, *Ich bin doch verdammt noch mal gar nicht dort entlanggefahren …*, jemand hatte einen schwarzen Kastenwagen gesehen, eine zweifelhafte Liste von Autobesitzern. Sogar ein mittelmäßiger Anwalt würde auf dermaßen dürrer Grundlage konstruierte Anklagen in Stücke reißen können. Ich merkte, wie sich ganz langsam

Zweifel einstellten. Ich fand hier nichts anderes als die Hinterlassenschaften eines einsamen jungen Mannes.

Aber dass es so gar keine Geheimnisse gab, machte mich fast wieder misstrauisch. Es musste mehr geben! Ich *konnte* mich nicht so geirrt haben, nicht schon wieder.

Die Wohnung lag im obersten Stockwerk. Über mir war offenbar nur der Dachboden. Das hier war die einzige Wohnung in der obersten Etage dieses Flügels, aber als ich die Tür öffnete und im Gang nachsah, fand ich weder Tür noch Dachbodenluke. Andererseits gab es doch in jedem Haus einen Zugang nach oben.

Erst nachdem ich die Zimmerdecke untersucht hatte, fand ich die Lösung. Eine gut versteckte Öffnung. Der Schreibtischstuhl lieferte mir die Höhe, die ich brauchte, um die Luke hochzustemmen und beiseitezuschieben. Ein großer dunkler Raum offenbarte sich, als ich den Lichtstrahl umherwandern ließ. Es gab keine Leiter, deshalb zog ich mich hoch und aalte mich durch den Zugang hindurch. Oben angekommen, blieb ich liegen und schnappte nach Luft. Staub und Schmutz, die ich aufgewirbelt hatte, machten das Atmen schwer. Der Dachboden hatte keine Fenster, und abgesehen von einem großen Schrank und einer Truhe sah er leer und unbenutzt aus. Die schrägen Wände waren so niedrig, dass ich kriechen musste.

In dem Schrank fand ich nur Staub und alten Müll.

Die Truhe war die letzte Möglichkeit. Sie war grün angestrichen und hatte Metallbeschläge. Als ich sie mir im Licht meiner *Maglite* genauer ansah, fiel mir auf, dass sie nicht so eingestaubt war wie der Schrank. Und sie war abgeschlossen. Ich versuchte, das Schloss aufzustemmen, musste aber aufgeben. Streifen auf dem Boden legten nahe, dass die Truhe vermutlich durch die Luke hinaufgehievt und dann auf dem Dachboden herumgeschoben worden war.

Ich aalte mich zurück in die Wohnung, um mein Werkzeug zu holen. Als ich den Lichtstrahl über den Boden gleiten ließ, entdeckte ich etwas, das ich bisher übersehen hatte. Unter dem Bett schaute eine Leiter hervor.

Keiner meiner Schlüssel passte in das Schloss der Truhe und es war schwer, es aufzustochern. Ich entschied mich schließlich für brutale Gewalt und zerbrach es, sodass die Schrauben über den Boden hüpften.

Ich versuchte gar nicht erst, Spuren zu verwischen. Darüber war ich hinaus. Jetzt wollte ich Antworten.

Ich weiß nicht, was ich erwartet hatte. Es war mitten in der Nacht. Nach dem Drama des vergangenen Abends hätte ich zum Umfallen müde sein müssen, aber ich war total angespannt, als ich den Deckel hochklappte.

Der Inhalt war gründlich in Isopor, Plastik und übel riechendes Material eingewickelt, von dem meine Nase brannte. Als ich die Umhüllung vorsichtig entfernt hatte, kam der Inhalt zum Vorschein. Pillengläser und -schachteln sowie ein Päckchen mit etwas in Plastik gewickeltem Braunen.

Jetzt wusste ich, warum Geld für Kenneth kein Problem gewesen war. Aber er hatte ganz schön viel riskiert, als er seinen Stoff hier gelagert hatte. Drogenhunde hätten ihn gefunden, auch wenn Kenneth Olsen sich offenbar alle Mühe gegeben hatte, ihnen die Suche zu erschweren. Sie hätten gewusst, wo sie zu suchen hatten.

Ehe ich wieder nach unten kletterte, öffnete ich Gläser und Schachteln und nahm mir von jeder Sorte ein Stück. Das Hasch ließ ich liegen. So was hatte ich schon häufiger gesehen.

Unten in der Wohnung machte ich mich abermals auf die Suche, diesmal gründlicher.

Ich blätterte in Büchern und Gebrauchsanweisungen, untersuchte Schubladen und Schränke, stellte den spärlich gefüllten Kleiderschrank auf den Kopf, stülpte Kissen und Decken um, sah mir den arg begrenzten Inhalt des Kühlschranks an. Nichts. Der Pass teilte mit, dass Kenneth Olsen am 10. Februar 1977 in Tønsberg geboren war. Keine ausländischen Stempel. Er war Kunde bei der Bank *DnB* und bei der Arbeitsagentur NAV.

Es ging auf vier zu, das Tageslicht bahnte sich bereits seinen Weg. Noch immer trommelte schwerer Regen auf das Dach. Das Bild der Gestalt in dem brennenden Auto war wieder da.

Wo hatte Kenneth Olsen hingewollt? Warum hatte er es so eilig gehabt? Hatte er befürchtet, ich könnte gefährlichen Geheimnissen auf die Spur gekommen sein? Oder war er einfach ein achtloser Verkehrsrowdy? Ich wollte schon aufgeben, als ich mir am Ende noch seinen Mülleimer vornahm, der aber tatsächlich nichts anderes als Müll enthielt. Ich steckte eine Benzinquittung ein, die besagte, dass er zwei Wochen zuvor dreiundvierzig Liter 95-Oktan-Benzin bei einer *Shell*-Tankstelle in Andebu getankt hatte.

Als ich den *Mac* hochhob, um ihn zusammen mit dem *iPhone* in meine Tasche zu stecken, sah ich einen Zettel, der unter dem Gerät klebte, vermutlich wegen der Wärme. Ich zupfte ihn vorsichtig ab und hielt ihn in den dünnen Lichtstrahl.

Es war das Bild einer nackten Frau. Sie lehnte an einer Wand, hatte die Arme zu den Seiten gestreckt und trug eine schwarze Kapuze über dem Gesicht. Ihre Hände waren an Ketten befestigt. Das Bild war farbig, aber verschwommen und matt. Es konnte bei schlechten Lichtverhältnissen mit einem Handy gemacht worden sein. Oder, wahrscheinlicher, es war ein Ausdruck aus dem Netz. Das Modell war eine gut aussehende Frau mit üppigen Formen; schwere, große Brüste, runde, wohlgeformte Oberschenkel, ein wenig Extraballast um die Hüften, schlanke Beine, ein perfektes Pornomodell.

Ich steckte das Bild in die Tasche. Da, wo Kenneth jetzt war, brauchte er es nicht mehr.

Nachdem ich mich davon überzeugt hatte, keine Spuren hinterlassen zu haben, schloss ich die Tür ab, schlich mich die Treppe hinunter und erreichte die Straße, ohne jemandem zu begegnen. Es goss noch immer in Strömen.

An Schlaf war nicht zu denken. Auf dem Heimweg rief ich den Mann an, der immer zu erreichen war. Einen Mandanten, der sich dank meiner Hilfe noch immer auf freiem Fuß befand. Wo er nach Ansicht der Anklagebehörden absolut fehl am Platze war.

Arthur meldete sich fast sofort. »Foyn?« Er wirkte nicht gerade geschockt. »Musst du noch mehr Bilder überprüfen?«

»Das nicht gerade«, sagte ich.

Arthur war nicht nur ein Nachtmensch, der seine Zeit vor diversen Bildschirmen im Keller seiner Eltern verbrachte. Er war vielmehr ein echter Computernerd mit Kenntnissen, die ihn in seiner Branche nach ganz oben gebracht haben könnten. Aber er hatte sich aus der realen Welt abgemeldet und war in die digitale übergesiedelt, wo er sich in einem globalen Netzwerk mit anderen Nerds traf. Nicht alles, was sie dort machten, fand innerhalb der Gesetzesgrenzen statt.

»Du musst dir für mich ein paar Computersachen ansehen. Und es ist verdammt wichtig.«

»Ist es bei dir doch immer.« Er war mir einen Gefallen schuldig. »Es ist gleich vier.«

»Ich habe dich nicht angerufen, um das herauszufinden. Ich weiß, wie spät es ist.«

»Du bist nicht ganz normal, Foyn. Hast du dir das schon mal überlegt?«

»Oft«, sagte ich. »Deshalb verstehen wir uns doch so gut.«

»Was ist das jetzt also?«

»Du musst für mich ein *iPhone* und einen *Mac* öffnen.«

»Verdammt, Foyn, es ist mitten in der Nacht. Ich hab zu tun.«

»Jetzt sofort«, sagte ich. »Außerdem ist es nicht mitten in der Nacht, es ist bald Morgen. Und du hast doch immer nur mit Computerkram zu tun. Ich bin in fünf Minuten bei dir. Lass die Tür offen stehen.«

Arthur hatte einen eigenen Eingang vom Garten in den Keller, in dem er sein Leben lebte, abgekoppelt von der wirklichen Welt. Die Tür war angelehnt, als ich kam. Er war ein neugieriger junger Mann, Gold wert für einen Betrieb mit Bedarf an Netzkompetenz. Doch Arthur hatte daran kein Interesse.

Er musterte meine Mitbringsel mit skeptischer Miene. »Und? Wo hast du das geklaut, Foyn?«

»Hör auf, so misstrauisch zu sein«, sagte ich. »Ich will alles sehen, was der *Mac* enthält, und wissen, mit wem das Telefon Kontakt hatte. Erledigst du das?«

Arthur gab keine Antwort, sondern öffnete den Deckel des *Mac* und ließ seine Finger über die Tasten jagen. »Hat der Ahnung von Rechnern, der Typ, der den hier benutzt hat?« Er sah mich dabei nicht einmal an.

»Er kennt sich aus, ja.«

»Dann kann es schwierig werden.« Er versuchte es jetzt mit dem *iPhone.* »Und das gilt auch für das hier.«

»Lass dich davon ja nicht aufhalten«, sagte ich. »Das hier muss schnell gehen.«

»Schon gut, schon gut.« Er hatte bereits losgelegt.

30

Irgendwo weit weg rief jemand nach mir. Die Rufe wurden immer lauter, sie gingen in Schreie über und kamen näher. Ich fuhr im Bett hoch und starrte verwirrt das Mobiltelefon auf dem Boden an. Es blinkte und leuchtete zu mir hinauf wie ein wehes Auge. Ich drehte mich um und warf einen Blick auf die Uhr, ehe ich mich über die Bettkante beugte und nach meinem Telefon griff. Das Wetter hatte sich wieder geändert, jetzt färbte die Sonne die Wand gelb, es war acht Uhr, ich hatte drei Stunden geschlafen und war zum Umfallen müde.

»Du warst also da.« Mørks Stimme klang wach.

»Wo, ›da‹?«, fragte ich und versuchte, mir eine Ausrede einfallen zu lassen.

»Das war keine Frage, aber jetzt kommt eine. Warum warst du da?«

»Du hast es also gewusst«, sagte ich.

»Ein Polizist hat deinen Oldtimer bemerkt. Außerdem«, er legte eine vielsagende Pause ein, »ein VW Transporter zentral in einem tödlichen Unfall? Du darfst uns nicht unterschätzen.«

»*Uns*?«, fragte ich. »Sind da noch mehr?«

»Vorläufig nicht. Aber ich fürchte, es wird wohl nicht mehr allzu lange dauern, bis auch der Kriminalchef auf dem Laufenden ist.«

»Ich habe eine Spazierfahrt gemacht«, sagte ich. »Norwegen ist ein freies Land. Ich habe eine Frage an dich.«

»Davon gehe ich aus, ja. Kenneth Olsen?«

»Was weißt du über ihn?«

»Abgesehen von der Tatsache, dass sich seine Überreste gerade unter dem Messer befinden, meinst du?«

»Ich weiß, dass er wegen Drogenverkaufs vorbestraft ist«, sagte ich. »Aber war das alles?«

»Er ist damals viel zu billig davongekommen. Kenneth war kein kleiner Fisch, er gehörte wohl eher zum Mittelbau, so könnte man das nennen. Aber er hatte angeblich eine schlechte Angewohnheit.«

»Lass mich raten«, sagte ich. »Er hatte einen guten Blick für Einsteiger?«

»Schulen, kleine Mädchen, unerfahrene Jugendliche. Er hat sich um die Rekrutierung gekümmert.«

»Und sonst noch?«, versuchte ich es weiter.

»Du denkst an sexuellen Missbrauch?«

»Zum Beispiel.«

»Nichts Konkretes, nur Vermutungen. Ich hatte heute Morgen, nachdem ich von dem Unfall gehört hatte, ein interessantes Gespräch mit einem Fahnder. Die meinen, dass er sich seine Lieferungen mit Gegenleistungen hat bezahlen lassen. Kann das sein?«

»Was ist mit Porno?«

»Bisher nicht bekannt. Falls du nicht seinen eigenen Konsum meinst.«

»Ich dachte mehr an Produktion. Ich brauche alles, was du über den Typen beschaffen kannst.«

»Wir werden sehen. Aber sag mal, hast du ihn verfolgt, als es geknallt hat?«

»Ich bin mindestens eine Viertelstunde später gekommen.« Bis auf Weiteres wollte ich das Lager auf dem Dachboden nicht erwähnen. Alles würde so kompliziert werden, wenn die Drogenfahndung dazukäme und ich mich erklären müsste. »Übrigens«, mir war etwas eingefallen, das wichtig sein könnte,

»kannst du mal feststellen, ob in seinem Auto ein Handy gefunden worden ist?« Ich zögerte ein wenig, ehe ich weitermachte, aber es musste gesagt werden. »Du kennst doch den Pathologen im Krankenhaus.« Ich wusste, dass der Oberarzt Mørk schon früher geholfen hatte. »Er soll mal nachsehen, ob Kenneth beschnitten war, wenn genug von ihm übrig ist, meine ich.«

»Eine interessante Frage. Was, glaubst du, wird er wohl dazu sagen?«

»Er braucht gar nichts zu sagen. Er soll es nur tun. Ruf mich an, sobald du etwas weißt.«

Ich taumelte unter die Dusche und blieb dort, bis ich mich ein wenig wacher fühlte.

Im Büro war es lange friedlich. Jeden Moment rechnete ich damit, einen der Pudel des Kriminalchefs auf der Treppe zu hören, aber nichts passierte.

Ich hatte mir das Bild der angeketteten Frau mit einer starken Lupe angesehen, um irgendwelche Anhaltspunkte zu finden, mit denen ich weitermachen konnte. Ich war noch immer unsicher, ob das Bild ein echtes Foto oder aus dem Netz heruntergeladen war. Es war unscharf, teilweise verdunkelt und zeigte keine Details, mit denen es mir gelang, die Person zu identifizieren. Aber es *konnte* Johanna sein.

Ein kleiner Fleck auf der Innenseite des linken Oberschenkels tauchte auf, als ich die Lichtstärke der Lupe steigerte. Er war herzförmig, aber es konnte sich auch um einen Fleck auf der Linse handeln.

Ich spielte mit dem Gedanken, Johannas Eltern anzurufen, gab ihn aber rasch wieder auf. Das konnte ich nicht tun. Sie würden Fragen stellen und sie hatten ein Anrecht auf eine Antwort.

Vielleicht gab es noch eine andere Möglichkeit. Johannas Schulfreundin Sara, die zeitweise Johannas beste Freundin gewesen war, würde mir vielleicht helfen können. Ich musste zumindest den Versuch machen, auch wenn ich nicht die geringste Lust dazu hatte.

Eins musste man den jungen Leuten lassen, sie waren immer zu erreichen. Sie meldete sich fast sofort, obwohl sie bestimmt in der Schule war. »Ja, hier Sara?«

»Hier ist Anwalt Foyn«, sagte ich. »Kannst du dich an mich erinnern?«

»Natürlich«, antwortete sie, nicht direkt unfreundlich.

»Ich muss dir eine Frage stellen«, sagte ich. »Über Johanna. Es ist vielleicht ein bisschen intim und du musst es unbedingt für dich behalten. Kann ich mich darauf verlassen?«

»Ist das gefährlich?«

»Absolut nicht. Weißt du, ob Johanna irgendwo ein Muttermal hat?«

»Ein Muttermal? Wo denn?«

»Zum Beispiel am Oberschenkel.« Ich sah plötzlich ein, dass das hier keine gute Idee war.

»Auf so was achte ich doch nicht«, sagte sie gereizt.

»Natürlich nicht. Aber du könntest es ja trotzdem gesehen haben?«

»Ja, vielleicht«, sie zögerte ein wenig mit ihrer Antwort. »Aber ich glaube nicht, es wäre mir bestimmt aufgefallen und Johanna hätte sich bestimmt darüber beklagt, so ichbezogen, wie sie ist.« Plötzlich wurde Sara zu einem ängstlichen kleinen Mädchen. »Ist ihr etwas passiert?«

»Seit der Postkarte hat niemand mehr von Johanna gehört.« Die Karte war in den Medien erwähnt worden. »Weißt du, ob sie Kontakt zu Freundinnen oder anderen hatte?«

»Dann hätte ich das doch gesagt!«

»Stimmt. Wir hoffen, dass sie bald wieder auftaucht.«

Als ich das Telefon weglegte, wurde die Tür geöffnet. Die Frau, die mit festen Schritten auf mich zukam, hatte sich offenbar die knirschende Treppe hochgeschlichen.

Fredrikke Strøm blieb vor mir stehen. »Na, Anwalt Foyn. Sie sind ja wirklich ein viel beschäftigter Mann.«

»Das liegt in meiner Natur«, sagte ich und versuchte, das Bild auf dem Schreibtisch mit der Hand abzuschirmen. Die Journalistin hatte es aber schon entdeckt.

»Ich gehe davon aus, dass Sie sich nicht zum Vergnügen Pornobilder anschauen?« Sie starrte das Foto an.

»Nicht während der Arbeitszeit«, sagte ich. »Normalerweise.«

»Hören Sie auf.« Ich wusste, dass sie blitzschnell dachte. »Wer ist das?«

»Das weiß ich nicht. Das ist ja das Problem.«

»Mal sehen.« Sie schnappte sich das Bild, ohne meine Reaktion abzuwarten. Mein Verhältnis zu dieser Journalistin war durch und durch ambivalent. Sie war eine wahre Plage, aber ihr Stil gefiel mir.

»Hm«, sagte sie und musterte das Foto mit deutlichem Interesse. »Wo haben Sie das denn her?«

»Das ist ein Geschäftsgeheimnis.«

»Lassen Sie mich die Frage anders stellen, Foyn.« Ihr Blick war ungewöhnlich direkt. Wie mir schon aufgefallen war, waren ihre Augen dunkelbraun und schön. Ich beschloss, unser Gespräch nicht davon beeinflussen zu lassen. »Glauben Sie, das ist Johanna Widerberg?«

»Was sagen Sie?«

Sie hielt das Bild ins Licht der Schreibtischlampe. »Schwer zu sagen.«

»Sie sieht älter aus als Johanna«, sagte ich. »Reifer, ein bisschen üppiger.«

»Was Sie alles wissen, Foyn.«

»Das weiß ich nicht. Ich rate nur.«

»Die Hände sind anders«, sagte sie plötzlich. »Hände sind einzigartig, wie Fingerabdrücke.« Sie zeigte mit einem wohlgeformten Finger auf das Bild. »Sehen Sie mal. Kleine dicke Hände, kurze Finger.«

Ich folgte ihrem Blick. »Wieso wissen Sie so gut über Johannas Hände Bescheid?«

Fredrikke Strøm lächelte. »Das wüssten Sie wohl gern. Aber lassen Sie es mich mal so sagen: Ich habe Fotos gesehen, auf denen sie eine Zigarette in der Hand hält. Worum geht es hier eigentlich, Foyn?«

Ich gab keine Antwort, sondern zeigte auf den Oberschenkel der Frau. »Was glauben Sie, was das da ist?«

Sie beugte sich vor. Die Brille, die sie aufgesetzt hatte, glitt auf eine auffällige Nasenspitze. »Ein Muttermal.« Sie richtete sich auf und sah mich fragend an. »Was sollte das denn sonst sein?«

»Ein Fleck auf dem Objektiv«, schlug ich vor. »Kann das Bild ein Ausdruck aus dem Netz sein?«

»Das ist ein Foto, Foyn, vermutlich mit einem Handy gemacht.«

»Wieso sind Sie sich so sicher?«

»Ehe ich als Reporterin angefangen habe, war ich Fotografin. Woher kommt das Bild?«

»Das kann ich Ihnen jetzt nicht sagen.«

»Sie haben kein Recht, solche Informationen für sich zu behalten.«

»Das sind nur Spekulationen«, sagte ich. »Und wie Sie wissen, fehlt es uns daran nun wirklich nicht.«

Die Journalistin sah mich nachdenklich an. »Ich weiß, dass Sie mit diesem Autounfall zu tun hatten. Und meine Erfahrung mit Ihnen ist, dass es nur wenige Zufälle gibt. Sie arbeiten noch immer an Ihrem Fall?«

»Solange Johanna verschwunden ist, ist der ja längst nicht geklärt«, sagte ich vage. Sie musste eine direkte Verbindung zur Polizei haben. »Sind Sie eigentlich hergezogen, oder was?«

»Es ist nur eine Stunde von Oslo. Nils Lier steht vielleicht nicht mehr im Fokus?«

»Wie sehen Sie das denn?«

»So wie Sie, nehme ich an.«

»Das ist keine große Hilfe«, sagte ich. »Ich weiß es nämlich nicht.«

»Sie sind kein guter Lügner, trotz Ihrer Erfahrung als Anwalt.«

»Kann ich das als Kompliment auffassen?«

»Gern. Aber es war nicht so gemeint. Wer war Kenneth Olsen?«

»Ein lokaler Dealer«, sagte ich kurz. »Und Verkehrsrowdy.«

»Und er hat etwas mit diesem Foto zu tun«, sagte sie.

»Warum fragen Sie, wenn Sie die Antwort wissen?«

Sie ignorierte die Ironie. »Und er hat einen schwarzen VW-Transporter gefahren?«

»Das stimmt.«

Sie beugte sich über den Schreibtisch zu mir vor. »Hören Sie mal, Anwalt Foyn. Wir beide haben vielleicht unterschiedliche Motive, aber wir wollen beide eine Art Gerechtigkeit erlangen, nicht wahr?«

»Definieren Sie Gerechtigkeit.« Der junge Krogh hatte mich so einiges gelehrt.

»Vielleicht ist noch immer ein Vergewaltiger auf freiem Fuß. Und ein junges Mädchen ist verschwunden. Wir können helfen, sie zu finden.« Ihre Augen funkelten. »Ist das nicht interessant für Sie?«

»Doch, natürlich.« Mein Gewissen hatte sich schon lange verdunkelt. Jetzt wurde es immer schwärzer.

»Dann wäre das ja klar.« Sie stand auf und ging. Aber in der Türöffnung drehte sie sich noch einmal zu mir um. »Ich habe so eine Ahnung, dass wir uns bald wiedersehen werden, Foyn.«

»Das werde ich mir merken«, sagte ich. »Und ich heiße *Svend.*«

Dazu sagte sie nichts mehr.

Der Tag schleppte sich so weiter. Nichts passierte. Arthur war stumm. Um diese Zeit schlief er. Auch Mørk ließ nichts von sich hören. Weil ich nichts Besseres zu tun hatte, vertiefte ich mich in den Anzeigenteil vom *Tønsbergs Blad* und schreckte auf, als ich die Todesanzeige sah.

Sie kam ziemlich spät. Ich hätte gern gewusst, wer sie aufgegeben hatte.

> Unser geliebter Nils Lier, geboren am 9. August 1974, hat uns am Freitag, dem 14. Juni 2014, verlassen. Die Beisetzung hat in aller Stille stattgefunden. Familie und Freunde.

Diese kurze Mitteilung stimmte mich traurig.

Als meine Bürozeit vorüber war, rief ich Mørk an. »Ich bin's«, sagte ich.

»Hattest du keinen Besuch?«

»Doch«, sagte ich. »Aber nicht von euch.«

»Seltsam.«

»Weißt du inzwischen mehr über Kenneth?«

»Vorläufig nicht. Keine Einkünfte, kein Besitz, keine Arbeit.«

»Also noch so eine Stütze der Gesellschaft. Habt ihr im Auto irgendwas gefunden?«

»Sein Handy war gut durchgebraten. Da lassen sich keine Spuren mehr finden. Ansonsten nichts.«

Kenneth hatte zwei Mobiltelefone. Wie Johanna. »Was ist mit meiner anderen Frage?«

»Sie arbeiten noch daran. Den Bericht bekomme ich heute Abend.«

»Na gut«, sagte ich. »Du kannst mir allerdings bei noch etwas helfen.«

»Und das wäre?«

»Verschwundene Frauen«, sagte ich.

Denn Johanna war verschwunden. Und das Bild, das unter dem Laptop gelegen hatte, machte mich nervös. Vielleicht war Johanna nicht die Erste?

Mørk verstummte für einen Moment. »Was machst du denn jetzt schon wieder?«

»Ich denke nur laut.«

»Ein Schritt in die richtige Richtung. Wann und wo?«

»Gern hier in der Gegend, in den letzten zwei Jahren.«

»Wir reden hier über junge Mädchen, ja?«

»Jung ist ein relativer Begriff.«

»Genau. In prekären Situationen vielleicht?«

»Ja, gern.« Wir hatten einander verstanden.

»Eva Holte, neunzehn. Anfang September 2011 aus einem Zimmer in Larvik verschwunden.«

»Und sie ist nie wieder aufgetaucht?«

»Es bestanden Zweifel, was den Zeitpunkt anging, denn sie war Single und wohnte allein. Keine konkreten Spuren, aber sie wurde angeblich an einer Reihe von Orten gesehen, unter anderem in Kopenhagen.«

»Und einzelne von den Tipps waren anonym?«

»Das auch.«

»Wie lautet also die Theorie?«

»Tja, sie war ziemlich weit auf die schiefe Bahn geraten. Allerlei Drogen und Alkohol, ein bisschen kriminell, ging auf den Strich. Wir haben ihr Umfeld durchgekämmt, aber es haben sich keine konkreten Spuren ergeben.«

»Gab es nicht Gerüchte über eine größere Partie Stoff, die auf Abwege geraten war?« Ich konnte mich vage an den Fall erinnern.

»Es gab einen Tipp, nach dem sie bestraft werden sollte, auch der kam anonym. Und es wurde nach ihr gesucht.«

»Aber es wurde nichts gefunden?«

»Die Spur wurde schnell kalt. Es war die Rede von Amsterdam oder Spanien.«

»Wie passend«, sagte ich. »Kannst du Bilder von ihr schicken?«

»Ich werd's mir überlegen.«

»Tu das«, sagte ich. »Hast du noch weitere Mädchen?«

»Tja, wie wäre es mit der hier, achtzehn Jahre alte Tschetschenin aus dem Asylbewerberheim in Horten verschwunden, vorigen Oktober. Die verschwinden die ganze Zeit«, fügte er hinzu. »Aber diese ist etwas Besonderes.«

»Und weshalb?«

»Sie hatte gerade ihre Aufenthaltsgenehmigung bekommen und wartete darauf, dass ihr eine Wohnung zugewiesen würde.«

»Wurden irgendwelche Spuren gefunden?«

»Was meinst du?«

»Nun, die Ermittlungen waren vermutlich nicht sonderlich umfassend?«

»Genau. Eine These ist, dass sie von Familienangehörigen geholt und außer Landes gebracht wurde. Sie kam aus einer streng muslimischen Familie und hatte sich angeblich norwegische Gewohnheiten zugelegt.«

»Sehr norwegische?«

»Unbedingt. Mehr als gewöhnlich, wenn man den Gerüchten glaubt.«

»Von der hätte ich auch gern Bilder«, sagte ich. »Und übrigens, ich habe ein Geschenk für dich. Du kannst der Drogenfahndung sagen, sie soll auf Kenneths Dachboden mal nach einem Rauschgiftdepot suchen. Du brauchst doch sicher ein bisschen Goodwill?« Dass Wilhelm Mørk bei den Ermittlern nicht unbedingt beliebt war, war kein Geheimnis.

»Bist du sicher, dass du weißt, was du hier tust?«

»Schick einfach die Bilder«, sagte ich. »Und gern noch mehr Tipps.«

31

Es ging auf Mitternacht zu, als Mørks Mail einlief. Der Text war kurz und bündig: *Die Frage ist schwer zu beantworten. Aber Kenneths Großvater war jüdischer Abstammung.*

Die Fotos der beiden jungen Frauen waren beigelegt.

Eva Holte war ziemlich hübsch. Kurze dunkle Haare, ein paar Kilos zu viel.

Ich zog das Foto aus Kenneths Wohnung hervor und verglich die beiden Bilder. Die Körperformen stimmten, aber Eva war ja mit Kleidern abgebildet. Auch die Größe passte.

Das Mädchen aus dem Asylbewerberheim war so gut in Textilien eingepackt, dass ich mir nur schwer ein Bild von ihr machen konnte. Auch sie war ziemlich rundlich, aber vielleicht ein bisschen zu klein.

Mørk hatte noch drei andere Namen hinzugefügt. *Hab diese hier unter Vorbehalten dazugenommen. Drogenkonsumentinnen, im Prostitutionsmilieu bekannt, kommen aus Vestfold, jetzt Oslo. Seit einigen Monaten nicht mehr gesehen.*

Diese Situation war mir nicht unbekannt. Junge Leute ohne Halt, ein unübersichtliches System, niemand meldete sie vermisst. Sie kamen und gingen, nutzten soziale Angebote und verschwanden wieder, bewegten sich zwischen den verschiedenen Gemeinden, lebten von Kleinkriminalität und Almosen vom Sozialamt. Sie konnten Monate und Jahre verschwunden bleiben, ohne dass etwas unternommen wurde. Nicht wenige endeten mit der Diagnose *ÜD*. Überdosis.

Mørk hatte noch etwas hinzugeführt: *Angeblich hatte Kenneth Geschäfte mit dem Dealer Erik Flåthen, lange nicht mehr gesehen, abgetaucht oder im Ausland. Gewalttätiger Arsch mit Geld.*

Eine reizende Kombination. Ich hätte jetzt aufgeben müssen, brachte das aber nicht über mich.

Ich stellte fest, dass Eva Holtes *Facebook*-Seite noch immer in Betrieb war. Bilder, Vorlieben, Chronik, Freunde, alles, was junge Frauen dort mit der Umwelt teilten.

Die Seite war aus natürlichen Gründen seit ihrem Verschwinden nicht mehr aktualisiert worden.

Ich klickte mich durch die Seite, fand aber kein Foto, das meine Frage beantworten konnte. Erst als ich mich auf die Seiten ihrer Freundinnen begab. *Ingrid, Michelle und Eva zum Baden in Stavern.* Drei Frauen, die die Arme umeinander gelegt hatten und in die Kamera lächelten, in minimalen Bikinis, ohne eine Ahnung davon, was der einen zustoßen würde. Eva stand in der Mitte, mit gespreizten Beinen, braun und hübsch, nicht so erschöpft, wie sie auf Mørks offiziellem Bild wirkte.

Und noch ehe ich die Lupe hervorgeholt und das Licht angeknipst hatte, sah ich es. Das Muttermal an Eva Holtes linkem Oberschenkel war nicht groß, aber es war vorhanden.

Ich ließ mich in meinem Schreibtischsessel zurücksinken und steckte mir ein Zigarillo an, während ich versuchte nachzudenken. Die Müdigkeit war wie weggeblasen. Ich konnte mich nicht entscheiden. Hinweise und Indizien, aber noch immer keine Beweise. Der Kriminalchef hatte schon eine offizielle Abmahnung von einer autoritären Behörde kassiert. Er würde wohl kaum eine weitere riskieren.

Dieser Fall konnte viel größer sein, als ich mir vorgestellt hatte.

Es war Nacht, ein normaler Werktag. Ich brauchte einen Rat, aber ich konnte Alice nicht anrufen.

Arthurs Mitteilung riss mich aus meinen Spekulationen. *Reden.* Ein Mann weniger Worte.

Wie zuletzt hatte er die Haustür offen gelassen. Ich schlich mich unbemerkt hinein und zog sie vorsichtig hinter mir zu. Es war still in dem großen Haus.

Er starrte einen der drei Bildschirme auf dem Schreibtisch an, ohne sich zu mir umzudrehen. »Du kennst vielleicht Leute, Foyn.« Seine Finger jagten über die Tastatur.

»Sprich für dich selbst«, sagte ich. »Was hast du?«

»Der Besitzer von diesem Kram, den du mir da angeschleppt hast, kennt sich aus.« Arthur klang ungewöhnlich überzeugt.

»Nimm das als Herausforderung«, antwortete ich. »Woher weißt du übrigens, dass es ein *Er* ist?«

»Das Gehirn von Frauen ist nicht so konstruiert.«

»Sieh dich lieber vor, falls du dich mal in die wirkliche Welt hinausbegibst«, sagte ich, aber das schien keinen besonderen Eindruck auf ihn zu machen.

»Der *Mac* ist schwierig. Alles ist kryptiert, nichts auf der Festplatte gespeichert, vermutlich auf externen Servern am Arsch der Welt und in Clouds mit Eingang von der Rückseite. Verdammt kompliziert.«

»Soll das heißen, du kriegst nichts raus?«

»Ich hab ihn natürlich hochgefahren.«

»Was ist mit Mails?«

»Vergiss es, Foyn. Der Scheiß ist zuerst kryptiert, dann aus dem System entfernt und an einem geheimen Ort gespeichert.«

»Du kannst jetzt nicht aufhören«, erwiderte ich. »Hast du keine Kontakte?«

»Bin dabei.« Arthur zeigte auf die blinkenden Bildschirme. »Wenn du nicht zufrieden bist, kannst du ja die Jungs von der Kripo fragen, die sind auch nicht auf den Kopf gefallen.«

Ich hatte schon mit diesem Gedanken gespielt. Aber das würde dauern und erforderte Erlaubnis von höchster Warte, was ich jetzt nicht erhalten würde. »Was ist mit dem Telefon, ist das auch so verzwickt?«

»Darauf kannst du einen fahren lassen.« Arthur grinste. »Aber da hat er einen dicken Patzer gemacht.«

»Wie meinst du das?« Meine Hoffnung wuchs.

»Selbst du hast vielleicht von Handyortung gehört, Foyn?«

»Mehr, als du ahnst.«

Er sah mich überrascht an. »Ach?«

Er glaubte mir nicht, aber das war auch egal.

»Er hat dafür gesorgt, dass der ganze Scheiß von dem Ding hier verschwunden ist.« Arthur hob das *iPhone* hoch. »Aber eins hat er übersehen.«

»Ja?«

»Er war unvorsichtig mit dem Ortungsverzeichnis.«

Ich machte offenbar ein verständnisloses Gesicht.

»Irgendwann vor zwei Wochen hat er die entsprechende Funktion aktiviert.«

»Und das bedeutet?« Obwohl ich die Antwort ahnte, musste er sie mir mit dem Teelöffel eingeben.

»Da ich das Schloss geknackt und mir Zugang verschafft habe, weiß ich genau, wo das war, falls dir das helfen kann. Sieh her«, er drückte auf die Tastatur des *iPhones.* »Jetzt schicke ich die Datei und du kannst die Bezugspunkte auf deiner Karte öffnen.« *Pling.* »Das war nur einige Minuten aktiv. Für den Moment ist das alles, was ich habe.«

Ich öffnete das Telefon und sah, dass die Nachricht eingegangen war. »Warum war diese Funktion eingeschaltet?«

»Das war am späten Abend. Vielleicht hat er telefoniert und sich vertippt, was weiß ich. Das Telefon war in diesen Minuten jedenfalls an besagtem Ort.«

»Ich kann also sehen, wo er sich aufgehalten hat?«

»Auf den Meter genau, Foyn. Das ist so einfach, dass sogar du das schaffst.«

»Vor zwei Wochen, hast du gesagt?«

»Vor etwas mehr als zwei Wochen. Montag, 3. Juni, von 23.56 Uhr bis 00.03 Uhr, um genau zu sein.«

Ich musste nachdenken. Das war der Tag, an dem Nils Lier dem Untersuchungsrichter vorgeführt und dann auf freien Fuß gesetzt worden war. »Also«, sagte ich und reichte ihm das *iPhone*. »Zeig mir, wie man das macht.«

Nach einigen Sekunden tauchte die Karte auf. Ein blinkender roter Punkt zeigte die Position des Telefons mit den entsprechenden Koordinaten. Der Punkt blieb in dieser Position.

»Schaffst du das?« Arthur machte ein skeptisches Gesicht.

»Kein Problem.« Jetzt hatte ich es eilig.

»Das ist doch wohl etwas wert?«

»Ich überweise dir einen Vorschuss«, sagte ich. »Den Rest kriegst du, wenn du alles geknackt hast.«

Im Büro nahm ich mir dann das Mobiltelefon vor. Arthur hatte recht, es war überraschend einfach. Die Ortungsfunktion hatte registriert, dass sich das Telefon in der Nähe des Riksvei 35 im Ort Re aufgehalten hatte, in der Nähe der Stelle, wo der Fossanvei nach rechts abbiegt. Auf *Google Earth* konnte ich sehen, dass diese Gegend sehr dünn besiedelt war. Die spärliche Bebauung lag weit verstreut in einer Umgebung aus Wäldern, Seen und Wiesen. Auf der Karte konnte ich die Details nicht erkennen. *Google Earth* schien diese Gegend offenbar nicht sonderlich wichtig zu finden.

Der Name aus Mørks Mitteilung kam mir bekannt vor. *Svein Erik Flåthen.* Ein ehemaliger Mandant von mir, selbst auch nicht gerade das bravste Kind seiner Mutter, hatte den Mann als Schrecken der Gemeinde bezeichnet. *Der ist ein echter Gangster, Foyn. Mit dem legst du dich verdammt noch mal nicht an.* Dass er auf der Flucht war, konnte niemanden überraschen. Und Flåthen war in Ramnes aufgewachsen.

Ich öffnete den *Mac* und ging ins GAB-Register des Staatlichen Vermessungsamtes. Dort konnte man, ausgehend von der Gemeinde Re, die Namen der Besitzer oder die Registriernummern von Hof oder Betrieb finden. Die neue Gemeinde war durch eine Fusion mit unter anderem Ramnes entstanden.

Svein Erik Flåthen besaß in Re ein Grundstück. Öffentliche Register sind immer zugänglich, deshalb konnte ich feststellen, dass Re nicht sein offizieller Wohnsitz war. Außerdem erfuhr ich die Koordinaten. Das Grundstück lag an einer Stichstraße, die vom Fossanvei wegführte. Kenneth hatte mindestens einmal im nicht weit entfernten Revetal getankt. Und die Hertug Guttormsgate in Tønsberg, einige Hundert Meter vom Farmandsvei gelegen, war Flåthens letzte bekannte Adresse.

Ich schaute auf die Uhr. Es ging auf zwei zu, es war stockdunkel, alles schlief jetzt. Wenn ich den Kriminalchef anriefe, würde er ausrasten. *Halten Sie mich wirklich für blöd genug, noch einmal auf Ihre Spekulationen reinzufallen? Zeigen Sie mir zuerst, was Sie haben!* Auch eine telefonische Anzeige auf der Wache würde nicht weiterhelfen. *Hier ist Anwalt Foyn. Ich habe Grund zu der Annahme, dass irgendwo in der Gemeinde Re etwas Kriminelles passiert sein kann. Ihr müsst sofort losfahren.* Ich würde erst Gehör finden, wenn es zu spät wäre. *Kommen Sie zur normalen Öffnungszeit zurück.*

Nicht einmal Mørk meldete sich, als ich anrief.

Ich knipste das Licht aus, weckte Hulda und lief los. Das Adrenalin hielt mich in Gang.

Indre Vestfold, in einer Frühsommernacht. Dass keine anderen Autos unterwegs waren, wirkte fast beängstigend. Zwei Rehe und ein Fuchs waren die einzigen Anzeichen für Leben gewesen, als ich bei der Kreuzung nach Fossan hielt.

Kenneth hatte hier gestanden und sein anonymes Telefon betätigt, ehe er weitergefahren war.

Ich ließ den Jaguar langsam durch den Fossanvei gleiten und verfolgte die Fahrt per GPS. Das Grundstück musste etwa vier Kilometer von der Stelle entfernt liegen, wo der Riksvei 306 von der 35 abbog. Der Karte nach folgte ein Feldweg durch den Wald zum Haus, das laut Register unbewohnt war.

Das nächste Haus lag mindestens fünfhundert Meter entfernt. Es bestand kaum die Gefahr eines Besuches von ungebetenen Gästen. Und jetzt, in den Stunden vor Sonnenaufgang, war es ungewöhnlich dunkel.

Der Weg zu dem Grundstück war überwuchert und voller Löcher. Aber als ich mich bückte und den Boden untersuchte, sah ich im Licht meiner Taschenlampe Reifenspuren. In der Dunkelheit konnte ich nicht erkennen, wie frisch sie waren. Vorsichtig bugsierte ich den Jaguar zwischen den Bäumen in ein Versteck.

Ich ließ Hulda im Auto schlafen. Aber als ich dann am Straßenrand stand und versuchte, mir ein Bild der Umgebung zu machen, hätte ich das fast bereut.

Die Gegend hatte etwas Unheimliches, als ob Kittelsen sich hier die Inspirationen zu seinen Trollbildern geholt hätte. Der Schrei einer Eule, ein Rascheln im Unterholz, das ferne Bellen eines Hundes, Knistern im Wald, Geräusche, an die ich nicht gewohnt war.

Ich fühlte mich immer weniger wohl in meiner Haut. Über der Schulter hatte ich die Tasche mit meinem Werkzeug, aber ich hatte keine Waffe. Ich hätte die unregistrierte Pistole aus meiner Schreibtischschublade mitnehmen sollen.

Mit vorsichtigen Schritten ging ich dann über den Waldweg. Ich benutzte die Taschenlampe nicht und deshalb tauchten die Gebäude abrupt vor mir auf. Wohnhaus, Scheune, ein Schuppen, alles dunkel. Plötzlich war die Stille total. Kein Hinweis darauf, dass hier Menschen sein könnten. Dennoch bewegte ich mich mit vorsichtigen Schritten auf das Haus zu.

Ich beschloss, mit dem Schuppen anzufangen. Erst aus der Nähe konnte ich sehen, wie baufällig er war, schief und ohne Anstrich lehnte er sich gegen eine riesige Kiefer.

Mir waren Stromkabel aufgefallen, die sich am Wegrand dahinzogen. Die Frage war allerdings, ob der Stromzugang noch intakt war, wenn niemand die Häuser benutzte.

Mithilfe der Taschenlampe fand ich die Klinke der rissigen Tür und drückte darauf. Das Jammern der Türangeln ließ mich so heftig zurückfahren, dass mir die Taschenlampe herunterfiel, sie knallte auf den Boden und erlosch. Als ich sie aufhob, konnte ich feststellen, dass ich wirklich nur noch Pech hatte. Die Birne hatte sich herausgelöst und die Begegnung mit dem überall herumliegenden Eisenschrott nicht überlebt. Jetzt hatte ich nur eine Kugelschreiberlampe, um mich zurechtzufinden.

Der Schuppen war mit noch mehr Müll gefüllt. Werkzeug, ramponierte Möbel und Abfälle. Nichts wies darauf hin, dass in letzter Zeit Menschen hier gewesen waren.

Die Scheune schien etwas besser in Schuss zu sein. Ich versuchte es mit einer Tür nach der anderen, aber alle waren abgeschlossen. Bei der, die vermutlich der Haupteingang war, blieb ich stehen. Diese Tür war mit einer soliden Metallstange verriegelt, die ihrerseits an einem Beschlag mit Hängeschloss befestigt war.

Als ich mir im Licht des dünnen Strahls dieses Schloss genau ansah, lief es mir kalt den Rücken hinunter. Das Schloss sah neu aus. Eine alte Scheune, weit draußen auf dem Lande, gesichert mit einem modernen Schloss?

Plötzlich hörte ich ein neues Geräusch. Oben auf der Hauptstraße näherte sich ein Auto. Ein Wagen hier in der Einöde, mitten in der Nacht? Ich zwängte mich durch das Gebüsch vor der Scheunenwand, zu der Ecke, von der aus ich die Einfahrt zum Grundstück im Auge behalten konnte, ohne selbst gesehen zu werden.

Die Sekunden vergingen langsam. Das Motorgeräusch war verschwunden. Das konnte daran liegen, dass das Auto weiter in Richtung Fossan fuhr oder dass es, bedrohlicher, an derselben Stelle gehalten hatte wie vorhin ich.

Nach vermutlich nicht viel mehr als fünf Minuten, die mir aber wie eine Ewigkeit vorkamen, beruhigte ich mich wieder. Niemand ging über den Weg, das Auto war vorübergefahren und nicht mehr in der Nähe.

Jetzt konzentrierte ich mich auf das Hängeschloss, das von der soliden Sorte war. Mit meinem Werkzeug konnte ich es unmöglich aufbrechen. Aber die Metallstange quer vor der Tür war ein schwacher Punkt, der Beschlag, mit der sie befestigt war, war alt und rostig. Mit Brechstange und Hammer konnte ich das ganze Arrangement lockern und von der Wand reißen. Vandalismus ist kein schwerwiegendes Verbrechen, ein Einbruch in eine Scheune auch nicht. Außerdem hatte ich nicht vor, mich erwischen zu lassen.

In der Scheune war es stockfinster, mein winziger Lichtstrahl war mir kaum eine Hilfe, als ich versuchte, mich zu orientieren. Ich hatte einen engen Gang erreicht. Vor mir lag ein weiter offener Raum, bei dem es sich offenbar um einen alten Schweinekoben handelte, voller altem Heu und allerlei Abfällen. Ein harscher Geruch schlug mir entgegen. Der Koben wurde sicher seit vielen Jahren nicht mehr benutzt, aber der Geruch war noch immer vorhanden. Vor mir lag eine Art Düngerkeller, ein großes rundes Loch im Betonboden, zwei Meter im Durchmesser, größer als eine altmodische Klärgrube.

Ich hielt mir die Nase zu, während ich den Lichtstrahl über die schlammige, stinkende Masse wandern ließ, eine Mischung aus Heu, Erde und Matsch, vermischt mit altem Mist, ehe ich weiter durch die Dunkelheit ging. Reste eines alten Stalles, Boxen für zwei Kühe, ein Traktorenwrack. Nichts von Interesse, nichts, was angedeutet hätte, dass die Scheune in Gebrauch war. Bis auf den Gestank.

Draußen an der frischen Luft lehnte ich mich an die Wand. Meine Fantasie war nun stärker als vernünftige Überlegungen. Ich drehte mich zu dem Wohnhaus um, das aus anderthalb Etagen bestand und einen aus riesigen Steinblöcken errichteten Keller hatte. Es ging auf drei Uhr zu und war jetzt etwas heller, aber die Dunkelheit lastete noch immer über dem Grundstück. Vielleicht würde ich ja irgendetwas finden, was ich dort drinnen benutzen könnte. Einen Spaten zum Beispiel oder eine Lampe. Hier auf dem Hof hatten sie doch sicher Petroleumlampen verwendet.

Im Gras vor dem Eingang entdeckte ich die Senken im Boden. Tiefe Reifenspuren. Hier war erst kürzlich ein Auto gewesen. Es war bis zur Treppe gefahren, und selbst mit dem wenigen Licht konnte ich sehen, dass die Spuren frisch waren. Dass die Eingangstür abgeschlossen war, war keine Überraschung.

Alle Fenster waren mit soliden Blenden verschlossen. Eine Hintertür gab es nicht.

Ich ließ den Lichtstrahl langsam über Wände und Fenster wandern, ohne Schwachstellen zu finden, und beschloss, mich über die Haustür herzumachen. Abermals konnte sich das Brecheisen als nützlich erweisen, als ich auf den Türrahmen einschlug und die Angeln abbrach. Ein enger dunkler Gang tat sich auf.

Wenn hier Menschen waren, mussten sie mich jetzt gehört haben.

Ich drehte mich um, starrte in die Dunkelheit und lauschte konzentriert. Rascheln im Unterholz, Schritte im Gras, ein dunkles Auto glitt lautlos auf mich zu. Es war natürlich alles Einbildung, das wusste ich. Alles, was ich befürchtete, hörte ich jetzt. Ich war dabei, die Kontrolle zu verlieren.

Mit dem schweren Hammer in der einen und der Kugelschreiberlampe in der anderen Hand schob ich die Tür auf.

Alte unbewohnte Häuser hatten ihren eigenen Geruch, eine muffige Mischung aus schlechter Luft und Einsamkeit. Das hier war irgendwann einmal ein Zuhause gewesen. Der Lichtstrahl wanderte an der Wand entlang und fand einen Lichtschalter. Ehe ich darauf drückte, überlegte ich noch. Es war vielleicht nicht gerade klug. Aber meine winzige Lampe war kurz vor dem Erlöschen, deshalb riskierte ich die Entdeckung.

Nichts passierte. Der Strom war abgestellt.

Vorsichtig ging ich weiter durch den Gang. Die erste Tür führte in eine geräumige Küche. Ausgussbecken, Anrichte, ein Tisch, vier Stühle. Einfach, aber praktisch. Ich fand keine Spuren von Menschen, auch nicht, als ich die Schränke öffnete. Teller, Tassen und Gläser, das war alles. Erst als ich eine Hand auf die Wachstuchdecke auf dem Küchentisch legte, merkte ich es. Die Decke war nass. Das Glas, das auf dem Boden lag, war die Erklärung. Es war offenbar umgekippt, der Inhalt war über den Tisch geflossen. Ich roch daran. Wasser. Es war Sommer, das Wasser konnte höchstens vor wenigen Tagen verschüttet worden sein, sonst wäre es verdampft. Wieder hatte ich das unangenehme Gefühl, nicht allein zu sein, jemand behielt mich im Auge, bereit zum Eingreifen.

Ich lehnte mich an die Wand und lauschte. War hier irgendwo im Haus etwas zu hören? Meine Hand umklammerte den Hammer, während ich wartete.

Aber alles war still.

Ich ging weiter, durch den Gang, in ein Wohnzimmer. Der Strahl der Taschenlampe wurde immer schwächer, während ich ihn durch den Raum wandern ließ. Einige abgenutzte Möbel, Flickenteppiche auf dem Boden, zwei Schränke, ein Couchtisch und ein Sofa. Wegen der Fensterblenden war es so dunkel, dass ich mir unmöglich ein richtiges Bild von dem Raum und seiner Einrichtung machen konnte.

Ich ging zurück in den Flur und steuerte dann die Treppe zum ersten Stock an, wo ich die Schlafzimmer vermutete. Ein Bad würde es hier wohl kaum geben. Ich stellte mir vor, dass sich das Plumpsklo in der Scheune befand, die ich bereits besucht hatte.

Die Treppe war steil und schmal. In der Dunkelheit war es schwer, den Weg zu finden, aber ich tastete mich nach oben, in einen Gang und weiter zu zwei Schlafzimmern. Es roch muffig und verdreckt, der Staub lag dick auf dem Boden, hier war offenbar schon lange niemand mehr gewesen.

Ich ging zur Treppe zurück. Das Haus war leer und verlassen.

Als ich die Haustür aufschieben wollte, um frische Luft einzuatmen, bemerkte ich ein leises Pochen. Das Geräusch schien von draußen zu kommen, von irgendwo an der Wand, vielleicht war es ein Specht oder ein Eichhörnchen.

Dann verstummte das Klopfen wieder. Es war bestimmt ein Vogel gewesen.

Vorsichtig, Schritt für Schritt, ging ich um das Haus herum und suchte einen Kellereingang, aber es schien hier keinen Keller zu geben. Konnte vielleicht eine Art Verschlag vorhanden sein? Ich machte kehrt und ging widerwillig zurück ins Haus.

Jetzt nahm ich mir mit dem bisschen Licht, das ich noch hatte, die Fußböden vor. Ich zog Läufer und Teppiche beiseite, irgendwo musste es doch eine Kellerluke geben, jedenfalls eine Öffnung, um Lebensmittel hinunterzulassen, die dort aufbewahrt werden sollten, um sich länger zu halten.

Schließlich wurde ich fündig, sie lag gut versteckt unter dem Tisch in der Küche.

Mir lief es eiskalt den Rücken hinunter, als ich sah, dass es sich bei der Luke durchaus nicht um die ursprüngliche handelte, sondern dass sie erst kürzlich sorgfältig zurechtgesägt, der Öffnung perfekt angepasst und wie eine Tür mit einem Schloss versehen worden war.

Ich rammte das Stemmeisen in den Spalt und schlug los, bis die Fliesen aufwirbelten und ich die Luke hochziehen und nach unten schauen konnte. Eine steile Treppe führte in das dunkle Loch hinab.

Vorsichtig nahm ich eine Stufe nach der anderen, bis ich einen kalten Betonboden erreichte. Die Erbauer des Hauses hatten damals den Keller tief gemacht, um ihre Lebensmittel so gut wie möglich aufbewahren zu können. Jetzt stand ich in einem schmalen Raum mit alten Holzregalen an den Wänden. Die vierte Wand war neuer, die Bretter hell, mitten in der Wand saß eine Tür, überall lagen Isoliermaterial und Holzstücke herum und zeigten, dass hier noch vor kurzer Zeit gearbeitet worden war.

Die Vorstellung, was sich hinter der Tür verstecken mochte, gefiel mir gar nicht. Die Stille machte mir Angst.

Die Tür war abgeschlossen. Sie war massiv gebaut, das Schloss glänzte, die Klinke war solide. Sie war nicht so leicht aufzubrechen wie die anderen. Nachdem ich das Schloss in Stücke geschlagen hatte, machte ich zwei Schritte zurück und trat dann die Tür auf.

Der Raum war stockdunkel. Er befand sich mitten unter dem Haus und hatte nirgendwo ein Fenster.

In der Dunkelheit klirrte etwas. Ich stand wie angewachsen auf dem Betonboden und ließ den dünnen Lichtstrahl umherwandern. Die Luft war zum Schneiden dick. Die Wände waren mit Brettern verkleidet, der Boden mit einem Teppich bedeckt. An der Wand stand ein Bett, mitten im Zimmer ein Eimer.

Eine zusammengekauerte Gestalt, die in eine Wolldecke gewickelt war, presste sich am Ende des Bettes an die Wand. Die Kette, die um ihr Handgelenk lag, war an der Wand befestigt.

Es war eine Frau, die da zitternd vor mir lag. Sie sagte nichts, starrte mich nur an. Sie konnte mich nicht sehen.

»Johanna?«, flüsterte ich und machte einen Schritt auf das Bett zu, während ich den Lichtstrahl sinken ließ. »Bist du das?« Die roten Haare kamen mir bekannt vor.

Sie gab keine Antwort, drückte sich nur noch fester gegen die Wand.

Ich brauchte keine Antwort. Ich hatte sie gefunden.

»Hab keine Angst«, sagte ich ruhig. »Es ist jetzt vorbei. Ich bringe dich nach Hause zu deiner Familie.«

Als Antwort wich sie zurück und zog die Decke noch fester um sich zusammen.

»Ich bin Svend Foyn«, sagte ich jetzt. »Der Anwalt. Erinnerst du dich an mich?« Als ich versuchte, sie anzufassen, warf sie sich so energisch zurück, dass sich die Kette straffte. Ich griff danach, um sie von der Wand zu lösen, aber sie war mit dicken, soliden Bolzen befestigt. Die ganze Zeit sah die junge Frau mich an. Die Angst in ihrem Blick machte mir klar, dass ich sofort Hilfe holen musste.

Und dann ging die verdammte Lampe aus. Es war nur noch finster. Johanna stieß ein leises, kaum hörbares Wimmern aus. Ich hätte mein Telefon als Lichtquelle benutzen können, wusste aber, dass der Akku fast leer war. Und ein Telefon brauchte ich jetzt mehr denn je. Ich ließ eine Hand über die Wand gleiten und wich vorsichtig zur Tür und zur Treppe zurück.

»Ich gehe jetzt nach oben und rufe Hilfe«, sagte ich in Richtung der jungen Frau, von der ich jetzt nicht einmal mehr die Umrisse erkennen konnte. Auf dem Display konnte ich sehen, dass ich hier kaum Empfang hatte. »Die Polizei ist dann bald hier und macht dich los. Hab keine Angst, du bist jetzt in Sicherheit. Halt nur noch ein bisschen durch, dann wird alles gut.«

Draußen auf der Treppe hatte ich dann wieder Zugang zum Mobilfunknetz und wählte die Nummer des Notrufes. Jetzt waren vor allem Rettungswagen und ärztliche Hilfe wichtig. Um Johanna von der Kette zu befreien, brauchten wir Werkzeug, und ich wollte mich nicht darauf verlassen, dass die Streife, die jetzt sofort aus Tønsberg geschickt werden sollte, alles Notwendige bei sich haben würde – auch wenn ich es den Leuten detailliert erklärt hatte, als ich ihnen die Adresse genannt hatte.

Aus alter Gewohnheit rief ich dann noch Mørk an. Zu meiner Überraschung meldete er sich sofort. »Ich hab Johanna gefunden«, sagte ich. »Komm sofort her, es eilt.« Ich gab ihm die Koordinaten. »Bist du auf?«

»Ich bin im Auto.«

Dann kletterte ich wieder die Treppe hinunter in den Kerker. Jetzt konnte ich das Telefon als Lichtquelle benutzen. Als ich versuchte, Johannas Arm zu fassen, wich sie abermals zurück.

»Schau mal«, flüsterte ich und legte das Telefon mit dem leuchtenden Display neben sie. »Du kannst das hier haben, während ich auf Polizei und Krankenwagen warte.«

Sie reagierte nicht.

Ich blieb bei ihr sitzen, während die Minuten dahinrasten. Ich bezweifelte irgendwann, ob die Streife den Weg überhaupt finden würde, tastete mich zur Treppe zurück und ging hinaus auf den Hof, um die Helfer dirigieren zu können. Vielleicht würde ich zur Hauptstraße gehen müssen, wo der Jaguar stand.

Ich stand noch immer vor dem Haus, als sich das Auto näherte. Es war von der Hauptstraße abgebogen und fuhr jetzt langsam auf das Grundstück zu. Es war einwandfrei kein Einsatzfahrzeug und es war auch nicht Mørks Dienstwagen. Aus dem Wald glitt ein riesiger dunkler Wagen auf den Hof vor dem Wohngebäude.

Ich hatte mich schon hinter einer Hausecke versteckt und hielt Ausschau nach einer Waffe, nach etwas, womit ich mich verteidigen könnte. Ich fand einen kräftigen Stock. Mir war klar, dass Kenneth nicht allein gewesen sein konnte, und möglicherweise hatte mich doch jemand gesehen. Die Hilfe würde erst eintreffen, wenn es zu spät war. Sogar der Rettungswagen würde mindestens zwanzig Minuten brauchen.

Der Wagen näherte sich lautlos. Er fuhr vor den Eingang und hielt an, nur wenige Meter von mir entfernt. Ich schlich mich mit erhobenem Stock von hinten an, blieb aber im letzten Augenblick stehen, als die Tür geöffnet wurde und Wilhelm Mørk ausstieg.

»Was zum Teufel!«, rief ich. »Wieso bist du schneller hier als der Rettungswagen?«

Er drehte sich um. »Ich war auf der Rückfahrt von Oslo und kurz vor Tønsberg. Was haben wir denn hier?«

»Johanna ist da drinnen«, sagte ich und zeigte auf den Eingang. »Angekettet, im Keller.« Ich starrte das riesige schwarze Auto an. »Ich hab dich gar nicht kommen hören.«

»Das ist ein E-Wagen, etwas anderes als die Dreckschleuder, mit der du durch die Gegend gurkst.«

Ich ließ den Stock los. »Es geht ihr sehr schlecht«, sagte ich. »Hast du eine Taschenlampe?«

Mørk öffnete den Kofferraum und nahm zwei kräftige Lampen heraus. »Wir gehen rein.«

Im Gang blieb er stehen und sah sich um. »Gibt's hier keinen Strom?«

»Ich glaube, der ist abgestellt«, sagte ich.

»Hast du im Sicherungskasten nachgesehen?«

»Ich konnte in der Dunkelheit nichts erkennen.«

»Niemand stellt den Strom ab.« Der Lichtstrahl zeigte auf den in einer Ecke versteckten Sicherungskasten. Den hatte ich übersehen. »Wenn die Hauptsicherung herausgedreht ist, kostet es nichts.« Er öffnete den Schrank, drehte die Sicherung wieder fest und drückte auf den Schalter. Bei Licht sah alles anders aus.

Wir stiegen die jetzt beleuchtete Treppe hinunter. In der Türöffnung hielt ich Mørk zurück. »Sei vorsichtig. Die Kleine steht unter Schock. Ich hab kein einziges Wort aus ihr herausbekommen.«

Er schaltete eine Taschenlampe ein und ließ den Strahl langsam auf die junge Frau zuwandern, die noch immer zusammengekrümmt und zitternd auf dem Bett lag. »Ich bin Polizist«, sagte er ruhig. »Du bist jetzt in Sicherheit. Wir holen dich hier raus.« Er richtete die Lampe auf einen Punkt an der Wand. Ein Schalter. »Keine Angst, ich mache jetzt Licht.«

Abgestiegen in die Hölle. Eine passende literarische Beschreibung. Mir stieg die Übelkeit die Kehle hoch, als ich mich im Hellen umsah. Johanna war nackt unter der Decke, ihr Gesicht war kreideweiß und tot, ohne Ausdruck, der Arm angekettet, die roten Haare wild zerzaust. Ein Eimer, der als Toilette dienen musste, Decke, Wasserkanne, einige Kleidungsstücke, Essensreste, ein Glas auf dem Boden neben dem Bett, ein Mobiltelefon, ein Fotostativ mit Kamera. Und der Geruch, ein schwerer, stickiger Gestank nach Schweiß, Angst und Exkrementen. Johanna war schon lange hier, seit ihrem Verschwinden. Bei dem bloßen Gedanken wurde mir unwohl. Auch Mørk ließ das offensichtlich nicht kalt.

Aus der Ferne hörte ich Sirenen. »Ich geh nach oben«, sagte ich. »Bleib du so lange hier.«

Ich stand auf der Treppe und folgte dem Blaulicht mit Blicken. Die Dunkelheit fing gerade an, sich zurückzuziehen, als der Rettungswagen, dicht gefolgt von zwei Einsatzfahrzeugen, auf den Hof fuhr.

Professionell öffneten sie die Hecktüren, zogen eine Trage heraus, warfen sich die Erste-Hilfe-Ausrüstung über die Schulter und liefen auf die Treppe zu. Es waren zwei zielbewusste junge Männer. Hinter ihnen kam eine sehr junge Frau, offenbar die Ärztin. »Wo ist die Patientin?« Sie musterte mich forschend.

»Im Keller«, ich zeigte auf den Gang. »Aber sie ist angekettet, wir brauchen eine kräftige Zange.«

Sie sah mich unsicher an. »Was ist hier eigentlich los?«

Zwei Polizisten waren aus dem ersten Einsatzwagen gestiegen. Jetzt wandte ich mich an sie. »Holen Sie eine solide Zange«, sagte ich. »Eine, die Ketten schafft.«

Der eine Polizist wirkte überraschend aufgeweckt. Er machte kehrt, rannte wieder zum Wagen und kehrte gleich darauf mit einer riesigen Zange zurück. »Wir versuchen es hiermit. Wenn das nicht geht, haben wir einen Schneidbrenner.«

Noch ein Fahrzeug, ein Privatwagen, fuhr auf den Hofplatz und Kriminalchef Åsen stieg aus. Er sah nicht gerade glücklich aus, als er sich an mich wandte. »Was ist hier passiert, Foyn?«

»Sie ist da drinnen«, sagte ich. »Johanna Widerberg. Sie ist hier gefangen gehalten worden.«

»Was?« In seinem Gesicht sah ich eine Mischung aus Erleichterung, Verwirrung und Wut.

»Das ist eine lange Geschichte«, sagte ich. »Sorgen Sie erst mal dafür, dass die Kleine da rausgeholt wird. Es geht ihr verdammt dreckig.«

Von nun an ging alles sehr schnell. Schon nach wenigen Minuten wurde die gut zugedeckte Johanna aus dem Keller getragen, während die Ärztin dafür sorgte, dass der Behälter mit der Infusionsflüssigkeit funktionierte.

Åsen folgte ihnen auf dem Fuße. Erst als der Rettungswagen mit heulenden Sirenen in Richtung Straße verschwunden war, drehte er sich wieder zu mir um. »O Scheiße, Foyn.« Ein ungewöhnlicher Ausdruck für einen Mann wie ihn. »Und was zum Teufel machen *Sie* eigentlich hier?«

Ich ignorierte diese Frage. »Das ist noch nicht alles. Sie müssen Techniker herholen. Die Scheune muss untersucht werden.« Ich zeigte hinüber. »Ich fürchte, dort befinden sich Menschen, aber bei denen eilt es nicht mehr.« Inzwischen drang das Tageslicht durch die Dunkelheit.

»Wer steckt dahinter, Foyn? Wissen Sie das auch?«

»Kenneth Olsen«, sagte ich. »Aber den kriegen Sie auch nicht.«

»Der Mann, der sich totgefahren hat?«

»Genau der.«

Er sah mich missbilligend an. »Ich weiß, dass Sie dort waren, Foyn. Und ihm gehörte das Ganze hier also?«

»Kenneth gehörte gar nichts«, sagte ich. »Aber dieses Grundstück hat einen Besitzer und der lebt vielleicht noch. Svein Erik Flåten. Einer Ihrer Kunden. Und jetzt holen Sie schon die Technik.«

Åsen öffnete die Tür zum Kommandowagen und stieg ein. »Sie warten hier«, sagte er zu mir.

Ich hatte auch überhaupt nicht vor, mich an einen anderen Ort zu begeben.

Dann tauchte Wilhelm Mørk aus der Dunkelheit auf. »Na, hier haben wir den Helden des Tages.« Er steckte sich eine Zigarette an und reichte mir eine. »Das war wirklich Rettung in letzter Minute«, stellte er fest. »Und das war Kenneth?«

»Ja«, sagte ich. »Er war das.«

»Sie hätte nicht mehr viel länger überlebt.«

»Ich weiß nicht, ob er sie sterben lassen wollte«, sagte ich.

»Aber sie wäre gestorben.«

»Wie die da drinnen«, sagte ich und zeigte auf die Scheune.

»Sind das mehrere?«

»Ich fürchte schon.«

»Was hat er mit ihnen gemacht?«

»Ich weiß nicht«, sagte ich. »Das Übliche, nehme ich an.« Die Zigarette schmeckte wie Dreck.

»Der Bericht des Pathologen ist gekommen.«

»Was?«

»Kenneths Männlichkeit war behandelt worden.« Mørk schnippte die Zigarette durch die Luft. »Schade, dass sie nicht gleich ganz abgeschnitten worden ist.«

»Ja«, sagte ich. Es spielte jetzt keine Rolle mehr. Wir wussten, woher das Bild aus dem Mobiltelefon stammte.

Åsen war mit zwei Polizisten in die Scheune gegangen. Jetzt tauchten sie wieder auf und sahen nicht gerade fröhlich aus.

Der Kriminalchef warf Mørk einen verärgerten Blick zu. »Sie kommen mit mir, Foyn.«

»Das glaube ich nicht. Ich fahre meinen eigenen Wagen.«

Einen Moment lang sah es aus, als werde er gleich die Beherrschung verlieren, aber dann konnte er sich gerade noch zusammenreißen. »Na gut. Ein Kollege kann mit Ihnen fahren. Wir fahren auf die Wache. Die Techniker sind bald da, wir können hier momentan nichts mehr tun.«

Ich drehte mich um und ging langsam zu meinem Jaguar zurück, als Mørk mich neben seinem Auto anhielt. »Sie haben bei Kenneth das Gesuchte gefunden. Aber keinen PC.«

»Er hat ja auch einen *Mac* benutzt«, sagte ich. »Außerdem hatte er ein zusätzliches *iPhone*.«

»Und das hast du jetzt, nehme ich an. Daran solltest du etwas ändern.«

»Die Sachen sind nicht mehr bei mir, sondern bei einem Experten.«

»Gib sie mir, dann erledige ich den Rest.«

Mørk hatte recht. Der Fall hatte sich zu etwas viel Größerem entwickelt. Die Kripo musste hinzugezogen werden, denn sie hatte die besten IT-Fachleute im ganzen Land.

»Wird gemacht«, sagte ich. »Nur sorg dafür, dass mein Mann aus der Sache rausgehalten wird. Er hat wichtige Arbeit für mich geleistet.« Ich legte eine Hand auf die glänzende Motorhaube. »*Tesla* für eine Million? Was ist denn los mit dir?«

»Hast du noch nie von Verantwortung für die Umwelt gehört?« Mørk berührte den Türgriff. Die Tür glitt lautlos auf.

32

Der Beamte saß stocksteif neben mir, als ich in die Stadt zurückfuhr. Er schien sich nicht wohl in seiner Haut zu fühlen, was möglicherweise daran lag, dass er Huldas keuchenden Atem im Nacken hatte. Der Hund war durch und durch rassistisch gesinnt. Leute in Uniform konnte er nun einmal nicht leiden.

Das Tageslicht drang schon durch den Morgennebel, als wir an Gut Jarlsberg vorüberfuhren. Es war eine lange, anstrengende Nacht gewesen und sie war noch nicht zu Ende.

Der Polizist ging auf dem ganzen Weg zum Präsidium dicht hinter mir, als ob er befürchtete, ich könnte noch im letzten Augenblick die Flucht ergreifen. Erst vor dem Büro des Kriminalchefs hielt er seine Aufgabe für beendet. »Sie können jetzt reingehen.«

Åsen telefonierte gerade und winkte mir, mich zu setzen. »So«, sagte er, nachdem er das Gespräch beendet hatte. »Und jetzt zu uns, Foyn.«

»Ja«, sagte ich. »Wozu auch sonst.« Sein wohlwollender Tonfall machte mich misstrauisch.

Er ließ sich im Sessel zurücksinken. »Jetzt will ich die ganze Geschichte hören. Glauben Sie, Sie schaffen das?«

»Warum sollte ich das nicht schaffen?«

»Die ganze Geschichte, nicht nur das, was Sie gerade erzählen möchten.«

»Sie bekommen das, was Sie brauchen.«

»Na gut«, meinte er umgänglich. »Dann fangen wir damit an.«

Jetzt wuchs mein Misstrauen noch mehr. »Wie geht es ihr?«

»Sie liegt auf der Intensivstation. Man kann noch nichts sagen.« Er sah mich über den Brillenrand hinweg an. »Warum haben Sie uns nichts von dem Haus gesagt, Foyn? Warum sind Sie auf eigene Faust hingefahren?«

»Denken Sie mal scharf nach«, sagte ich. »Wie hätten Sie reagiert, wenn ich Ihnen eine neue und noch wildere Idee vorgelegt hätte als beim letzten Mal? Hätten Sie mir geglaubt und Ihren Apparat in Gang gesetzt?«

»Wie haben Sie Kenneth gefunden?«

»Viele kleine Spuren, jede für sich unwichtig, aber insgesamt wurden sie zu einem Bild.«

»Ach was? Warum glaube ich wohl, dass Sie versuchen, mir etwas zu verschweigen, Foyn?«

»Berufskrankheit, vielleicht?«

»Sie haben sich Zugang zu seiner Wohnung verschafft?«, fragte er gereizt.

»Ja.«

»Aber Sie haben uns nichts davon gesagt?« Tiefe Falten zeigten sich auf der Stirn des Kriminalchefs.

»Das hätte gedauert, wissen Sie. Ich bin auf einen Rechner und ein Handy gestoßen. Ein Fachmann arbeitet jetzt für mich, Sie bekommen die Sachen im Laufe des Tages. Außerdem habe ich ein Bild entdeckt.« Ich legte das zusammengefaltete Foto vor ihn auf den Schreibtisch. »Das hat mich auf die Spur gebracht.«

Er hob das Bild hoch und musterte es angeekelt. »Ist das etwa Johanna?«

»Ich glaube nicht«, sagte ich. »Sie müssen mir einen Gefallen tun.«

»Einen Gefallen?« Åsen sah mich an, als ob ich ihn gebeten hätte, mit mir Blutsbrüderschaft zu schließen. »Und wie soll der aussehen?«

»Sie müssen meinen Computerexperten schützen, wenn Sie zur Kripo gehen. Die können doch zusammenarbeiten.«

»Ich verspreche nichts, Foyn. Doch ich werde es mir überlegen, wenn alles auf meinem Schreibtisch liegt.« Er räusperte sich. »Aber noch etwas.« Das hier schien ihm schwerzufallen. »Ich soll von Johannas Eltern grüßen. Sie sind Ihnen überaus dankbar.«

Ich sagte nichts und dachte an Elvira.

»Erst die eine Schwester, dann die andere. Wir können nur hoffen, dass Johanna durchkommt.«

Als wir alle notwendigen Details durchgegangen waren, durfte ich endlich gehen. Die Kriminaltechniker hatten im Düngerkeller des verlassenen Hofes inzwischen die Überreste eines Menschen gefunden und fürchteten, es könnte noch weitere geben. Ich brauchte nicht mehr zu wissen. Ich hatte genug.

Die Morgensonne begrüßte mich, als ich auf die Straße trat. Statt zu Bett zu gehen, rief ich Fredrikke Strøm von VG an. In gewisser Weise waren wir ja Partner.

Sie meldete sich überraschend schnell. »Foyn?«

»Svend«, sagte ich. »Ich hätte nicht gedacht, dass Sie so früh aufstehen.«

»Rufen Sie an, um das herauszufinden?«

»Eigentlich nicht. Wenn es Sie interessiert, können Sie die Story des Jahres haben.«

»Sagen Sie mir einen Grund, warum es mich nicht interessieren sollte.«

»Der Fall ist geklärt. Und er ist riesig. Nur gibt es einen kleinen Haken, was Sie betrifft.«

»Wie meinen Sie das?« Wenn sie noch verschlafen gewesen war, war das jetzt wie weggeblasen.

»Die Lösung lag nicht in der Familie. Sie sollten Ihre Theorien vielleicht noch einmal überdenken.«

Als ich ihr erzählt hatte, was sie wissen musste, hatte sie es eilig. Ich ging davon aus, dass sie die erste Journalistin sein würde, die es veröffentlichen würde. Um diese Zeit wurde bei *Tønsbergs Blad* noch geschlafen.

Vor der Villa in Teie blieb ich im Auto sitzen und überlegte. Das Licht aus dem Keller bestätigte das, womit ich gerechnet hatte: Er war noch immer aktiv. Falls er überhaupt jemals schlief, wenn andere zur Arbeit gingen.

»Ich stehe vor der Tür«, sagte ich, als er sich meldete. »Ich muss mit dir reden. Jetzt sofort.«

Einige Sekunden später war die Tür angelehnt.

Die Bildschirme auf Arthurs Schreibtisch leuchteten mir entgegen. Er drehte sich nicht um, redete aber mit mir. »Es nimmt langsam Gestalt an, Foyn. Aber ich brauche mehr Zeit.«

»Die kriegst du nicht«, sagte ich. »Die Sache ist jetzt heiß. Du kannst dich ziemlich bald verbrennen.«

»Schade.« Er drehte sich um und zeigte auf den *Mac.* »Hier hast du etwas. Ich habe einen Bereich gefunden, wo er Dateien versteckt hat, aber es kann mehrere Verstecke geben. Das Mobil hab ich noch nicht überprüfen können. Er hat Verzeichnisse auf andere Server verlegt. Ich bin auf der Spur.«

»Das ist in Ordnung so«, sagte ich. »Wenn ich den Kram jetzt an die Kripo weiterreiche, können die das benutzen, was du gefunden hast? Und sich bei dir melden? Du kriegst deshalb keinen Ärger«, fügte ich hinzu.

»Himmel, ja.« Ein Mann wie Arthur wäre für die Kripo Gold wert. »Die Adresse hast du ja. Aber ich will echt keine Scherereien, Foyn.« Arthur hatte nicht gerade gute Erfahrungen mit den Behörden gemacht.

Im Auto hätte ich gern das Gerät geöffnet und selbst nachgesehen, tat es aber nicht.

Erst, als ich alles auf der Wache abgeliefert hatte, stellte sich dann die Erschöpfung ein.

Ich hatte zwei Stunden geschlafen, als es losging. Mir kam es vor wie zehn Minuten. Der Fall war in den Medien explodiert. VG hatte auf ihren Websites als erste Zeitung Bilder und eine ausführliche Reportage über das *Horrorhaus in Vestfold* gebracht, in dem inzwischen die Überreste eines weiteren Menschen gefunden worden waren.

Ich schaltete alle Telefone aus und kippte eine Kanne Kaffee in mich hinein, während Hulda mich aus traurigen Augen ansah. Auch sie war um ihren Schönheitsschlaf betrogen worden.

Das Büro wirkte nicht verlockend. Als ich zum Himmel schaute, fasste ich einen Entschluss. Es war jetzt Sommer. Zeit hatte ich genug, ich brauchte die Stille auf See und das Boot lag am Anleger.

Erst als ich an Træla vorbei war und mich dem Husøysund näherte, stellte sich die Ruhe ein. Die Ruhe, die aufkam, wenn die rhythmischen Vibrationen eines alten *Sleipner* sich in jede Faser des Bootes fortpflanzten, wenn der Bug durch die See schnitt und die Kaffeetasse auf dem Motorgehäuse tanzte.

Das Drama der Nacht war jetzt Geschichte. Aber sowie ich es mir erlaubte, daran zu denken, war alles wieder da.

Ich steckte mir ein Zigarillo an. Noch immer hatte ich den Geschmack von Mørks französischen Zigaretten im Mund.

Vor dem Anleger, an dem Wilhelm sein kurzes Leben beendet hatte, änderte ich den Kurs. Ich wollte nicht daran erinnert werden, nicht an ihn, nicht an Elvira und auch nicht an Johanna. Selbst Kenneth war einmal ein unschuldiger kleiner Junge gewesen, der Trost brauchte. Ich hatte den Versuch aufgegeben zu verstehen, wieso alles dermaßen schiefgehen konnte, auch wenn mir die Erklärungen bekannt waren: soziales Erbe, fehlende Zuwendung, Drogen und Psychiatrie.

Ich wusste alles, aber es machte mich nicht klüger.

Bei Hvalø steuerte ich die Anleger an der Nordspitze an, ein privates Kleinod, das nur für einige kurze Sommerwochen bevölkert war. Jetzt gehörte das Idyll solchen wie mir.

Als ich nun ins Fjordinnere schaute, versank ich unwillkürlich in Grübeleien. Die Ermittler würden sich einen detaillierten Überblick über Kenneth Olsens Leben verschaffen, darüber machte ich mir keine Sorgen. Johanna Widerberg war ein dankbares Opfer gewesen, wie auch die anderen. Elvira war zu jung, aber vielleicht hatte er sie gerade deshalb nicht in die Falle locken können. Obwohl mir das gar nicht lieb war, musste ich einsehen, dass auch Vierzehnjährige Drogen nahmen, Sex hatten und ansonsten machten, was sie wollten. Elvira war vielleicht durch ihre Schwester in Kontakt mit ihm gekommen, hatte kalte Füße bekommen und versucht, Johanna aus Kenneths Zugriff zu befreien. So konnte es gewesen sein.

Es war schon zwölf, als ich mein Mobiltelefon einschaltete, bereit zu einer Begegnung mit der Wirklichkeit. Das Display füllte sich mit Mitteilungen und Telefonnummern. Während ich noch überlegte, ob ich einige davon beantworten sollte, rief der Richter an.

»Anwalt Foyn? Welch ein Glück, dass Sie sie gefunden haben!« Axel Schøtt klang jetzt ganz anders. Seine Stimme war fast sanft. »Was für eine entsetzliche Geschichte.«

»Wie geht es ihr?«, fragte ich. »Gibt es etwas Neues?«

»Ich habe eben mit meiner Tochter gesprochen. Sie und ihr Mann sind optimistisch, aber ihnen ist auch klar, dass es seine Zeit dauern wird.« Jetzt wurde er wieder förmlich. »Sie haben hervorragende Arbeit geleistet, Foyn. Das wird nicht vergessen werden.«

»Ich hoffe, sie schafft es.« Ich kam mir nicht gerade erfolgreich vor.

»Ihr Auftrag ist damit abgeschlossen«, sagte er nun. »Schicken Sie mir die Endabrechnung.«

»Wird gemacht«, sagte ich bereitwillig. Allzu oft wurden solche Bitten nicht an mich gerichtet.

Alice hatte angerufen, während ich geschlafen hatte. Dieses Gespräch war mir wichtig.

»Hallo«, sagte ich. »Passt es gerade?«

»Moment mal.« Den Geräuschen im Hintergrund entnahm ich, dass sie soeben eine Besprechung beendete. »Jetzt bin ich so weit.« Ihre Stimme machte mich fast glücklich. Die Welt war doch nicht nur wahnsinnig.

»Ich habe gesehen, dass du angerufen hast«, sagte ich.

»Ich spreche ja nicht jeden Tag mit einem Helden.«

»Ich sehe hier keinen«, sagte ich. »Nur blaues Meer.«

»Erzähl mir nicht, dass du mit dem Boot unterwegs bist.«

»Hast du einen besseren Vorschlag?«, fragte ich. »Was weißt du?«

»Ziemlich viel.« Jetzt war sie plötzlich ernst. »Die örtliche Polizeidienststelle hat hier um Hilfe gebeten. Zwei von unseren Leuten sind in Vestfold. Du weißt doch, dass in der Scheune zwei Leichen gefunden worden sind?«

»Ich habe Gerüchte gehört, ja. Konnten die beiden identifiziert werden?«

»Noch nicht. Der Mörder hat Kalk benutzt.«

»Weißt du etwas über den Hausbesitzer?«

»Der wird in Brasilien gesucht. Wie geht's dir eigentlich, Svend?«

»Im Moment gar nicht so schlecht.«

»Hast du mit jemandem gesprochen?«

»Mit Hulda«, sagte ich. »Aber auch die hört nicht auf mich.«

»Kann es dafür einen Grund geben, was meinst du?«

»Sicher doch. Aber keinen guten.« Ich zögerte. »Es war einfach grauenhaft, die Kleine in diesem Keller zu finden. So was vergisst man nicht. Aber ich werde es versuchen.«

»Streng dich nicht zu sehr an. Dann kommt alles zurück.«

Alice wusste, wovon sie redete. Meine Erfahrungen verblassten im Vergleich zu ihren. »Weißt du, wie es ihr geht? Sie war in einem sehr schlechten Zustand.«

»Inzwischen ist bekannt, dass sie vergewaltigt wurde.«

»Davon gehe ich aus«, sagte ich. »Hat er dabei gefilmt?«

»In der Kamera wurden weder Filme noch Bilder gefunden. Möglicherweise gibt es etwas auf seinem Rechner oder Handy. Du bist mit dem Fall jetzt fertig, oder?«

»Sieht so aus«, sagte ich.

»Was für eine Geschichte.«

»Er wollte Johanna bestimmt umbringen«, sagte ich. »Wie die beiden in der Scheune. Er kann auch Elvira umgebracht haben, aber das werden wir wohl nie erfahren.«

»Ja, krankhaft, nicht?« Sie rechnete nicht mit einer Antwort. »Wie hast du ihn gefunden?«

»Das ist eine lange Geschichte«, sagte ich.

»Die möchte ich gern hören.«

»Ich seh mal im Terminkalender nach«, sagte ich. »Wann könntest du denn?«

»Nächstes Wochenende vielleicht? Wenn du nicht zu sehr beschäftigt bist?«

»Du brauchst ihn nicht mitzubringen«, sagte ich.

»Wen denn?«

»Deinen Exmann. Kann er nicht so lange ins Kino gehen? Ich lade ihn ein.«

Sie schien das gar nicht komisch zu finden. »Wir haben verabredet, dass die Kinder ihn in seiner neuen Wohnung besuchen. Sie grausen sich und freuen sich, so wie ich. Ich muss wohl ein wenig in Bereitschaft bleiben, für alle Fälle.«

»Dann sagen wir, Freitag?«, sagte ich.

»Samstag passt besser. Kommst du nach Oslo?«

»Wenn du willst?«

»Wer kann denn zu einem echten Helden Nein sagen?«

33

Der Rest dieses Donnerstags verging im Nebel. Später wusste ich kaum noch, was ich gemacht hatte. Ich lehnte alles ab, was einem Interview ähneln konnte, wechselte nur einige Worte mit Wilhelm Mørk, der mir berichtete, was ich schon wusste: dass das hier ein großer Fall mit internationalem Echo war. Erst als Journalisten von NRK und TV2 in meinem Büro auftauchten, begriff ich, dass ich etwas unternehmen musste. Ich hatte nichts zu erzählen, und hätte ich es gehabt, hätte ich trotzdem den Mund gehalten.

Ich war geistesgegenwärtig genug gewesen, um meine Tochter in Berlin anzurufen, für den Fall, dass sie in den Nachrichtenportalen surfte. Sie wirkte nicht sonderlich überrascht.

Als um 17.50 Uhr an diesem Nachmittag das Flugzeug nach Kopenhagen in Torp abhob, konnte ich erleichtert aufatmen. Ich war zur Medienfigur nicht geeignet. Einige Tage in der Königlichen Stadt waren sicher genau das Richtige. Hulda hatte nicht protestiert, als ich sie bei der Nachbarstochter untergebracht hatte.

Am Freitagmorgen war ich ein neuer Mensch, wenn auch nicht unbedingt ein besserer. Mørks Anruf war der einzige, den ich beantwortete.

»Zu deiner Orientierung: Sie haben sich den Hausbesitzer in Brasilien geschnappt. Sieht aus, als sei er im ganzen vergangenen Jahr außer Landes gewesen.«

»Kenneth war also vielleicht doch allein?«

»Scheint fast so. Der lokalen Polizei gegenüber hat der Mann in Brasilien den Ahnungslosen gespielt. Flåthen hat das Grundstück offenbar billig an unseren Mann vermietet, damit der ab und zu danach sehen könnte.«

»Kenneth Olsen war sicher ein einsamer Verrückter«, sagte ich. »Sein Projekt war so eigen, dass es sicher schwer gewesen wäre, andere dazuzuholen.«

»Vielleicht. Eine der Frauen im Düngerkeller ist identifiziert worden. Es war Eva Holte aus Larvik. Über die andere wissen wir noch nichts. Und noch eins.«

»Ja?«

»Du erinnerst dich doch an Wilhelm Wilhelmsen?«

»Natürlich.«

»Wir haben einen Täter gefunden, einen aus der Drogenszene. Ein Streit um eine Rechnung wurde zum Mord, als Wilhelm vom Anleger gestoßen wurde, mit dem Kopf auf einen Stein auftraf und ertrank.«

»Na gut«, sagte ich. »Gibt's was Neues über Johanna? Wie geht es ihr?«

»Körperlich ist es nicht so schlimm, aber sie spricht nicht. Sie ist in einen psychotischen Zustand übergegangen.«

»Wisst ihr, ob Kenneth irgendwelche Kontakte oder Helfer hatte?«

»Sieht aus, als wäre er ein einsamer Wolf gewesen. Die Techniker von der Kripo arbeiten daran. Ich habe gesehen, dass dein Freund Arthur dabei ist.«

»Er ist nicht mein Freund.«

»Hast du überhaupt irgendwelche Freunde? Wo bist du eigentlich?«

»Weit genug weg«, sagte ich. »Halt mich auf dem Laufenden.«

Ich löschte die anderen Mitteilungen, eine nach der anderen, bis auf die von Fredrikke Strøm. *Ich schulde Ihnen einen Gefallen, Svend. Rufen Sie an, wenn Sie Zeit haben.* Wir waren offenbar wieder per Vornamen. Ich rief nicht an.

Am Montag war ich wieder in Tønsberg. Inzwischen hatte sich die Lage beruhigt. Das Horrorhaus lieferte keine Schlagzeilen mehr. Mein Mail-Aufkommen war auf sein normales Niveau zurückgegangen, und das bedeutete, wenig. Die Medien jagten schon wieder neue Beute. Der Inhalt in meinem Postfach war dabei, sich zu normalisieren.

Aus Kopenhagen hatte ich dem Richter eine heftige Rechnung gemailt. Kaum hatte sie ihn erreicht, war das Geld auch schon auf meinem Konto.

Der Fall war offiziell abgeschlossen. Andere als ich sollten die Reste aufsammeln und versuchen, für eine Art unmöglicher Gerechtigkeit zu sorgen.

Ich war mit den Vorbereitungen zu einem neuen, wunderbar belanglosen Fall über Anleger, Zaunpfosten und Büsche beschäftigt, als an die Tür geklopft wurde. Meine Bürozeit war längst vorüber. Das Klopfen stammte eindeutig nicht von einem Journalisten. Es war vorsichtig, fast zaghaft und so kurz, dass ich einen Moment lang die Putzfrau im Verdacht hatte, aus Versehen gegen die Tür gestoßen zu sein. Doch als erneut geklopft wurde, musste ich reagieren.

»Herein«, sagte ich.

Anna Widerberg öffnete vorsichtig die Tür und blieb in der Öffnung stehen. »Entschuldigen Sie die Störung«, sagte sie leise, während sie zögernd einen Schritt auf mich zutrat.

»Sie stören doch nicht«, erklärte ich, stand auf und nahm ihre Hand. Die Frau sah elend aus, bleich und verhärmt im Gesicht. Sie war zehn Jahre älter geworden. »Bitte, setzen Sie sich.« Ich starrte Hulda drohend an, die sofort begriff und sich erhob.

Frau Widerberg setzte sich mit steifen Bewegungen. »Stefan und ich möchten Ihnen für alles danken, was Sie getan haben«, sagte sie leise. »Wir wissen nicht, was passiert wäre, wenn Sie nicht eingegriffen hätten.«

Ich wusste das wohl, sagte aber nichts. »Denken Sie nicht daran, das hätten doch alle getan. Wie geht es Johanna?«

»Die Ärzte meinen, es geht aufwärts, aber es wird dauern.«

»Sie schafft es sicher«, sagte ich. »Johanna ist ein starkes Mädchen.« Das Lügen ging mir zurzeit gut von der Hand.

»Die Polizei hat uns nur einen vorläufigen Bericht zukommen lassen.«

Ich las die Fragen in ihrem Blick. *Was hatte ihre Tochter durchmachen müssen?*

»Ich fürchte, mehr als Sie weiß ich auch nicht.«

»Aber dieser Kenneth Olsen, was wollte der?«

»Diese Frage müssen Sie der Polizei stellen«, sagte ich. »Es ist schwer zu begreifen, dass ein Mensch so etwas tun kann.«

»Hat er diese schrecklichen Dinge allein getan?«

»Im Moment sieht es so aus«, sagte ich vorsichtig. »Aber die Ermittlungen werden hoffentlich eine Antwort bringen.«

»Kann er sich auch an Elvira vergriffen haben?«, schluchzte sie.

»So scheint es. Aber sicher wissen wir es nicht.«

Sie presste ein Taschentuch zwischen ihren Händen. »Ich würde so gern wissen, wo wir versagt haben«, flüsterte sie. »Können Sie das verstehen, Anwalt Foyn?«

»Das verstehe ich. Aber leider können wir nicht alles erfahren. Manches ist einfach nicht zu begreifen. Damit müssen wir leben.«

Sie sagte nichts, sondern starrte mich nur traurig an.

»Sie haben eine Tochter«, sagte ich. »Mit Ihrer Hilfe kann sie wieder gesund werden. Konzentrieren Sie sich darauf.«

Langsam, noch immer mit steifen Bewegungen, erhob sie sich. »Da ist noch etwas«, sagte sie zögernd. »Und ich dachte, Sie müssten das wissen.«

»Ja?« Auch ich war aufgestanden.

»Es geht um meinen Vater.« Sie verstummte.

»Ja?«, fragte ich noch einmal. »Wir waren ja in Kontakt, wie Sie sicher wissen.«

»Er hat uns von allem erzählt, was Sie getan haben, dass Sie nicht lockerlassen wollten.«

»Ihr Vater hat dazu beigetragen«, sagte ich. »Er hat meine Ermittlungen finanziert.«

»Ach?« Sie sah mich überrascht an. »Das wusste ich gar nicht.«

»Er wollte der Sache auf den Grund gehen«, sagte ich. »Er hatte kein Vertrauen in die Arbeit der Polizei.«

»Er war da«, sagte sie plötzlich.

»Was?« Ich wusste nicht, wovon sie sprach. »Wo war er?«

»Er war bei uns, an dem Abend, als Elvira gestorben ist.«

»Das ist doch nichts Neues«, sagte ich überrascht.

»Er ist zurückgekommen«, ergänzte sie rasch.

»Wie meinen Sie das?«

»Er hatte seine Hausschlüssel vergessen und hat es erst gemerkt, als er schon fast wieder in Oslo war«, sie sprach schnell, aber abgehackt. »Und da hat er kehrtgemacht und ist zurückgefahren.«

»Warum ist das bisher nicht erwähnt worden?«

»Mein Vater wollte nicht darüber sprechen, er fand die Vorstellung zu entsetzlich, dass er im Haus war, während Elvira vielleicht schon in der Badewanne lag.« Ihr Blick war schwer zu deuten.

»Moment mal«, hakte ich nach. »Und wieso kommt das jetzt zur Sprache?«

»Frau Lauritzen hat mich darauf aufmerksam gemacht.«

Ich sah offenbar außergewöhnlich verwirrt aus. Es stellte sich heraus, dass im Haus gegenüber ein Ehepaar wohnte, das für die alte Mutter des Mannes eine Einliegerwohnung eingerichtet hatte. Frau Lauritzen war über neunzig und phasenweise dement. Sie saß meistens am Fenster und beobachtete alles, was sich auf der Straße tat.

»Vor einigen Tagen hat sie mich gerufen und gesagt, sie habe meinen Vater an jenem Abend gesehen, zuerst, als er gegen acht Uhr losgefahren ist, und danach bei seiner Rückkehr. Sie sagt, er habe direkt vor ihrem Fenster geparkt und sei nur ganz kurz im Haus gewesen und dann wieder gefahren.«

»Weiß sie noch, wann er zurückgekommen ist?«

»Sie war nicht sicher, aber sie meinte, dass es zwischen zehn und elf war.«

Es wurde still in meinem Büro. Frau Widerberg stand mir gegenüber. Ihr Gesicht war beängstigend blass. Für einen Moment hatte ich Angst, sie könnte in Ohnmacht fallen.

Am Ende brach ich das Schweigen. »Haben Sie mit Ihrem Vater darüber gesprochen?«

»Ja«, sagte sie sofort.

»Was hatte er dazu zu sagen?«

»Was ich Ihnen erzählt habe. Er fand es entsetzlich und wollte uns schonen.«

»War er nicht in der Kellerwohnung der Mädchen? Hat er nicht mit Elvira gesprochen?« Zu diesem Zeitpunkt war Johanna schon längst auf das Fest gegangen.

»Er hat keines der Mädchen gesehen, sagt er. Es war ganz still im Haus. Er dachte, sie schliefen beide, und er wollte sie nicht stören. Die Schlüssel für seine Osloer Wohnung lagen auf dem Tisch und er ist sofort wieder gefahren.«

»Er hatte also Schlüssel für die Haustür?«

»Ja, und er ist ins Haus gegangen, ohne zu klingeln.«

»Sagen Sie«, ich musterte sie forschend. »Wie hat er reagiert, als Sie erzählt haben, was Ihre Nachbarin gesehen hat?«

»Mein Vater war furchtbar traurig.«

»Mich interessiert etwas ganz anderes«, sagte ich.

»Ja?« Ihr Blick wich mir jetzt aus.

»Warum erzählen Sie mir das?«

Sie gab keine Antwort.

»Sie müssen doch einen Grund haben«, sagte ich jetzt.

»Ich finde nur, Sie sollten das wissen. Wir werden nie vergessen, was Sie getan haben, Herr Foyn. Sie sind ein guter Mensch.« Lautlos verließ sie mein Büro.

In dieser Nacht schlief ich schlecht. So schlecht, dass ich Gunnar Stranda anrief, als ich in aller Herrgottsfrühe erwachte.

»Foyn«, sagte der Privatermittler ohne die geringste Spur von Irritation. Der Mann schlief nie.

»Du musst einem Mann für mich auf den Zahn fühlen. Gründlich.«

»Name?«

»Axel Schøtt.«

»Der Richter?«

»Ich will alles über ihn wissen. Es eilt. Um das Geld brauchst du dir keine Sorgen zu machen.«

»Ich mache mir niemals Sorgen, Foyn. Gib mir zwei Tage.«

Die Arbeit an der Zaunpfostenfehde fungierte als Therapie. Ich hatte bislang nur selten so viel Gedankenarbeit in belanglose und überflüssige und von überbezahlten Anwälten und streitsüchtigen Mandanten geschürte Konflikte investiert.

Schon am Dienstagabend kam die Mail, nicht von Stranda, sondern von einer anonymen Adresse.

Wie immer war das Präzisionsniveau hoch.

Ich überflog den Text. Das meiste war belanglos. Kindheit, Familienverhältnisse, Schulen, Studium, Ehrenämter, Mitgliedschaften, Interessen, Gewohnheiten, Einkommen, Vermögen, Grundbesitz, jede Menge Informationen. Es hätte noch andere außer mir in Angst versetzen können, was ein tüchtiger Forscher auf fast legale Weise innerhalb von zwei Tage über das Privatleben eines anderen herausfinden konnte.

Ich reagierte besonders auf eine Aussage einer anonymen englischsprachigen Quelle. *He is a real womanizer.* Das kam nicht unbedingt überraschend. Da er bei der Armee eine Offiziersausbildung durchlaufen hatte, überraschte es mich auch nicht, dass er ein preisgekrönter Schütze und Mitglied eines

Osloer Pistolenclubs war. Fünf Waffen waren auf seinen Namen registriert, eine Neun-Millimeter-*Walther P 99,* eine Neun-Millimeter-*Glock 19* sowie ein Schrotgewehr, *Beretta 686,* und zwei Jagdgewehre, eine exklusive *Krieghoff Semprio* und eine *Mauser M03 Magnum.* Er war früher in Afrika auf Großwildjagd gewesen.

Der Mann war als leidenschaftlicher Waffenliebhaber bekannt. Strandas Quellen erzählten, dass er den Gästen in seiner Wohnung in Nordberg überaus gern seine Waffensammlung vorführte.

Aber was mich erschütterte, war eine andere Tatsache. 1998 hatte Axel Schøtt eine Hütte in Valdres gekauft, genauer gesagt in Vaset. Plötzlich stand ich wieder in der Praxis des deutschen Psychologen. *Vaset. Mit diesem Wort verband sie problematische Assoziationen.* Dieses Wissen hatte die ganze Zeit da gelegen. Mein Tunnelblick hatte mich diese Frage nicht stellen lassen. Der Katechet hatte im Weg gestanden.

Verdammt! Mir war ein unverzeihlicher Fehler unterlaufen.

Die Einzelteile fügten sich zu einem Bild zusammen. Alles stimmte. Der fürsorgliche, virile Großvater. Ein verlockendes junges Mädchen. Frau Widerbergs Blick, als sie mir von der Rückkehr ihres Vaters erzählt hatte. Sie musste etwas geahnt haben.

Der Fall war die pure Büchse der Pandora, die viele Geschichten enthielt. Elvira und der Großvater. Kenneth und die ausgeflippten jungen Mädchen. Und der Katechet. Nils Lier mochte ein ausgefallenes Sexualleben gehabt haben, aber ein Verbrechen hatte er nicht begangen.

Ich sah es jetzt klar, alles zusammen. Und ich konnte nichts unternehmen. Der Richter würde alles abstreiten und ihm würde geglaubt werden. Ein geachteter Mann. Ein cleverer Mann mit einem gehorsamen Pudel wie mir auf der Gehaltsliste. Ich hatte weniger als nichts gegen ihn. Ich hatte mein Pulver verschossen, nicht nur ein-, sondern zweimal. Ein hilfloser Held.

Die Wände kamen auf mich zu. Ich musste hinaus an die frische Luft.

34

Es war schon dunkel, als ich ins Büro zurückkehrte. Ich hatte einen Plan. Im Licht der Schreibtischlampe formulierte ich meine Wünsche so diffus, dass niemand einen Verdacht schöpfen könnte, endete mit *Ich brauche ganz schnell Antwort* und schickte die Mail an die anonyme Adresse des Privatermittlers. Minuten darauf kam die Antwort. *01.00 – Statoil Lier.* Was wir zu besprechen hatten, durfte unter gar keinen Umständen belauscht werden.

Ich hatte mir notiert, dass Axel Schøtt an jedem Donnerstag um neun Uhr früh alte Kameraden im *Xpress*-Fitnessstudio bei Bislet traf. Erst Training, dann Schwimmen und zum Abschluss ein gemeinsames Mittagessen. Das dauerte nie länger als drei Stunden.

Ich stellte den Jaguar hinter den Lkws ab, ein gutes Stück vom Straßenverkehr entfernt. Jetzt stand ich im Schatten und sah, welche Autos zum Bahnhof fuhren.

Er tauchte in einem in die Jahre gekommenen blauen Mazda auf. Ein Auto, das man sich nicht merkt. Ich sah dem Wagen hinterher, als er am Rand des Parkplatzes hielt. Erst als er die Scheinwerfer ausgeschaltet hatte, ging ich hinüber. Die Tür wurde geöffnet, ich schlüpfte hinein.

»Du kommst allein?« Stranda betrachtete das Gelände im Rückspiegel.

»Ja.«

»Lass hören.«

»Ich brauche Schlüssel zu dem Haus in Nordberg, er wohnt allein.« Ich reichte ihm einen Bogen, auf dem ich die Details notiert hatte. »Da gibt es sicher eine Alarmanlage. Schaffst du das in zwei Tagen?«

»Alles ist möglich, Foyn. Aber das kostet dich einiges. Bar.«

»Das ist kein Problem.« Es machte mir eine perverse Freude, das Geld des Richters für diesen Zweck zu verwenden. Und mir war absolut bewusst, dass im Grunde kein Schloss sicher war, wenn ein echter Fachmann sich Zutritt verschaffen wollte. Meistens besorgten sie sich Schlüssel über Kontakte in der Branche. Schlösser aufzubrechen, war altmodisch. Das meiste war käuflich, auch die Codes von Alarmanlagen. »Das ist allerdings noch nicht alles«, sagte ich.

»Das hab ich schon geahnt.«

Ich erklärte, worum es mir ging. »Nichts darf angerührt oder entfernt werden, keine Spuren«, endete ich. »Das ist eine Voraussetzung.«

»Natürlich.«

»Hast du einen zuverlässigen Mann?«

»Geschlecht wird nicht erwähnt. Aber die betreffende Person ist überaus teuer.«

»Ich habe ja gesagt, dass das kein Problem ist.« Wenn nötig, würde ich das auch selbst bezahlen. »Wenn deine Person so weit ist, brauche ich schnellstmöglich Schlüssel und Code.«

»*Unsere* Person. Ich sorge für eine sichere Übergabe.«

Der Mittwoch war der Tag der Pflichtarbeiten. Ich musste Geld verdienen, obwohl die großzügige Zuwendung des Richters meine ewig kränkelnde Finanzlage entschieden verbessert hatte. Meine Steuerberaterin hatte es mit überraschend tiefer Erkenntnis so formuliert: *Geld verdienen gefällt Ihnen nicht, Foyn, aber Sie geben es gern aus.* Ich überlegte, ob ich Mørk hinzuziehen sollte, entschied mich aber dagegen. Er hätte kein gutes Haar an meinem Vorhaben gelassen. Und wenn die Sache schiefging, war es doch besser, ihn nicht hineingerissen zu haben.

Am Donnerstag fuhr ich nach Oslo, diesmal ohne Hulda. Als sie merkte, dass ich mit der Nachbarstochter telefonierte, wurde ihre Laune merklich besser. Wenn meine Pläne für die nächsten Tage richtig missglückten, würde Hulda immerhin ein gutes neues Heim bekommen.

Ich war bei *Spyshop*, dem Treffpunkt für Technikfans, eifersüchtige Ehemänner und Ermittler sowie bisweilen einen Anwalt ohne übermäßige Skrupel, mit einem jungen Computernerd verabredet. Wilhelm Mørk hatte einmal dafür gesorgt, dass der junge Mann nach einer Hackerei noch eine Chance bekommen hatte. Der Datenfreak hatte das nie vergessen. Als ich dann jemanden überwachen lassen musste, hatte sich Mørk für mich verbürgt. Seither hatten der Nerd und ich bei mehreren Fällen zusammengearbeitet.

Ich probierte meine neu erworbene Ausrüstung auf meinem Hotelzimmer aus. Der Test zeigte, dass sie erschreckend gut funktionierte.

Jetzt musste nur noch ein wichtiges Hindernis aus dem Weg geräumt werden. Ich brauchte einen zuverlässigen Menschen, ein vollständig hemmungsloses, nicht vorbestraftes und mündiges Wesen, das nicht in den Verdacht geraten würde, sich mit illegalen Dingen zu befassen oder in irgendeiner Verbindung zu mir zu stehen. Was ich vorhatte, war reichlich gewagt und würde bei einem eventuellen Prozess von einem geschickten Anwalt in Zweifel gezogen werden können.

Nachdem ich über mögliche Kandidaten nachgedacht hatte, musste ich zu dem Schluss kommen, dass das Ganze schwierig werden würde, da solche Menschen nicht zu meinem Umgangskreis gehörten.

Ich setzte mich an den *Mac*, um mir weitere Informationen zu beschaffen, und *Facebook* wurde zu meiner Rettung. Rentner sind dort die neuen Aktivisten und Axel Schøtt bildete keine Ausnahme. Der Mann war ein Gewohnheitstier. Jeden dritten Freitag im Monat traf er sich um zwanzig Uhr mit alten Kollegen zum Essen. Der kommende Freitag war der 21. Juni.

Es war spätabends, nach einer langen Runde mit Hulda, als ich meinen Zeugen fand. Ein Jurastudent hatte mir in einem Drogenfall auf kreative Weise geholfen. Ein niederländischer Künstler war im Hafen im 2CV seines Kumpels mit einem Reservereifen voller Hasch erwischt worden. Das Problem des unseligen Fahrers war, dass der Autobesitzer verschwunden war. Der Student, der sich in der Amsterdamer Drogenszene ungewöhnlich gut auskannte, hatte den Mann aufspüren können. Da solche Gesetzesbrüche in den Niederlanden als unbedeutend eingestuft werden, gestand er und entging damit der Auslieferung. Ich hatte mich gefragt, welches Druckmittel mein guter Helfer gegen diesen Mann gehabt hatte, wusste aber, dass ich diese Frage nicht stellen durfte. Ein flexibler junger Mann. Aus ihm würde ein guter Anwalt werden.

»Foyn?« Franz Meyer wirkte ungeheuer überrascht, als ich anrief. Wir hatten seit einem Jahr nicht mehr miteinander geredet. »Wie geht es dir? Du hast ja neuerdings Heldenstatus erlangt.«

Ich hatte gehört, dass er sein Studium beendet hatte, aber seine Noten waren nicht von der Sorte, die sofort die Türen der schwergewichtigen Anwaltskanzleien öffneten.

»Glaub nicht alles, was du hörst, und erst recht nicht, was du liest.«

»Bist du in der Stadt?«, fragte er.

»Ja. Ich hab einen kleinen Job für dich.«

»Als Anwalt?«

»Das nun nicht«, sagte ich. »Außerdem hast du noch keine Zulassung.«

»Wie sieht das Strafmaß aus?«

»Das ist hier kein Thema«, sagte ich. »Aber der Auftrag kann gut für dein Gewissen sein.«

»Was soll ich tun?«

»Nichts«, sagte ich. »Nur am Freitagabend für einige Stunden die Augen offenhalten. Dafür wirst du gut bezahlt.«

»Hier auf Erden oder im Jenseits?«

»Ich kann nur für die Erde sprechen«, sagte ich. »Aber auch dort, wo du später landest, müsste eine Belohnung winken. Komm um acht Uhr abends ins *Grand.* Und halt dir den Abend frei.«

»Ins *Grand?«* Er klang überrascht. »Es geht aufwärts mit dir, ja?«

»Ich habe einen wohlhabenden Mandanten«, sagte ich.

Als es auf Mitternacht zuging, holte ich den Wagen. Es war ein ganz eigenes Gefühl, langsam durch die Stadt zu cruisen in einem Jaguar Mk II, produziert 1964, also in einer Zeit, bevor die meisten der hiesigen Bewohner überhaupt geboren waren. Im Zentrum war für einen ganz normalen Donnerstag noch immer viel Betrieb. Selbst eine provinzielle Hauptstadt wie Oslo hatte sich urbane europäische Gewohnheiten zugelegt. Aber als ich an Majorstua vorbeikam und in Richtung Ullevål-Krankenhaus in den Kirkevei abbog, verebbte der Verkehr, und beim Stadion war fast kein Mensch mehr zu sehen. Ich kreuzte den Ring 3 in Richtung Sogn und nach wenigen Minuten hielt ich vor dem Nordbergbei 79 B, einem gepflegten Haus im Bauhausstil, in ungestörter Lage und mit einem großen Garten. Ich blieb im Auto sitzen und zog mein Nachtfernglas hervor. Es ging auf den Johannisabend zu und die Nacht war nur halb dunkel.

Er war jetzt sicher zu Hause. Überall brannte Licht, aber es war ganz still.

Meine Gedanken schweiften umher, während ich das Gebäude betrachtete. Ich hätte gern die Tür eingetreten, Richter Schøtt auf den Gang gezogen, ihn zu Boden geworfen und seinen strammen Schlips so fest angezogen, dass sein Gesicht rot wurde, während er nach Luft schnappend alles gestand. *Ja, ich habe mich an ihr vergriffen. Ja, ich habe sie unter Wasser gedrückt, bis sie nicht mehr atmete.* Aber ich unternahm gar nichts. Ich hatte meine Fehlerquote aufgebraucht. Von nun an wollte ich nachdenken, ehe ich handelte.

Es war ziemlich dunkel geworden, als ich schließlich zum Hotel zurückfuhr.

Die Mitteilung kam, als ich beim Frühstück saß. Seltsamerweise hatte ich gut geschlafen.

Oslo S – Narvesen 14.00. Fünfzig in Kleinen. Rema-*Tüte.*

Stranda war die Sache ernst gewesen, aber jetzt war die Bank meine Freundin. Er wollte das Geld in kleinen Scheinen. Seine Arbeitskollegen mochten keine Tausender. Ich staunte allerdings, dass er sich als Treffpunkt den mit Kameras vollgehängten Hauptbahnhof ausgesucht hatte. Aber vielleicht gerade deshalb. In der Menschenmenge würden wir keinerlei Aufsehen erregen.

Ich war sehr früh da, kaufte *Dagbladet* und blätterte gerade darin, als er plötzlich hinter mir stand. Auch er hielt eine Plastiktüte der Supermarktkette *Rema* in der Hand. Die Banknoten brauchten mehr Platz als der Umschlag in seiner Tüte.

Zwei Männer mittleren Alters, die vom Einkaufen nach Hause gehen. Wir standen nebeneinander und blätterten in unseren Zeitungen.

»Alles in Ordnung?«, fragte ich, ohne ihn anzusehen. »Die Waren sind da.« Ich stellte die Tüte hin, das tat auch der Privatermittler.

»Lies die Beschreibung sorgfältig.« Als er zu meiner Tüte griff und sich zum Gehen umdrehte, flüsterte er aus dem Mundwinkel: »Sei vorsichtig, Foyn.«

Ich hätte den Umschlag gern sofort geöffnet, aber ich dachte an die Kameras und entschied mich zu warten.

Erst im Hotel schlitzte ich das Kuvert auf. Drei Schlüssel, ein Zettel mit dem Code der Alarmanlage, ein Grundriss des Hauses. Und ein maschinengeschriebenes Blatt mit den Informationen, die ich bestellt hatte.

Für den restlichen Nachmittag testete ich das Werkzeug und studierte den Grundriss.

Um Punkt acht stand Franz Meyer im Hotelfoyer. Ein attraktiver, gut angezogener junger Mann, der eben beim Friseur gewesen war und vor Gericht eine hervorragende Figur abgeben würde. Der kräftige Händedruck verstärkte das Gefühl, dass auf ihn Verlass war.

»Jetzt bin ich ja gespannt darauf, was du vorhast, Foyn.« Sein Lächeln könnte mögliche Personalchefinnen durchaus bezirzen. »Gibt es etwas, was ich wissen müsste?«

»Nein«, sagte ich. »Nur, dass du bei einem möglichen Prozess vielleicht als Zeuge auftreten musst.«

»Ein Prozess im Zusammenhang mit dem Horrorhaus in Vestfold?« Er hatte sich offenbar gut vorbereitet.

»Sehr indirekt. Aber du liegst nicht weit daneben. Mehr brauchst du nicht zu wissen.«

Damit gab er sich zufrieden.

Ich hatte den Jaguar ins Parkhaus in Vika gestellt. »Ich werde ein Haus in Nordberg betreten«, sagte ich. »Du bleibst einfach im Auto sitzen.«

»Soll ich nichts bezeugen?«

»Wenn es notwendig wird, doch.« Ich klopfte auf meine Schultertasche. »Hier habe ich eine Kamera mit Mikrofon. Die nimmt alles auf, was im Haus passiert, und sendet an diesen Empfänger.« Ich reichte ihm das Gerät und drückte auf den Start-knopf. »Du wirst alles hören und sehen, was da vor sich geht.«

»Und? Kannst du das nicht einfach aufnehmen?«

»Das passiert automatisch«, sagte ich. »Alles wird auf der Festplatte gespeichert und kann zum Beispiel später vor Gericht gezeigt werden.«

»Aber um Diskussionen zu vermeiden, muss jemand bezeugen können, was passiert ist?«

»Richtig. Und du musst damit rechnen, dass es ganz schön heftig zugehen kann.«

Er schien sich nicht ganz wohl in seiner Haut zu fühlen. »Ich gehe davon aus, dass die Aufnahme ohne Erlaubnis gemacht wird? Und dass das, was dabei herauskommen kann, für den Betreffenden unangenehm wird?«

»Du hast es erfasst.«

»Aber ich unternehme nichts?«

»Nein«, sagte ich. »Du weißt nicht einmal, was ich dir gerade erzählt habe. Ist das in Ordnung?«

»Tja.« Er wirkte noch immer nicht ganz überzeugt. »Was können die Konsequenzen sein?«

»Du kannst zum Helden werden«, sagte ich. »Ungefähr so wie ich.«

»Ach was. Und wer ist in die Sache verwickelt, kannst du mir das sagen?«

»Nein«, sagte ich. »Es ist besser für dich, wenn du nicht mehr weißt.«

»Und die Bezahlung?«

»Die wird gut genug. Aber wenn die Sache ein Thema werden sollte, darf sie nicht zu gut gewesen sein.«

Franz akzeptierte, wenn auch zögernd. Ich an seiner Stelle hätte ähnlich reagiert. Als wir durch die Villenstraßen fuhren und uns Nordberg näherten, schaute er sich verwundert um. »Es geht hier nicht um irgendwen, scheint mir?«

»Durchaus nicht. Deshalb bist du hier.«

Ich hielt in einer Parkbucht unterhalb von Nummer sechs, weit genug entfernt, dass wir vom Haus aus nicht gesehen werden konnten, aber nicht so weit, dass die Übertragung Probleme machen würde. Es ging auf neun zu, das Essen der Herren musste längst begonnen haben.

Es war still hier, ab und zu fuhr ein Auto vorüber, einige Jugendliche kamen auf Fahrrädern vorbei, ein älterer Mann warf einen Blick auf mein Auto, während er hinter einem ungehorsamen Setter herlief, zwei junge Asiatinnen kamen Arm in Arm.

Ich zog den mikroskopisch kleinen Sender hervor, befestigte ihn unter meinem Gürtel und zog das dünne, fast unsichtbare Kabel mit einem unglaublich winzigen Mikrofon, das zugleich eine Kamera war, unter meinem Hemd durch. Franz beobachtete mich voller Interesse. Der Empfänger mit dem Acht-Zoll-Bildschirm wurde in die Acht-Volt-Steckdose meines Autos gestöpselt und am Armaturenbrett befestigt.

»Ich geh das jetzt mal testen«, sagte ich. »Du brauchst nichts zu tun, pass einfach auf.«

Während ich die Straße hinaufging, flüsterte ich leise, drehte mich zu allerlei Motiven um und ging in einen kleinen Seitenweg, um nicht gesehen zu werden und Reichweite und Qualität meines Equipments überprüfen zu können.

Als ich wieder im Jaguar saß, sah Franz mich beeindruckt an. »Das Bild war messerscharf und ich habe alles gehört, fast zu gut, es war vielleicht ein bisschen zu viel Geräusch.«

»Das ist auch eigentlich für Aufnahmen im Haus gedacht«, erklärte ich. »Draußen ruiniert der Wind den Klang. Bist du so weit?«

»Ja.« Er zögerte wieder. »Was mache ich, wenn etwas Unvorhergesehenes passiert?«

»Kommt drauf an, wovon du redest«, sagte ich.

»Hör mal, Foyn. Ich bin kein Idiot. Du kannst Ärger kriegen. Was dann?«

»Benutz deinen gesunden Menschenverstand«, sagte ich. »Du willst doch Anwalt werden. Halt dein Mobiltelefon bereit.«

Ich fühlte mich seltsam ruhig, als ich das Tor zu Nummer sechs öffnete und auf die Haustür zuging. Es konnte vieles schiefgehen, aber daran wagte ich nicht zu denken.

Ich stieg die Treppe hoch und betätigte dann die Türklingel, die das reinste Konzert veranstaltete. Aber es erfolgte keine Reaktion. Schnell und mit aufgesetzter Selbstverständlichkeit schob ich den Schlüssel ins Schloss. Er glitt sofort hinein. Das Sicherheitsschloss war schon schwieriger und ich spürte, wie der Stress losging, als ich dort herumstocherte, während ich nach anderen Möglichkeiten suchte. Im letzten Augenblick hörte ich dann das Klicken.

Die Alarmanlage war zwei Meter weiter im Flur an der Wand angebracht, genau wie auf dem Grundriss. Die tickende Warnung verstummte, als ich den Code eingab. *1904.* Das war ganz einfach sein Geburtsdatum. 19. April 1942. Ein Kriegskind.

Ich schloss die Tür auf und legte auf dem Gang kleine Spuren. Schaltete Licht ein, verschob die Läufer.

Ehe ich weiterging, streifte ich die Gummihandschuhe über und zog meine leistungsstarke Taschenlampe und einen Fotoapparat mit einer ganz anderen Qualität als der meiner Telefonkamera hervor. Der Richter hatte in der Wohnung etliche Lampen brennen lassen, bis auf Weiteres brauchte ich also meine eigene nicht.

Die Eingangspartie führte in ein Erdgeschoss, wo ich zuerst in einen engen Gang mit Mänteln an den Wänden und Schuhen in einem ordentlich sortierten Schrank kam. Es roch sauber, sicher kam freitags jemand zum Putzen. Der Gang führte weiter in ein gut eingerichtetes Arbeitszimmer. Schreibtisch, Laptop, ein kleiner Fernseher. Das Regal über dem Schreibtisch war mit

Fachbüchern gefüllt. Auf dem Boden stand ein Werkzeugkasten, überall lagen Stücke von Brettern und Leisten herum. Hier wurde offenbar renoviert.

Ich nahm mir zuerst den Schreibtisch vor und ging systematisch ans Werk. Die oberste Schublade war abgeschlossen, aber ich hatte einen Schlüssel. In schwarzen Samt gewickelt lag dort die *Glock*, glänzend und gut gepflegt. Sie roch nach Öl. Gegen die Waffenvorschriften war das Magazin gefüllt.

Ich wiegte die Pistole in der Hand. Eine sichere Präzisionswaffe, zuverlässig und viel benutzt von Leuten, die unter allen Umständen auf funktionierende Waffen angewiesen waren.

In den anderen Schubladen fand ich nichts von Interesse, keine Fotos, Karten, Briefe oder andere Lebenszeichen von Tochter oder Enkelkindern, nichts, das über sein soziales Leben Auskunft gegeben hätte.

Der Laptop verlangte kein Passwort. Nicht einmal die E-Mail war geschützt. Er fühlte sich hier in seiner Festung sicher. Oder er hatte nichts zu verbergen.

Alles war sauber. Keine Bilder, Texte oder andere Dokumente, nur unpersönliche Unterlagen. Sogar das Suchregister war leer. Aber natürlich konnte es Dateien geben, die ich einfach nicht fand. Und er als Ordnungsmensch räumte sicher seine Suchmaschine auf.

Sicherheitshalber kopierte ich alles auf den mitgebrachten USB-Stick.

Sorgfältig machte ich auf dem Schreibtisch ein bisschen Unordnung, schaltete die Leselampe ein und schloss die Schublade, in der die Pistole lag, ab, ehe ich weitermachte. Dass ich wirklich rein gar nichts fand, machte mich nervös.

Vom Arbeitszimmer führte eine Tür in ein Schlafzimmer, vielleicht ein Gästezimmer. Schlicht möbliert mit Bett, Nachttisch und Kleiderschrank. Es schien nicht benutzt zu werden.

Das Bad neben dem Gästezimmer war ebenfalls schlicht gehalten. Das Haus war vermutlich in den Sechzigerjahren gebaut worden und es sah fast so aus, als ob es nicht weiter modernisiert worden sei. Das Regalfach unter dem Spiegel war mit Dingen gefüllt, die verrieten, dass der Richter sein Aussehen sorgfältig pflegte. Ein eitler alter Mann.

Mitten im Raum stand ein Trimmrad. Es sah viel benutzt aus.

Als ich die Treppe zum Obergeschoss hinaufging, war bereits eine Dreiviertelstunde vergangen. Die Wand an der Treppe war mit Fotos dekoriert. Jagdbilder, Bergtouren, Skiwanderungen. Dass Axel Schøtt sich als Freiluftmensch darstellte, passte gut zu meinem Bild von ihm.

Im Obergeschoss kam ich zu einem Eckzimmer mit einem großen Kamin. Altes Parkett auf dem Boden, Landschaftsmalereien, schwere Esszimmermöbel, Sofaecke, eine gewaltige Schrankwand mit Buchclubbüchern, Nachschlagewerken, Bildbänden über die Natur. Ein Standrechner mit einem großen Schirm war auf einem Arbeitstisch platziert, vor dem Fenster mit Blick auf den Garten. Das Zimmer war stark maskulin geprägt, hatte aber überhaupt nichts Persönliches. Wie das Foyer eines ehrwürdigen Gebirgshotels.

Ein Ort, zu dem Schøtt passte. Er wohnte seit vielen Jahren allein hier, seit dem Tod seiner Frau.

An der Wand über dem Couchtisch entdeckte ich endlich die Bilder. Elvira und Johanna. Mit ernsten Gesichtern starrten sie in die Kamera. Das Foto musste schon mehrere Jahre alt sein.

Mein Blick fiel auf den Barschrank neben dem Bücherregal. Eine solide Auswahl, aber nicht gerade groß. Abermals die maskuline Prägung, viel Whisky und wenig Wein.

Auch Tochter und Schwiegersohn hatten einen Platz an der Wand, zusammen mit einigen älteren Fotos, vermutlich von der Familie des Richters. Die Ähnlichkeit war jedenfalls vorhanden.

Mich interessierte der Waffenschrank. Ein prachtvoller Schrank mit dicken Glastüren, sicher unzerbrechlich. Die Jagdgewehre waren vorschriftsmäßig eingeschlossen. Wie erwartet, befanden sich die Handfeuerwaffen nicht dort.

Der Schrank war gesichert, wie sich das gehörte, und konnte ohne Werkzeug unmöglich geöffnet werden.

Ich ging weiter in die Küche. Ebenfalls groß und geräumig, ohne Persönlichkeit. Aber sie war blendend sauber und aufgeräumt, alles systematisch organisiert. Der Mann war schließlich Oberst bei der Armee gewesen.

Von der Küche führte eine Tür ins Hauptschlafzimmer, das auffällig schlicht war, bis auf das große Doppelbett, das in der Mitte thronte.

Als ich die Nachttischschublade öffnete, fand ich sie. Eine Neun-Millimeter-*Walther,* ebenfalls vorschriftsmäßig registriert, aber vorschriftswidrig geladen, mit vollem Magazin. Er schlief bei schussbereiter Waffe.

Das passte zu dem Bild, das Gunnar Stranda mir in seinem Bericht vermittelt hatte. Ein Waffennarr, ein tüchtiger Schütze mit langer Erfahrung. Ein Mann, der wusste, wie er sich verteidigen konnte. Vor einigen Jahren hatte er einen Einbrecher überrascht und den Mann eigenhändig dingfest gemacht. Dass er zur Waffe gegriffen hatte, hatte zur Anklage geführt, aber mithilfe guter Beziehungen bei Polizei und Anklagebehörden war die Geschichte vertuscht worden. Das alles laut Stranda, der damals noch ein Teil der Truppe gewesen war.

Das andere Schlafzimmer war offenbar einmal ein Kinderzimmer gewesen, es gab noch immer Spuren von dem Mädchen, das hier aufgewachsen war. Pferdebilder, Puppen, Zeichnungen, Kleinigkeiten.

Das hier war Annas geborgene Höhle gewesen, lange, ehe die Katastrophe sie getroffen hatte.

Ich schaute auf die Uhr. Bald halb elf. Axel Schøtt war ein Mann, der gesund lebte, er war bestimmt kein Nachtschwärmer. Er konnte jederzeit auftauchen. Sein Wagen stand in der Garage. Er würde in Frogner, wo er zum Essen verabredet gewesen war, ein Taxi nehmen.

Ich setzte mich in den Sessel vor den ebenfalls nicht passwortgesicherten Standrechner. Als ich auch dort nichts Interessantes fand, stellte sich langsam Unsicherheit ein. Es war, als ob der Richter überhaupt kein Leben hätte.

Ich versuchte, den Zweifel zu verdrängen und mich lieber auf die Aussicht zu konzentrieren. Sowie er sich dem Tor näherte, würde ich ihn sehen und mich bereitmachen. Wenn er die Tür aufschloss, würde er zuerst darauf reagieren, dass die Alarmanlage ausgeschaltet war. Aber er war sicher so menschlich, dass er glauben würde, er habe vergessen, sie zu aktivieren.

Die Wanduhr hatte eine magische Wirkung auf mich. *Tick, tack, tick tack.*

Meine Gedanken wanderten umher. Nichts von all dem, was ich hier gesehen hatte, konnte meine Theorien erhärten. Ich konnte mich irren. Mein ganzes Projekt konnte eine einzige Katastrophe sein.

Ich musste meine Gedanken in eine andere Bahn zwingen. Ich konnte mich nicht geirrt haben.

Die Erinnerung an Elvira half mir weiter. *Was für eine Art Anwalt sind Sie?* Ich sah sie vor mir, wie sie eine Hand hob und mir zuwinkte, ehe ihre schmächtige Gestalt im grünen Parka sich umdrehte und im Busbahnhof verschwand. *Wenn ich Ihnen das Foto schicke, können Sie mir dann helfen?*

Als die Wanduhr gerade elfmal schlug, hielt vor dem Haus ein Taxi. Ein Mann stieg aus. Er blieb einen Moment lang stehen und sah sich um, als ob er etwas witterte, dann öffnete er das Tor und kam mit energischen Schritten auf die Haustür zu. Ein Mann, der wusste, was er wollte.

Ich schaltete das Aufnahmegerät ein und blieb vor dem Rechner sitzen.

Der Faden, an dem ich hing, war unvorstellbar dünn.

35

Die Haustür öffnete sich mit einem Knirschen. Nicht laut, aber es reichte, um zu wissen, dass er jetzt im Haus war. Ich blieb vor dem Rechner sitzen.

Zwei schwere Schritte, vermutlich zum Display der Alarmanlage. Ein leises, unterdrücktes Fluchen. *Was zum Teufel!* Dann wurde es still.

Ich spitzte die Ohren. Leise Geräusche vom Gang her. Sie bewegten sich in Richtung Arbeitszimmer.

Nun schaltete ich den Rechner ein. *Pling.* Er musste es gehört haben. Durch die Spuren, die ich im Gang ausgelegt hatte, und das Geräusch des Rechners musste ihm jetzt klar sein, dass Fremde im Haus waren. Und wie ich es erwartet hatte, rief er nicht die Polizei an und zog sich auch nicht zurück.

Ein Klicken, wie wenn ein Schlüssel im Schloss umgedreht wird. Leises Knirschen.

Ich konnte es vor mir sehen. Jetzt hatte er die Schreibtischschublade geöffnet, die Pistole herausgenommen, sich davon überzeugt, dass sie geladen war, und sie entsichert. Bald würde er sich die Treppe hinauf und durch den Gang schleichen, da er glaubte, dass sich ein Einbrecher über den Bildschirm beugte.

Es war ihm schon einmal gelungen. Einen Kriminellen unschädlich zu machen, einen schnöden Dieb.

Die Treppe knirschte nicht sehr, aber für mich war es laut genug. Ich spürte ihn hinter meinem Rücken, drehte mich aber nicht um.

Die Taschenlampe gehörte nicht mit zu meinem Plan.

Als ich mich schließlich umwandte, wurde ich geblendet. Ich sah nichts in diesem scharfen Licht.

Meine Reaktion, als ich einen Arm hob, um mich zu beschützen, muss echt gewirkt haben.

»Foyn?« Der Lichtstrahl wurde um einige Zentimeter gesenkt. »Was zum Teufel machen Sie denn hier?«

Ich gab keine Antwort, hielt mir nur den Arm vors Gesicht. Die Taschenlampe wurde noch ein wenig mehr gesenkt.

»Was zum Henker soll das denn?« Seine Stimme war eiskalt. »Wie sind Sie ins Haus gekommen?«

»Ich habe versteckte Fähigkeiten«, sagte ich. »Außerdem sind Ihre Schlösser antiquarisch. Und Sie dürfen nicht vergessen, die Alarmanlage einzuschalten, wenn Sie das Haus verlassen.« Diesen Bluff würde er schlucken, andere Alternativen hatte er nicht.

Der Lichtstrahl erlosch. Jetzt sah ich die *Glock.* Sie lag felsenfest in seiner Hand und zeigte genau auf mich.

»Sie haben meine Frage nicht beantwortet, Foyn.«

Ich hatte ihm den Sessel zugedreht, blieb aber sitzen. »Was glauben Sie denn?«

»Sie spielen ein gefährliches Spiel.« Er unterstrich diese Behauptung, indem er den Pistolenlauf von meiner Brust zu meinem Kopf wandern ließ. Ich bezweifelte nicht, dass er treffen würde.

»Sie wissen doch, weshalb ich hier bin«, sagte ich. »Sie waren das, nicht wahr?«

»Sie haben offenbar den Verstand verloren, Foyn.« Jetzt fiel es ihm nicht mehr so leicht, Ruhe zu bewahren.

»Sie sind ein cleverer Teufel. Mich zu engagieren, war ein kluger Zug, aber nicht klug genug.« Ich musste ihn aus dem Gleichgewicht bringen. »Wie lange ging das schon so? Seit sie ein kleines Mädchen war?«

»Ich verstehe nicht, wovon Sie reden.« Wieder bewegte er die *Glock.* »Geben Sie mir Ihr Telefon, Foyn.« Er streckte die linke Hand aus. Die rechte war noch immer felsenfest auf mich gerichtet.

Ich gab ihm mein Mobiltelefon.

»Das hier werden Sie noch bereuen.«

Mit zwei Fingern zog er den Deckel herunter und nahm den Akku heraus. Die ganze Zeit zielte er dabei auf mich. »Drehen Sie sich um.«

Ich gehorchte widerspruchslos. Seine Finger jagten über mich hinweg, leerten meine Taschen, fanden aber nichts.

Ich drehte mich zu ihm um, als er fertig war. Wir standen zwei, drei Meter voneinander entfernt.

»Sie haben sich an Elvira vergriffen«, sagte ich. »Und das nicht nur einmal. Es hat auf der Hütte angefangen, nicht wahr?« Als er keine Antwort gab, rieb ich weiter Salz in die Wunde. »Vaset war der ideale Schauplatz für solche Übergriffe, nur Sie und Ihre Enkelin.«

Er sagte nichts. Sein Blick war düster.

»Nur eins verstehe ich nicht so ganz, Schøtt. Haben Sie sich auch an Johanna vergriffen? Oder haben Sie sich damit begnügt, Elvira zu zerstören?«

»Sie reden wirres Zeug, Foyn. Es gibt keine Beweise. Und ich hatte nie etwas mit Johanna zu tun«, fügte er hinzu. Sein Gesicht zeigte mir, dass ihm sein Versprecher bewusst war. *Nur mit Elvira.*

»Sie können sich natürlich an die Hoffnung klammern, Schøtt.« Jetzt kam es darauf an. Wenn er meinen Bluff nicht schluckte, hatte ich schlechte Karten. »Aber Sie irren sich. Ich weiß, was passiert ist, und das werde ich vor Gericht beweisen.«

»Was Sie nicht sagen!« Er versuchte, überlegen zu wirken, aber es gelang ihm nicht. »Der Einbruch hier wird Ihnen dabei keine Hilfe sein.«

»Die Fachleute werden schon finden, was sie suchen.«

Ich sah in den Augen des Richters einen Funken von Furcht. Er hatte sicher etwas aufbewahrt, ein Bild oder einen Film, Übergreifer tun das ja oft.

»Sie waren an jenem Abend dort«, sagte ich. »Sie sind zurückgekommen und Sie haben sie umgebracht. Es gibt einen Zeugen.«

»Ihr Zeuge ist wertlos. Foyn.« Er glaubte, ich verließe mich auf die Geschichte der dementen Nachbarin. »Aber es stimmt, dass ich noch einmal dort war, ja. Ich hatte meine Schlüssel vergessen und bin ins Haus gegangen, um sie zu holen. Das bringt Ihnen aber nichts.«

»Das ist noch nicht alles, Schøtt, bei Weitem nicht. Sie haben ja keine Ahnung, was Elvira an dem Abend erzählt hat, als sie bei mir war«, bluffte ich. »Über die Hütte in Vaset, wichtige Details. Aber damals wusste ich noch nicht, dass Sie das waren. Jetzt weiß ich es. Wie haben Sie das über sich gebracht? Erzählen Sie mal.«

»Sie haben doch keine Ahnung, Foyn.« Er hatte Zeit zum Überlegen gehabt. »Es spielt auch keine Rolle. Sie werden keine Gelegenheit haben, Ihre Lügengeschichten zu verbreiten.«

»Sie wollen mich also einfach umbringen? Glauben Sie wirklich, dass Sie damit durchkommen?«

»Warten Sie nur ab, Foyn.« Die Mündung der *Glock* war schwarz. »Ein Einbrecher wird auf frischer Tat ertappt, es ist dunkel, der Einbrecher greift an, er ist bewaffnet, ein Schuss löst sich. Es ist nicht verboten, sich im eigenen Haus gegen einen Eindringling zu wehren, Foyn.«

Jetzt hing alles davon ab, dass ich meine Rolle gut spielte. »Und Sie wollen mich mit Ihrer eigenen Waffe erschießen?« Ich schüttelte den Kopf. »Da beißt die Polizei nicht an.«

»Was wissen Sie denn davon, Foyn?« Sein Lächeln war böse. »Eine nicht registrierte Waffe in Ihrer Hand, ein Schuss, der sich beim Handgemenge löst.« Er hatte offenbar noch weitere Waffen im Haus.

»Sie vergessen eins«, sagte ich und ließ meine Stimme unsicher klingen. »Ich bin kein zufälliger Einbrecher, Sie haben mich angeheuert. Wie wollen Sie das erklären?«

»Im Dunkeln konnte ich Sie einfach nicht erkennen. Ich weiß, in welchem Ruf Sie stehen, Foyn, und da bin ich bei Weitem nicht der Einzige. Sie haben keine Glaubwürdigkeit und Sie hätten sich nicht zum ersten Mal in eine solche Situation gebracht. Wohl aber zum letzten Mal.«

»Sie sind verrückt, Schøtt. Das funktioniert nie im Leben.«

»Das können Sie getrost mir überlassen.« Der Richter krümmte den Finger um den Abzug.

»Moment«, rief ich mit aufgesetzter Panik in der Stimme. »Sagen Sie mir wenigstens, was passiert ist, das muss ich wissen! Hatte Elvira Sie in eine Falle gelockt? Sie war sexfixiert, nicht wahr?«

Er starrte mich an. Lange. Auf seiner Stirn traten Adern hervor. »Sie haben doch keine Ahnung, Foyn«, sagte er noch einmal, mit leiser, dringlicher Stimme. »Sie ist zu mir gekommen.« Jetzt flüsterte er. »Es war nur ein einziges Mal.«

»Das hab ich mir gedacht«, sagte ich. Diese Erklärung hörte ich nicht zum ersten Mal von einem wie ihm. *Es war nur ein einziges Mal. Sie wollte es doch.* Sie hatten das starke Bedürfnis, ihre Taten zu rechtfertigen.

»Ich war total überrumpelt. Sie wollte es und ich war schwach.« Er unterbrach sich. »Das geht Sie nichts an, Foyn.« Der Lauf der Pistole zeigte jetzt auf mein Herz.

»Nur noch eins«, sagte ich hektisch. »Warum haben Sie sie umgebracht? Hat sie gedroht, alles zu verraten? Mussten Sie der Sache deshalb ein Ende machen?«

»Der Teufel soll Sie holen, Foyn. Ich habe sie nicht umgebracht, ich habe die Kleine doch geliebt.«

»Ich glaube Ihnen nicht«, sagte ich. »Sie waren da.«

»Ich war im Badezimmer, ja.« Jetzt hatte er offenbar vergessen, dass er zu einem Todgeweihten sprach. »Sie lag in der Badewanne, aber ich habe sie nicht umgebracht. Ich dachte, sie sei schon tot.«

»Sie haben ihr nicht geholfen«, sagte ich. »Sie haben sie dort liegen und sterben lassen und dabei hätte sie gerettet werden können. Das ist auch eine Form von Mord, Schøtt. Können Sie damit leben?«

Das war zu viel für ihn. Ich sah, wie sein Finger auf den Abzug drückte, während er ohne das leiseste Zittern auf mich zielte.

Der Knall der *Glock* kam mir vor wie eine Explosion. Das Geräusch betäubte mich, als ich rückwärts taumelte und mich gegen die Wand presste. Er hatte aus weniger als zwei Metern Entfernung geschossen. Das Mündungsfeuer versengte mein Hemd, aber ich spürte nichts. Für einen langen Augenblick starrte er mich an, dann drückte er erneut ab, wieder und wieder, während der Lärm der Schüsse im Zimmer hallte. Ich stand noch immer aufrecht da.

Ich werde sein Gesicht nie im Leben vergessen.

»Sie sollten die Munition überprüfen, ehe Sie schießen«, sagte ich. Die Kugeln im Magazin waren mit Platzpatronen vertauscht worden. Auf ein leeres Magazin hätte er reagiert, ein erfahrener Pistolenschütze kannte das Gewicht der Waffe. »Sie sind erledigt, Schøtt.«

Er richtete sich auf, noch immer mit der Pistole in der Hand. »Sie haben nichts«, sagte er überraschend nüchtern. Der Richter war ein kalter Hund, das musste ich ihm lassen. Er hatte sich sofort umgestellt. »Es steht Aussage gegen Aussage. Hier ist nichts geschehen. Wem wird wohl geglaubt?«

Ich stülpte vor seinen Augen meinen Gürtel um. »Alles, was in diesem Zimmer geschehen ist, ist aufgenommen worden«, sagte ich gelassen. »Und zwar in Klang und Bild. Draußen in einem Auto sitzt ein zuverlässiger Zeuge, ein Jurist. Er hat alles gehört und gesehen und wird es bestätigen. Sie haben keine Chance und Sie haben es auch nicht besser verdient. Hinter Gittern werden Sie neue Erfahrungen machen, wenn Sie auf die Leute treffen, die Sie selbst dorthin gebracht haben. Und vergessen Sie nicht, dass Kinderschänder dadrinnen kein großes Ansehen genießen.«

Jetzt fiel die letzte Hemmschwelle. Richter Axel Schøtt war ein geschlagener Mann, als er vor meinen Augen in sich zusammensackte. Seltsamerweise verspürte ich keinen Triumph, nur Erschöpfung.

Plötzlich stand er vor dem Bücherregal und riss ein Buch heraus. Ehe ich reagieren konnte, hielt er eine Pistole in der Hand, eine hübsche kleine Waffe, Kaliber 22, eine Taschenpistole.

Er sagte nichts, starrte mich nur an. Der Lauf zeigte unschlüssig in die Luft.

»Legen Sie sie weg«, sagte ich beschwörend.

Als er seinen Entschluss fasste, ging es blitzschnell. Ich konnte es nicht verhindern. In Sekundenschnelle hatte er sich den Lauf in den Mund geschoben und abgedrückt.

Blut, Knochensplitter und Gehirnmasse spritzten auf die Wand hinter ihm, während er zu Boden glitt, sich in einer letzten Bewegung zusammenkrümmte und still liegen blieb.

Ich stand einfach nur da und starrte das Elend an.

Plötzliche und gewaltsame Todesfälle verfolgten mich. Zwei Selbstmorde und ein Unfall. Es reichte. Ich wollte nur noch weg hier.

Die Entscheidung fiel mir schwer, obwohl das Gesetz eindeutig war. Ich war dazu verpflichtet, die Polizei zu verständigen. Sie würden ihr volles Programm ablaufen lassen und meine Aussage würde düstere Stellen haben. Der Einbruch des gestrigen Tages, die Schlüssel, der Austausch der Patronen, ich musste Geschichten konstruieren, bei denen ich leicht ins Stolpern geraten konnte. Auch mein Zeuge konnte Schwierigkeiten bekommen. Es würde schon in Ordnung kommen, aber erst einmal würde es Ärger geben.

Mein eigentliches Problem war allerdings ein ganz anderes. Opfer und Täter waren beide tot. Niemand würde bestraft, niemandem würde Genugtuung erwiesen werden. Das Einzige, was bei sämtlichen Enthüllungen herauskommen würde, wäre eine neue Belastung für Familie Widerberg. Sie mussten damit leben, dass der Großvater seine Enkelin vergewaltigt hatte. Die Medien würden sich in dieser Geschichte suhlen. Der Familie stand eine kleine Hölle bevor. Das hatte sie nicht verdient.

Anna Widerberg hatte offenbar geahnt, dass etwas nicht stimmte, aber ich glaubte nicht, dass sie es gewusst hatte.

Ich las die leeren Hülsen der *Glock*-Munition auf, nahm die Platzpatronen heraus und ging ins Arbeitszimmer, wo die oberste Schreibtischschublade offen stand und der Schlüssel an einem Ring hing. Ich packte die Pistole sorgfältig in Samt, legte sie zurück und ließ den Schlüssel im Schloss stecken.

Ehe ich das Haus verließ, entfernte ich auch aus der Pistole im Nachttisch die Munition.

Ich hatte vorher ein wenig Klebstoff ins Schloss des Waffenschrankes gespritzt, um zu verhindern, dass Schøtt seine Jagdgewehre gegen mich verwenden könnte. Ich hoffte, die Leute, die den Nachlass des Richters durchsehen müssten, würden nicht zu sehr darüber nachdenken.

Die Vorstellung, Nachbarn könnten die Schüsse gehört haben, machte mir zu schaffen, aber draußen war alles still.

Als ich vorsichtig die Haustür hinter mir abschloss, wusste ich, dass ich richtig gehandelt hatte.

Ich musste eine Weile warten, um ganz sicher zu sein, dass ich nicht gesehen wurde, ehe ich zu meinem Jaguar zurücklief. Franz saß jetzt auf dem Fahrersitz und öffnete mir die Tür.

»Oh verdammt, Foyn. Was ist passiert?«

»Das weißt du doch«, sagte ich. »Du hast ja alles gesehen, oder was?«

Er nickte. »Ich hätte fast die Polizei angerufen. Ist er tot?«

»Definitiv.«

»Was machen wir jetzt?«

»Nichts«, sagte ich. »Und das gilt vor allem für dich. Du hast nichts gesehen, du hast nichts gehört und hier warst du auf keinen Fall. Niemand, absolut niemand darf erfahren, was da drinnen passiert ist. Er hat sich das Leben genommen, das ist alles.« Ich blätterte fünf Tausender hin. Das war der letzte Rest des richterlichen Honorars. »Hier hast du die Bezahlung. Sind wir jetzt fertig?«

»Ja.«

Sein Zögern gefiel mir nicht. »Wenn du eine Anwaltszulassung willst«, sagte ich, »dann hältst du dicht. Sollte das hier rauskommen, kannst du lange auf eine Stelle in einer Kanzlei warten.«

»Natürlich.«

Wir tauschten die Plätze. Ich manövrierte den Jaguar in Richtung Zentrum, setzte Franz in Vika ab und gab ihm eine letzte Warnung darüber mit auf den Weg, was passieren würde, wenn er nicht dichthielt.

Unterwegs waren uns keine Autos mit Blaulicht begegnet.

Langsam kehrte das Bewusstsein zurück. Als ich die Augen öffnete, konnte ich mich nicht erinnern, wo ich war. Ein neutrales Hotelzimmer, irgendwo in der Welt, ich war ganz weit weg. Ein Glas mit einer braunen Flüssigkeit landete auf dem Boden, als ich die Hand nach meinem Mobiltelefon ausstreckte, das immer wütendere Töne von sich gab.

Ich fuhr hoch. Auf einen Schlag war alles wieder da, bis ins kleinste Detail. »Ja?«, fragte ich mit heiserer Stimme.

»Was ist los mit dir, Papa?« Ihre Stimme klang ängstlich. »Bist du krank?«

Ich versuchte, mich zu räuspern. »Nicht doch, nur noch nicht ganz wach.«

»Es ist bald zehn. Was treibst du denn nachts?«

»Nicht viel«, sagte ich unschuldig. Eine fette Untertreibung. »Nur gestern ist es ein bisschen spät geworden.«

»Ich wollte nur wissen, wie es dir geht. Du hast dich neulich am Telefon so traurig angehört.«

»Das war nur ein Fall, der mir zu schaffen gemacht hat.«

»Bist du damit jetzt fertig?«

»Ja, der ist abgeschlossen.«

Samstag, Frühsommer in Oslo. Die Stadt zeigte sich von ihrer besten Seite. Strahlender Sonnenschein, jede Menge Menschen, Kinderwagen, Hunde, Jogger, elegante Damen, alte Leute und smarte Jugendliche.

Und keine Anrufe. Ich fragte mich, wann sie ihn wohl finden würden.

Bei einer langen Joggingrunde um das Sognsvann spürte ich, wie der Druck nachließ.

Zwei Stunden vor Munchs Bildern in Tøyen versetzten mich nicht gerade in fröhliche Laune. Aber es fiel mir leichter, mit dem Gefühl der Traurigkeit zu leben. Die Wirklichkeit hatte viele Facetten, sie war nicht nur schlecht.

Wir hatten uns für acht Uhr verabredet. Zuerst asiatisch essen. Was danach käme, wäre noch besser. Alice wollte die Mädchen beim Vater abliefern.

Als sie anrief, machte ich mich gerade ausgehfertig. Das Bild des blutigen Mannes auf dem Boden verschwamm bereits. Das angesengte Hemd hatte ich weggeworfen.

»Svend?« Ich konnte ihr sofort anhören, dass etwas nicht stimmte.

»Ja«, sagte ich. »Was ist los?«

»Wir haben hier eine Krise.«

»Was ist denn passiert?«

»Der Idiot hat alles ruiniert«, erklärte sie verzweifelt. »Stell dir vor, er hatte seine neue Freundin eingeladen, als er das erste Mal mit den Mädchen allein sein sollte. Das ist natürlich total schiefgegangen. Ich musste sie holen und da brach natürlich der Krieg erst richtig aus.«

»Das tut mir leid«, antwortete ich. »Aber jetzt hast du vielleicht etwas gelernt. Der Kerl ist gefährlich. Er nimmt die Kinder als Waffe gegen dich. Du musst einen weiten Bogen um ihn machen.«

»Du hast sicher recht, aber das ist nicht so einfach.« Sie schwieg lange. »Du verstehst sicher, dass wir unsere Verabredung verschieben müssen? Ich kann sie jetzt nicht allein lassen.«

»Ich versteh das«, sagte ich. »Aber es gefällt mir nicht.«

»Können wir uns vielleicht morgen irgendwann treffen?«

»Ich muss früh zurückfahren«, sagte ich. »Montagmorgen habe ich einen Gerichtstermin.«

»Wir können doch morgen telefonieren, oder?«

»Sicher«, sagte ich. »Ruf an, wenn du Zeit hast.« Ich sammelte die Blumen ein, mit denen ich das Zimmer dekoriert hatte, und wickelte sie in eine Zeitung. Die Champagnerflasche auf dem Tisch ließ ich stehen.

Im Foyer zog ich mein Mobiltelefon hervor, suchte die Nummer auf meiner Telefonliste und rief an, ohne weiter darüber nachzudenken, was ich wollte. Ich wusste nur, dass ich keine Lust auf einen einsamen Abend hatte.

Sie meldete sich schnell. »Ja?«

»Hier ist Svend Foyn.«

»Svend«, sagte sie. »Schon vergessen?«

»Nein«, sagte ich. *»Fredrikke.* Ich bin in Oslo. Haben Sie heute Abend schon was vor?«

»Eigentlich nicht. Wann treffen wir uns?«

Ich hatte immer schon eine Schwäche für entschlussfreudige Frauen. »In einer halben Stunde? Die Bar im *Bristol?«* Ich hatte nicht vor, über den Fall zu reden, und über die Geschehnisse in Nordberg schon gar nicht.

Die Blumen bekam die Frau an der Rezeption. Sie sah aus, als ob sie die verdient hätte.

Das Lied wurde gespielt, als ich in der Bar wartete. *If you can't be with the one you love, love the one you're with.* Crosby, Stills, Nash and Young, *4 Way Street*, 1971.

Damals war ich ein kleiner unschuldiger Junge gewesen. Jetzt begriff ich, was dieses Lied bedeutete.

Der Montag war dem Gerichtstermin gewidmet. Ich hatte tatsächlich mit Alice gesprochen, ehe ich am Sonntagvormittag aus Oslo aufgebrochen war. Ihr hatte das alles wirklich sehr leidgetan. *Das ist so schwer. Du musst mir ein bisschen Zeit lassen.* Ich hatte das Gefühl, nichts anderes zu tun.

Mein Gewissen war nicht makellos rein, aber auch nicht kohlschwarz.

Es war schon spät, als ich beschloss, meine Vorbereitungen für den nächsten Tag vor Gericht zu beenden. Die Stille war fast beunruhigend. Niemand hatte mir eine Frage gestellt. Ich wartete auf den Lärm schwerer Polizeistiefel, aber der kam nicht. Das Drama im Nordbergvei schien nicht geschehen zu sein. Der Inhalt von Richter Schøtts Kopf war nicht an der ganzen Wand verspritzt.

Plötzlich stand er vor mir.

Ich fuhr so heftig zusammen, dass der Kaffee über die Zeitung des nächsten Morgens floss, dann weiter zu meinem *Mac* strömte, der vermutlich den Geist aufgeben würde, und dann weiter auf den Anzug, den ich vor Gericht tragen wollte.

Dass Wilhelm Mørk sich leise und geschmeidig wie eine Katze bewegte, wusste ich ja. Aber an diesem Abend war er ganz und gar lautlos.

»Wie wäre es mit anklopfen?«, fragte ich, während ich versuchte zu retten, was zu retten war.

Mørk ließ Hulda das übliche Ritual durchziehen, ehe er sich auf das Mandantensofa setzte. »Der Richter weilt nicht mehr unter uns«, sagte er mit neutraler Stimme. »Aber das weißt du ja?«

Ich starrte ihn an, konnte aber in seinem Gesicht nichts lesen. »Ist er tot?«

»Sieht ganz so aus.«

»War es das Herz?« Ich wollte ihm nichts schenken.

»Das ist stehen geblieben, ja.«

»Wann ist er gestorben?«

»Ein Handwerker hat ihn irgendwann am Samstagmorgen gefunden.«

»Ich hatte den Eindruck, dass er noch richtig gut in Form war.«

»Sicher. Aber das hilft wenig, wenn einem der Kopf weggepustet wird.«

»Er wurde also erschossen?« Ich war ein elender Schauspieler.

»Er wurde nicht erschossen, nein.«

Ich musste einfach ein überraschtes Gesicht machen. »Was ist denn dann passiert?«

»Axel Schøtt hat sich erschossen.« Mørk steckte sich eine Zigarette an. »Du warst da.«

»Warum glaubst du das?« Ich griff abermals zu Mørks Methode. Beantwortete jede Frage mit einer Gegenfrage. Bei ihm wirkte das.

»Ein Nachbar hat angeblich am Freitagabend vor dem Haus einen Oldtimer gesehen.«

»Oldtimer sind in der Gegend ein verbreitetes Hobby.«

»Du weißt also, wo er wohnt.«

»Er steht im Telefonbuch«, sagte ich.

»Sicher.« Der Rauch seiner Zigarette trieb zu mir herüber. »Das ist seltsam.«

»Was ist seltsam?«, fragte ich, fest entschlossen, mich nicht provozieren zu lassen.

»Ich hatte vor, dich heute zu informieren.«

»Worüber denn?«

»Über neue Seiten in Richter Axel Schøtts Leben.«

Ich sah sicher aus wie ein lebendes Fragezeichen.

»Vor fünf Jahren wurde er auf dem Osloer Straßenstrich mit einer Prostituierten im Auto erwischt.«

»Na gut. Aber das war damals noch nicht verboten.«

»Genau. Die Sache hatte trotzdem einen Haken. Die Prostituierte war eine Vierzehnjährige aus Litauen. Die Sitte hatte sie überwacht, um die Hintermänner zu finden.«

»Warum taucht das nicht in den Akten auf?«

»Es kam zu einem Kuhhandel. Zwei Beamte waren darin verwickelt.«

»Bist du sicher?«

»Sonst würde ich das doch nicht sagen.«

Ich starrte ihn an. »Was passiert jetzt?«

Mørk zuckte mit den Schultern. »Aller Wahrscheinlichkeit nach gar nichts. Es gibt keine Beweise, die Betroffenen beschützen sich gegenseitig. Und den Richter kann man ja nicht mehr in die Mangel nehmen.«

»Nein«, sagte ich. »Es wäre zweifellos sinnvoll gewesen, das zu wissen. Jetzt spielt es keine Rolle mehr.«

Mørk beugte sich zu mir vor. »Das war sehr gute Arbeit, mein Freund.«

»Was denn?«, fragte ich leicht beunruhigt.

»Du wolltest die Wahrheit aus ihm herauspressen, nicht wahr?«

»Was du alles weißt«, sagte ich, während ich überlegte, wie viel ich ihm erzählen sollte.

»Aber du hast einen Fehler begangen«, fuhr Mørk unverdrossen fort. »Einen überaus verständlichen Fehler.«

»Ach was?«

»Axel Schøtt war ein Kontrollfreak.«

»Das habe ich gehört, ja.«

»Eine normale Alarmanlage reichte ihm nicht.«

»Und was soll das heißen?« Jetzt wurde ich wirklich nervös.

»Bei dem Richter war schon mehrfach eingebrochen worden.«

»Und?«

»Er hat sich neulich erst ein Überwachungssystem einbauen lassen.«

»Ach?«

»Wenn er das Haus verlässt, aktiviert er eine Kamera auf dem Gang. Die nimmt alle auf, die vorbeikommen, egal, ob die Alarmanlage eingeschaltet ist oder nicht. Axel Schøtt war offenbar ungewöhnlich paranoid.«

Eigentlich überraschte mich das nicht, musste ich zugeben.

»Die Bilder werden elektronisch an eine Festplatte geschickt, die vom Hersteller überwacht wird.«

Ich starrte ihn an. »Sind an dem Abend, an dem er gestorben ist, Bilder gemacht worden?« Dann stand mir Ärger ins Haus.

»Diese Frage musst ja wohl du beantworten können, mein Freund.«

»Da hast du recht«, sagte ich. Vor mir saß Wilhelm Mørk, nicht irgendein beliebiger Polizist. »Wo sind die Bilder jetzt?«

»Was glaubst du?«

»Ich habe keine Ahnung«, sagte ich. Die Polizei konnte sie nicht haben. Denn sonst würde ich nicht hier sitzen.

»Es ist also so, dass der, der die Anlage eingebaut hat und sie überwacht, ein Bekannter von uns beiden ist.«

»Einer aus dem *Spyshop?*«

»Nicht aus der Firma an sich. Das System ist nicht legal. Unser Mann macht auf eigene Faust noch kleine Geschäfte und er drückt auch mal ein Auge zu, wenn er gut bezahlt wird. Als er heute Morgen also zufällig vom jähen Tod des Richters hörte, wurde er aktiv.«

»Zufällig?«, fragte ich skeptisch. Ich glaubte nicht an Zufälle.

»Unser Mann wollte Schøtt anrufen und wegen einer Rechnung mahnen, und da geriet er an einen Polizisten.«

»Es war also wirklich ein Zufall?«

»Genau. Dann hat er sich die Bilder angesehen, dich erkannt und einen Anruf getätigt.«

»Bei dir, hoffe ich?«

»Genau. Ein kluger Mann, dieser Experte. Er hatte ein paar Probleme mit dem, der am Tag zuvor im Haus gewesen war. Das war vielleicht ein Bekannter von dir?«

»Kein persönlicher Bekannter.«

»Hab ich mir gedacht. Eine Geschäftsverbindung vielleicht?«

»Nennen wir es so.«

Mørk musterte mich nachdenklich. »Ich wüsste jetzt nur noch eins gern.«

»Jetzt überraschst du mich«, sagte ich. »Du weißt doch alles.«

»Wie hast du ihn zum Reden gebracht? Folter ist ja nicht dein Stil.«

»Platzpatronen«, sagte ich.

Mørk stieß einen beeindruckten Pfiff aus. »Nicht schlecht, mein Freund.«

Mir waren die Aufnahmen jetzt wichtiger als dieses Lob. »Was passiert nun?«

»Die Bilder existieren nicht mehr. Ich dachte, das solltest du wissen.«

»Wie umsichtig«, sagte ich.

»Hast du den Richter zu einem Geständnis bringen können?«

»Das tun sie doch immer«, sagte ich. »Leute wie er, wenn sie glauben, dass es keine Folgen hat.«

»Und dann hat er auf dich geschossen?«

»Es schien ihm keine besonderen Probleme zu bereiten.«

»Vielleicht war es nicht das erste Mal?«

»Seltsamerweise habe ich mir das auch gedacht«, sagte ich. »Als ich in den Pistolenlauf gestarrt habe.«

»Wie hat er reagiert?«

»Das kannst du dir doch vorstellen«, antwortete ich. »Und es wurde auch nicht besser, als ich ihn darauf aufmerksam gemacht habe, dass wir alles auf Band hatten. Da hat er die Pistole mit der scharfen Munition hervorgeholt, eine, die wir übersehen hatten, und sie auf sich selbst gerichtet.«

»Zu deinem Glück, mein Freund.«

»Das war kein Glück. Er wusste, dass er fertig war. Es hätte ihm nichts geholfen, mich zu erschießen.«

»Hast du versucht, ihn davon abzuhalten?«

»So schnell konnte ich gar nicht reagieren«, sagte ich.

»Genau.« Mørk schnippte die Asche zu Hulda hinüber. »Mehr brauchen wir nicht zu wissen, oder?«

»Nein«, sagte ich. »Das brauchen wir nicht.«

»Ich hatte gesagt, dass du keinem Uniformierten trauen darfst.«

»Der Richter hatte keine Uniform«, sagte ich.

»Hätte er aber haben müssen.«

Mørk hatte recht, wie immer.

Am nächsten Morgen rief Alice an. »Ich habe eben die Sache von Axel Schøtt gehört«, sagte sie.

»Was denn?«

»Schøtt ist tot. Das weißt du sicher schon?«

»Ja«, sagte ich.

Sie verstummte und schwieg lange. »Hattest du etwas mit diesem Todesfall zu tun, Svend?«

»Ja«, sagte ich. »Aber ich habe ihn nicht erschossen, falls du das gedacht haben solltest.«

»Willst du darüber reden?«

»Gern«, sagte ich. »Aber nicht gerade jetzt.«

Wieder schwieg sie. »Ich würde dich gern etwas fragen«, sagte sie.

»Dann frag.« Ich wollte ihr jetzt keine goldenen Brücken mehr bauen.

»Wann hast du Urlaub?«

»Ich habe niemals Urlaub. Aber du meinst vielleicht, wann ich nicht im Büro sein muss?«

»So ungefähr, ja.«

»Wann ich will«, sagte ich. »Und wie sieht das bei dir aus?«

»Wie wäre es mit nächster Woche?«

»Kein Problem.«

»Dann buche ich eine Reise nach Rom«, sagte sie. »Mein Vater kümmert sich um die Kinder. Bist du dabei?«

»Unter einer Bedingung«, sagte ich.

»Ich hoffe, die ist nicht zu anspruchsvoll?«

»Bring deinen Exmann nicht mit«, sagte ich.

Epilog

Zwei Monate später, nach einem langen angenehmen Sommer, der vieles von dem enthielt, was mir Jahre gefehlt hatte, begegnete ich ihr auf der Straße. Wir sahen uns erst, als wir so dicht voreinander standen, dass es peinlich gewesen wäre, nicht zu reagieren.

»Anwalt Foyn?«, fragte sie. Ihre Stimme war jetzt anders, nicht mehr so unsicher, energischer. »Wir haben uns ja schon lange nicht mehr gesehen.«

»Das stimmt«, sagte ich. Ein genialer Kommentar. »Wie geht es denn?«

»Den Umständen entsprechend gut. Johanna will versuchen, wieder zur Schule zu gehen.«

Ich hatte die Sache ein wenig im Auge behalten. Johanna hatte große Fortschritte gemacht, aber es war noch viel zu tun. »Wie schön.«

»Sie haben ihr das Leben gerettet, Herr Foyn. Wenn sie wieder gesund ist, wird sie sich bei Ihnen bedanken.«

»Darüber brauchen Sie sich doch keine Gedanken zu machen.« Johanna hatte sich nicht bei mir gemeldet und das war auch in Ordnung so.

»Ich habe Stefan verlassen«, sagte sie plötzlich. »Ich lebe jetzt allein. Ich will ihn nicht mehr sehen.«

Eine nicht ungewöhnliche Reaktion bei Familien in einer Krisensituation. »Ich verstehe«, sagte ich.

»Es war eine Erleichterung. Ich hätte das schon längst tun sollen.« Anna Widerberg hatte Tränen in den Augen, als sie mich jetzt ansah. »Haben Sie es gewusst, Herr Foyn?«

Ich wusste nicht, was ich sagen sollte, deshalb sagte ich gar nichts.

»Das von meinem Vater?«, fügte sie mit leiser Stimme hinzu.

»Sagen wir, ich hatte einen Verdacht«, sagte ich mit vorsichtiger Anwaltsstimme.

»Ich wusste nichts«, sagte sie hart. »Aber dann ist es mir plötzlich aufgegangen.«

»Hat er es gesagt?«

Ein seltsames Gespräch. Wir wussten beide, worum es ging.

Sie schüttelte den Kopf. »Sind Sie verrückt? Er hätte nie im Leben etwas zugegeben.«

Jetzt war ich neugierig. »Woher haben Sie es dann gewusst?«

»Das lag an den Zeichnungen.«

»Welche Zeichnungen?«

»Die habe ich gefunden, nur wenige Tage, ehe er sich das Leben genommen hat.«

Nichts war durchgesickert. Nur die offizielle Version. *Richter Axel Schøtt konnte nach den tragischen Ereignissen in seiner Familie das Leben nicht mehr ertragen.* Ich hatte keinen Einspruch erhoben.

»Elviras Zeichnungen?«

»Ja«, sagte sie leise. »Ich habe ihre Art zu zeichnen erkannt. Sie lagen in einem Buch.«

Ich schaute mich um. Auf der Straße gingen Leute an uns vorbei, als ob wir ein ganz alltägliches Gespräch führten. »Was waren das für Zeichnungen?«

Sie wich meiner Frage aus. »Junge Mädchen dürfen so etwas nicht zeichnen.«

»Aber was daran hat Sie auf den Gedanken gebracht, dass Ihr Vater damit zu tun haben könnte?«

»Ich habe Ähnlichkeiten gesehen.«

»Haben Sie mit ihm darüber gesprochen?«

»Den Mut hatte ich nicht. Und als ich sie Stefan gezeigt habe, meinte er, ich hätte zu viel hineininterpretiert, ich könnte nicht klar denken, weil ich gerade erfahren hatte, dass mein Vater an dem Abend von Elviras Tod noch einmal zurückgekommen war. Und da hat Stefan sich verraten.«

Plötzlich gab es nur noch uns beide. »Was hat er verraten?«

»Dass er es gewusst und nicht reagiert hat. Er hat sich nicht getraut.« Sie packte wütend meinen Arm. »Oder schlimmer noch, er wollte nicht.«

Sie hatte das Schlimmste durchgemacht, was einer Mutter passieren konnte. Dass sie außer sich war, war nur natürlich.

»Das ist eine schwerwiegende Anschuldigung«, sagte ich.

»Die Zeichnungen sind verschwunden.« Sie starrte mich an. Ihr Gesicht war wie versteinert.

»Verschwunden?« Es waren schon Urteile gegen Missbrauchstäter aufgrund von Kinderzeichnungen gefällt worden.

»Stefan wollte nicht, dass jemand sie sah, er behauptete, sie zeigten Elviras psychische Probleme und würden alles für alle nur noch schlimmer machen. Inzwischen ist mir klar, dass es auch noch andere Anzeichen dafür gab, dass er es wusste, die ich aber nicht verstanden habe.«

»Was denn?«

»Kleine Dinge, auf die ich nicht sofort reagiert habe.«

»Zum Beispiel?« Ich musste fragen, obwohl es zu spät war.

»Es spielt keine Rolle mehr. Jetzt muss ich Johanna beschützen. Mehr darf er nicht zerstören.« Sie ließ meinen Arm los. »Ich weiß, was ich zu tun habe.«

»Ihr Vater hatte eine Hütte in den Bergen«, sagte ich. »In Vaset in Valdres, nicht wahr?«

»Ja.«

»Haben Sie die genutzt?«

»Früher waren wir viel da, aber in den letzten Jahren nicht mehr. Warum fragen Sie?«

»Ach, nur so«, sagte ich. »Passen Sie einfach auf Ihre Tochter auf.«

»Es tut mir leid, dass ich Sie aufgehalten habe, Herr Foyn. Sie haben mehr getan, als irgendwer verlangen kann. Wir schaffen das schon.«

Ich blieb stehen und schaute hinter ihr her. Ihr Rücken war schmächtig, aber gerade und ihre Schritte waren energisch.

Hat Ihnen dieses Buch gefallen und
möchten Sie wissen, wie es weitergeht?

Dann abonnieren Sie unseren Newsletter,
wir halten Sie auf dem Laufenden!